UN REFUGE POUR ASPEN

DELTA FORCE DEUX, TOME 3

SUSAN STOKER

DU MÊME AUTEUR

Autres livres de Susan Stoker

Delta Force Deux

Un refuge pour Gillian

Un refuge pour Kinley

Un refuge pour Aspen

Un refuge pour Jayme (15 July)

Un refuge pour Riley

Un refuge pour Devyn

Un refuge pour Ember

Un refuge pour Sierra

Sauvetage à Eagle Point

Un sauveteur pour Lilly

Un sauveteur pour Elsie (28 Juin)

Un sauveteur pour Bristol

Un sauveteur pour Caryn

Un sauveteur pour Finley

Un sauveteur pour Heather

Un sauveteur pour Khloe

Le Refuge

Un soutien pour Alaska (9 Août)

Un soutien pour Henley

Un soutien pour Reese

Un soutien pour Cora

Un soutien pour Lara

Un soutien pour Maisy

Un soutien pour Ryleigh

Hawaï : Soldats d'élite

Un paradis pour Élodie

Un paradis pour Lexie

Un paradis pour Kenna

Un paradis pour Monica (10 May)

Un paradis pour Carly (11 Oct)

Un paradis pour Ashlyn

Un paradis pour Jodelle

Mercenaires Rebelles

Un Défenseur pour Allye

Un Défenseur pour Chloé

Un Défenseur pour Morgan

Un Défenseur pour Harlow

Un Défenseur pour Everly

Un Défenseur pour Zara

Un Défenseur pour Raven

Ace Sécurité

Au Secours de Grace

Au Secours d'Alexis

Au Secours de Bailey

Au Secours de Felicity

Au Secours de Sarah

Forces Très Spéciales Series

Un Protecteur Pour Caroline

Un Protecteur Pour Alabama

Un Protecteur Pour Fiona

Un Mari Pour Caroline

Un Protecteur Pour Summer

Un Protecteur Pour Cheyenne

Un Protecteur Pour Jessyka

Un Protecteur Pour Julie

Un Protecteur Pour Melody

Un Protecteur pour l'avenir

Un Protecteur Pour Les Enfants de Alabama

Un Protecteur Pour Kiera

Un Protecteur Pour Dakota

Forces Très Spéciales : L'Héritage

Un Sanctuaire pour Caite

Un Sanctuaire pour Brenae

Un Sanctuaire pour Sidney

Un Sanctuaire pour Piper

Un Sanctuaire pour Zoey

Un Sanctuaire pour Avery

Un Sanctuaire pour Kalee

Un Sanctuaire pour Jane

Delta Force Heroes Series

Un héros pour Rayne

Un héros pour Emily

Un héros pour Harley

Un mari pour Emily

Un héros pour Kassie

Un héros pour Bryn

Un héros pour Casey

Un héros pour Wendy

Un héros pour Mary

Un héros pour Macie

Un héros pour Sadie

Un héros pour Annie

Autre

Un moment suspendu : Recueil de nouvelles

AUDIO

Un paradis pour Élodie

CHAPITRE UN

À l'intérieur du bar, Brain se cala contre le dossier de sa chaise et regarda Aspen Mesmer charmer ses amis. Il n'avait pas eu envie de sortir ce soir. Il aurait préféré s'apitoyer sur sa vie amoureuse inexistante. Dieu merci, à la dernière minute, il s'était ramené au bar.

Sans quoi, il n'aurait jamais rencontré Aspen. Et quelle première rencontre légendaire !

En arrivant au bar, il inspira profondément avant de se forcer à sortir de sa voiture. Alors qu'il ouvrait la porte, il était déjà en train de déterminer ce qu'il allait trouver comme excuse pour partir plus tôt.

Une seconde, il se tenait juste à l'intérieur du bar, cherchant les garçons du regard, et la suivante, une femme marchait directement vers lui d'un air déterminé... et nerveux ?

Il eut le temps d'apprécier le fait qu'elle était presque aussi grande que lui – un peu plus d'un mètre soixante-dix – et qu'elle avait probablement également le même âge. Elle portait un jean noir qui collait à son corps de manière intrigante. Une paire de baskets Converse et un T-shirt qui affichait « Docteur Taco » complétaient sa tenue. Elle continuait à s'avancer vers lui en le transperçant de ses yeux bruns.

Brain lui sourit... et fut choqué quand elle entra dans son espace personnel et lui passa les bras autour du cou.

— Je vous donnerai vingt dollars si vous m'embrassez avec enthousiasme.

Sa voix était rauque et Brain aurait pu jurer qu'il entendait du désespoir. Il n'eut pas le temps de lui répondre qu'il serait heureux de l'embrasser gratuitement, mais elle posa alors la main sur sa nuque et se pencha en avant.

Au début, leur baiser était maladroit, leurs lèvres se contentant de se frôler. Puis Brain passa un bras autour de la taille de la femme et fit un pas en avant, la renversant en arrière.

Elle eut un hoquet de surprise et retira sa main de son cou pour s'accrocher à son biceps.

Brain profita qu'elle ouvre la bouche et changea très légèrement leur angle... Puis il l'embrassa comme il n'avait pas embrassé une femme depuis *très* longtemps. Lentement et profondément.

Les petits gémissements qu'elle poussait ne l'encourageaient vraiment pas à s'arrêter. Il voyait bien qu'elle était musclée et forte, mais pour le moment, inclinée en arrière, elle était complètement impuissante dans ses bras.

Et cela lui plaisait beaucoup.

Entendant quelques sifflets fuser autour d'eux, Brain comprit qu'il aurait dû s'arrêter, mais il fallut un moment pour que son cerveau communique avec sa bouche et ses membres. Enfin, il détacha sa bouche de la sienne et les fit à nouveau se redresser. Ils se fixèrent mutuellement pendant une seconde longue et intense.

Brain vit qu'ils étaient tous les deux haletants, et il aimait vraiment voir ses lèvres gonflées et roses. Il ne pouvait pas s'empêcher de remarquer que ses mamelons avaient durci sous son T-shirt et son soutien-gorge.

— Tu aurais pu te contenter de me dire que tu avais tourné la page, Aspen, dit une voix irritée derrière elle.

La femme s'humecta les lèvres et poussa un soupir de frustration. Brain la vit lui souffler « désolée » avant qu'elle n'efface toute émotion de son visage et se tourne vers l'homme derrière elle. Elle passa un bras autour de la taille de Brain, qui ne vit aucun inconvénient à la serrer contre lui.

— Je te l'*ai* dit, Derek. Je te l'ai dit il y a un mois et demi quand j'ai rompu avec toi. Je te l'ai dit au moins trois fois par texto. Et je te l'ai *encore* redit ce soir, quand tu t'es pointé ici en me suppliant qu'on se remette ensemble. J'ai tourné la page. Il est temps que tu fasses la même chose.

Il paraissait avoir environ 35 ans, et la moue qu'il affichait ne lui faisait absolument pas de faveurs. Mais c'était la lueur de colère à l'état pur et non édulcorée dans ses prunelles qui inquiétait Brain.

— Quand est-ce que tu as rencontré *ce type* ? Quoique... tu t'entraînes avec des Rangers tous les jours.

— On se connaît depuis un certain temps, dit Aspen.

Sachant que les choses risquaient de tourner très vite au vinaigre, Brain tendit la main vers l'autre homme.

— Je m'appelle Kane Temple. Mais les gens m'appellent Brain.

Derek regarda avec dégoût la main que Brain lui tendait, puis il adressa un regard noir à Aspen.

— Brain ? Sérieusement ?

Elle haussa simplement les épaules.

— D'accord. Ne reviens pas à moi en rampant quand il t'aura brisé le cœur, cracha Derek.

— Je ne le ferai pas, lui répondit Aspen avec enthousiasme.

— Je crois qu'il est temps que vous partiez, dit Brain, agacé que l'autre homme ne comprenne pas.

Quand Derek ouvrit la bouche pour dire quelque chose qu'il allait probablement regretter, Brain en eut assez.

— Viens, bébé. Je vois mes amis. Je suis sûr qu'ils nous ont gardé des sièges.

Il les éloigna de l'homme en colère et affligé, et dirigea Aspen vers ses coéquipiers.

Elle jeta un regard en arrière et Brain en déduisit que Derek était parti quand elle pila net, ne lui donnant pas d'autre choix que de faire pareil.

— Merci beaucoup, et je suis désolée de vous avoir impliqué dans cette histoire. Il ne voulait pas me laisser tranquille et la seule solution que j'ai trouvée était de lui faire concrètement comprendre que j'avais tourné la page.

Elle tendit la main vers le petit sac qu'elle portait en cross-body.

— Si vous ne faites qu'*essayer* de me payer pour ce baiser, je vais être en colère, lui dit Brain.

Elle s'immobilisa et le regarda avec de grands yeux.

— Et si on reprenait tout depuis le début ? suggéra Brain en faisant un pas en arrière et en lui tendant la main. Je m'appelle Brain.

— Aspen Mesmer, répondit-elle en plaçant sa main dans la sienne.

Brain la serra puis la porta à ses lèvres pour déposer un baiser sur le dos.

— Vous n'avez vraiment pas à rester avec moi, je suis sûre qu'il est parti, dit Aspen. Mes amies viennent de partir et je devrais y aller aussi.

— N'ayez pas peur de moi, lui ordonna Brain, n'aimant pas la lueur nerveuse dans son regard.

Elle carra les épaules et redressa le dos.

— Je n'ai *pas* peur de vous.

Il ne s'était pas attendu à ce qu'une jolie femme le prie de l'embrasser dès qu'il avait franchi le seuil. Même si ce n'était que pour essayer de se débarrasser de son ancien petit ami, ce n'était pas vraiment une torture. Cette inconnue était charmante.

Aspen avait des yeux chocolat et des cheveux brun clair qui lui arrivaient aux épaules. Son maquillage était discret : peut-être un peu de gloss et quelque chose sur ses paupières. Loin d'être expert en cosmétiques, Brain savait pourtant qu'il n'appréciait pas que les femmes en aient plein le visage. Puisqu'ils étaient de taille identique, il aimait pouvoir la regarder dans les yeux et il affectionnait même les petites ridules qui les encadraient, lui révélant qu'elle souriait et riait probablement souvent.

Dans l'ensemble, Aspen ressemblait à une fille normale... ce qui plaisait à Brain.

Il l'avait entraînée vers ses amis non seulement pour sauver les apparences, au cas où son ex n'aurait pas réellement quitté le bar et qu'il l'observait toujours, mais aussi parce qu'il avait vraiment envie d'apprendre à connaître cette femme intrigante. Lorsqu'elle l'avait abordé, elle s'était montrée audacieuse et confiante, mais également nerveuse et prudente. Ces contradictions le captivaient. Pas étonnant qu'elle ait retenu son attention !

— Alors tu es médecin de combat ? demanda Trigger à Aspen.

Il passait le bras autour de Gillian et pour la première fois depuis très longtemps, Brain ne ressentit aucun pincement de jalousie en les voyant ensemble. Non qu'il ait voulu posséder Gillian ; Trigger et elle étaient faits l'un pour l'autre. C'était plus qu'il désirait ce qu'avait son coéquipier : que quelqu'un le regarde comme s'il pouvait décrocher la lune.

— Affirmatif, répondit Aspen en hochant la tête. Depuis

plusieurs années, je suis affiliée à diverses unités de Rangers.

Oz poussa un sifflement bas.

— Ce n'est pas un travail facile, observa-t-il.

— Non, en effet, sourit Aspen.

Kinley se pencha en avant et Brain vit la main de Lefty venir se poser au creux de son dos, conservant ce petit lien entre eux.

— Pardonne-moi mon ignorance, mais tu es une Ranger ? demanda-t-elle.

Aspen secoua la tête.

— Non. Je n'ai pas intégré l'école des Rangers, mais j'ai participé à des séances de formation avec eux.

Brain était déjà impressionné, mais son admiration augmenta et il lut la même chose sur le visage de ses coéquipiers. Cela étant, Gillian et Kinley ne comprenaient probablement pas vraiment ce que voulait dire Aspen. Il décida de les éclairer.

— Ce qu'elle veut dire, c'est qu'elle *pourrait* vraisemblablement devenir Ranger si elle en avait envie. Leurs sessions d'entraînement sont plus courtes qu'au camp des Rangers, mais elles sont tout aussi intenses. Des journées sans nourriture à ramper à travers des forêts et des rivières en essayant de ne pas se faire repérer. Et je suppose qu'en tant que toubib, tu as été chargée en plus de t'assurer que ton équipe reste hydratée et que toutes les ampoules ou les autres petits bobos soient traités. Et généralement, tu as dû veiller à ce qu'ils demeurent opérationnels à cent pour cent tout en t'occupant de ta propre sécurité, n'est-ce pas ?

Aspen rougit et se contenta de hausser les épaules.

— Ça fait partie du boulot.

Plus Brain apprenait à connaître la séduisante médecin, plus il l'appréciait. Il se remémora la façon dont elle avait tremblé dans ses bras lorsqu'il l'avait embrassée plus profondément, et comment elle l'avait regardé par la suite. Pas parce qu'elle était impressionnée qu'il soit un agent Delta, mais comme une femme contemplait un homme qu'elle désirait.

Conscient d'être un tantinet bourrin, Brain avança la main et mêla leurs doigts. Elle lui coula un regard et arqua un sourcil, mais elle ne s'écarta pas.

Prenant cela pour une victoire, Brain se contenta de lui sourire et tendit sa main libre pour avaler une gorgée de l'eau qu'il avait commencé à boire après avoir terminé sa bière. Il voulait garder l'esprit complètement clair, se souvenir de chaque seconde.

— C'est difficile d'être une femme et de travailler dans un groupe comme les Rangers, traditionnellement dominé par des hommes ? demanda Gillian.

Aspen soupira.

— Oui et non. J'admets que je me fais bien charrier, mais la plupart du temps, c'est pour plaisanter. Il y a bien sûr des mecs qui pensent que je ne devrais pas être rattachée aux Rangers de quelque façon que ce soit. Mais quand on est dans la merde, que les balles fendent l'air et que les gens meurent, personne ne paraît beaucoup se soucier du fait que je sois une femme.

— Avec qui travailles-tu maintenant ? demanda Brain.

Aspen se tourna à nouveau vers lui, mais quand il plongea dans ses prunelles brunes, il y vit une légère détresse. Cela ne dura qu'un instant, car elle la dissimula rapidement, mais cet aperçu donna à Brain l'envie d'envoyer bouler toute personne qui oserait lui pourrir l'existence. Il ne savait cependant pas pourquoi il se sentait si protecteur envers elle.

— Je suis affiliée à une équipe d'environ huit hommes. Derek est le meilleur ami du sergent responsable de mon unité.

— Derek, le connard qui n'a pas compris le message ? demanda Brain.

— Oui, grimaça Aspen. C'était stupide d'être sortie avec lui, point barre, d'autant qu'il est très proche des gars avec lesquels je travaille. Mais il a vraiment insisté et il avait pris ma défense lorsque certains m'emmerdaient. Dans un moment de faiblesse, j'ai accepté. Mais au bout de deux rendez-vous, je me suis rendu compte que nous n'étions pas compatibles.

— Et lui n'a *pas* compris ? demanda Kinley. Je veux dire, en général, on le sent, s'il y a une étincelle

Elle coula un regard à Lefty et lui adressa un petit sourire.

— Pour le coup, non, répondit Aspen avec un haussement d'épaules. J'ai essayé de lui faire clairement entendre que je tenais à le garder comme ami, rien de plus, et il n'a pas vraiment eu l'air d'intégrer... jusqu'à ce soir. Enfin, je l'espère.

Plus Brain réfléchissait à la raison pour laquelle elle s'était retrouvée contrainte d'aborder un parfait inconnu pour le prier de l'embrasser, plus cela l'irritait. Aucune femme n'aurait dû avoir recours à ce genre de stratagème juste pour qu'un mec lui lâche la grappe. Non voulait dire non, et ce Derek était un connard de première s'il continuait à la harceler alors qu'elle lui avait signifié qu'elle souhaitait simplement qu'ils restent amis.

Brain tendit à nouveau l'oreille et entendit Aspen raconter :

—... et c'était le genre de type qui voulait toujours avoir raison.

— Oh mon Dieu ! s'exclama Gillian. Je sais exactement ce que tu veux dire !

Brain se cala sur son siège pour écouter les femmes discuter, essayant de maîtriser sa colère. C'était surprenant.

Il n'était pas d'un tempérament belliqueux, mais la pensée qu'un homme puisse se comporter comme un con avec Aspen le faisait réagir. De toute évidence, elle était capable de se débrouiller toute seule, mais le sentiment ne disparaissait pas pour autant.

— Par exemple, si tu dis qu'il faudra deux heures pour arriver quelque part, il se sent forcé de te contredire pour affirmer que ça prendra deux heures et quinze minutes, poursuivit Gillian.

— Ou bien si je suggérai qu'il cuisine pendant vingt minutes, il me rétorquait que j'avais tort et que dix-sept minutes et demie suffisaient, sans quoi c'était trop, renchérit Aspen.

— Ou qu'un programme commence à huit heures trente, pas huit heures, ajouta Kinley.

— Ou quand je dis que le protocole approprié est une perfusion lente de vingt milligrammes par minute de kétamine, il faut qu'il me contredise et soutienne que la dose correcte est de cinquante milligrammes, alors que je sais que ce n'est valide que lorsque c'est administré par la voie intranasale,[1] proposa Aspen avec un rire.

Quand ils la regardèrent tous d'un air confus, elle rougit, puis rit encore plus fort.

— Désolée, désolée, désolée. J'oublie que tout le monde ne maîtrise pas les narcotiques autant que moi. Attention, je ne veux pas dire que j'en pratique au quotidien, je m'y connais simplement parce que... euh... et merde. Hum... Ou quand je dis que le maire Larry Kline dans *Stranger Things* était le terrible pirate Roberts dans *Princess Bride*, et il me soutient que je me trompe.

Cela fit rire tout le monde.

Brain trouvait Aspen vraiment adorable. Il nota qu'il devrait se souvenir d'essayer de ne pas la contredire en n'importe quelle circonstance. Il la regardait rire et plaisanter avec Gillian et Kinley, et les voir s'entendre à ce point lui mit du baume au cœur. Même s'il n'avait rencontré Aspen que quelques heures auparavant, cela faisait longtemps qu'il ne s'était pas senti aussi à l'aise avec une femme.

Il lui tenait toujours la main, et de temps en temps, il la caressait avec le pouce, juste pour lui faire savoir qu'il était encore là. Et chaque fois, il la voyait décocher un petit sourire, même si c'était sa seule réaction.

Levant les yeux, Brain croisa le regard de Trigger. Celui-ci pointa le menton vers lui et haussa son verre en un salut subtil. Brain leva les yeux au ciel et secoua la tête, mais Trigger se contenta de sourire.

Il était difficile de croire qu'il y avait à peine quelques heures, Brain tentait de se trouver des excuses raisonnables pour s'éclipser plus tôt et qu'à présent, il redoutait chaque seconde qui s'écoulait, parce que cela le rapprochait du moment où il devrait dire au revoir à Aspen. Il aimait apprendre à la connaître et la regarder interagir avec les gens qu'il appréciait le plus.

Environ une heure plus tard, Lefty et Kinley furent les premiers à prendre congé. Trigger et Gillian les suivirent rapidement. Puis Oz et Lucky partirent. Et Doc. Enfin, il ne restait plus que Grover, Brain et Aspen.

— Alors, lança cette dernière. Grover ? Brain ?

— Mon nom de famille est Groves, expliqua Grover.

— Donc ça n'a rien à voir avec le petit Muppet bleu ? le taquina Aspen.

— Certainement pas, protesta Grover en secouant la tête. J'ai vraiment l'air d'un Muppet ? Ou bien c'est parce que je parle de la même façon ?

— Non, pouffa-t-elle, mais je sais qu'il y a toujours une histoire derrière les surnoms. En plus, Grover est le plus cool de tous les Muppet. Il n'a pas assez de temps d'écran et pas assez de jouets ou de trucs comme ça à son effigie. Et tu aurais pu t'appeler Elmo, et là, *ça* aurait vraiment été embarrassant.

Ils ricanèrent tous les trois.

— Et toi, Kane ? Brain ?

Celui-ci haussa les épaules, pas certain de vouloir l'éclairer sur son surnom. Il n'était pas vraiment gêné, mais pour une fois dans sa vie, il aurait voulu ne *pas* être le nerd, préférant passer pour un super soldat dur à cuire des Forces Delta.

Mais, bien sûr, Grover fut ravi de le lui expliquer.

— C'est un putain de génie, commenta-t-il en esquivant le regard noir que lui lança Brain. Il manie plus d'une vingtaine de langues. C'est un virtuose des langues. Et je te jure devant Dieu, il peut entendre quelqu'un dire quelque chose une seule fois et il le comprend. C'est très pratique dans notre boulot, je peux te l'assurer.

Brain avala une autre gorgée d'eau et refusa de croiser le regard d'Aspen. Inévitablement, quand il rencontrait des gens et qu'ils apprenaient ce qu'il pouvait faire, ou bien ils demandaient une démonstration – c'est-à-dire qu'ils voulaient qu'il dise plein de trucs dans plusieurs langues différentes – ou bien ils se fermaient mentalement, se disant qu'il était loin au-dessus d'eux.

Il essaya de libérer ses doigts de ceux d'Aspen, mais elle resserra la main, ne lâchant pas prise. Surpris, il la regarda enfin.

— C'est cool, dit-elle doucement.

Grover continuait de parler, ignorant la gêne de Brain.

— Il a obtenu son bac à l'âge de quinze ans. Il est allé à l'université juste après et a décroché son premier diplôme en deux ans. Ses parents ont été *furax* quand il a rejoint l'armée ; ils voulaient qu'il devienne ingénieur ou un truc dans ce genre.

— Grover ? l'interpella Aspen sans détourner les yeux de Brain.

— Oui ?

— Tais-toi.

Incapable de se retenir, Brain éclata de rire.

Grover demeura silencieux pendant environ vingt secondes, puis il comprit que son long discours avait mis Brain mal à l'aise.

— Euh... Brain est intelligent, mais il est cool. Il est doué avec les nanas. Il est aussi loyal et pas prise de tête.

— Je pense qu'il est temps que tu partes, Grover, proposa Brain en secouant le menton. Tu n'aides pas.

— D'accord. Désolé. Je m'en vais. Il faut que je passe chez ma sœur demain. Je ne sais pas pourquoi elle m'évite, dernièrement, mais j'aimerais qu'elle arrête ses conneries. Alors, je vais me pointer à l'improviste. On se voit demain à l'entraînement, Brain.

— À plus tard, dit Brain à son coéquipier.

Grover était parfois un peu lourd, mais puisqu'il ne disait jamais rien de méchant intentionnellement, Brain et le reste de l'équipe toléraient ses bavardages.

Après son départ, Brain inspira et regarda Aspen.

— Alors, dit-il.

— Alors, répéta-t-elle.

— Grover n'est pas vraiment la subtilité incarnée, s'excusa Brain.

Aspen ricana.

— En effet, mais il ne pensait pas à mal.

— Je n'en doute pas.

Brain aurait eu envie de se frapper le front. Ce n'était pas exactement ainsi qu'il avait envisagé leur première conversation en tête à tête. Quoi qu'en dise Grover, Brain n'était pas « doué avec les nanas ». Il n'était pas « cool ». Il était le cerveau. L'intello. Celui vers qui tout le monde se tournait quand ils avaient un mystère à résoudre.

Il avait trente ans et il n'avait perdu sa virginité que six ans auparavant. Il avait toujours galéré sur le plan social. Rejoindre l'université aussi jeune signifiait que la plupart des femmes l'évitaient comme la peste. Ce n'est qu'après s'être engagé l'Armée de terre et avoir obtenu une certaine indépendance qu'il avait réussi à s'intégrer un peu mieux aux hommes de son âge.

— Je suis embarrassée de ne pas avoir posé la question plus tôt, mais toi et tes amis... vous n'êtes pas des Rangers, n'est-ce pas ? Parce que si vous l'êtes, j'ai vraiment gaffé tout à l'heure.

Brain secoua rapidement la tête.

— Non, nous ne sommes pas des Rangers.

— Dieu merci, souffla-t-elle.

— On est des Deltas, poursuivit Brain sur sa lancée.

Aspen s'immobilisa et le regarda en écarquillant les yeux.

— Je t'en prie, dis-moi que tu plaisantes.

— Non. Et je n'ai pas besoin de te demander de n'en parler à personne.

— Oh, je n'en parlerai pas. Bien entendu. Et... oh, merde, je suis *vraiment* une truffe !

— Non, tu ne l'es pas, répliqua immédiatement Brain.

Elle n'était vraiment pas une truffe.

— Si ! Tu n'arrêtais pas de répéter à quel point l'entraînement des Rangers est difficile, et je sais que vous êtes passés par bien pire.

— Ce n'est pas une compétition, protesta Brain.

Elle l'étudia en inclinant la tête.

— Quoi ? demanda Brain.

— Tu n'es pas comme la plupart des soldats des Forces

Spéciales que j'ai rencontrés. Et tes amis non plus, d'ailleurs.

— Comment ça ?

Aspen haussa les épaules.

— C'est juste que... tu es si terre à terre.

— Tu as passé bien trop de temps auprès de ces connards de Rangers, répliqua Brain.

— Ils ne sont pas *tous* des trouducs, sourit-elle.

— Derek en est un, lui dit Brain.

Elle sourit davantage.

— C'est vrai. Merci de m'avoir aidée tout à l'heure. Je ne me montre généralement pas aussi directe, mais...

— Mais il se comportait comme un con et tu étais désespérée, acheva Brain pour elle.

— Peut-être pas désespérée, répliqua Aspen avant de baisser la tête et de lever timidement les yeux. J'ai apprécié ce que j'ai vu au premier coup d'œil et j'ai profité pour faire d'une pierre deux coups.

Brain mit une minute à percuter ce qu'elle venait de dire, puis il fut choqué.

Les femmes n'étaient pas attirées par lui. Pas comme elle l'insinuait. Il savait qu'il n'était ni hideux ou quoi que ce soit. Il avait de beaux yeux... c'est du moins ce que d'autres personnes lui avaient dit. Mais il oubliait souvent de se peigner les cheveux, qui restaient ainsi ébouriffés. Et il avait une barbe parce qu'il était trop paresseux pour se raser tous les jours. Cela fonctionnait bien lorsqu'ils étaient en mission, mais quand ils rentraient à la maison, il la gardait simplement parce que c'était plus facile.

Mais que cette femme géniale et intelligente le repère dès le moment où il avait franchi la porte était un sentiment grisant... et tout à la fois déroutant.

— Tu n'as pas l'habitude qu'on te fasse des compliments, n'est-ce pas ? demanda-t-elle, incroyablement perspicace.

— Je suis le cerveau, dit-il avec un haussement d'épaules, comme si cela expliquait tout.

Aspen leva les yeux au ciel, mais elle se retourna ensuite sur son siège et le regarda dans les yeux.

— Oui, je voulais que Derek me lâche les baskets. J'ai merdé quand je suis sortie avec lui et j'en paye le prix. Je suis forcée de le voir tout le temps puisqu'il est très proche de mon sergent de peloton, que nos équipes s'entraînent ensemble et que nous participons effectivement à quelques missions conjointes. Mais j'espère qu'après ce soir, il se rendra compte qu'on n'est tout simplement pas compatibles, et que les choses vont revenir à la normale. Mais plus important encore, j'ai choisi que ce soit toi qui m'aides parce que j'ai été attirée par toi à la seconde où je t'ai vu.

Brain remarqua qu'elle rougissait, mais elle continua.

— Tu es entré avec l'air d'avoir envie d'être partout sauf ici. Et tu penses peut-être que tu es « seulement » le cerveau de ton équipe, mais il est plus qu'évident que tes amis t'admirent beaucoup. S'ils étaient uniquement intéressés par tes capacités intellectuelles, ils ne plaisanteraient pas si facilement avec toi. Et Gillian et Kinley n'auraient pas parlé de toi aussi positivement quand on est toutes allées aux toilettes.

« Je ne te connais pas et je prends peut-être des libertés, mais j'ai appris que la vie est trop courte pour ne pas dire ce que je pense... et je pense que tu es incroyable, Kane, même si je ne te connais que depuis quelques heures. Je ne t'ai même pas entendu parler une autre langue que l'anglais, sourit-elle. Tu m'as aussi secourue d'une situation très inconfortable, et le fait que tu n'as pas de petite amie est à la fois très déroutant et une chance pour moi.

Ses paroles résonnèrent dans l'esprit de Brain et il savait

qu'il avait envie – non, qu'il avait *besoin* – de mieux connaître cette femme.

— Tu veux qu'on se revoie un jour ?

La brusquerie de sa propre question le fit immédiatement grimacer.

Mais Aspen ne se moqua pas de lui.

— Oui, dit-elle simplement.

— Demain ?

Elle trouva son empressement *amusant.*

— Oui, répéta-t-elle.

Brain plissa les paupières.

— Tu ne dis pas seulement oui à cause de Derek, n'est-ce pas ? Parce que même si tu me plais, je ne veux pas d'un rendez-vous par pitié.

Son sourire s'estompa.

— Sérieusement ?

Il hocha la tête.

Aspen leva les yeux au ciel.

— Kane, je suis restée près de toi toute la soirée à te tenir la main. Je viens de te dire que je t'ai sélectionné parmi tous les hommes qui sont entrés dans ce bar ce soir. Bon sang, je t'ai offert vingt dollars si tu voulais bien m'embrasser.

Elle se pencha en avant et lui enfonça l'index dans la poitrine en articulant bien.

— Cela fait très longtemps que je n'ai pas rencontré un homme qui m'intrigue autant que toi. Je passe ma vie à vivre et à travailler avec des hommes, et franchement, cela m'a presque dégoûté du sexe opposé. Mais à la seconde où tu m'as fait basculer sur ton bras ce soir, tu aurais pu faire de moi ce que tu voulais.

Puis elle se redressa.

— Ce n'est peut-être pas une bonne idée, marmonna-t-elle.

Brain paniqua. Il ne pouvait pas la laisser lui filer entre

les doigts. Quelque part au fond de lui, l'assurance dont il paraissait manquer face au sexe opposé effectuait une montée en puissance. Il n'allait pas laisser la femme la plus intéressante qu'il avait rencontrée depuis longtemps s'échapper aussi facilement.

Il tendit la main et saisit l'index qu'elle avait enfoncé dans sa poitrine. Puis il secoua la tête.

— Non. Tu as déjà dit oui. Deux fois. Je ne vais pas te laisser revenir sur ta parole à présent. Puisqu'on ne se connaît pas, je suis tout disposé à te retrouver autre part si ça te met plus à l'aise. Ou si tu as confiance, je peux venir te chercher demain soir vers dix-huit heures.

— Tu es vraiment dans les forces Delta ? demanda-t-elle.

Confus, Brain hocha la tête.

— Je ne te mentirai pas à ce propos.

— J'en connais qui en seraient capables, renifla-t-elle. Et je suppose que si l'Armée de terre et notre gouvernement peuvent nous livrer leurs secrets, je peux certainement te dire où je vis.

Brain se détendit légèrement.

— Je peux récupérer mon doigt ? demanda Aspen.

Brain sourit.

— Ça dépend si tu vas l'utiliser pour me tisonner davantage.

— Tu vas continuer à débiter des bêtises ? rétorqua-t-elle.

— Probablement, acquiesça Brain avec honnêteté. Je crois que ça m'arrive souvent. J'ai beau être intello, j'ai la mauvaise habitude de dire des bêtises en présence de jolies femmes.

Aspen voulut retirer sa main et Brain la lâcha immédiatement. Mais au lieu de s'éloigner de lui, elle posa la main sur sa poitrine et se pencha vers lui.

— Tu sens tellement bon, laissa échapper Brain avant de se faire un reproche silencieux.

Il était censé être suave et pas balancer ce genre de conneries.

— Merci, dit-elle sans la moindre trace d'hésitation. Je ne mets pas beaucoup de parfum parce que je me roule dans la boue et que je bosse avec des mecs tout le temps, mais de temps en temps, je mets celui-ci. C'est des gardénias. Ça me rappelle Hawaï. Je n'y suis allée qu'une seule fois, mais j'ai adoré l'odeur des fleurs. Et... merde... Voilà que je m'étends sur un truc qui ne t'intéresse probablement pas.

— Si, répliqua immédiatement Brain.

Il se fit une note mentale sur les gardénias.

— Quoi qu'il en soit, dit Aspen en pénétrant davantage dans son espace personnel. Je vais te remercier de ne pas avoir pensé que j'étais folle ce soir quand je t'ai abordé.

— Je t'en prie, lui dit Brain en gardant les yeux sur ses lèvres.

— J'ai encore envie de t'embrasser, murmura-t-elle.

Intérieurement, Brain faisait des bonds et hurlait *oui* de toute sa voix, mais il se contenta de tendre la main et de toucher le côté du visage d'Aspen. Elle était assez près pour qu'il n'ait qu'à se pencher en avant de quelques centimètres pour que leurs lèvres se touchent... mais pour une raison quelconque, il voulait attendre.

— J'ai envie d'apprendre à te connaître, lui dit-il. Et je veux que tu me connaisses. Je ne vais pas te mentir, je suis attiré par toi. Mais je suis assez vieux pour savoir que ce que je ressens pour toi est différent. Spécial. Et la dernière chose que je veux est de dénigrer ce que je ressens en te pelotant dans le coin d'un bar lors de notre première soirée ensemble.

Brain eut peur de s'être comporté comme l'homme le

plus idiot du monde en la repoussant, mais quand il vit le visage d'Aspen s'adoucir alors qu'elle hochait la tête, il poussa un soupir de soulagement.

— Tu es très différent, dit-elle doucement.

Brain haussa les épaules.

— J'admets, en convint-il.

— J'aime la différence, dit-elle en redressant le dos.

Brain la lâcha à contrecœur et se redressa en même temps qu'elle. Elle fourra alors la main dans son sac et en tira un billet de vingt dollars qu'elle lui tendit.

— Je te dois vraiment quelque chose.

Brain regarda successivement l'argent puis le visage d'Aspen d'un air sombre.

— Je ne vais pas prendre ton argent, lui dit-il d'un ton bourru. Range ça.

— Il faut quand même que je paye ce que j'ai bu, argumenta-t-elle.

Brain prit l'argent puis saisit son sac et fourra le billet dans une poche extérieure.

— Tes boissons sont déjà payées. Et tu ne payeras jamais pour ce genre de choses quand tu es avec moi.

— Pourquoi pas ? demanda-t-elle en fronçant les sourcils.

— Parce que.

— Parce que tu es un mec et que je suis une nana ? souffla-t-elle.

— Non. Parce que c'est irrespectueux. Ça n'a rien à voir avec ton sexe ou parce que je pense que tu ne peux pas payer tes propres verres.

— Alors pourquoi ?

Brain hésita.

— Tu vas penser que c'est stupide.

— Non, insista Aspen.

— Bien, mais c'est toi qui as voulu savoir, répondit-il.

C'est parce que j'ai envie de te gâter. Quand je sors avec une femme, je ne veux pas qu'elle ait à s'inquiéter de *quoi que ce soit*. Tu veux aller quelque part ? Je t'emmènerai. Tu préfères un taxi ? Je t'en appellerai un. Tu veux commander le plat le plus cher de la carte, très bien. Fais-le. Quand je sors avec une femme, je veux qu'elle sache à quel point je la trouve spéciale. Et, être spéciale veut dire ne pas t'inquiéter de devoir payer l'addition ou le pourboire, d'avoir à gérer les connards qui te harcèlent ou bien de savoir comment tu vas rentrer chez toi. Je suis juste fait comme ça.

Il se prépara à sa réaction. Par le passé, il avait connu des femmes qui lui avaient dit franchement que son idée de la chevalerie était barrée, ou bien qu'il était misogyne. Mais c'était sa position et il avait appris à clarifier les choses à l'avance afin qu'il n'y ait pas de problèmes plus tard.

Mais Aspen ne le railla pas, et elle n'avait pas l'air irritée.

— Si on est en ville ensemble et que je vois un truc que j'ai envie de t'acheter, tu vas piquer une crise ?

— Non. C'est ton argent ; tu en fais ce que tu veux. Mais juste pour te prévenir, ne t'imagine pas m'acheter une voiture ou un truc de ce genre en guise de « cadeau ».

Aspen éclata de rire. Elle jeta la tête en arrière et s'esclaffa si fort que Brain enroula un bras autour de sa taille pour l'empêcher de tomber. Quand elle se reprit, elle le regarda dans les yeux et acquiesça.

— D'accord. Je ne t'achèterai pas de voiture. J'ai compris.

Brain lui rendit son sourire.

— Bien. Donne-moi ton numéro.

Ce changement de sujet abrupt ne la désarçonna pas. Il apprécia aussi le fait qu'elle ne lui avait pas demandé s'il allait le noter ou l'enregistrer dans son téléphone. Elle le lui avait simplement dit comme si elle était certaine qu'il serait capable de s'en souvenir.

— Je t'enverrai un SMS plus tard pour que tu aies le mien et que tu puisses me communiquer ton adresse, lui dit Brain.

— Je n'y vois aucun inconvénient.

Ils se dirigèrent vers la porte du bar. Brain n'eut pas besoin de retirer son bras de sa taille et Aspen s'appuya même sur lui pendant qu'ils marchaient. Elle referma les doigts dans le passant à l'arrière de son jean et cette petite pression fit trembler Brain d'anticipation. Aucune des femmes avec lesquelles il était sorti n'avait eu ce geste, et il eut l'impression qu'elle marquait son territoire. Cela lui plaisait. Vraiment beaucoup.

En sortant du bar, Brain salua le videur du menton. Puis quand il regarda à nouveau Aspen, il vit qu'elle souriait.

— Quoi ? demanda-t-il.

— C'est juste ce geste du menton. C'est bien un truc de mecs.

Brain fronça les sourcils.

— Et ?

— Rien, répondit-elle.

Mais il l'entendit marmonner :

— C'est sexy comme tout.

Il sourit. Personne ne lui avait jamais dit qu'il était sexy. Cela lui plaisait aussi.

Brain raccompagna Aspen jusqu'à sa voiture, une Hyundai Elantra GT blanche très pratique. Regardant autour de lui, il ne vit pas Derek ou qui que ce soit d'autre se tapissant dans l'ombre.

— Conduis prudemment, lui dit-il en lui ouvrant la portière.

Aspen attendit un moment avant de grimper à l'intérieur, puis elle hocha la tête.

— Toi aussi, lui dit-elle.

— À demain soir, lui dit Brain.

J'ai hâte.

Ne sachant pas quoi rajouter pour prolonger leur soirée, Brain ferma la portière et recula. Sans réfléchir, il la salua du menton et sourit quand elle lui adressa un large sourire à travers le pare-brise. Elle leva deux doigts, lui faisant un dernier signe avant de sortir de sa place de parking.

Regardant sa montre, Brain se rendit compte qu'il avait passé plusieurs heures au bar avec Aspen. Cela faisait très longtemps qu'il n'était pas resté dehors aussi tard quand il n'était pas en mission. Il y avait quelque chose chez elle qui lui faisait oublier qu'il était l'intello de service. Le petit génie. Elle lui donnait l'impression qu'il était... normal. Peut-être pour la première fois de sa vie.

Une fois dans sa voiture, il prit le temps d'enregistrer son nom et son numéro dans son téléphone. Puis il lui envoya un bref texto.

Brain : C'est Brain. J'ai hâte d'être à demain. Dis-moi où je peux passer te prendre. Dors bien.

Elle ne répondit pas, mais il ne s'était pas attendu à ce qu'elle le fasse puisqu'elle était au volant. Il jeta son téléphone sur le siège passager et retourna chez lui, souriant durant tout le trajet.

CHAPITRE DEUX

Attendant que Kane vienne la chercher, Aspen Mesmer faisait nerveusement les cent pas dans son appartement. Elle ne savait pas comment elle avait survécu à la journée. Elle était à la fois excitée et très nerveuse à propos de son rendez-vous de ce soir.

Après la débâcle avec Derek, elle avait envisagé de ne plus jamais sortir avec des militaires. La veille, elle s'était rendue au bar pour prendre un verre parce qu'elle ne voulait pas rentrer chez elle et se retrouver seule. La journée avait été stressante et elle avait eu envie d'un bon verre pour se relaxer avant de retourner à la maison. Malheureusement, Derek avait choisi le même bar qu'elle. Elle ne comprenait pas pourquoi il semblait aussi attaché à elle après seulement deux rendez-vous... un *mois* auparavant. Ils n'avaient tout bonnement pas cliqué !

Pas comme ce qu'elle ressentait avec Kane. Elle l'avait remarqué à la seconde où il avait franchi le seul. Il était un peu mal rasé, mais c'étaient ses yeux qui avaient d'abord attiré son attention. Il avait balayé la pièce du regard, observant tous les gens et tous les détails. Elle aurait dû comprendre immédiatement qu'il était une sorte de soldat des Forces spéciales, mais Derek avait commencé à lui reprocher de ne pas lui donner leur chance, alors elle s'était dirigée vers Kane sans la moindre arrière-pensée.

Demander à un complet inconnu de l'embrasser ne trônait pas en tête de liste des choses les plus intelligentes qu'elle avait faites dans sa vie, mais Kane ne lui avait pas fait défaut. D'abord, la situation avait été un peu embarrassante, puis il avait pris le contrôle de la situation. Aspen n'était pas une personne confiante en général, mais dans ses bras, elle n'avait pas ressenti la moindre peur qu'il lui fasse faux bond.

Et la façon dont il l'avait embrassée ? Comme s'il venait de rentrer à la maison après des mois d'absence... Bon sang ! Elle avait senti ses orteils se contracter dans ses Converses.

Elle s'était également attendue à ce qu'il soit bête à manger du foin, comme l'étaient en général la plupart des beaux hommes. Mais bien entendu, elle s'était aussi trompée à ce sujet. Vraiment trompée.

Brain.

Apparemment, il était une sorte de génie.

Intelligent. Chaud. Musclé. Delta. Respectueux... et pour ne rien gâter, un ami et coéquipier hors pair.

Cela faisait longtemps qu'elle n'avait pas ressenti une attirance immédiate pour un mec, mais dans ce cas particulier, comment le lui reprocher ? Kane Temple était tout ce qu'une femme pouvait souhaiter. Il semblait quelque peu... innocent et désuet, ce qui était une agréable surprise. D'expérience, Aspen savait que de nombreux soldats des Forces spéciales étaient blasés et avaient l'habitude de coucher avec autant de femmes que possible. Dieu savait que la plupart des Rangers avec lesquels elle travaillait agissaient de la sorte !

Mais Kane était allé jusqu'à refuser de l'embrasser à la fin de la soirée. Son insistance pour qu'elle ne débourse pas le moindre centime l'avait un peu dérangée, mais une fois qu'il lui avait expliqué pourquoi, elle avait cédé.

Et si tout cela était une ruse ? Et si elle avait mordu à l'hameçon ? Elle espérait vraiment que non.

Elle verrait avec le temps.

Elle regarda sa montre. Il était censé arriver à son appartement cinq minutes plus tard. Ils iraient dîner puis il la ramènerait chez elle. Pour un premier rendez-vous, c'était tout en retenue, mais Aspen était reconnaissante. Elle n'aurait vraiment pas voulu passer toute la soirée avec lui s'il s'avérait que la soirée de la veille était un coup de bol et qu'il n'était en réalité qu'un connard.

Cela dit, elle espérait qu'il n'en soit pas un et que l'attirance qu'elle avait ressentie envers lui dans ce bar persiste.

Aspen sursauta violemment quand on toqua à la porte. Elle avait regardé par la fenêtre, mais apparemment, elle avait été tellement perdue dans ses pensées qu'elle ne l'avait pas vu. Après avoir vérifié que c'était bien Kane, elle ouvrit sa porte.

— Salut, dit-elle un peu timidement en soutenant son regard.

Pendant une seconde, ils contentèrent de se regarder. Puis Kane secoua la tête et lui sourit.

— Bonjour.

Soudain, Aspen eut l'impression qu'elle avait à nouveau quinze ans et que son tout premier petit ami venait la chercher. Elle ne savait pas quoi dire ou quoi faire. Elle ne pouvait que dévorer Kane du regard. Il portait un jean et une chemise boutonnée vert foncé. Depuis la veille, il s'était taillé la barbe, mais ses cheveux étaient encore en désordre, comme s'il venait juste d'y passer les doigts.

Elle ne connaissait pas grand-chose sur son passé sentimental, mais elle avait eu l'impression la veille qu'il n'avait pas connu beaucoup de relations longues. Ce qui était fou, d'ailleurs, parce qu'il était super craquant.

Aspen avait hésité sur sa tenue, mais elle s'était finalement décidée pour un jean et un débardeur noir. Il faisait encore chaud le soir et elle voulait être à l'aise. Elle n'était pas du genre à porter une robe et des talons. Si Kane n'appréciait pas sa façon d'être, il valait mieux qu'elle le découvre le plus tôt possible.

Mais l'inquiétude qu'Aspen ressentait, se demandant si les étincelles qu'ils avaient éprouvées n'étaient qu'un effet d'un soir, disparut immédiatement. Debout à la porte à se regarder dans le blanc des yeux, elle voyait bien que Kane était tout aussi paralysé par la timidité qu'elle.

— Tu es magnifique, dit-il lorsque le silence embarrassant s'étira un peu trop longtemps.

Aspen souffla d'un air dubitatif.

— Je porte un débardeur et un jean, Kane. Rien d'extraordinaire.

Il fit un pas en avant, franchissant le seuil, et Aspen fit un pas en arrière avant de redresser l'échine. Elle n'avait pas peur de Kane, mais il la déstabilisait, ce qui était inhabituel.

— Tu es censée dire « merci », lui dit-il. Tu n'es pas très douée pour accepter les compliments, n'est-ce pas ? demanda-t-il, répétant presque sa question de la veille.

Aspen haussa les épaules.

— On ne m'en fait pas très souvent, donc... non.

— C'est vraiment une honte, dit Kane.

Il n'avait pas rompu le contact visuel, et c'était rassurant. Il la voyait *elle* et non comme une paire de seins dotée d'une tête, comme certains hommes paraissaient parfois la percevoir... Des hommes comme Derek.

— Tu es le genre de femme qui peut porter une petite robe avec des talons noirs et éclipser la mannequin la plus jolie du monde, mais surtout, enfiler une tenue de combat avec des bottes et rester quand même la femme la plus jolie de la pièce.

Aspen ne sut pas quoi répondre. Elle déglutit fort.

Kane se tenait tout près, mais il ne la touchait pas. Leurs yeux étaient presque à la même hauteur et le regard de Kane était si intense qu'elle dut baisser les yeux. Elle pouvait voir son cœur battre dans le creux de sa gorge et sentait son odeur fraîche. C'était comme s'il était sorti de la douche juste avant de venir. Il ne portait pas d'eau de Cologne, pas de senteurs artificielles, et cela donna envie à Aspen de l'attirer sans attendre dans son appartement et jusque dans sa chambre.

Cela faisait longtemps qu'elle n'avait pas désiré un homme autant qu'elle désirait Kane.

— Je vois que je vais devoir te complimenter plus souvent, dit-il avec un petit sourire. Pour que ce soit plus facile pour toi de dire simplement « merci ». Tu es prête à partir ?

— Oui, j'ai juste besoin de prendre mon sac à main. Tu veux entrer ? demanda Aspen.

— Je vais juste attendre ici, répondit Kane en secouant la tête.

Se demandant pourquoi il ne voulait pas entrer, Aspen haussa simplement les épaules et lui tourna le dos pour aller chercher son sac. Elle revint moins d'une minute plus tard et vit que Kane se trouvait à présent debout juste à l'extérieur de son appartement, dans le couloir. Elle sortit et ferma la porte à clé et, alors qu'ils s'éloignaient, elle demanda :

— Tu ne voulais pas voir mon appartement ?

Il lui lança un regard qu'elle ne parvint pas à interpréter. Puis il la prit par surprise.

— Je *veux* le voir. Je veux tout savoir de toi. Je veux savoir si tu es le genre de femme qui adore avoir beaucoup de coussins et de couvertures sur son canapé, ou si tu es plutôt carrée. Je veux savoir si tu as une de ces cafetières à une tasse, ou si tu préfères préparer une carafe en entier. Je veux parcourir tes films et tes livres, et voir ce qui t'intéresse.

« Mais c'est notre premier rendez-vous. Tu ne me connais pas et je ne veux vraiment pas te mettre mal à l'aise de quelque façon que ce soit. Et envahir ton espace personnel pourrait non seulement être troublant, mais également dangereux. Tu ne devrais pas inviter qui que ce soit dans ta maison avant de vraiment connaître la personne. Rien ne m'aurait empêché de fermer et de verrouiller la porte derrière moi pour t'attaquer ! Je te protègerai toujours, même si tu n'as pas besoin que je le fasse. Parce que c'est ce qu'un homme fait pour la femme qu'il fréquente. Il veille sur sa sécurité, ne laisse personne profiter d'elle ni lui manquer de respect, et il tente de la mettre à l'aise en sa présence.

Aspen pila net au milieu du couloir de son immeuble et elle dévisagea Kane, incrédule.

— Aspen ? demanda ce dernier en fronçant les sourcils, visiblement confus.

— Tu es sincère ? Ou bien c'est un jeu ?

Kane parut encore plus confus.

— Un jeu ?

— Oui. Tu dis toutes ces choses géniales qui sont à peu près tout ce que chaque femme a envie d'entendre. Es-tu en train de m'amadouer pour pouvoir profiter de moi tout à l'heure quand tu me ramèneras ?

À la seconde où les mots lui sortirent de la bouche, elle aurait voulu les ravaler. L'expression de Kane passa de l'inquiétude à la résignation. Il s'éloigna d'un pas et soudain, elle eut un frisson.

— Je ne joue à aucun jeu, dit-il d'un ton bas et égal. Je suis qui je suis. En grandissant, j'ai passé beaucoup de temps à regarder les adultes autour de moi. Mon père est un homme bien, mais il n'est pas le plus attentionné du monde. Il n'a jamais tenu la porte à ma mère et marchait souvent devant nous quand on allait de la voiture à un bâtiment. J'étais jeune quand je suis entré à l'université, mais j'ai quand même vu beaucoup d'hommes traiter les femmes qu'ils étaient censés aimer comme de la merde. J'ai ensuite rejoint l'Armée de terre et j'ai vu d'innombrables exemples de femmes traitées comme des citoyennes de seconde zone dans des pays du monde entier. Je n'ai jamais voulu être ce genre de mec. Je veux m'assurer que toute femme qui sort avec moi sache que je la respecte et qu'elle est importante. Je suis désolé si tu as cru que j'essayais de te mentir, ajouta-t-il en soupirant. Tu as peut-être raison ; ce n'est peut-être *pas* une si bonne idée.

Il avait marmonné cette dernière phrase et Aspen devina qu'il était sur le point de partir et de la laisser en plan au milieu du couloir.

Elle tendit la main et la referma sur l'avant-bras de Kane.

— Je suis désolée, dit-elle immédiatement. C'est juste que... Derek était vraiment gentil pour notre premier rendez-vous. Attentif et drôle. Je n'ai pas vraiment ressenti d'étincelle avec lui, mais j'ai pensé que cela allait peut-être se développer. J'ai donc accepté de le revoir, et c'est comme si c'était un autre homme. Il n'a pas arrêté de me toucher d'une façon qui me mettait vraiment mal à l'aise. Quand il m'a ramenée chez moi, il m'a embrassée puis il a essayé de me tripoter. Il n'était pas content quand je lui ai dit non et honnêtement, il m'a fait peur. C'est juste que... je suis méfiante. Et de t'entendre dire toutes ces choses dont rêvent toutes les femmes... Ça m'a paru trop beau pour être vrai.

— Je ne suis pas ce connard, dit Kane en articulant soigneusement chaque mot. J'ai connu trop d'hommes exactement comme lui. Si je dis quelque chose, je le pense. Et je ne vais pas te mentir ; tu m'attires, Aspen, mais je ne suis pas branché coups d'un soir. Je veux connaître une femme avant de coucher avec elle. Ce n'est peut-être pas très macho de ma part, mais je veux créer une sorte de lien émotionnel avec la femme que j'invite dans mon lit. L'attirance physique ne me suffit pas. Pendant très longtemps, j'ai été en retard sexuellement par rapport à mes camarades de classe. Et quand je me suis finalement intéressé au sexe opposé, j'étais trop jeune pour les filles que je connaissais. Je ne dis pas que je veux être fiancé avant de coucher avec quelqu'un, mais baiser pour baiser n'est pas ce que je recherche dans une relation.

Aspen le croyait. L'honnêteté et la sincérité étaient inscrites sur tous ses traits. Il ne se contentait pas de lui remplir la tête de belles paroles ni d'user de psychologie inversée pour la convaincre de coucher avec lui.

— D'accord. Je regrette d'avoir été impolie.

— Tu n'étais pas impolie, lui dit Kane. Tout simplement honnête. Mais je préfère te le dire tout de suite, si je te dis quelque chose, je te demande de croire que c'est la vérité.

Aspen hocha la tête, puis elle se pencha en avant et posa le front sur son épaule. C'était un geste intime, puisque techniquement, leur premier rendez-vous n'avait pas encore commencé, mais elle avait besoin de le toucher. Pour lui faire comprendre qu'elle était vraiment désolée.

Ils restèrent ainsi, elle avec les deux mains sur son avant-bras et la tête sur son épaule, et lui collé contre elle, pendant au moins une minute... avant que l'estomac d'Aspen se mette à gronder.

Kane ricana.

— Tu as faim. Je dois te nourrir.

— J'ai travaillé pendant la pause-déjeuner, dit Aspen avec un haussement d'épaules. Les équipes s'entraînent à fond en ce moment, au cas où on serait envoyés en Afghanistan.

C'était agréable de ne pas avoir à expliquer ce qu'elle voulait dire. Kane le savait parce qu'il évoluait dans les mêmes cercles que les Rangers. D'ailleurs, il en savait probablement plus qu'eux.

— Oui, les choses sont en train de prendre un mauvais tournant. Il y a un nouveau mec qui fout la merde. Les États-Unis vont devoir faire quelque chose à son sujet. Et très vite.

Kane lui prit la main et ils descendirent le couloir en continuant à discuter.

Aspen hocha la tête.

— Je comprends la nécessité d'être préparés, mais je dois dire que passer en revue toutes sortes de scénarios dans le coin le plus isolé de la base n'est pas vraiment ma version d'une partie de plaisir. C'est super chaud.

— Ce sera chaud en Afghanistan aussi, dit Kane avec un sourire.

— Je sais, grommela Aspen. Tu parles comme mon sergent de peloton.

Kane lui ouvrit la porte de l'immeuble et, une fois qu'elle l'eut franchie, il se retrouva à nouveau à son côté. Il l'emmena jusqu'à sa Dodge Challenger noire et lui tint la portière passager. Puis il fit rapidement le tour pour rejoindre l'autre côté. Il alluma immédiatement le moteur et la climatisation avant d'enclencher sa ceinture de sécurité. Un autre point positif pour lui !

Une fois attaché, il se tourna vers elle.

— Où va-t-on ?

— Quoi ?

— Où veux-tu aller dîner ?

— Tu veux dire que tu n'as pas encore décidé ? demanda Aspen d'un ton incrédule.

— Non. Je ne sais pas ce que tu aimes. Des fruits de

mer ? La nourriture mexicaine ? De la viande ? Toute décision que je prends présente des écueils. Tu es peut-être végétarienne, et si je sélectionnais un resto à steaks, cette relation serait terminée avant d'avoir commencé. Ou si je choisissais un resto à fruits de mer et que tu étais allergique, encore une fois, cela ne présagerait rien de bon pour nous. La chose la plus simple et la plus sûre à faire est donc de vous laisser choisir.

— Mais si *je* prends la mauvaise décision ? Tu me mets vraiment la pression, Kane.

Il sourit et, une fois de plus, Aspen décida que les femmes étaient folles de ne pas désirer cet homme. Elle ne savait pas pourquoi il était toujours célibataire.

— Tu ne peux pas mal choisir. Je mange de tout. Littéralement. Il n'y a pas une chose que je refuse de manger.

— Pas une seule chose ? demanda-t-elle en haussant un sourcil.

Il éclata de rire.

— Je viens de te lancer un défi, n'est-ce pas ?

— Il doit bien y avoir *quelque chose* que tu n'aimes pas. Personne n'aime tout, lui dit Aspen.

— Très bien. Je n'aime pas le kimchi, dit Kane avec un frisson.

— Ça ne compte pas, lui dit Aspen en secouant la tête. Personne n'aime le chou fermenté, sauf si on vient de Corée et qu'on en mange depuis l'enfance.

Kane lui sourit. C'était un sourire doux, empli de tendresse. Aspen savait qu'elle était folle d'essayer de lire tant de choses sur son visage, mais elle ne pouvait pas s'en empêcher. Quand elle était en sa compagnie, il lui faisait sentir qu'elle était la personne la plus importante au monde. C'était enivrant et elle risquait vraiment de s'y habituer.

— De quoi as-tu envie, *cha-gee* ?

Aspen cligna des paupières en entendant le mot aux connaissances étrangères.

— Comment m'as-tu appelée ?

Elle fut surprise lorsque les joues de Kane s'empourprèrent.

— Désolé, c'est sorti tout seul.

— Et ? Qu'est-ce que ça signifie ?

— *Cha-gee* veut dire « ma chérie » en coréen. Parfois, j'utilise un mot étranger au lieu d'un mot anglais, dit Kane.

— *Cha-gee*, répéta Aspen, en testant ce mot aux consonances étranges.

— Bon, la nourriture ? demanda Kane.

Elle avait le sentiment qu'il essayait tourner la page pour faire oublier ce qu'il percevait comme un lapsus embarrassant.

— Tu sais quoi ? Si après ce soir, tu ne me forces jamais à choisir où aller manger, tu peux m'appeler de tous les mots gentils que tu connais en langues étrangères. Ne sais-tu pas que les femmes détestent choisir ?

Il ricana.

— D'accord.

Aspen inspira profondément et se creusa les méninges pour trouver où ils pouvaient aller. Elle mourait de faim et il n'existait en réalité qu'un seul endroit où elle voulait manger quand elle avait aussi faim.

— Taqueria Mexico, dit-elle.

— Taqueria Mexico Restaurant ou Taqueria Mexico Lindo ? demanda Kane du tac au tac.

— Tu en as entendu parler ? demanda Aspen.

— Allons, c'est juste le meilleur restaurant mexicain de Killeen, dit Kane. Alors, tu préfères le restaurant sur Rancier Avenue ou le Lindo sur Fort Hood Street, qui est plus petit ?

— Le restaurant, lui dit Aspen.

Kane sourit et hocha la tête.

— Un choix judicieux.

C'était fou devoir comme un tout petit compliment pourrait la faire se sentir tellement bien !

— Et je dois te prévenir, mais je ne suis pas une de ces femmes qui commandent une salade et la picorent. Je peux engloutir une barquette de frites et de salsa à moi toute seule, et enchaîner mon dîner en prime.

Le sourire de Kane ne s'estompa pas.

— Bien. Parce que je ne vais pas te laisser commander une salade puis picorer dans mon assiette toute la soirée.

— Ha. Absolument pas. J'ai couru huit kilomètres en plein cagnard, puis j'ai fait des burpees [1] et j'ai rampé dans le sable pendant ce qui m'a paru être des heures. Je mérite toutes les calories que je vais consommer ce soir.

— Je n'en doute pas. Mais pour moi, ce serait pareil si tu étais restée assise toute la journée. Tu es qui tu es, et jusqu'ici, c'est exactement cette personne-là que j'apprécie, Aspen Mesmer.

Ses paroles lui restèrent jusqu'à ce qu'ils arrivent au restaurant. Aspen savait qu'elle n'était pas vraiment mince. Les entraînements quotidiens lui avaient donné des muscles, et elle refusait de se laisser mourir de faim pour rentrer dans une taille 34. Elle aimait manger et les carbohydrates étaient sa faiblesse. Elle n'avait aucun problème à porter des débardeurs parce que ses bras étaient impressionnants, du moins le trouvait-elle. Elle ne s'était pas attendue à ce que Kane la dénigre lors de leur première soirée, mais l'entendre dire qu'il l'appréciait exactement telle qu'elle était lui mettait du baume au cœur.

Ils arrivèrent au petit resto mexicain et quand il la rejoignit devant sa voiture, il lui prit la main. Ils rentrèrent et bien vite, on les installa dans une alcôve très colorée dans un coin de la salle à manger bondée.

La surprenant, Kane s'assit à ses côtés au lieu de s'installer en face d'elle. Remarquant son expression, il demanda :

— C'est bon ? Je me suis dit qu'on s'entendrait mieux si je m'assieds à côté de toi. Si ça te met mal à l'aise, je peux me décaler. D'ailleurs, je vais...

Aspen lui saisit le bras et secoua la tête.

— Reste. Ça m'a juste prise au dépourvu.

Kane s'assit lentement et haussa les épaules.

— Le flirt n'est pas mon fort, dit-il avec une certaine timidité.

— Tu t'es très bien débrouillé jusqu'ici, lui dit Aspen.

Ils furent interrompus par le serveur qui arriva avec une panière remplie à ras bord de tortillas chaudes et un ramequin de salsa. Il nota leurs boissons et repartit rapidement.

Kane fit glisser la sauce piquante vers elle en la désignant du menton.

— Les femmes d'abord.

— Tu vas faire une crise si je fais de la double saucette ? demanda Aspen.

Il sourit.

— Non. Pas du tout. Et la quantité de salive qui peut être transférée en faisant la double saucette est en fait très petite. D'ailleurs, on s'échange plus de microbes en s'embrassant qu'en partageant un ramequin de sauce.

— C'est bon à savoir, dit Aspen avec un grand sourire.

Il plissa les narines.

— Voilà que je recommence. Si je commence à raconter trop de conneries, frappe-moi.

— Jamais. C'est pratique d'avoir quelqu'un qui a toutes les réponses.

— Je croyais que ça ne te plaisait pas quand un homme a toujours raison ? Vous en avez longuement discuté avec Gillian et Kinley, dit Kane.

— Non, répliqua Aspen. On n'aime pas se faire contredire tout le temps et s'entendre dire qu'on a tort quand on sait qu'on a raison.

— Noté, lui dit Kane avec un autre sourire.

— Je veux dire que c'est évident que tu es plus intelligent que moi et ça ne me dérange pas. Mais si je parle de la circulation, du trajet qu'on doit prendre ou bien de quelque chose de médical, tu auras tout intérêt à être certain d'avoir raison avant de me contredire.

Il la regarda avec une expression qu'elle ne parvint pas à interpréter, et alors qu'elle s'apprêtait à lui demander à quoi il pensait, le serveur revint prendre leurs commandes. Heureusement, Aspen n'eut même pas besoin de regarder le menu. Elle était venue tellement de fois qu'elle l'avait pratiquement mémorisé. Kane ne le regarda pas non plus et commanda des fajitas.

Après le départ du serveur, ils abordèrent des sujets plus appropriés pour deux personnes qui désirent apprendre à mieux se connaître. Elle lui raconta qu'elle était fille unique et qu'elle avait grandi à Minneapolis, dans le Minnesota. Elle était allée à l'université, mais avait abandonné avant de terminer sa licence d'anglais. Elle n'avait pas su ce qu'elle voulait faire de sa vie après avoir quitté l'école. Elle avait fait un tour avec la police locale lorsqu'elle avait songé à les rejoindre et avait été fascinée par les ambulanciers qui étaient arrivés et avaient porté les soins nécessaires pour sauver la vie d'un couple qui avait été blessé dans un accident de moto.

Elle cherchait comment devenir ambulancière quand elle avait rencontré un ancien combattant de l'Armée de terre. Il avait été médecin de combat au Vietnam et, après avoir entendu son histoire, elle avait décidé de s'engager dans l'Armée et de suivre ses traces.

— La décision n'a pas dû être facile, dit Kane entre deux bouchées.

Aspen haussa les épaules.

— Rien n'était facile, surtout l'entraînement pour les médecins de combat dans les Forces Spéciales. J'ai cru plusieurs fois que je n'allais pas y arriver, et pas seulement à cause des exigences physiques.

— Laisse-moi deviner... le réseau des vieux mecs blancs ?

Aspen hocha la tête.

— Je sais que l'Armée a vraiment tenté de réduire ce genre de conneries, mais maintenant, c'est juste plus discret. Les autres femmes dans ma classe et moi-même avons traversé l'enfer pour essayer de gagner le respect de nos instructeurs et de nos collègues médecins.

— Et maintenant, regarde-toi, la félicita Kane.

Aspen sourit.

— J'ai travaillé très dur, avoua-t-elle. J'en sais plus que la plupart des ambulanciers qui bossent dans les rues. Je connais les bases de la médecine dentaire, je peux effectuer des extractions, j'ai étudié les soins vétérinaires pour les grands animaux, ainsi que les bases de la phytothérapie. Et en plus, je suis aussi douée avec mon arme que n'importe quel Ranger.

— Et tous les jours, tu dois continuer à essayer de prouver que tu es digne d'être là simplement parce que tu es une femme, n'est-ce pas ?

Aspen ne savait pas comment Kane parvenait à être aussi perspicace. Elle hocha la tête.

— C'est énervant et ça m'irrite. J'arrive bientôt à ma date de réengagement, et je me demande sérieusement si je veux rester ou bien si j'ai envie de partir et d'utiliser mes compétences d'une autre manière. Quelque part où elles seraient appréciées davantage.

Une chose qu'Aspen aimait vraiment chez Kane était qu'il faisait attention lorsqu'elle parlait. Il ne jouait pas avec son téléphone et ne regardait pas autour de lui comme s'il s'ennuyait. Il l'étudiait et était à fond dans leur conversation.

— Tu songes vraiment à partir ? demanda-t-il.

Aspen haussa les épaules.

— Honnêtement ? Je ne sais pas. Je me plais vraiment dans l'Armée. J'aime servir mon pays. Mais quand les soldats avec leur tout nouveau badge de Ranger découvrent qu'ils doivent servir aux côtés d'une femme et qu'ils me traitent avec mépris, ça me gave très vite.

Kane lui posa la main sur la cuisse. Il ne la tripotait pas, faisant simplement peser sa main au-dessus de son genou, lui apportant son soutien.

— Je suis désolé que tu doives supporter ça. C'est nul.

Elle appréciait aussi qu'il n'essaye pas de trouver la moindre excuse aux soldats avec lesquels elle travaillait.

— Merci. Mais... et toi ? Je sais déjà que tu as obtenu ton bac tôt et donc que tu as fini l'université super jeune. Où as-tu grandi ? As-tu des frères et sœurs ? Où sont tes parents ?

Aspen fit son visage se fermer immédiatement.

Elle sentit son ventre se serrer. Elle n'avait pas voulu lui poser de question gênante, mais parler de lui ne l'enchantait apparemment pas.

À son crédit, il ne l'envoya pas entièrement bouler.

— Moi aussi, je suis fils unique. Mes parents étaient âgés quand ils m'ont eu. Ma mère avait quarante-deux ans et mon père quarante-huit. Je suppose qu'ils pensaient qu'elle ne pouvait pas tomber enceinte... et surprise ! Ils étaient tous les deux professeurs à Stanford et ont été ravis de voir qu'en termes d'intelligence, je dépassais leurs attentes. Ils m'ont embauché des tuteurs privés quand j'avais trois ou quatre ans et à partir de là, toute ma vie a tourné autour de l'école.

— Je parie qu'ils étaient fiers de toi, avança Aspen d'un ton incertain.

— Oh, absolument. Ils se vantaient de moi à tous leurs amis. Mais quand ils m'ont poussé à passer mon deuxième Master juste après avoir décroché mon premier, j'en ai eu marre. J'étais un gamin maigrichon, maladroit, sans amis. J'avais passé toute ma vie à étudier. Je voulais sortir et m'amuser. Ils n'ont pas été contents lorsque je leur ai dit que je quittais l'école. Que je m'engageais dans l'Armée. Après ça, ils ont refusé de me parler pendant des années.

— Je suis désolée, dit doucement Aspen.

Kane haussa les épaules.

— Ça n'a pas été facile. Je me suis donné à fond pour mon entraînement de base et ma formation avancée. Même si j'avais un diplôme universitaire, je voulais être soldat. Je ne voulais pas devenir officier directement. Je voulais me salir les mains comme tout le monde. On m'a chambré, mais peu importe. Pour la première fois de ma vie, j'ai fait ce que je voulais faire. J'étais heureux. Super fatigué, mais heureux.

— Tes parents t'ont-ils pardonné ? demanda Aspen.

— Pardonné ? Kane secoua la tête. Je ne pense pas. Mais ils sont résignés au fait que leur génie de fils ne veut rien avoir à faire avec le monde universitaire. Ce qui est drôle, c'est que j'utilise ce qu'ils m'ont enseigné et ce que j'ai appris en vivant sous leur toit bien plus que je l'aurais fait si j'avais suivi la route qu'ils m'avaient tracée.

Aspen était fascinée.

— Par exemple ?

— Une fois, nous étions en Afrique, au milieu de la jungle... Perdus, si tu arrives à le croire. Puis nous sommes tombés sur un village, et disons simplement que les autochtones n'étaient pas vraiment contents de nous voir. J'ai dû écouter et observer pendant deux jours, mais j'en ai assez appris de leur langue pour communiquer. Je les ai rassurés en leur disant qu'on était amis et qu'on n'allait pas leur faire le moindre mal. À la fin du troisième jour, on s'est tous retrouvés assis autour d'un feu en slip, pour participer à un rituel d'amitié traditionnel.

Aspen pouffa. Elle fut ravie lorsque Kane lui rendit son sourire.

— Mes amis ne plaisantaient pas hier soir quand ils ont dit que je connais plus de deux douzaines de langues. Il y a quelque chose dans mon cerveau qui les intègre très rapidement. Je n'arrive pas à toutes les lire super bien, mais je peux les parler et les comprendre. Ça nous a bien servi au fil des ans.

— J'imagine, oui, lui dit Aspen.

Le reste de la soirée fut consacré à des sujets moins intenses. Le genre de livres qu'ils aimaient lire, leur musique préférée, leurs derniers achats en matière de voiture et ce qu'ils auraient aimé conduire si l'argent n'était pas un problème. Ils discutèrent pendant si longtemps que le gérant du restaurant vint leur dire qu'ils devaient fermer.

Aspen était choquée. En général, elle détestait s'attarder à table après avoir mangé. Mais Kane et elle avaient parlé pendant des heures, et pourtant, elle avait l'impression qu'elle n'avait appris à le connaître que superficiellement.

Et une chose qu'elle avait *vraiment* appréciée était qu'ils n'avaient pas parlé de l'Armée durant toute la soirée. Derek avait été simplement capable de parler de travail et de politique.

Kane tendit sa carte de crédit au serveur soulagé et, moins d'une minute plus tard, celui-ci revenait avec l'addition. Ne se gênant pas pour le regarder signer le papier, Aspen remarqua que Kane donna à leur serveur patient un pourboire généreux. Encore un point positif pour lui !

Il se leva et l'aida à se redresser. Quand elle fut debout, il lui prit la main et l'accompagna jusqu'à la porte. Puis il s'arrêta à l'extérieur pour parcourir le parking du regard. Le restaurant étant situé dans un centre commercial, le parking n'était pas immense, mais il prit le temps de repérer s'il y avait des dangers cachés avant de se rendre vers sa voiture.

Aspen ne s'en plaignait pas. Elle savait exactement ce qu'il faisait ; elle-même était entraînée aux mêmes gestes. Elle n'avait peut-être jamais travaillé avec une équipe de la Force Delta – ils n'avaient pas recours à des médecins de combat, s'appuyant sur leurs propres compétences et formations si les choses s'envenimaient –, mais on l'avait entraînée à garder l'œil ouvert.

Aspen appuya la tête sur le siège et ils restèrent tous les deux silencieux alors que Kane la ramenait à son appartement. Quand ils arrivèrent, il se gara et éteignit le moteur.

— Où habites-tu ? demanda Aspen.

Elle n'aurait pas voulu que la soirée se termine, mais elle savait que peu importait le nombre de questions qu'elle posait, elle finirait bien par se terminer.

— J'ai une petite maison pas très loin d'ici.

— Une maison ? demanda Aspen d'un ton surpris. Pas un appartement ?

— Non. Je voulais me sentir posé. Il y a une veuve de quatre-vingt-onze ans qui vit d'un côté, et une famille avec trois enfants de l'autre. Les enfants jouent dehors tout le temps, et quand la chaleur de la journée se dissipe, il y a des couples âgés assis sur leurs porches. C'est... agréable.

— On dirait, oui, dit Aspen, un peu jalouse.

Elle avait toujours voulu une maison. Une vraie maison. Mais sa vie dans l'Armée ne s'y prêtait vraiment pas. Se triturant les méninges pour trouver quelque chose à dire, elle baissa les yeux vers le bras de Kane, posé sur l'accoudoir entre eux, et elle dit :

— Tu as de belles veines.

Il cligna des paupières, puis ricana.

— Euh... merci ?

Sachant qu'elle rougissait, Aspen fit courir un doigt sur la veine très proéminente de son avant-bras.

— C'est juste quelque chose que je remarque maintenant. C'est vraiment difficile de poser une intraveineuse chez certaines personnes, alors quand je vois quelqu'un qui a des veines comme les tiennes, proéminentes, je ne peux pas m'empêcher de penser que ce serait facile de te piquer.

L'entendant s'étrangler de rire, elle leva les yeux et se rendit compte de ce qu'elle venait de dire.

— De te piquer avec une IV. C'est-à-dire, te coller une aiguille dans les veines. Merde... Je vais arrêter de parler.

Le sourire de Kane s'élargit.

— Tu es super mignonne, *cha-gee*.

Elle ne savait pas comment répondre à cela. Personne ne lui avait jamais dit qu'elle était mignonne. Elle était trop grande. Trop musclée. Mais quelque part, quand Kane lui avait dit qu'elle était mignonne et qu'il l'avait appelée « ma chérie », cela lui parut être la meilleure marque d'affection possible.

— Puis-je t'appeler demain ? demanda-t-il.

— Ça me plairait, lui dit-elle.

— Bien. Moi aussi. Vas-y. Il est tard, et je suis sûr que tu devras te lever tôt pour l'entraînement.

Se sentant déçue, mais sachant que leur rendez-vous devrait bien se terminer un jour, elle hocha la tête et sortit de la voiture. Déjà là, Kane lui prit la main et commença à marcher vers son immeuble.

— Tu n'as pas besoin de me raccompagner jusqu'à ma porte.

— Je sais.

Aspen ne put que sourire. Elle aimait sentir sa main dans la sienne. Beaucoup. S'inquiétant de ce qui arriverait devant sa porte, elle garda son calme alors qu'ils se dirigeaient vers son appartement. Une fois arrivés, elle ouvrit la serrure et se tourna, regardant maladroitement Kane.

Celui-ci sourit doucement et posa une main sur son visage. Il lui repassa une mèche de cheveux derrière son oreille et son pouce lui caressa la joue pendant une seconde avant que sa main ne retombe.

— J'ai passé un bon moment ce soir, *querida*.

— Laisse-moi deviner. C'est de l'espagnol ?

Il sourit.

— Oui.

— Moi aussi, dit Aspen.

— Je te parlerai demain. Ne te laisse pas abattre par ces connards, lui dit-il avant de faire un pas de côté.

— Pas de baiser ? laissa échapper Aspen.

Kane secoua la tête.

— Si je touche à ces lèvres que j'ai regardées toute la nuit, je ne partirai plus jamais.

Il était direct. Il ne flirtait pas. Il n'essayait pas de la faire sourire.

Aspen s'humecta les lèvres du bout de la langue et vit ses pupilles se dilater alors qu'il la regardait.

— Mais tu vas bien finir par m'embrasser à un moment ou à un autre, non ? le taquina-t-elle.

— Oh, absolument, souffla Kane. Comptes-y. Dors bien.

— Toi aussi, lui dit-elle.

— Vas-y. Rentre et verrouille la porte. Je rentrerai quand je saurai que tu seras en sécurité à l'intérieur.

Aspen hocha la tête et maintint le contact visuel avec lui jusqu'à la dernière seconde. Elle tourna le pêne et enclencha la chaîne.

— Bonne nuit, Aspen, l'entendit-elle dire.

Puis elle entendit ses pas s'éloigner alors qu'il repartait dans le couloir.

Inspirant profondément, elle s'adossa à la porte et se

laissa glisser jusqu'à ce qu'elle se retrouve assise sur les fesses, les genoux relevés. Pendant une seconde, elle retint son souffle puis elle afficha un large sourire et poussa un cri aigu comme si elle était redevenue adolescente.

Tous les indices démontraient que Kane ressentait la même étincelle qu'elle. Dieu merci.

CHAPITRE TROIS

Brain et Aspen furent terriblement occupés durant la semaine et demie suivante. Ils n'avaient pas réussi à se revoir, mais ils s'étaient parlé au téléphone au moins une fois par jour. Un soir, ils avaient parlé pendant plus de deux heures, et une autre fois, ils n'avaient discuté que pendant dix minutes. Et à chaque appel, Brain se sentait de plus en plus à l'aise avec Aspen.

Ils avaient enfin pu s'accorder pour se voir deux soirs plus tard, deux semaines après leur dernier rendez-vous, et il avait hâte. Il était nerveux et bouillonnait d'anticipation à la perspective de la revoir. Brain n'avait jamais ressenti cela pour une femme, ce qui l'excitait et le terrifiait tout à la fois.

L'équipe venait de sortir d'une réunion qui avait duré toute la matinée sur la situation de plus en plus instable en Afghanistan, et ils partaient déjeuner avant de continuer la discussion. Les officiers de l'armée avaient mentionné la possibilité d'envoyer des troupes pour tenter de stabiliser la région, et si les Deltas ne figuraient actuellement pas sur la liste des équipes des Forces Spéciales à dépêcher, cela pouvait changer à tout moment.

— Trigger ? appela Brain alors qu'ils se dirigeaient vers la cafétéria de la base.

— Que se passe-t-il ? demanda son ami.

— Je peux te parler une seconde ?

— Bien sûr. Quel est le problème ? demanda Trigger.

— Rien de grave, lui assura rapidement Brain. C'est juste que... J'ai beaucoup réfléchi ces derniers jours. Comment as-tu *su* que Gillian était plus qu'une simple conquête ?

Les épaules de Trigger se détendirent quand il se rendit compte que Brain ne désirait pas parler de questions de sécurité nationale. Il adressa un signe aux autres pour leur dire qu'ils les rattraperaient bientôt. Puis il se retourna vers Brain avec un haussement d'épaules.

— C'était juste quelque chose en elle. Je n'arrivais pas à m'empêcher de penser à elle constamment. Quand on s'est rendus au Venezuela pour neutraliser ces pirates de l'air et que Gillian a été forcée d'être leur négociatrice, elle est restée si calme, si capable ! Elle était terrifiée, bien sûr, mais elle faisait de son mieux pour ne pas le montrer. J'ai été intrigué dès le début. Pour être honnête, ça a été douloureux de la laisser une fois la mission terminée, et j'ai pensé à elle dès le lendemain.

Brain hocha la tête.

— C'est Aspen ? demanda Trigger.

— Oui. Je l'admire. Non seulement parce que c'est une médecin de combat qui déchire, parfaitement à la hauteur d'une équipe de Rangers, mais aussi parce qu'elle s'accroche, même si c'est plus difficile à cause de son sexe. Pas physiquement, mais à cause de tout ce qu'elle doit faire pour prouver qu'elle est compétente.

— Et ?

— Et, quoi ? demanda Brain.

— Il doit y avoir quelque chose de plus. On a rencontré

beaucoup de femmes dans des domaines dominés par des hommes et qui sont plus que capables. Qu'est-ce qui la rend si différente ?

Brain ne répondit pas immédiatement, réfléchissant un instant à la question de son ami. Pourquoi Aspen *était-elle* différente des autres femmes qu'il avait rencontrées ?

— Elle écoute. Je veux dire, elle écoute *vraiment*. Elle n'est pas juste en train d'attendre l'occasion de prendre le contrôle de la conversation. Et elle ne porte pas non plus de jugement hâtif. Je lui ai parlé de mes parents et de la façon dont j'ai grandi, et ça ne lui a absolument rien fait.

— Si en revenant cet après-midi, on nous dit qu'on nous envoie en mission dans deux heures, quelle serait ta première pensée ? demanda Trigger.

Brain inhala brusquement.

— *Là*, dit immédiatement Trigger. Tu pensais à quoi ?

— Je voudrais l'appeler. L'informer en personne de la situation. Lui dire que si elle n'a plus de mes nouvelles pendant un moment, ce n'est pas parce que je n'en ai rien à faire d'elle.

Trigger hocha la tête.

— Tu ne penses pas à appeler ta voisine pour s'occuper de tes plantes et récupérer ton courrier. Tu n'es pas en train de penser en revue les scénarios auxquels on risque de se confronter pendant la mission. Ta première pensée est pour Aspen. Tu veux t'assurer qu'elle va bien et qu'elle comprend pourquoi tu vas disparaître de la circulation pendant un moment.

Brain hocha la tête.

— C'est *ça* qui la différencie des autres femmes, lui dit fermement Trigger, quand ta première pensée est pour elle, quand tu t'inquiètes de savoir si elle ira bien pendant ton absence.

— Je ne la connais pas depuis très longtemps, expliqua Brain.

— Peu importe. Ce n'est pas parce que tu la trouves spéciale que vous allez vous marier demain et avoir une douzaine de bébés. Mon conseil ? Fonce. Ne réfléchis pas trop. Tu veux lui parler ? Appelle-la. Tu veux la voir ? Arrange-toi. Ne fais pas le même genre de conneries que les autres mecs quand ils attendent un certain nombre de jours avant d'appeler juste pour ne pas paraître trop enthousiastes.

— Oui, ce n'est pas un problème, marmonna Brain.

Trigger ricana et donna une claque sur le dos de son ami.

— On s'est parlé tous les soirs depuis notre rencontre, admit Brain.

— Bien. La meilleure façon de conquérir le cœur d'une femme est de devenir d'abord son ami. Laisse-la râler sur sa journée, ne lui propose pas de résoudre ses problèmes. En général, elles veulent simplement que quelqu'un les écoute. Mais quand ça compte, prend sa défense et ne laisse personne s'en prendre à elle. Elle est peut-être forte et robuste, mais c'est toujours bon d'avoir quelqu'un de ton côté quand les choses tournent mal.

Brain hocha la tête. Il le savait mieux que quiconque. Il avait passé la plus grande partie de son enfance dans la solitude. Les enfants de son âge ne voulaient jamais jouer avec lui, et quand il était entré au lycée puis à l'université, il avait été trop jeune pour se faire de vrais amis parmi ses camarades de classe. Et même s'il ne savait pas si Aspen avait besoin que quelqu'un la soutienne, il serait là s'il le pouvait.

— Merci.

— Quand tu veux. Maintenant, je ne sais pas pour toi, mais perso, j'ai super faim. Allons manger, dit Trigger.

— J'arrive dans une seconde. Je dois d'abord passer un coup de fil.

Trigger lui répondit d'un large sourire.

— Je suis sûr que Gilly aura envie d'apprendre à mieux connaître Aspen.

Brain répondit à son ami d'un salut du menton. Lui aussi voulait qu'Aspen soit plus proche de Gillian et de Kinley, mais pour le moment, il se sentait un peu égoïste. Il voulait apprendre ce qui la faisait tiquer avant ses amis.

Il cliqua sur le numéro d'Aspen et porta le téléphone à son oreille. Il n'était pas sûr qu'elle soit en mesure de répondre, mais il espérait qu'elle ait le temps de déjeuner et peut-être de faire une pause.

Cela étant, le téléphone sonna quatre fois et bascula sur messagerie vocale. Il hésita, se demandant s'il n'était pas bête et aurait dû raccrocher et attendre le soir pour lui parler. Coupant court à ses réflexions, le bip retentit dans son oreille.

— Bonjour. C'est moi. Brain... euh... Kane. On prend notre pause déjeuner et j'ai voulu voir si je pouvais te parler. Je n'ai pas vraiment de raison d'appeler... à part pour te dire que je pensais à toi.

Il grimaça. Dieu, il avait vraiment l'air d'un nerd !

— Quoi qu'il en soit, j'espère que ta journée se passe mieux que les précédentes. Je t'appellerai plus tard dans la soirée. Salut.

Il raccrocha et ferma les paupières, dégoûté. Il avait eu l'air d'un gros boulet. En soupirant, il rempocha son téléphone et se mit à traverser le parking vers la cantine. Aspen lui plaisait. Beaucoup. Mais il n'avait pas beaucoup d'expérience en matière de relations, et la dernière chose qu'il voulait était de lui faire peur en s'imposant et en paraissant trop désespéré.

Mais voilà : il avait désespérément eu *envie* de lui parler. Pour savoir comment elle allait. Si elle avait trouvé plus d'informations sur le déploiement de son équipe. Il voulait savoir ce qu'elle avait l'intention de manger pour dîner et quel genre d'émissions de télé elle voulait regarder le soir.

En bref, il avait hâte d'apprendre la moindre information qu'il pourrait glaner à son sujet.

Inspirant profondément, il fit de son mieux pour tempérer sa curiosité à propos d'Aspen. Il était le cerveau, celui vers qui tout le monde se tournait quand ils avaient besoin de réponses, et il devrait être précis et concentré quand il retournerait aux meetings de l'après-midi, sans laisser ses pensées s'égarer du côté d'Aspen. Il aurait largement le temps d'apprendre à la connaître. Il n'avait pas besoin de tout apprendre au cours de la première semaine.

Sur cette pensée quelque peu apaisante, Brain entra dans le bâtiment bien déterminé à se sortir Aspen de la tête... du moins pendant quelques heures.

Aspen était épuisée. Il était vingt heures et elle était debout depuis cinq heures trente. Ces derniers jours, Derek s'était comporté encore plus comme un con que d'habitude. Elle ne comprenait pas s'il lui en voulait simplement parce qu'elle n'avait plus envie de sortir avec lui, et s'il se vengeait sur ses deux équipes, ou bien s'il était nerveux parce que l'intensification des tensions au Moyen-Orient signifiait qu'une mission se présentait.

Quelles qu'en soient les raisons, les derniers jours avaient été brutaux. Son équipe de Rangers – accompagnée de deux autres membres de celle de Derek – s'était entraînée dans les « villes » construites dans les environs déserts de Fort Hood. Ils avaient rampé dans la poussière et avaient cuit au soleil. En tant que médecin de terrain de son unité, Aspen n'était pas exactement tenue de suivre le même entraînement que les hommes, mais elle s'y sentait obligée. S'ils se retrouvaient en Afghanistan au milieu de nulle part, elle devrait accompagner les soldats, soigner les blessures qui pourraient se produire et s'assurer qu'ils restent tous hydratés.

Et si elle ne voulait pas être traitée différemment parce qu'elle était une femme, elle avait l'impression d'avoir besoin de suer et de souffrir aux côtés de ses compagnons de peloton.

Ce soir-là, leur exercice avait été d'essayer de prendre par surprise un « bastion » taliban sans se faire repérer. C'était une mission à la con, parce que bien sûr, les « méchants » savaient qu'ils tentaient de les prendre par surprise, et étaient donc en alerte maximum. En situation réelle, les terroristes n'auraient pas deviné qu'ils s'approchaient, mais ils avaient dû jouer le jeu. Ils avaient été repérés encore et encore, et s'étaient fait crier dessus par tout le monde, depuis les sergents de patrouille jusqu'aux officiers qui supervisaient l'entraînement. C'était démoralisant et frustrant, et Aspen avait envie de s'effondrer sur son lit et de dormir pendant vingt-quatre heures d'affilée.

Sauf qu'elle devait se lever à cinq heures trente le lendemain matin et retourner au poste pour tout recommencer.

Elle se tenait dans la petite cuisine de son appartement, observant l'intérieur de son réfrigérateur d'un œil vide. Elle avait besoin de manger quelque chose, mais ignorait de quoi elle avait envie. Elle n'avait pas l'énergie de cuisiner quoi que ce soit et, pour être honnête, de toute façon, l'air frais du réfrigérateur était plus agréable que la perspective de manger quelque chose.

Un coup à sa porte tira Aspen de son état de demi-hébétement. Elle se tourna pour aller répondre quand son téléphone sonna. Sans regarder l'écran, elle cliqua sur le bouton vert tout en jetant un œil par le judas.

— Hé, c'est Brain.

— Bonjour, Kane, lui dit Aspen d'un ton fatigué, contemplant en fronçant les sourcils l'homme qui se tenait à sa porte, vêtu d'une sorte d'uniforme et chargé d'un sac en papier brun. Tu peux attendre une seconde ? Il y a un type à ma porte et je crois qu'il s'est paumé.

— Il n'est pas perdu, lui dit Kane. C'est moi qui l'ai envoyé.

Confuse, Aspen ouvrit la porte.

— Aspen Mesmer ? demanda-t-il.

— Elle-même.

— Tenez. C'est pour vous.

Le livreur lui tendit le sac, et dès qu'elle le lui prit, il tourna les talons et disparut dans le couloir.

— Que se passe-t-il ? marmonna-t-elle.

— Je me suis inquiété quand tu n'as pas répondu à ton téléphone tout à l'heure, alors j'ai appelé un ami sur la base, et il m'a dit que ton peloton n'était pas encore revenu de votre exercice d'entraînement. Je lui ai demandé de me faire savoir quand tu serais de retour et je t'ai commandé à dîner. Tu m'avais dit que puisque je t'avais fait choisir où nous avions mangé le premier soir, ce serait à moi de choisir le reste du temps, alors... c'est ce que j'ai fait. J'espère que ça te convient.

— Tu m'as acheté à dîner ? demanda Aspen.

Elle connaissait déjà la réponse, mais son cerveau tournait à vide. Elle entendit son estomac gronder quand l'odeur de la nourriture s'éleva du sac, remplissant l'air et lui faisant comprendre qu'elle était affamée.

— Oui. Je ne sais pas si tu allais aimer ou pas, mais je me

suis dit que tu aurais probablement besoin de protéines. Après avoir passé toute la journée au soleil, tu dois remplacer les nutriments que tu as perdus. J'ai passé commande au Hawaiian Grill. J'ai commandé l'assiette de laulau. C'est du porc enveloppé dans des feuilles de taro et cuit à la vapeur pendant des heures jusqu'à ce qu'il soit si tendre qu'il fond sur ta fourchette. C'est délicieux. Mais si tu n'es pas fan de porc, je t'ai aussi pris un steak haché servi avec leur sauce teriyaki maison. Il est fantastique. Il y a aussi une autre portion de poulet et de riz long grains à l'Hawaïenne.

Aspen avait posé le sac sur le comptoir et le déballait alors que Kane expliquait ce qu'il avait commandé. Les portions étaient énormes, et elle savait qu'elle ne parviendrait pas à tout manger. Cela dit, elle était tellement reconnaissante de ce geste (et du fait qu'elle n'avait pas besoin de cuisiner), qu'elle en eut le souffle coupé pendant une minute.

— Aspen ? J'espère ne pas avoir été trop loin. J'ai connu la même chose, quand tu es tellement fatigué après l'entraînement que tu n'as plus l'énergie pour te préparer quoi que ce soit. Mais ça rend simplement la journée du lendemain plus difficile et plus douloureuse. D'après les réunions que j'ai eues aujourd'hui, je devine que ton entraînement ne va pas s'alléger dans les jours qui viennent... Alors j'ai voulu faire ce que je pouvais pour te simplifier l'existence.

Aspen sentit les larmes lui monter aux yeux et elle ferma les paupières. Serrant le téléphone dans la main avec une poigne de fer, elle murmura :

— Merci.

— Alors, c'est bon ? demanda Kane. Tout le monde n'aime pas la nourriture hawaïenne.

— Je ne sais pas si j'aime ou pas, mais je peux te garantir

que je vais me gaver de cette viande à l'odeur délicieuse puis plonger dans un coma de fatigue, le ventre plein, lui dit-elle.

— Bien. Et je jure que je ne suis pas un harceleur ou quoi que ce soit. Je me suis juste inquiété pour toi quand je n'ai pas pu te parler de toute la journée. Et pour ce message que je t'ai laissé à l'heure du déjeuner... Je suis désolé aussi.

Elle n'avait même pas pris la peine de regarder les notifications de son téléphone !

— Tu m'as laissé un message ? demanda Aspen.

— Oh... Euh... Oui, mais tu peux juste le supprimer.

Sa curiosité piquée et se demandant pourquoi le message qu'il lui avait laissé mettait Kane aussi mal à l'aise, elle demanda :

— Que me disais-tu ?

— Rien. J'ai fait une pause déjeuner et j'ai pensé que je pourrais te parler.

— Tu sais que dès qu'on va raccrocher, je vais l'écouter, n'est-ce pas ? demanda-t-elle. On ne peut pas dire à une femme de ne pas écouter un message vocal et s'attendre à ce qu'elle le supprime comme ça, le taquina-t-elle. Tu t'es comporté comme un connard ? Tu ne m'as pas crié dessus juste parce que je n'ai pas décroché ?

— Non ! s'exclama Kane. Seigneur, je ne ferai jamais un truc comme ça ! Quelqu'un t'a déjà fait le coup ? Quels connards ?

Elle appréciait de le voir aussi en colère pour elle.

— Je plaisantais, Kane !

Il soupira.

— Je me suis rendu compte après avoir raccroché que j'avais l'air ridicule. Comme un garçon de quatorze ans qui a désespérément besoin de l'attention de la jeune fille pour laquelle il a un coup de foudre.

Aspen déglutit fort.

— Tu craques pour moi ?

Il n'hésita même pas.

— Oui.

— Et tu pensais que j'allais être contrariée que tu m'aies appelée au milieu de la journée et que tu me laisses un message ?

Il ne répondit pas aussi vite cette fois-ci.

— Je ne sais pas.

— Je ne le suis pas, insista Aspen. Merci d'avoir appelé. Je n'ai même pas eu cinq minutes pour moi aujourd'hui. Quand on a fait la pause, j'ai dû faire le tour de mes hommes pour m'assurer qu'ils restent hydratés afin que je ne les perde pas en route. Puis j'ai eu juste assez de temps pour engloutir un sandwich avant de repartir.

— Tu dois te souvenir de prendre soin de toi aussi, lui dit fermement Kane. Tu n'aideras pas ton équipe en t'évanouissant. Crois-moi, je l'ai appris à la dure.

Aspen aimait le voir aussi préoccupé pour elle. Elle appréciait les hommes avec lesquels elle travaillait, mais il n'y en avait pas un qui avait pensé à s'assurer qu'elle prenne soin d'elle-même.

— Et si ça ne tenait qu'à moi, je m'assurerais que ton équipe comprenne que *tu* es une de leurs alliées les plus importantes. Prendre soin de leur médecin devrait être leur priorité absolue, parce que je t'assure que si jamais ils se retrouvent au milieu d'une fusillade et se prennent une balle, ils auront vraiment les boules que tu ne sois pas là.

Aspen ricana. Elle savait qu'elle était fatiguée et affamée, mais elle fut incapable de s'en empêcher.

— Ils seront tristes ? demanda-t-elle.

— Tristes. En colère. Morts. Peu importe, dit Kane sans la moindre trace d'humour.

— C'est bon. Je vais bien, lui dit-elle à voix basse. Merci pour le dîner.

— Je t'en prie. On se voit toujours après-demain soir ? demanda-t-il.

— Tant que Derek et les autres sergents de peloton ne décident pas qu'on a besoin d'une autre séance de formation en soirée, lui répondit-elle. Qu'est-ce que tu as envie de faire ?

— Tu as eu une longue semaine. Que dirais-tu de rester à la maison ? Si tu viens chez moi, je nous ferai griller des steaks et on pourra glander et regarder un film ou un truc de ce genre. Je suis un mec typique, et j'ai une énorme télé et une tonne de films. Ou bien on peut choisir quelque chose sur Netflix. C'est comme tu veux.

— J'ai envie qu'on reste à la maison, lui dit Aspen.

— Bien. Sauf imprévu, je devrais avoir fini vers seize heures. Je m'arrêterai au magasin en rentrant chez moi, et j'ai besoin de tondre la pelouse de ma voisine. J'ai négligé de le faire et ça ressemble à une jungle, alors j'ai besoin de m'y mettre. Et si tu venais vers dix-huit heures trente ? Je sais que c'est un peu tard pour dîner, mais les steaks cuiront vite, et je peux aussi préparer des légumes à la vapeur assez rapidement.

— Ça me semble parfait, dit Aspen.

Et cela l'était.

— Kane ?

— Oui, *liebling* ?

Elle ricana et pendant une seconde, elle oublia ce qu'elle s'apprêtait à dire.

— C'était quelle langue ?

— De l'allemand.

— Super. Quoi qu'il en soit, merci d'avoir pensé à moi aujourd'hui.

— Tu n'as pas besoin de me remercier pour ça, lui dit-il. Apparemment, je ne peux pas *m'empêcher* de penser à toi. C'est un peu déconcertant, si tu veux tout savoir. Mais, j'ai parlé à Trigger tout à l'heure et il m'a dit que c'était pareil pour Gillian, ce qui m'a légèrement rassuré.

Aspen inspira brusquement.

— Tu as parlé de moi à ton coéquipier ?

— Oui. Rien de trop personnel. Juste concernant ce besoin inhabituel de savoir comment tu vas et de te contacter constamment. Gillian et lui vont bientôt se marier, et ils sont proches. *Très* proches. Je me suis dit que lui ou Lefty étaient les meilleures personnes à qui demander des conseils puisqu'ils ont des relations sérieuses. Je n'ai jamais ressenti un truc comme ça... Jamais... et j'avais besoin de savoir si c'était normal.

Aspen fut ravie de l'entendre.

— Ça ne l'est pas.

— Quoi ? Normal ? demanda-t-il.

— Oui. Moi non plus, je n'avais jamais ressenti ça. Moi aussi, j'ai beaucoup pensé à toi aujourd'hui. Quand j'étais tellement fatiguée que j'ai cru que je ne parviendrai pas à ramper un centimètre de plus, j'ai pensé à toi qui m'encourageais depuis les gradins. Ça m'a aidée. Beaucoup.

— Bien. Mais tu n'as pas besoin de moi pour t'encourager. Tu déchires tout et tu es géniale telle que tu es, Aspen.

— Merci, murmura-t-elle.

— Va manger, ordonna-t-il, avant que ça ne refroidisse. Bien que je doive admettre que le porc est incroyable même lorsqu'il a refroidi.

— On se parle demain ? demanda Aspen.

— Oui. Si je n'arrive pas à t'avoir, je te laisserai un autre message gnangnan... Comme celui que je t'ai laissé plus tôt, dit-il en ricanant.

— Je suis sûre qu'il n'est pas gnangnan, protesta Aspen.

— Et je suis sûr que si. Et puis merde. Je vais devoir accepter le fait d'être gnangnan parce qu'il n'y a pas d'autre façon d'être. Je suis le cerveau, aujourd'hui et à jamais. Dors bien, *liebling*.

— Promis. Toi aussi.

— Bonne nuit.

— Bonne nuit.

Aspen raccrocha et au lieu d'entamer son repas, elle cliqua immédiatement sur l'icône du message vocal qu'elle n'avait pas vue jusque-là.

— *Bonjour. C'est moi. Brain... euh... Kane. On fait la pause déjeuner et je voulais voir si je pouvais te parler. Je n'ai pas vraiment de raison d'appeler... à part pour te dire que je pensais à toi. Quoi qu'il en soit, j'espère que ta journée se passe mieux que les précédentes. Je t'appellerai plus tard dans la soirée. Salut.*

Elle l'écouta deux fois, affichant un large sourire tout du long. Le message était certes un peu gnangnan, mais il était évident qu'il venait du cœur. Il avait appelé juste parce qu'il avait pensé à elle. Comment aurait-elle pu ne pas apprécier ?

Décidant de ne jamais effacer son message, *jamais*, elle finit par poser son téléphone et prit une fourchette dans son tiroir à couvert. Ne prenant même pas la peine de sortir une assiette, elle s'empara du plat de porc et en avala une grande bouchée, grognant d'extase quand les épices hawaïennes explosèrent sur ses papilles.

Décidant sur-le-champ qu'à partir de ce moment-là, c'est Kane qui déciderait de tout en matière de nourriture, elle dévora le reste de son dîner debout au comptoir, grognant de plaisir à chaque bouchée.

Plus tard dans la nuit, allongée dans son lit, Aspen se repassa le message que Kane lui avait laissé avant de poser le téléphone sur sa table de nuit et de se tourner sur le côté. Elle n'aurait jamais pensé que quémander un baiser pour essayer d'envoyer bouler Derek se terminerait de la sorte...

allongée dans son lit à rêver d'un autre soldat, un homme qu'elle ne parvenait pas à se sortir de sa tête.

Elle n'était pas prête à se rendre à Vegas pour l'épouser, mais Aspen ne pouvait pas dénier qu'elle voulait voir où cette relation les mènerait. Ils étaient tous les deux dans l'Armée, ce qui n'était pas propice à des relations à long terme. En plus, il était membre des Forces Spéciales, ce qui n'était pas idéal non plus. Mais il était vraiment gentil, drôle, intelligent, eh oui, maladroit. Elle avait hâte de voir comment se déroulerait leur prochain rendez-vous.

CHAPITRE QUATRE

Brain était en retard. Ils avaient eu un briefing qui avait duré plus longtemps que prévu, puis il avait fait ses courses à la hâte. Une fois la maison, il avait enfilé un short et avait placé les steaks dans le réfrigérateur. Il ne prit pas la peine d'enfiler un tee-shirt, sachant qu'il s'apprêtait à suer des litres d'eau en tondant la pelouse de sa voisine.

Il faisait encore chaud dehors et Aspen devait arriver dans moins d'une heure. Il calcula qu'il avait juste assez de temps pour tondre la pelouse, prendre une douche et faire cuire les steaks avant son arrivée. Bien entendu, il n'avait pas prévu que Winnie Morrison – sa voisine veuve de quatre-vingt-onze ans dont il essayait de prendre des nouvelles au moins tous les deux jours – souhaite lui parler pendant aussi longtemps.

Quand il put finalement s'attaquer à sa pelouse, vingt minutes s'étaient déjà écoulées. Ce n'est pas que Brain ne voulait pas parler ; Winnie était drôle et très divertissante. Il était simplement conscient que le temps passait vite et qu'Aspen se présenterait bientôt. Cela dit, il refusait de tondre la pelouse à la hâte ; voir l'herbe inégale ne ferait que l'énerver, et ce n'était pas juste envers Winnie.

Il avait fait la moitié du jardin quand la voiture d'Aspen s'engagea dans son allée. Il éteignit la tondeuse et alla la rejoindre en passant un bras sur son front en sueur. Il souriait, mais quand il s'approcha, il fronça les sourcils.

Aspen avait une mauvaise tête. Elle était pâle et il voyait que ses mains tremblaient.

— Qu'est-ce qui ne va pas ? lui demanda-t-il dès qu'il s'approcha.

— Allons, ce n'est pas exactement l'accueil auquel je m'attendais, plaisanta-t-elle.

— Aspen, qu'est-ce qui ne va pas ? répéta Brain, ne se laissant pas déconcentrer par sa pitoyable tentative d'humour.

Elle soupira.

— Je suis juste fatiguée.

Brain se dit que c'était plus que cela, mais il ne voulait pas rester en plein cagnard pour en parler. Il aurait voulu la prendre dans ses bras. Puis il se dit qu'il était couvert de sueur et il ne pensait pas qu'elle apprécierait. Alors il la prit par le coude et la dirigea vers sa porte d'entrée.

— Viens, dit-il.

— Je suis en avance ? demanda-t-elle en fronçant les sourcils.

— Non. Je suis désolé ; j'ai pris du retard. J'avais promis à Winnie que je lui tondrais sa pelouse, mais le travail m'a pris plus de temps que prévu. Ça ne te dérange pas d'attendre pendant que je finis là dehors ?

Elle pila net et Brain n'eut pas d'autre choix que de s'arrêter aussi.

— Tu vas me laisser rester dans ta maison alors que tu n'y es pas ?

Brain émit un ricanement bruyant.

— Tu vas me piquer des trucs ?

— Non ! s'exclama-t-elle.

— Tu vas fouiller dans mon placard à pharmacie ?

— Bien sûr que non.

— Ça ne me dérangerait pas. Tu ne trouverais que des choses normales : de l'aspirine, des pansements et peut-être de la crème contre les champignons. Aspen, ça ne me fait rien que tu sois dans ma maison sans moi. Ce n'est peut-être que notre deuxième rendez-vous officiel, mais ça fait presque deux semaines que je te parle. J'aime à croire que je commence à te connaître assez bien. Sans parler du fait que tu es épuisée. Je suis prêt à parier que tu as envie de te poser dans un environnement climatisé. Accorde-moi encore une vingtaine de minutes et je viendrai te rejoindre. Je prendrai une douche et je préparerai le dîner. Tout ce que tu as à faire est de te détendre.

Brain s'alarma quand elle eut les larmes aux yeux.

— Merde. Aspen ?

— Je vais bien, lui dit-elle avant d'inspirer profondément. J'ai eu une journée horrible.

Incapable de s'en empêcher, Brain leva une main et écarta une mèche de cheveux brun clair de sa joue pour la placer derrière son oreille... C'est alors qu'il se rendit compte qu'elle ne suait pas, même s'il faisait au moins trente degrés à l'extérieur. Il fronça les sourcils.

— Tu es déshydratée, lui dit-il.

— Je sais.

— Et tu as probablement un peu d'épuisement thermique.

— Je le sais aussi, déclara-t-elle d'un ton las.

Regrettant de l'avoir laissée s'attarder à l'extérieur, il lui reprit le bras et se dirigea vers sa porte. Il avait prévu de la laisser entrer puis de recommencer à tondre la pelouse, mais il était impossible de la laisser en sachant qu'elle n'était pas seulement fatiguée, mais également souffrante.

Il l'amena directement dans la cuisine et désigna un tabouret au comptoir.

— Assieds-toi.

Elle s'exécuta et Brain ouvrit un placard pour en sortir une grande timbale en métal. Il y plaça des glaçons puis la remplit à ras bord d'eau filtrée qu'il gardait dans son réfrigérateur. Il la plaça devant elle et lui ordonna de boire.

Elle hocha la tête et la porta à ses lèvres. Brain prit ensuite un melon qu'il avait acheté pour le dessert et le trancha rapidement en morceaux faciles à manger. Il les disposa dans un bol qu'il fit glisser vers Aspen en travers du comptoir.

— Tu peux grignoter ça aussi. Le sucre t'aidera vraiment à te sentir mieux. Finis la tasse puis remplis-la à nouveau.

Brain savait qu'il était cavalier, mais il détestait la voir ainsi. Il fit le tour du comptoir et lui reprit le coude.

— Allez, prends ton eau, je vais te chercher les fruits. Tu seras plus à l'aise sur le canapé le temps que je finisse.

Aspen soupira, mais elle hocha la tête et se releva. Ils allèrent jusqu'à son canapé, et Brain resta debout tandis qu'elle s'asseyait. Il saisit la télécommande et lui expliqua brièvement les boutons.

— Vas-y, Kane. Je vais bien.

Il aurait voulu protester. Lui dire qu'elle n'allait pas bien et qu'il n'était pas content que personne n'ait remarqué son état physique. Oui, elle était adulte et médecin, et elle aurait dû prendre soin d'elle, mais il n'était pas content de la voir aussi mal en point. Il hocha enfin la tête et ressortit. S'il était resté avec elle, il aurait probablement dit quelque chose qu'il aurait regretté plus tard.

Il savait que le peloton d'Aspen s'était entraîné dur. Selon la rumeur, les Rangers se rendraient bientôt en

Afghanistan. Il abhorrait cette perspective, mais comprenait que cela faisait partie du travail d'Aspen, tout comme les déploiements faisaient partie de son travail à lui.

Mais il n'appréciait vraiment pas que ses sergents de peloton et les officiers responsables de son unité ne prennent pas soin de leurs soldats. Certes, ils devaient s'acclimater à la chaleur, car l'Afghanistan ne présentait pas exactement un climat tempéré, mais épuiser leurs troupes n'était pas très futé.

Et Brain ne voulait pas l'admettre, mais le fait qu'Aspen soit une femme restait également au premier plan de son esprit. Il était évident qu'elle avait été assez forte pour survivre à l'entraînement des Rangers et à la formation de médecin de combat, mais elle était physiquement plus faible que la plupart des hommes. Cela dit, elle ne voudrait pas entendre une telle chose, aussi son meilleur plan d'action était de se retirer jusqu'à ce qu'il parvienne à maîtriser sa colère.

Il voulait aborder le sujet avec Trigger et lui demander s'il pouvait informer quelqu'un de ce qui se passait avec les unités de Rangers. Il ne voulait pas interférer, mais si Aspen était au bord du coup de chaleur, les hommes avec lesquels elle travaillait l'étaient probablement aussi. Et c'était dangereux et stupide de la part des officiers.

Quand il eut fini de tondre la pelouse de Winnie, il n'était pas beaucoup plus calme, mais il espérait que le corps d'Aspen se soit régulé après s'être hydraté et reposé pendant vingt minutes.

Il salua de la main Winnie qui le regardait depuis l'intérieur de sa maison. Le salut enthousiaste de la vieille femme fit sourire Brain. Elle lui avait avoué une fois qu'elle avait beau avoir trois fois son âge, cela ne voulait pas dire qu'elle n'aimait pas le reluquer.

Ses pensées se concentrèrent à nouveau sur Aspen

quand il revint dans la maison et se dirigea vers le salon, là où il l'avait laissée. Il s'attendait à la trouver assise sur le canapé, mais au lieu de cela, elle se tenait devant les portes coulissantes en verre qui menaient à l'extérieur. Il avait songé à clôturer sa cour, mais il n'en avait pas encore pris le temps. En outre, sans clôture, c'était plus facile de voir la maison de Winnie afin de vérifier qu'elle aille bien.

Brain jeta un œil vers le verre d'eau et remarqua qu'il était toujours presque plein. Elle devait avoir terminé la première tasse et l'avait remplie à nouveau. Le saladier de fruits était également à moitié mangé.

— Aspen ?

Elle se tourna et il comprit en voyant ses épaules affaissées et les cernes noirs sous ses yeux que leurs projets pour la soirée avaient changé. Il se dirigea vers elle et lui tendit la main. Elle l'attrapa immédiatement. Sans un mot, il se tourna et se dirigea vers les escaliers, prenant sa tasse d'eau au passage.

Sa maison n'était pas immense, seulement cent-quarante mètres carrés environ, mais il avait effectué quelques travaux de rénovation dans sa chambre et c'était sa pièce préférée. Elle le suivit sans protester. Il ouvrit la porte de sa chambre à coucher et elle ne dit toujours rien. Alors il la traîna jusqu'à son lit et lui fit signe de s'y asseoir. Elle lui obéit, puis leva les yeux vers lui.

Brain posa la timbale sur la petite table de chevet et se dirigea vers le fauteuil en cuir dans un coin. Il y avait dessus une courtepointe qu'il avait achetée plusieurs années auparavant. Il l'avait vue dans un magasin et s'était imaginé que c'était quelque chose qu'une mère ou une grand-mère aurait croché. Il n'avait pas pu résister et l'avait achetée. Parfois, quand il faisait une insomnie, il s'asseyait sur le fauteuil et se blottissait dessous, essayant de penser à toutes les bonnes choses dans sa vie, au lieu des souvenirs effrayants qui le gardaient éveillé à l'occasion.

Il ramena la courtepointe au lit.

— Allonge-toi, *tesoro*.

Il sourit en la voyant incliner la tête.

— C'est de l'italien. Allonge-toi.

Elle lui obéit sans protester, révélant ainsi à Brain l'étendue de sa fatigue. Il se pencha et lui retira ses baskets avant de la couvrir avec la couverture, la bordant autour d'elle.

— Je vais prendre une douche. Repose-toi, Aspen.

— Je vais bien, Kane, lui dit-elle.

— Je le sais, mentit-il.

— Je me sens mieux après avoir bu toute cette eau et mangé des fruits.

— Bien.

Elle le dévisagea d'un regard ensommeillé pendant un moment.

— Tu es vraiment beau.

Cela le fit rire.

— Merci.

— Sérieusement. Quand j'aurai quatre-vingt-dix ans, moi aussi, j'aurais envie de quelqu'un comme toi pour tondre ma pelouse, seulement vêtu d'un short.

Souriant toujours, Brain se pencha et lui embrassa la tempe.

— Repose-toi, Aspen.

— D'accord. Kane ?

Il se dirigeait vers la salle de bains, mais quand il entendit sa voix, il se retourna.

— Oui ?

— Pourquoi les hommes sont-ils des connards comme ça ?

Tous les muscles de son corps se contractèrent, mais il s'efforça de rester le plus calme possible.

— Nous ne sommes pas tous des connards.

Elle soupira.

— Je sais. Mais les connards empêchent parfois de voir le reste.

Brain ne parvint pas à se retenir. Il revint vers le lit et s'assit. Aspen était allongée sur le côté, les jambes repliées, et il se pencha au-dessus d'elle, mettant une main de chaque côté de ses épaules.

— J'aimerais pouvoir te dire que je n'ai jamais été un connard, mais ce serait un mensonge. Quand je me suis engagé dans l'Armée, je pensais que les femmes n'avaient rien à faire au sein des unités de combat. Je n'étais pas non plus certain qu'elles soient autorisées à piloter des hélicoptères en territoire hostile. Pas parce que je pensais qu'elles n'étaient pas assez fortes, mais parce que ça me semblait tout simplement impensable qu'elles puissent se mettre en danger. Au fil des ans, j'ai compris que je commettais une erreur de jugement.

— Comment ?

— Ça a commencé quand une femme m'a sauvé la vie, ainsi que celle de mes coéquipiers. On était coincés dans une ville, en Afrique. Je ne peux pas te révéler le lieu ni les circonstances, mais laisse-moi te dire qu'on était foutus. Plus le temps passait, plus la situation se détériorait. Des gens sont sortis de nulle part avec un nombre croissant d'armes, et ce n'était qu'une question de temps avant qu'on se fasse déborder. Nous n'étions que sept contre des centaines de villageois qui n'étaient pas ravis de notre présence.

Aspen écarquilla les yeux.

— Que s'est-il passé ? Comment vous en êtes-vous sortis ?

— Un hélicoptère a déboulé de l'ouest à toute berzingue. Une seconde, nous étions seuls, et la suivante, on a entendu le plus beau son du monde. Je n'avais encore jamais vu personne voler comme ça, en frôlant le sommet des immeubles, terrifiant les autochtones. L'hélico a atterri au milieu d'un quartier avec – je te jure que je ne mens pas – environ trente centimètres de jeu de part et d'autre des lames. La porte s'est ouverte et on a bondi à l'intérieur tous les sept. On était empilés les uns sur les autres, mais on n'a même pas eu le temps d'attendre que la porte se referme. *La* pilote avait vu que quelqu'un braquait un lance-roquette sur nous.

— *La* pilote ?

— Oui. La pilote. Des hommes à l'arrière tentaient de fermer la porte, et mon équipe ne servait à rien, car on était toujours empilés les uns sur les autres. Elle a fait monter l'hélico, l'a fait tourner et, de la main gauche, a braqué un pistolet par la petite fenêtre à côté d'elle et a tiré sur le type qui tenait le lance-roquette. Pile entre les deux yeux ! Il est tombé en arrière et elle a calmement reposé son pistolet, a saisi les commandes, et nous a tirés de cet enfer. Je te jure devant Dieu qu'elle n'a même pas versé une goutte de sueur.

« Quand on a atterri – je ne l'oublierai jamais –, elle s'est tournée vers nous, a souri et a dit : « C'était trop cool. » J'ai frôlé la mort plusieurs fois au cours de ma carrière, mais jamais d'aussi près. Et cette pilote avait trouvé ça « trop cool ».

Brain secoua la tête, incrédule.

— Tu sais où elle est aujourd'hui ? demanda Aspen.

— Elle bosse pour une compagnie aérienne commerciale. Elle gagne probablement beaucoup d'argent, mais elle s'ennuie certainement terriblement, lui dit Brain. Je suis désolé que les mecs avec lesquels tu travailles ne soient pas capables de voir quel atout tu es pour eux.

— Pas tous, admit Aspen.

— Derek, dit Brain en serrant les dents.

— Il a toujours été dur envers ses équipes. Je crois que j'ai dû excuser son comportement avant de sortir avec lui parce que j'étais sous son charme ou quelque chose comme ça. Mais maintenant qu'il pense que je lui ai manqué de respect, il nous pourrit vraiment l'existence.

— Tu devrais dire quelque chose, suggéra Brain.

— À qui ? demanda Aspen.

Elle n'avait pas l'air irritée, juste abattue, ce qui mit Brain en rogne.

— Je n'ai aucune preuve que c'est à cause de moi. Tu ne sais pas ce que c'est que d'être une femme dans les Forces Spéciales. Et je sais que je ne suis pas une *vraie* Ranger, mais...

— Ne dis pas ça, l'interrompit Brain. Tu te rabaisses. Tu *es* une vraie Ranger. Tu ne portes peut-être pas le badge des Rangers sur ton uniforme, mais tu es à leurs côtés pendant les missions. Tu traverses la même merde qu'eux. Tu as eu le même entraînement.

— Tu as raison, dit Aspen avec un peu plus d'assurance. Quoi qu'il en soit, je ne peux pas dénoncer Derek comme si on était à la maternelle. Je dois me la fermer et suivre ses ordres. Sans quoi on dira que je suis incapable de gérer. Ça ne vaut pas les problèmes que j'aurais à subir. C'est plus facile de tolérer ses conneries.

Brain voulut protester. Il aurait voulu lui dire qu'elle aurait dû parler au major de son unité pour l'informer de la situation, mais il savait qu'elle avait raison. La première chose qu'on penserait était qu'elle se plaignait parce que l'entraînement était trop dur pour elle. Et cela le foutait en rogne.

— Je vais bien, lui dit Aspen à voix basse.

— Tu veux discuter de ta journée ? De ta semaine ? demanda Brain.

— Oui, mais pas pour l'instant. Tu as besoin de prendre une douche. Tu pues. Et j'ai faim, acheva-t-elle avec un large sourire.

Brain le lui rendit. Il aimait le fait qu'elle ne le repousse pas entièrement. Elle ne voulait peut-être pas lui parler pour l'instant, mais elle le ferait. C'était suffisant.

— D'accord, *tesoro*. Repose-toi les globes oculaires pendant que je me douche.

— Me reposer les globes oculaires ? répéta-t-elle avec un petit rire. Je crois que je n'avais jamais entendu cette expression.

— C'est ce que ma mère avait l'habitude de dire quand je restais debout trop tard pour étudier. Elle venait dans ma chambre et me disait qu'il était temps de me reposer les yeux, que mes exercices de math seraient toujours là le lendemain quand je voudrais étudier.

Ce souvenir fit sourire Aspen.

— Tu vas vraiment bien ? demanda-t-il doucement.

Pour la première fois depuis son arrivée, une partie de la tension autour de sa bouche s'atténua et elle acquiesça.

— Maintenant, oui.

— Super.

— Kane ?

Brain secoua la tête d'un air faussement exaspéré.

— Je ne vais pas pouvoir me nettoyer si tu n'arrêtes pas de me poser des questions, lui dit-il.

Elle réprima un sourire, mais poursuivit.

— Je suis désolée d'être négative. J'ai eu hâte de te revoir depuis que tu m'as déposée à mon appartement la dernière fois.

Quelque chose dans Brain s'apaisa. Il avait l'impression de connaître Aspen depuis une éternité. Ils ne s'étaient pas embrassés, hormis pour cette première fois au bar, mais il la connaissait mieux que la plupart des femmes qu'il avait fréquentées au fil des ans. Se parler au téléphone les avait forcés à apprendre à se connaître sans qu'une attirance physique se dresse entre eux.

— Moi aussi. Et tu n'es pas négative. J'avais prévu qu'on se détende, ce soir.

— Tu n'avais probablement pas prévu que je dorme dans ton lit, dit-elle.

Brain ne put s'empêcher de hausser un sourcil d'un air suggestif.

— Oh là, je me trompe peut-être, pouffa Aspen.

— Ce n'était pas prévu. Sérieusement. J'aime apprendre à te connaître, Aspen. Les bons points *et* les mauvais. Les relations ne sont pas toujours roses, et je ne veux pas que tu penses que tu ne peux pas exprimer tes véritables sentiments, quoi qu'ils puissent être. Si tu es en colère, tu as le droit. Si tu es contrariée, c'est pareil. Si tu es heureuse, ne te gêne pas. C'est compris ?

— Compris, dit-elle. Ça ne te dérange pas que je fasse une petite sieste pendant que tu te douches ?

— Bien sûr que non.

— C'est juste que je n'ai pas bien dormi ces derniers temps et la journée a été dure.

Brain posa un doigt sur ses lèvres.

— Tu n'as pas à t'expliquer. Je suis honoré que tu me fasses suffisamment confiance pour baisser la garde et t'endormir.

— Tu ne me fais pas peur, Kane.

Il savait qu'elle le taquinait, mais *il* ne plaisanta pas quand il lui répondit :

— C'est bien.

Puis il se pencha et l'embrassa à nouveau sur la tempe avant de se redresser. Il se dirigea vers la salle de bains sans se retourner, sans quoi, il risquait de ne plus jamais la quitter.

Dix minutes plus tard, Brain s'était douché et avait enfilé un jogging et un tee-shirt. Il était pieds nus et n'avait pas pris la peine de se raser ou de se brosser les cheveux. Il voulait qu'Aspen se sente aussi à l'aise que possible, et il s'était dit que s'il avait l'air à l'aise, elle serait capable de se détendre encore plus.

Quand il sortit de sa salle de bains, il pila net en regardant son lit.

Aspen était recroquevillée sous sa courtepointe... et il n'avait jamais rien vu d'aussi beau de toute sa vie. Ses joues étaient rouges, ce dont il était reconnaissant après l'avoir vu si pâle plus tôt. Il ressentit l'envie soudaine de la rejoindre sur le lit, mais il força ses pieds à se déplacer vers la porte. Elle aurait probablement voulu qu'il la réveille après sa douche, mais il n'allait pas le faire. Si elle avait besoin de passer toute la soirée à dormir, alors il la laisserait faire.

Ils connaîtraient d'autres soirées ensemble. Brain était bien placé pour savoir que la fatigue pouvait vous vider entièrement. Elle s'était épuisée au cours des dernières semaines pour se préparer à la possibilité d'être déployée en Afghanistan avec son peloton. Il serait ravi de la laisser dormir.

Il referma la porte de la chambre à coucher, la laissant entrouverte de quelques centimètres, et il descendit. Aspen lui avait dit qu'elle avait faim, aussi prépara-t-il quelque chose qui se réchaufferait facilement à son réveil. Il pouvait tout de même utiliser la viande qu'il avait achetée, mais pas sous forme de steaks.

Deux heures plus tard, le ragoût aux poivrons verts qu'il avait préparé mijotait dans la cocotte et il était assis sur son canapé, les pieds posés sur la table basse devant lui, regardant un match de foot sur son écran géant. Il avait baissé le son et sirotait le verre de vin qu'il s'était servi une heure auparavant.

Puis il entendit quelque chose derrière lui et vit Aspen debout au bas de ses escaliers. Elle avait sa courtepointe sur ses épaules et ses cheveux étaient aplatis d'un côté. Elle tenait la timbale d'eau à la main et ses yeux étaient vitreux ; elle avait l'air de marcher comme un somnambule.

Il se redressa immédiatement et tendit un bras.

— Viens ici, *darling*.

— C'est de l'anglais, marmonna-t-elle en marchant vers lui. Celui-là, je le connaissais.

Il lui ôta la tasse des mains et lui passa le bras autour des épaules avant de la serrer contre lui quand elle parvint à son côté. Étonnamment, elle se tourna et se plaqua contre sa poitrine, s'appuyant contre lui. Brain passa les bras autour de sa taille et l'étreignit fort alors qu'elle enfonçait son nez contre son cou. Puisqu'ils faisaient la même taille, ils s'emboîtaient parfaitement.

— Tu te sens mieux ? demanda-t-il.

Elle secoua la tête.

— Non. Je n'ai jamais vraiment aimé faire la sieste. Je me réveille plus fatiguée que lorsque je me couche.

— Et plus ronchonne aussi, plaisanta-t-il.

Elle émit un reniflement moqueur.

— Tu as faim ? demanda-t-il.

Elle secoua la tête, mais répondit que oui.

Brain ne put s'empêcher de ricaner.

— D'accord. Et si tu t'asseyais pendant que je te sers de la soupe ?

Aspen leva la tête et inspira profondément.

— Ça sent super bon.

Brain haussa les épaules.

— Ce n'est rien d'extraordinaire : du ragoût aux poivrons verts. J'ai fait griller les steaks que j'avais achetés puis je les ai coupés pour faire la soupe. J'ai ajouté des tomates en conserve et des poivrons verts. Du bouillon de bœuf, de l'eau et quelques carottes pour couronner le tout. C'est simple, mais nourrissant. Et ça va te dégager les sinus, la prévint-il. Mais après t'avoir vue manger cette salsa piquante quand on est sortis l'autre soir, je me suis dit que tu le supporterais.

— Je vais le supporter, fit écho Aspen en le regardant dans les yeux.

Brain aurait voulu l'embrasser, mais il se força à lâcher prise et à faire un pas en arrière.

— Je vais aussi aller te chercher un peu plus d'eau, lui dit-il en levant le verre qu'il tenait toujours à la main. Il ne faut pas plaisanter avec les coups de chaleur et la fatigue.

— Je sais. Et merci, lui dit-elle en s'asseyant tout en resserrant la courtepointe autour d'elle.

Brain remplit leurs assiettes et revint à son côté quelques minutes plus tard. Ils mangèrent sans parler, regardant le match à la télévision et appréciant ce repas simple. Une fois qu'elle eut terminé, Brain lui demanda si elle en voulait davantage.

— Non, je suis repue, dit Aspen. Merci. C'était délicieux.

— Quand tu veux, répondit Brain en lui prenant son bol.

Avant d'aller à la cuisine pour mettre leurs plats dans l'évier, il reprit la timbale d'Aspen et la lui tendit sans un mot.

Elle ricana et but docilement une autre gorgée.

— Autoritaire, marmonna-t-elle à mi-voix.

Brain sourit. Il n'était pas précisément autoritaire ; il voulait juste prendre soin d'elle. Il n'était pas certain qu'on se soit beaucoup occupé d'elle ces derniers temps, et il était heureux de le faire.

Il revint dans sa petite salle de séjour et s'assit à côté d'Aspen, qui se tourna immédiatement et se colla contre lui. Brain leva un bras et le passa autour de ses épaules alors qu'elle se blottissait contre lui. Il aurait été heureux de rester assis ici là toute la soirée sans rien dire. Il était vraiment à l'aise avec Aspen. Il ne l'obligerait pas à parler de ce qui était arrivé dans la journée pour qu'elle débarque ainsi épuisée et mal en point. Si elle voulait se confier, il l'écouterait. Sinon, il serait là pour elle.

* * *

Aspen se sentait cent fois mieux que lorsqu'elle s'était présentée chez Kane, ce qui était effrayant, puisqu'elle se sentait encore super mal. Elle avait su qu'elle était déshydratée et au bord de l'évanouissement, et la sieste de deux heures qu'elle venait de faire dans le lit de Kane, baignant dans le parfum des draps de coton propres – et de Kane lui-même – avait constitué le repos le plus réparateur qu'elle avait connu cette semaine.

Depuis qu'ils avaient commencé à s'entraîner pour tout ce qui les attendait en Afghanistan, son sergent et Derek – chargé de l'autre peloton – les avaient poussés presque au-delà de leurs limites. Il était plus qu'évident qu'ils se rendraient bientôt à l'autre bout du monde, mais bien sûr, ils n'avaient pas encore reçu de véritables détails sur leur mission. Ils se préparaient donc au pire.

Cependant, selon son avis professionnel, ces sergents étaient des idiots. Ils ne prenaient pas soin des hommes sous leur commandement et au contraire, les épuisaient. Et même si elle ne pouvait pas le prouver, Aspen soupçonnait Derek d'être le véritable responsable de cet entraînement abusif.

Le sergent Vandine, son sergent de peloton, était normalement assez cool. Mais depuis que Derek faisait pression, il s'était transformé en un vrai tyran. Elle avait subi son attitude plusieurs fois au cours de la semaine précédente, elle et tous les autres Rangers, d'ailleurs. Durant la journée, quand elle avait tenté de lui parler, il avait joué de son rang et lui avait rétorqué que si elle n'était pas capable d'endurer l'entraînement nécessaire aux médecins de combat, il demanderait qu'on la remplace. Cela lui avait fait mal. *Beaucoup.* Surtout qu'elle venait s'occuper du bien-être physique des hommes de son peloton.

Elle n'avait pas su à quoi s'attendre de la part de Kane quand elle s'était pointée chez elle. En réalité, elle avait prévu de lui dire qu'elle était trop fatiguée pour faire quoi que ce soit, mais le voir torse nu, le corps luisant de sueur, l'avait littéralement laissée sans voix. Il avait immédiatement réalisé qu'elle était déshydratée et avait immédiatement fait de son mieux pour la requinquer... Ceux qui étaient censés être ses coéquipiers n'en avaient pas fait autant.

Elle avait bu l'eau et mangé une partie des fruits et, restaurée, l'avait regardé tondre la pelouse de la vieille dame qui vivait à côté. Il avait déjà travaillé toute la journée – elle savait qu'il avait fait de longues heures –, mais il s'était démené pour faire une gentillesse à sa voisine. Enfin, il l'avait mise dans son lit et l'avait laissée dormir.

Elle ne s'était pas inquiétée une seconde qu'il profite d'elle pendant qu'elle était endormie et vulnérable. Elle ne le connaissait pas depuis longtemps, mais elle se sentait plus en sécurité avec lui qu'avec sa propre équipe. C'était terriblement déprimant, car elle les connaissait depuis plus de deux ans.

Elle avait toujours admiré la camaraderie des équipes des forces spéciales et avait été ravie quand elle avait été retenue pour devenir médecin de combat rattachée aux Rangers. Mais la réalité avait été très différente de ce à quoi elle s'était attendue. À l'époque – comme aujourd'hui –, elle avait été une exclue, simplement en raison de son sexe. Cela la rendait plus triste qu'autre chose.

Elle s'était réveillée groggy, confuse et affamée. L'odeur de quelque chose de délicieux imprégnait l'atmosphère et elle se déplaça sans réfléchir, la suivant jusqu'au bas des escaliers.

Aspen n'était jamais sortie avec un homme aussi désintéressé que Kane. À présent qu'elle y réfléchissait, elle s'était plus confiée que lui durant leurs appels téléphoniques. Il demandait toujours comment elle allait, voulait savoir comment s'était passée sa journée, et l'interrogeait sur son enfance. C'était réconfortant de lui parler, et elle n'avait jamais l'impression que leurs conversations s'éternisaient. Une nuit, ils avaient parlé pendant trois heures et demie, et ils avaient quand même eu l'impression que cela n'avait duré qu'une quinzaine de minutes.

À présent, elle était blottie contre lui, le ventre plein, réhydratée, pas aussi épuisée qu'elle l'avait été à son arrivée, et il n'aurait jamais voulu être ailleurs.

Elle leva les yeux vers Kane et le trouva complètement détendu devant le match à la télévision. Regardant le verre de vin qu'il buvait quand elle était redescendue, elle ne put retenir la question qu'elle avait au bord des lèvres.

— Du vin ?

Il baissa les yeux vers elle et haussa les épaules.

— Mes parents sont des amateurs de vin et j'ai commencé à en boire avec eux vers l'âge de quatorze ans. Je bois un peu de bière, mais en fait, je préfère le vin maintenant. Et toi ?

Aspen plissa les narines.

— J'aime bien les cocktails. Donne-moi un bon Sex on the Beach ou un Malibu Sunset et je suis aux anges.

— Je m'en souviendrai, dit Kane.

Aspen n'en doutait pas.

Elle resta silencieuse pendant un peu plus longtemps puis dit brusquement :

— Tu es proche de ton équipe ?

Comme s'il avait compris que ce n'était pas une conversation banale, Kane coupa le son de la télévision et se tourna légèrement vers elle, lui accordant toute son attention.

— Oui.

— Non, je veux dire : êtes-vous *proches* ? demanda Aspen.

— Je donnerais volontiers ma vie pour n'importe lequel de mes coéquipiers, déclara solennellement Kane. Et plus encore, je ferai la même chose pour Gillian ou Kinley, simplement parce que je sais à quel point Trigger et Lefty les aiment. Mon équipe est la famille que je n'ai jamais eue en grandissant. Ils ne me comprennent pas toujours, mais je suis absolument sûr qu'ils me soutiennent, que ce soit sur le champ de bataille ou sur le parking d'un supermarché à Noël quand on se bat pour le dernier caddie.

Cette dernière phrase fit sourire Aspen, mais elle ne releva pas.

— Que s'est-il passé aujourd'hui ? lui demanda doucement Kane.

— Je crois que je te l'ai déjà dit... mais j'ai décidé de rejoindre l'Armée et de devenir médecin de combat à cause de la camaraderie au sein des équipes.

Kane hocha la tête.

— Je savais que ce ne serait pas facile parce que je suis une femme, mais j'ai vraiment cru que je parviendrais à surmonter les préjugés, que mon équipe verrait que je suis très douée pour mon travail et qu'ils me soutiendraient comme ton équipe te soutient, et vice versa.

Elle redevint silencieuse, essayant de décider comment continuer. Une chose qu'elle aimait à propos de Kane était qu'il ne l'interrompait jamais quand elle pensait. Il n'essayait pas non plus de combler les silences embarrassants.

— La journée a commencé comme toutes les autres cette semaine. On a passé un certain temps à l'intérieur pour passer en revue les informations en provenance de l'étranger et le rôle qu'on pourrait jouer si nous sommes déployés. Sauf que je pense qu'on sait tous que la question n'est pas « si », mais « quand ». On est montés dans les véhicules vers dix heures pour nous rendre vers la petite ville érigée au nord du camp principal. On a passé en revue toutes sortes de scénarios pendant des heures. Il faisait chaud, et on n'a pas eu de pause pour le déjeuner. Derek et le sergent Vandine ont continué à nous pousser et bien sûr, les équipes ont obéi à tous leurs ordres.

— C'était environ trois heures trente et deux des hommes de l'équipe n'avaient plus d'eau et paraissaient vraiment pas bien. Aucun d'entre nous n'allait bien, allongés au soleil dans la poussière, et j'en ai parlé au sergent Vandine. J'ai suggéré qu'on avait besoin de faire une pause, qu'on était à deux doigts d'avoir un coup de chaleur. J'ai pensé pendant une seconde qu'il allait me soutenir, mais quand il a vu que Derek nous écoutait, il m'a semoncée devant tout le monde.

« Il m'a dit qu'il n'était pas surpris que j'essaye de me débiner. Il a dit que j'étais le maillon faible de l'équipe qui allait faire tuer tout le monde quand on se retrouverait en Afghanistan. J'ai attendu que le sergent Vandine prenne ma défense, lui dise de se calmer... Mais il ne l'a pas fait.

Aspen baissa les yeux vers ses mains et tira sur une cuticule.

Kane lui prit les mains dans les siennes et lui dit :

— Qu'ont fait les hommes de ton équipe ?

Aspen leva les yeux vers lui. Sa voix semblait calme, mais elle contenait une note qu'elle ne parvenait pas à déchiffrer.

— Rien.

— Que veux-tu dire par rien ? demanda Kane, plus calme.

Elle haussa les épaules.

— Rien. Ils sont restés à nous écouter, mais ils n'ont rien dit. Ce n'est pas grave. Je veux dire, ils ne m'avaient pas demandé de dire quoi que ce soit et la dernière chose dont ils avaient besoin était que Derek passe ses nerfs sur eux.

— Non, dit catégoriquement Kane. Certainement pas. D'abord, tu es le *médecin*. Tu as à cœur l'intérêt de l'équipe. Si tu dis qu'ils ont besoin de faire une pause, c'est probablement vrai. Tu n'es pas une bleue qui vient de débarquer. Tu sais ce que cela signifie d'être une Ranger. Enfin, tu as eu le même entraînement que moi. Deuxièmement, un bon leader ne pousserait pas son équipe jusqu'au bord de l'épuisement. C'est stupide et ça augmente les chances de se faire embusquer ou capturer. Troisièmement – et c'est le plus important –, une équipe soutient un coéquipier quand celui-ci a raison. Et tu avais raison.

Aspen ferma les yeux et se détendit contre le corps de Kane. Ses yeux se remplirent à nouveau de larmes et elle fit de son mieux pour se retenir de pleurer. Quel super soldat elle faisait, à chouiner de la sorte ! Si Derek avait pu la voir, elle lui aurait donné raison, confirmant qu'elle n'était pas faite pour être médecin de combat dans les Forces Spéciales.

— Arrête, ordonna Kane.

Surprise, Aspen leva les yeux vers lui.

— Arrête quoi ?

— Arrête de songer à ce connard et à ce qu'*il* pourrait penser. Tu n'es pas un robot. Et les autres membres de ton équipe non plus. Tu as essayé de faire le travail que ton sergent de peloton n'a pas fait. C'est-à-dire veiller sur les intérêts des hommes à tes côtés. C'est l'essence même d'un bon dirigeant, Aspen. Prendre des décisions difficiles même lorsqu'il est évident qu'elles ne seront pas facilement acceptées.

Elle n'eut pas besoin d'en entendre davantage. Les larmes débordèrent et vinrent dégouliner le long de ses joues.

— Je suis désolée, s'étrangla-t-elle en tournant le cou pour essuyer sa figure sur son épaule.

Kane posa la main sur son menton et il la fit se tourner vers lui.

— Ne sois jamais désolée de montrer des émotions, *elskling*. Les gens pensent que les soldats sont des machines, alors qu'en réalité nous ressentons probablement plus de choses que le commun des mortels. On en voit davantage. On connaît plus de douleur et de peur. On se sent coupables des choses qu'on doit faire, et les films d'horreur ne sont pas aussi extrêmes que ce qu'on a vu dans la vie réelle. Tu peux pleurer autant que tu veux, mais ne le fais pas pour ce connard ou le traitement qu'il t'a fait subir. Il ne vaut même pas une seule de tes larmes.

Ayant enfin la sensation d'avoir trouvé quelqu'un qui la comprenait vraiment, Aspen sanglota plus fort. Elle détrempa la chemise de Kane, ce qui ne parut pas le déranger. Il lui caressa les cheveux et la tint près de lui alors qu'elle exprimait les émotions qu'elle avait engrangées à l'intérieur d'elle depuis la semaine précédente. La tristesse, la frustration et la colère face au refus des sergents de peloton de voir ce qui se trouvait pile sous leurs yeux.

— Et je suis désolé que ton équipe ne t'ait pas soutenue, dit Kane quand elle s'arrêta de pleurer. C'est nul parce qu'avec tout ce que je sais sur toi, je suis certain que tu es un bon toubib, et ils devraient remercier le ciel de t'avoir au sein de leur peloton.

— Je suis peut-être nulle, lui dit Aspen.

— Absolument pas, répondit-il avec une telle conviction

qu'Aspen ne put s'empêcher de verser d'autres larmes. Je ne connais pas les hommes avec lesquels tu travailles, mais je vais essayer de leur donner le bénéfice du doute. Ils souffraient d'un coup de chaleur, comme toi. Ils étaient probablement nerveux à propos de leur déploiement et c'est très stressant de s'entraîner pour une situation en sachant qu'elle sera probablement très différente de ce à quoi tu t'attends. La pression sociale est également une chose très difficile à surmonter. Je parie que certains d'entre eux t'ont abordée à votre retour à la base et t'ont remerciée d'avoir dit quelque chose, n'est-ce pas ?

Aspen hocha la tête.

— Oui. J'ai eu l'impression qu'ils se sentaient mal de ne pas m'avoir soutenue.

— Je comprends, dit Kane.

Elle leva les yeux vers lui et vit qu'il serrait la mâchoire.

— *Tu* aurais dit quelque chose.

Il hocha immédiatement la tête.

— Et ton équipe aussi.

Il acquiesça à nouveau.

Aspen se colla davantage contre lui, passant un bras derrière son dos et l'autre autour de son ventre. Elle avait relevé les genoux, les posant sur sa cuisse. Elle était pratiquement assise sur ses genoux, mais elle ne s'en souciait pas. Elle n'avait pas été aussi à l'aise et détendue de toute la semaine.

— C'est ce que je veux. C'est la raison pour laquelle j'ai rejoint l'armée.

— Et ce n'est pas ce que tu as, en conclut Kane.

— Non. Et ça me rend vraiment triste.

— Tu penses que tu le trouverais dans un autre emploi ? demanda-t-il.

Aspen haussa les épaules.

— Je ne sais pas. Peut-être, peut-être pas, mais maintenant au moins, je peux réduire mes espérances.

— Je détesterais ça, dit Kane.

Avant qu'Aspen ne puisse dire quoi que ce soit, il poursuivit.

— Je ne suis pas devin. Je n'ai aucune idée de ce qui se passera demain, la semaine prochaine ou le mois prochain. Mais je *sais* une chose : si notre relation fonctionne... Si on continue à se voir et à se rapprocher, tu connaîtras ça avec moi et mon équipe.

Aspen le regarda d'un air surpris.

— Je suis sérieux, dit-il, ses yeux noisette perçants d'intensité. Gillian et Kinley sont incroyables et j'ai pensé que vous alliez cliquer. Et si tu as besoin de quoi que ce soit, tu n'as qu'à appeler Trigger. Ou bien Lefty, Oz, Lucky, Doc ou Grover. Ils viendront sans poser de question.

— Team Brain, hein ? demanda-t-elle, ayant besoin de plaisanter sous peine de recommencer à pleurer.

— Je ne te le fais pas dire, lui répondit-il.

— *Elskling* ? lui demanda-t-elle, se rappelant comment il l'avait appelée plus tôt.

Kane détourna les yeux d'elle.

— C'est du norvégien.

— Ne sois pas embarrassé, lui dit-elle. Ça me plaît.

— Seul un nerd sait dire « ma chérie » en deux douzaines de langues, rétorqua-t-il.

— Eh bien, *je* sais que le débit de perfusion d'une solution de lactate de sodium de deux cents millilitres est de cinquante gouttes par minute pendant une heure, donc si tu es un nerd, moi aussi. Et entre nerds, on se soutient.

Aspen aima le sourire qui monta aux lèvres de Kane. Il était vraiment beau, d'esprit comme de corps. Elle se dit cependant qu'elle n'allait pas le lui dire. Les soldats machos des Forces Delta ne voulaient probablement pas qu'on leur dise qu'ils étaient beaux.

— Tu bosses demain ? demanda-t-il au bout d'un moment.

— Non. En fait, on a une journée de congé, mais on doit se présenter dimanche. On est censés avoir un autre meeting sur notre possible déploiement.

Il plissa les narines et Aspen ne put s'empêcher d'éclater de rire.

— Je sais. Mais la bonne chose est que ce ne sera pas une rotation de six mois ou un truc dans ce genre. On parle plutôt de deux mois. Ils espèrent que ça suffira pour que les Rangers déterminent qui est à l'origine des récents soulèvements. Pour trancher le problème à la source, tu comprends.

— C'est mieux, répondit Kane. Tu écriras ?

— À toi ? le taquina Aspen.

— Non, à ma voisine Winnie, plaisanta Kane à son tour.

— Peut-être, si j'avais son adresse e-mail.

— Elle n'a pas d'e-mail, lui dit Kane. Je devrais peut-être te donner le mien, et je pourrais lui faire passer tes messages.

— C'est parfait, dit Aspen avec un sourire.

Elle adorait cela. Elle aimait plaisanter avec Kane. Elle aimait être sérieuse avec lui. Elle appréciait tout simplement tout chez lui.

— Puisque tu ne travailles pas demain, tu veux qu'on regarde un film ?

— Tu négligerais le football pour regarder un film avec moi ? demanda-t-elle.

— Bien sûr... Je peux enregistrer le match.

Aspen éclata de rire.

— À une condition.

— Vas-y, lui répondit Kane.

— *Je* choisis le film.

Il poussa un grognement comique.

— Très bien, mais c'est une négociation serrée. Je ne peux pas promettre de ne pas commencer à te ronfler dans les oreilles si tu choisis quelque chose de vraiment horrible.

— Pourquoi choisirais-je quelque chose d'horrible ? demanda Aspen, faisant semblant d'être offensée.

Pour toute réponse, Kane tendit le bras pour saisir la télécommande sur la table basse devant eux, et il la lui tendit sans un mot.

* * *

Serrant Aspen contre lui, Brain ferma les yeux. Elle s'était endormie à la moitié de *Profession : Génie*. Il avait toujours aimé ce film des années 80, particulièrement parce qu'il impliquait un groupe d'adolescents super-intellos.

Il était encore très remonté contre l'équipe d'Aspen. Comment osaient-ils la laisser essuyer toutes les critiques de ce connard de Derek ? Il n'était même pas leur sergent, et pourtant ces trous du cul ne l'avaient *pas* défendue.

Il n'avait pas menti. Il avait le plus grand respect pour les médecins et il aurait parié un million de dollars que les Rangers seraient un peu moins enclins à la rabaisser quand ils se retrouveraient allongés par terre, les jambes arrachées par un engin explosif improvisé. Non, ils imploreraient Aspen de les sauver, sans songer au danger qu'elle courrait.

Inspirant profondément et essayant de contrôler sa rage, Brain coula un regard à Aspen. Elle avait progressivement glissé et utilisait sa cuisse comme oreiller. Cela faisait une heure qu'il lui passait la main dans les cheveux et il n'avait pas le moindre désir d'arrêter ou de se déplacer. Il était content qu'elle puisse dormir un peu. Elle en avait manifestement besoin.

Il n'aimait pas savoir qu'elle serait probablement

déployée très bientôt, mais il comprenait que cela faisait partie de son travail, comme pour lui-même. Il finirait forcément par se faire appeler en mission, et il devrait la laisser seule.

S'arrêtant immédiatement d'y penser, Brain secoua la tête. Il mettait la charrue avant les bœufs. Ils venaient à peine de commencer à sortir ensemble... du moins, il *pensait* que c'était ce qu'ils faisaient. Ils ne s'étaient vus que deux fois, mais vu le temps qu'ils avaient passé à parler au téléphone, il avait l'impression qu'ils se rapprochaient.

Elle lui donnait l'impression de le comprendre. C'était peut-être parce qu'elle aussi était dans l'armée. C'était peut-être simplement qui elle était. Mais peu importe ce qui rendait leur connexion apparemment si intense... Brain appréciait. *Elle* lui plaisait.

Fermant les yeux et écoutant la scène du film où le laser se concentrait sur la maison de Jerry et où les centaines de kilomètres de pop-corn commencèrent à éclater, Brain fit de son mieux pour se détendre. Il ne pouvait pas contrôler l'avenir, mais il pouvait profiter du présent.

Il allait juste fermer les yeux pendant quelques minutes. Puis, une fois le film terminé, il réveillerait Aspen et lui ferait boire un café pour qu'elle puisse conduire jusqu'à chez elle en toute sécurité, même s'il la suivait pour s'assurer qu'elle arrive à bonne destination. Il aimait l'accueillir chez lui, mais elle souhaiterait probablement retrouver son propre lit.

La dernière chose à laquelle Brain songea avant de s'endormir était à quel point il avait aimé voir Aspen dormir dans *son* lit.

CHAPITRE CINQ

Aspen se réveilla lentement. Elle se sentait tellement bien qu'elle n'avait pas envie de bouger. En fait, la simple perspective de se mettre en mouvement la dégoûtait profondément. Elle était courbatue après la semaine d'entraînement et ouvrir les yeux, se lever, se doucher et aller au travail était la dernière chose qu'elle aurait voulu faire. Elle réalisa enfin que c'était son jour de congé, mais elle n'avait toujours pas envie de se lever.

Ce n'est que lorsque son oreiller remua qu'elle comprit enfin où elle se trouvait et pourquoi elle se sentait tellement à l'aise.

Kane.

Elle ouvrit brusquement les yeux et inclina la tête en arrière, plongeant directement dans les yeux noisette de Kane.

— Salut, dit celui-ci d'une voix basse et éraillée par le sommeil.

— Salut, répéta-t-elle.

— Tu as bien dormi ?

Aspen hocha la tête.

— Étonnamment bien. Mais ne me demande pas de bouger trop vite ce matin.

Il sourit.

— Tu as des courbatures ?

— De partout, admit-elle.

— Je n'ai pas eu l'intention de m'endormir, lui dit-il.

Aspen était contente qu'il n'y aille pas par quatre chemins. Elle fut surprise, mais pas contrariée de se rendre compte que Kane et elle étaient toujours sur son canapé et qu'ils étaient apparemment restés là toute la nuit.

— Ce n'est pas grave, dit-elle.

— Sérieusement. J'avais le grand projet de te réveiller, de te faire un café pour que tu rentres bien chez toi, puis de te suivre jusqu'à ton appartement pour m'assurer que tout se passe bien.

Aspen le regarda pendant une seconde sans faire de commentaire.

— Quoi ? demanda-t-il.

— Tu allais me suivre jusqu'à chez moi ?

— Bien sûr. Pourquoi cela te surprend-il ?

— Eh bien, parce que je ne vis pas si loin que ça, et je sais que tu étais fatigué aussi.

— Hors de question que je te dise au revoir sur le pas de ma porte et te congédie toute seule. Il ne se passe rien de bien après minuit, et bien que Killeen ne soit pas exactement la capitale mondiale du crime, cela ne signifie pas qu'il n'arrive jamais rien de mal. Et tant que je serai là, je ne te laisserai rien t'arriver.

Aspen en resta littéralement sans voix. Elle ne put s'empêcher de se souvenir de son deuxième rendez-vous avec Derek. Elle avait eu besoin d'aller aux toilettes après le dîner, quand ils s'apprêtaient à partir. Derek avait plaisanté que puisqu'elle était « pratiquement » une Ranger, il était sûr qu'elle parviendrait à rentrer chez elle toute seule. Sur le coup, elle avait ri, mais quand elle était sortie des toilettes, il était déjà parti. Le parking avait été plongé dans l'obscurité, et même s'il n'était que vingt-deux heures, elle avait trouvé cela impoli.

Si les deux hommes étaient attirants, les différences entre Kane et Derek étaient comme le jour et la nuit. Même si Derek était beau à l'extérieur – et il le savait –, à l'intérieur, il était vaniteux et égoïste. Kane, en revanche, était un peu maladroit et inconscient de son potentiel de séduction, mais il était généreux et sincèrement préoccupé par le bien-être des autres. Avec le temps, elle lui découvrirait des défauts, mais Aspen commençait à penser que ses éventuelles imperfections seraient éclipsées par ses bons points.

— Tu es en rogne ? demanda Kane, tirant Aspen de ses pensées.

— En rogne parce que tu n'as pas perturbé mon sommeil et que tu m'as laissé passer une nuit de repos complète après une semaine complètement infernale ? Ou peut-être en colère d'avoir dû rester allongée pratiquement toute la nuit sur toi, sur ce canapé incroyablement confortable ? Euh... non.

Elle sourit en prononçant sa dernière phrase.

— Je dois dire que je n'avais pas exactement prévu de dormir avec toi dès notre deuxième rendez-vous, la taquina Kane.

Pendant une seconde, Aspen ne put que cligner des yeux de surprise, puis elle éclata de rire.

— Mais c'est ce qu'on a fait, n'est-ce pas ? demanda-t-elle.

— Et sans même un baiser, continua à plaisanter Kane.

— On pourra y remédier... Mais pas avant que je me sois brossé les dents et débarrassée de mon haleine du matin, lui dit Aspen.

Elle aima voir le désir et la tendresse s'emparer de son visage.

Comme lui, elle était couchée sur le flanc, adossée au canapé. Il avait passé un bras autour d'elle et l'autre reposait sur sa main, qui était sur sa poitrine. Ils étaient agréablement blottis l'un contre l'autre, et elle n'avait aucun désir de bouger pendant un bon moment. Elle ne se souvenait pas comment ils étaient arrivés dans cette position, mais elle n'allait certainement pas s'en plaindre.

— Qu'as-tu prévu de faire aujourd'hui ? demanda Kane. Je sais que tu avais dit que tu avais une journée de congé, mais je ne sais pas si tu avais planifié quelque chose.

— Juste des courses, dit Aspen en plissant les narines. J'ai besoin d'aller au supermarché, mais je ne veux pas acheter trop de choses au cas où on serait déployés, comme tout le monde dit qu'on va l'être. J'ai quelques ampoules dans mon appartement que j'aurais besoin de remplacer, et j'avais prévu de passer plusieurs heures aujourd'hui à glander sans rien faire du tout. Pourquoi ?

Pour la première fois, Kane détourna le regard d'elle, comme s'il ne savait pas ce qu'il allait dire. Il était intéressant de voir à quel point il était assuré dans certains domaines, mais timide à d'autres égards.

— Les garçons vont tous venir aujourd'hui. Gillian, Kinley et peut-être aussi Devyn. Je me suis dit que tu aurais peut-être envie de passer du temps avec nous quand tu auras fini de faire tes trucs.

— Qui est Devyn ?

— La sœur de Grover. Elle a récemment déménagé du Missouri. On est quasiment tous certains que Lucky en pince pour elle, mais Grover n'en a aucune idée, donc on attend de voir quand les feux d'artifice vont commencer, lui dit Kane.

Aspen en avait envie. *Vraiment* envie. Le discours de la

veille sur sa déception de n'avoir pas gagné l'équipe qu'elle aurait voulu en rejoignant les Rangers la rendait à la fois hésitante et désireuse d'accepter sa proposition. Hésitante, car voir Kane avec son équipe enfoncerait le clou et lui rappellerait ce qu'elle n'avait pas, et désireuse parce que peut-être, juste peut-être, elle pourrait trouver ce qu'elle cherchait en-dehors du travail.

— Tu as le droit de dire non. Je sais à quel point un jour de congé est précieux, surtout quand tu t'entraînes pour une mission.

— J'en ai envie, laissa échapper Aspen.

Le sourire qui illumina le visage de Kane était magnifique.

— C'est bien, dit-il.

— À quelle heure ?

— Vers seize heures ? Je vais acheter des hamburgers et tout le reste, et on va juste glander jusqu'à ce que ce soit l'heure de manger. Ne sois pas surprise si Winnie s'invite. Elle adore quand je fais des barbecues parce qu'elle peut venir « reluquer les soldats super chauds ». Je la cite.

— Je crois que je vais bien m'entendre avec ta voisine, dit Aspen en riant.

— Comme tout le monde, dit Kane du tac au tac. Je crois que Gillian et Kinley l'ont adoptée. Elles s'occupent d'elle quand on part en mission, ce qui me rassure.

— Que dois-je apporter ?

— Rien, dit immédiatement Kane.

— Non. Pas question. Soit tu me dis quoi amener, soit je vais exagérer et probablement m'embarrasser en apportant trop de nourriture, lui dit Aspen d'un ton bourru.

Il sourit.

— D'accord, puisque tu vas faire tes courses de toute façon, vois si tu peux amener une salade. Je ne promets pas que d'autres personnes que les femmes en mangeront, parce que tu sais, nous les hommes avons besoin de notre viande, après tout, mais...

Aspen leva les yeux au ciel.

— Très bien. Je vais faire de la salade de pommes de terre. Même les machos comme toi et tes amis ne pourront pas la refuser... Enfin, la viande et les patates vont ensemble comme le beurre de cacahouètes et la confiture.

— Faite maison ? demanda Kane.

— Bien sûr. Celle qu'on achète en magasin est dégoûtante.

— À base de mayonnaise ou de moutarde ?

Aspen le dévisagea.

— C'est un tue-l'amour ?

— Ça pourrait, la taquina-t-il. Arrête de gagner du temps. Quelle sorte ?

— De la moutarde, bien sûr, dit Aspen.

Kane poussa un faux soupir de soulagement.

— Dieu merci.

Aspen ricana.

— Tu es fou.

— Non, juste pointilleux en ce qui concerne la salade de pommes de terre, lui dit-il avant de cesser de sourire. Merci de ne pas t'attarder sur ce qui s'est passé ce matin. Je n'avais vraiment pas l'intention que cela se produise.

Il pointa le menton vers le canapé sur lequel ils étaient allongés.

— C'est bon. Honnêtement, je suis contente que tu ne m'aies pas réveillée. Je n'ai pas bien dormi ces derniers temps et ça fait longtemps que je ne m'étais pas sentie aussi bien que ce matin. Tu m'as rendu service.

— Je dois dire que ce n'était pas si difficile, lui dit Kane. Quand je me suis réveillé vers deux heures du matin avec un torticolis, je nous ai installés dans cette position. Tu étais profondément endormie et tu n'as même pas protesté quand je t'ai serrée contre moi.

Aspen haussa les épaules.

— Quand je dors, je ne suis là pour personne, mais cela ne se produit pas toutes les nuits. Parfois, je me tourne et me retourne. Trop de souvenirs qui tourbillonnent dans ma tête.

— Je vois parfaitement, dit Kane.

Aspen le crut. Ils n'avaient pas parlé des missions qu'ils avaient effectuées. Ils savaient tous les deux que révéler des détails était hors de question, mais elle n'était pas suffisamment naïve pour penser qu'il n'avait pas vu des choses terribles durant son service au sein des Forces Spéciales.

— Je crois que j'ai une brosse à dents en plus dans ma salle de bains, lui dit-il, détendant l'atmosphère.

— Tu laisses tellement de femmes passer la nuit ici que tu as besoin d'avoir des brosses de rechange ? demanda Aspen avant de pouvoir mesurer ses propos.

Kane répondit immédiatement.

— Certainement pas. Mais je crois qu'on m'en a donné une nouvelle chez le dentiste à ma dernière visite, et je n'ai pas pris la peine de changer l'ancienne. Je sais, je sais, je le devrais, mais je ne suis pas un fan du changement. Et d'ailleurs, je n'en ai pas vraiment vu l'utilité.

Il babillait un peu, ce qu'Aspen trouvait mignon.

— Je sais, lui dit-elle en lui tapotant la poitrine. Je suis désolée. J'ai été impolie. Tu es adulte et on vient à peine de se rencontrer.

— Ça fait plus de six mois que je ne suis pas sorti avec qui que ce soit, l'informa Kane. Et au moins deux ans que j'ai *été* avec une femme.

Il rougit en admettant ce dernier détail et Aspen ne put s'empêcher d'être choquée.

— Quel est le problème avec les femmes du coin ? demanda-t-elle.

Il la regarda un instant avant de dire :

— Tu ne me perçois pas comme les autres.

— Allons, c'est stupide, répondit Aspen avec une certaine irritation. Tu es magnifique, Kane. Enfin, tu as tes yeux magnifiques... Et tes cheveux sont toujours adorablement ébouriffés, ce qui me donne envie de les lisser. Ce qui est ridicule, parce que tu es adulte. Et quand tu me souris, j'ai les genoux qui flanchent.

— Et puis j'ouvre la bouche et dis quelque chose de super geek qui donne un regard vitreux aux autres femmes, et elles se rendent compte qu'elles devront *me* supporter pour avoir le privilège de regarder mes attributs physiques de près.

— Oh, pour l'amour de Dieu, dit Aspen, à présent très irritée.

Elle se rassit et le fusilla du regard.

— Pour que ce soit clair, ton intelligence ne me rebute pas. Je suis certaine que si on comparait nos QI, tu me battrais à plate couture, mais qu'est-ce que ça fait ? Chaque fois que tu voudras me parler en zoulou, ne te gêne pas, ça ne va pas me déranger.

— *Sithandwa*, dit Kane.

— À tes souhaits.

Il sourit.

— Ça veut dire chérie en zoulou, l'informa-t-il.

— Ah oui, vraiment ? demanda Aspen, oubliant sa diatribe pendant un moment. Je plaisantais en disant que tu parlais le zoulou. Je ne sais même pas dans quelle partie de l'Afrique on parle cette langue.

— Principalement en Afrique du Sud. Le zoulou est un groupe ethnique bantou, et le plus grand de cette région, avec dix à douze millions de représentants, dit Kane.

Aspen sourit. Elle posa la main sur sa joue.

— Ce que je veux dire est que je trouve que c'est cool que tu sois aussi intelligent, Kane. Je trouve incroyable que tu aies fini tes études aussi rapidement. Je suis impressionnée que tu aies rejoint l'Armée en tant que soldat, et il est plus qu'évident que tes coéquipiers t'estiment profondément. Tout démontre que tu n'es pas seulement intelligent, mais qu'en plus, tu es un homme bon, ce qui est plus important à mes yeux.

Kane l'étudia pendant un long moment, une gamme d'émotions passant dans ses yeux et sur son visage.

— Merci, murmura-t-elle.

— Je t'en prie, murmura Aspen en sentant l'air craqueter à cause de l'anticipation et des étincelles entre eux.

— La brosse à dents devrait être dans un des tiroirs à gauche du lavabo, déclara-t-il.

— Ça ne te fait rien si je regarde dans tes affaires personnelles ?

— Tu peux regarder dans mes affaires personnelles quand tu veux.

Le sous-entendu à peine voilé fit rire Aspen.

— Et si on commençait par s'embrasser ?

— C'est d'accord, dit-il.

Puis il se rassit, la prenant avec lui. Aspen se dit qu'elle n'aurait pas dû être aussi impressionnée par sa force. Il la déplaça comme si elle était une petite femme d'un mètre cinquante-cinq et non d'un mètre soixante-dix. Même s'il faisait presque la même taille, il n'avait aucun problème pour la soulever au-dessus de lui et l'aider à se redresser.

Elle grogna.

— Oh, j'ai tellement mal aux muscles !

— Quand tu rentreras chez toi, tu devrais prendre un

bon bain chaud, dit Kane. Ensuite, tu feras quelques étirements. Ça t'aidera.

— Je ne dirais pas non à un bain, dit Aspen en soupirant.

Il la regarda, et elle fut pratiquement capable de lire dans son esprit.

— Je ne vais pas me mettre à poil dans ta baignoire, lança-t-elle. C'est peut-être un peu trop pour un deuxième rendez-vous. Enfin, je sais qu'on a dormi ensemble et tout ça, mais frotter mes fesses nues dans ta baignoire avant de savoir quand tu l'as nettoyée pour la dernière fois est pousser le bouchon un peu trop loin.

Comme elle l'avait espéré, il éclata de rire.

— C'est pas faux. Et je dois admettre que je ne sais absolument pas quand cette baignoire a été lavée pour la dernière fois, mais je vais m'en occuper aujourd'hui, au cas où. Tu sais, pour nos prochaines soirées pyjama.

— C'est d'accord, dit Aspen avec un sourire.

Elle nota « il ne récure pas suffisamment sa baignoire » dans la colonne des points négatifs, mais dut ajouter « est disposé à le faire quand on le lui demande » dans celles des bons points.

— Je vais lancer le café pendant que tu vas te brosser les dents, lui dit Kane.

— J'espère que tu as du sucre et du lait, marmonna Aspen. J'aime le sucré.

— C'est noté, dit Kane. Tu m'avais dit la même chose au sujet des boissons alcoolisées.

Aspen haussa les épaules.

— Que veux-tu ? Je suis gourmande.

— C'est noté aussi. Fais ce que tu as à faire et ton café sucré t'attendra quand tu redescendras.

— Kane ?

— Oui ?

— Merci.

— De quoi ? demanda-t-il en inclinant la tête.

— D'être aussi incroyable. De ne pas profiter de la situation. De m'avoir laissée choisir le film et de ne pas être un connard.

— Je pourrais en être un, dit-il franchement.

— Oh, j'en suis certaine, comme je pourrais être une grognasse. Je ne crois pas que tu puisses le faire exprès, et jamais à une de tes amies.

— C'est vrai.

— Je me sens en sécurité avec toi, et ce n'est pas quelque chose que je peux dire de beaucoup de monde.

— C'est triste, répondit-il en fronçant légèrement les sourcils. Tu devrais être en mesure de dire ça de tous les hommes auprès desquels tu travailles.

Aspen haussa les épaules.

— Tu seras toujours en sécurité avec moi, jura Kane.

— Merci, murmura-t-elle.

Puis elle s'écarta de lui avant de faire quelque chose qu'elle pourrait regretter plus tard, comme l'attraper et fourrer la main dans son pantalon pour voir si l'érection qu'elle avait ressentie plus tôt contre sa jambe était aussi impressionnante qu'elle en donnait l'impression.

Ils gardèrent le contact visuel jusqu'à ce qu'elle parvienne aux escaliers et se tourne pour y monter. Elle crut entendre Kane grogner, mais elle se dit qu'elle devait l'avoir imaginé.

Il fallait qu'elle se reprenne. Elle était rapidement en train de tomber amoureuse de Kane et franchement, cela la terrifiait. Cela ne lui ressemblait pas. Avisée, elle ne s'était jamais précipitée dans une relation. Mais il y avait quelque chose en lui qui l'étourdissait et lui faisait oublier toute prudence.

S'efforçant de se concentrer sur ce qu'elle avait à faire

avant de revenir passer la soirée avec Kane et ses amis, Aspen trouva la brosse à dents de rechange dont Kane lui avait parlé dans la salle de bains.

Trente minutes plus tard, elle se tenait dans son allée, près de la portière conducteur, se sentant nerveuse.

— Alors, à seize heures, c'est ça ? demanda-t-elle.

— Oui.

— Tu veux que j'amène autre chose que de la salade de pommes de terre ?

— Juste toi, dit Kane.

Puis il leva la main jusqu'à son visage et frotta son pouce le long de sa pommette.

— Je suis désolé que ta journée d'hier se soit mal passée. Merci de m'avoir laissé essayer de la rendre plus agréable.

— Tu n'as pas essayé, tu *l'as fait*, répondit Aspen.

— Génial, dit-il en se rapprochant d'un pas. Je peux t'embrasser ? demanda-t-il doucement.

Le regardant dans les yeux, Aspen hocha la tête.

Mais Kane ne baissa pas la tête immédiatement. Il parcourut son visage du regard, comme s'il essayait de mémoriser ses traits. Puis il fit courir son pouce le long de sa lèvre inférieure.

— Kane ? demanda-t-elle sans hésitation.

— Oui ?

Aspen se passa la langue sur les lèvres et vit les pupilles de Kane se dilater.

— Tu vas m'embrasser ou quoi ?

Au lieu de répondre, il baissa la tête. Leurs lèvres se frôlèrent en une caresse chaste. Une fois, deux fois. Puis il posa une main sur ses reins et l'attira contre lui, son autre main se refermant sur sa nuque. Aspen se sentit entourée par lui alors qu'il capturait soudainement sa bouche dans un baiser féroce et intense.

Elle n'avait ressenti ces picotements dans ses doigts et

ses orteils à cause d'un baiser qu'une seule fois... quand Kane l'avait embrassée dans le bar. Elle écarta les lèvres et puis il était là, léchant, suçant, mordillant. Ce n'était pas un simple baiser, c'était une conquête... et Aspen était plus qu'heureuse d'être conquise.

Serrant une main sur ses biceps alors que l'autre saisissait le côté de son tee-shirt, elle accepta ce que Kane lui donnait. Sa barbe de trois jours lui grattait légèrement la peau, ne faisant qu'accroître la passion de l'expérience.

Ce n'est qu'après avoir entendu un sifflement en provenance de la maison voisine que Kane leva la tête. Il ne retira pas les mains d'Aspen, se contentant de tourner la tête et de pousser un ricanement bas.

Aspen se tourna aussi et sourit quand elle vit Winnie debout sur son porche, le journal à la main, leur faisant signe. Kane lui adressa un signe du menton, puis il se tourna pour baisser à nouveau les yeux vers Aspen.

— Je sais que je dois te laisser partir, mais je n'en ai vraiment pas envie, admit-il doucement.

C'était tout ce dont Aspen avait besoin pour savoir qu'elle était accro.

— Tu as des choses à faire, lui rappela-t-elle.

— Je sais.

— Moi aussi.

— Je le sais aussi, dit Kane sans la lâcher.

Aspen sourit et fit courir sa main le long de son bras.

— Je te verrai cet après-midi.

Kane inspira profondément et souffla lentement, puis il redressa l'échine et baissa les mains, en faisant courir une à travers ses cheveux, les ébouriffant encore davantage qu'ils ne l'étaient déjà.

Il se lécha les lèvres et Aspen aurait voulu se jeter sur lui. Elle parvint pourtant à se contenir... à un fil.

— Préviens-moi quand tu seras rentrée chez toi, demanda-t-il.

— Ce n'est pas très loin, protesta-t-elle.

— Fais-moi plaisir.

Comment aurait-elle pu le lui refuser alors qu'il le lui demandait aussi gentiment ?

— D'accord.

— Je n'essaye pas de te contrôler, lui dit-il. Je veux juste m'assurer que tu ailles bien.

— Je sais.

Et c'était vrai. C'était bon de savoir qu'il s'inquiétait pour elle.

— Je t'enverrai un texto quand j'arriverai.

— D'accord. On se parle plus tard.

Aspen hocha la tête. Kane passa le bras autour d'elle et ouvrit la porte. Elle avait remarqué que même après qu'elle se fut assise, eut démarré la voiture et fut sortie de son allée, Kane était toujours là à la regarder. Cela la mit un peu mal à l'aise ; aucun petit ami n'était jamais resté braqué sur elle aussi attentivement.

Quand elle arriva au bout de sa rue et regarda dans son rétroviseur, elle vit que Kane s'était rendu dans la maison voisine et parlait à Winnie. Il était l'homme le plus prévenant qu'elle ait jamais rencontré... et quelque part, cela la terrifiait. Il ne pouvait pas être aussi parfait, n'est-ce pas ? Elle finirait bien par lui trouver un défaut, et elle priait pour que cela ne gâche pas tout ce qu'elle avait appris par ailleurs. Elle ne voulait pas et n'avait pas besoin d'un homme parfait, mais pour l'instant, Kane était tout ce dont elle avait rêvé depuis son enfance.

Le temps lui révélerait si sa gentillesse était feinte, mais elle avait le sentiment que ce n'était pas le cas, que Kane Temple était exactement celui qu'il paraissait être. Un homme adorable que les femmes avaient négligé jusque-là, à la recherche de quelqu'un de plus audacieux, de plus dangereux. Mais ce n'était pas ce que voulait Aspen. Sa vie était déjà assez périlleuse comme cela. Elle désirait quelqu'un qui resterait avec elle quoi que la vie leur apporte, et jusqu'ici, il lui semblait que Kane pourrait bien être cette personne.

À nouveau terrifiée par cette pensée, Aspen décida de faire un pas en arrière. Elle allait trop loin, trop vite. Elle se rendrait chez lui dans l'après-midi, mais elle fortifierait d'abord ses boucliers mentaux. Elle devait ralentir, apprendre à beaucoup mieux connaître Kane. Alors seulement, elle verrait si elle voulait aller plus loin.

Sa décision prise, même si c'était inconfortable et qu'elle ne voulait pas le faire, elle se gara devant son immeuble et inspira profondément. L'odeur propre de Kane s'accrochait à ses vêtements, la faisant déjà hésiter.

— Je vous en prie, faites qu'il soit tel qu'il paraît être, murmura-t-elle avant de sortir de sa voiture et de se diriger vers son appartement.

CHAPITRE SIX

Il était seize heures quinze et Brain était debout dans sa cuisine, en pleine conversation avec Oz. Les autres étaient soit dehors, soit assis dans son salon. Ils étaient à l'étroit, mais il aimait recevoir ses amis.

— Aspen doit-elle venir ? demanda Oz.

— Elle a dit que oui, répondit Brain.

— Tout va bien avec elle ?

Brain hocha la tête.

— Oui. Presque *trop*.

— Qu'est-ce que tu veux dire ?

— Exactement ça. Elle est bosseuse, gentille, drôle, intelligente... Elle semble trop bien pour être vraie, dit Brain à son ami. Je n'ai pas vraiment su juger les gens par le passé, et la dernière chose dont j'ai envie, c'est que je tombe amoureux d'elle et qu'elle change une fois qu'on sera ensemble.

— Je peux le comprendre. Mais tu n'as pas encore passé beaucoup de temps avec elle, non ? demanda Oz.

— C'est vrai. Seulement deux soirées. Mais on a beaucoup parlé au téléphone et on s'est envoyé beaucoup de

SMS. J'ai l'impression de la connaître mieux que toutes les femmes avec lesquelles je suis sortie avant, dit Brain.

— Ne le prends pas mal, mais... tu veux que je l'observe quand elle arrivera ? Pas pour l'espionner, mais pour te donner mon avis sur la façon dont elle interagit avec les autres ? C'est parfois plus facile de voir la vraie nature d'une personne quand on ne ressent rien pour elle.

Brain savait qu'il rougissait, mais il fit de son mieux pour ignorer son inconfort.

— Tu sais, je respecte toujours ton opinion, mais je ne veux absolument pas que tu l'espionnes. Ça la mettrait mal à l'aise.

— Elle ne s'en rendra même pas compte, rétorqua Oz.

— Je sais, mais ça reste non. Elle me plaît, Oz. Beaucoup. Et je crois que c'est ce qui me perturbe.

— Je suis heureux pour toi, dit son ami en lui donnant une claque sur l'épaule.

— Merci.

— Rappelle-toi simplement qu'elle n'est pas parfaite. Personne ne l'est. À trop lui chercher de défauts, tu risques de passer à côté de ses qualités.

— Aucune chance, dit Brain avec un petit rire. Ses qualités sont si aveuglantes qu'il est impossible de voir autre chose. C'est un peu ce qui m'inquiète.

— Qu'est-ce qui t'aveugle ? demanda Kinley en entrant dans la cuisine, Lefty sur ses talons.

— Tout, quand on est en présence de quelqu'un d'aussi beau que toi, plaisanta Oz.

Kinley rougit, mais elle leva les yeux au ciel.

— Tu flirtes avec ma gonzesse ? demanda Lefty en jetant un bras en travers de la poitrine de Kinley et en la tirant vers l'arrière.

— Non, je n'oserais jamais, répondit Oz avec un sourire.

Puis il salua Brain du menton et passa entre eux pour retourner dans l'autre pièce.

— Quand est-ce qu'Aspen doit arriver ? demanda Kinley.

— Si tout le monde continue à demander des nouvelles d'Aspen, je risque d'avoir des complexes, plaisanta Brain.

Kinley fronça les sourcils et secoua la tête.

— Non, je suis toujours heureuse de te voir, Brain.

— Je sais, lui dit-il. Je plaisantais. Et j'espère qu'elle sera vite là. Elle avait des choses à finir aujourd'hui, alors elle risque d'arriver en retard.

— Tu l'as appelée ou bien tu lui as envoyé un SMS ? demanda Kinley.

Brain secoua la tête.

— Je n'ai pas eu envie de la déranger.

Kinley leva à nouveau les yeux au ciel et sortit son téléphone.

— C'est quoi, son numéro ?

Brain hésita. Il ne savait pas s'il pouvait le lui donner sans l'accord d'Aspen, mais quand il vit la lueur d'impatience dans les yeux de Kinley, il céda et se mit à le lui réciter.

Les doigts de Kinley se déplacèrent rapidement sur le clavier de son téléphone et elle acquiesça.

— Tiens.

Quelques secondes plus tard, son téléphone vibrait dans sa main. Par-dessus l'épaule de Kinley, Lefty lut à haute voix le texto qu'elle venait de recevoir. « Je m'apprêtais à partir. Je suis en retard, comme d'habitude. Désolée. »

— Ne t'inquiète pas, Brain, dit Kinley, cherchant toujours à faire sa pacificatrice. Je suis sûre qu'elle n'est pas *toujours* à la bourre.

Brain ne put s'empêcher d'éclater de rire. Il venait tout juste de se plaindre à Oz qu'il n'avait pas trouvé de défauts à

Aspen, et voilà qu'il en connaissait au moins un. Elle n'était pas arrivée en retard la veille quand elle était venue chez lui, mais c'était probablement parce qu'elle était venue directement du travail. Il repensa à leurs appels de la dernière semaine et demie et se rendit compte que, la plupart du temps, s'ils avaient convenu d'une heure, elle l'avait en effet appelé plus tard que prévu.

Mais il ne trouvait pas grave qu'elle soit en retard. Il sortit son propre téléphone et envoya un bref texto.

— Tu ne vas pas l'engueuler parce qu'elle arrive en retard, n'est-ce pas ? demanda Kinley.

— Quoi ? Non, dit fermement Brain. Je lui ai simplement dit de prendre son temps et de ne pas avoir d'accident ou se choper une contravention sur la route.

— C'est bien, dit Kinley. Je l'apprécie. Je ne veux pas que tu fasses quoi que ce se soit qui puisse lui donner envie de te larguer.

Brain leva les yeux au ciel.

— Je crois que c'est déjà arrivé, lui répondit-il honnêtement. Je suis autoritaire et surprotecteur. Je me suis endormi sur elle hier soir, et même quand je me suis réveillé à deux heures du matin, je ne me suis pas excusé et je ne l'ai pas ramenée chez elle. Non, je l'ai laissée dormir sur moi. J'ai également dit du mal de son équipe et je l'ai fait pleurer. Je ne suis pas exactement parfait.

Kinley se contenta de secouer la tête.

— Être surprotecteur n'est pas une mauvaise chose, affirma-t-elle en se retournant vers celui qui l'étreignait. Et crois-moi, se réveiller au-dessus de l'homme qu'on aime est loin d'être une torture. Ne te fais pas trop de reproches, lui ordonna-t-elle. Mais d'un autre côté, ne te comporte pas comme un con, comme ça, elle voudra bien rester, d'accord ?

Cela fit rire les deux soldats.

— J'ai compris. Je ferai de mon mieux.

— Bien. Préviens-moi quand elle sera arrivée, lui dit Kinley.

— Euh, la maison n'est pas si grande que ça. Je pense que tu la verras, lui dit Brain.

— Je serai peut-être à l'extérieur, rétorqua Kinley avant de se tourner, entraînant Lefty à sa suite hors de la cuisine.

Par le passé, Brain aurait peut-être levé les yeux au ciel et accusé son coéquipier de se faire mener par le bout du nez par sa copine, mais il se disait que si Aspen le tirait par la main, il n'émettrait pas la moindre protestation. Il la suivrait partout où elle voudrait aller.

Autrefois, durant les fêtes chez lui, ses coéquipiers et lui mangeaient des hamburgers et parlaient boulot jusqu'à tard dans la nuit. Mais à présent que Kinley, Gillian et Devyn les avaient rejoints, ils avaient toutes sortes d'accompagnements avec leurs burgers, et il avait même acheté un blender pour préparer des margaritas pour les femmes quand elles en voulaient. Winnie venait souvent se joindre à eux. Et généralement, une fois que Trigger et Lefty repartaient avec leurs copines plus tôt que d'habitude, tout le monde s'éclipsait aussi peu après.

Brain ne voyait aucun inconvénient à ces changements. Il aimait voir ses coéquipiers heureux, et que leurs femmes aient rejoint leur groupe les faisait moins parler du travail et simplement profiter d'être ensemble. Brain n'avait jamais connu cela avant de rejoindre l'armée. Si on l'invitait à des soirées, c'étaient des groupes d'étude et il partait toujours avant qu'on serve la moindre goutte d'alcool. Il aimait faire partie de ce groupe. C'était une des raisons pour lesquelles il invitait toujours des gens chez lui, pour se sentir entouré.

Il venait de finir de préparer une autre tournée de margaritas quand il entendit qu'on frappait. Sachant qu'il s'était écoulé assez de temps pour qu'Aspen arrive, il devança Doc et alla ouvrir lui-même la porte d'entrée.

Elle était là, les cheveux adorablement ébouriffés.

— Je suis désolée d'être en retard. Je m'étais endormie. Tu y crois ? J'ai fait mes courses, mais j'avais mal aux jambes après l'entraînement. Alors je me suis assise sur mon canapé pour faire une petite pause et je me suis réveillée trois heures plus tard. J'ai vite fini la salade de pommes de terre, même si elle n'est probablement pas restée au réfrigérateur assez longtemps, puis je me suis changée.

Brain n'émit aucun commentaire, se contentant de tendre le bras pour l'attirer à l'intérieur. Il l'embrassa fort, mais bien trop brièvement pour être repu.

— Je suis simplement ravi que tu sois venu, lui dit-il.

— Moi aussi, murmura-t-elle.

— Et je suis heureux de savoir que tu n'es pas parfaite.

— Quoi ? Qui a dit une telle chose ? Je suis loin d'être parfaite, Kane.

Brain secoua la tête.

— Je peux tolérer que tu sois en retard. Surtout si c'est parce que tu t'es endormie. Tu devais en avoir besoin.

— Je ne suis pas *toujours* à la bourre, rouspéta-t-elle.

Il arqua un sourcil.

— Bon, d'accord. J'ai *peut-être* tendance à être souvent en retard, mais je ne le fais pas exprès, protesta-t-elle. Et toi ? Tu es presque parfait toi-même. Quels sont *tes* défauts, histoire que je ne me sente pas si gênée que tu sois déjà au courant de ma tendance à être en retard ?

Brain ouvrit la bouche pour répliquer qu'il avait beaucoup de défauts, mais quelque part derrière lui, Gillian le devança.

— Brain a bien trop de doutes sur lui, dit-elle.

— Et il pue des pieds ! dit Trigger en souriant. Sérieusement, si on est en mission et qu'il enlève ses bottes, on est tous au bord de l'évanouissement.

Brain rougit et se tourna vers son ami, le fusillant du regard.

— La ferme !

Mais étonnamment, il entendit Aspen pouffer. Il se retourna vers elle puis elle s'avança vers lui et passa son bras dans le sien.

— Je vais t'aider à ne plus douter de toi, et je saurai gérer tes pieds qui puent.

— J'ai cru que tu n'allais jamais venir, dit Gillian à Aspen, rompant la bulle d'intimité entre elle et Brain. Brain a préparé des margaritas et je ne sais pas pourquoi, mais elles n'ont jamais été aussi bonnes. Tu dois en essayer une.

— C'est parce que je les ai faites super sucrées, dit Brain en ne détournant pas les yeux de ceux d'Aspen.

Il vit l'instant où elle comprit ses paroles.

— Merci, dit-elle avant de laisser Gillian l'attirer vers la cuisine pour poser son plat de salade de pommes de terre et pour prendre un verre.

— Gillian a parlé de revoir Aspen tout l'après-midi, lui dit Trigger. Elle l'apprécie vraiment.

— C'est bien. Aspen aurait besoin d'avoir quelques amies, dit Brain en la regardant rire de quelque chose que venait de dire Gillian.

Bien vite, sa petite cuisine se retrouva bondée quand Kinley et Devyn vinrent rejoindre les autres femmes. Ils remplirent à nouveau tous leurs verres et portèrent un toast.

— C'est une bonne sensation, non ? dit Trigger.

— De quoi ? demanda Brain, détournant les yeux d'Aspen à contrecœur pour regarder son ami.

— Quand tu souhaites que quelqu'un soit heureux plus que tu n'as envie de l'être toi-même.

Brain songea pendant une seconde aux paroles de Trigger, puis il hocha la tête. C'était exactement ce qu'il ressentait. Ses désirs ne paraissaient pas avoir autant d'importance quand Aspen était là. Il voulait seulement qu'elle s'intègre, qu'elle trouve la camaraderie qu'elle avait recherchée toute sa vie.

— Allez, dit Trigger en passant un bras autour des épaules de Brain. J'ai faim. Tu as des hamburgers à griller. Elle va bien. Les filles vont s'occuper d'elle.

Brain hocha la tête. Il savait que son ami avait raison. Aspen était entre de bonnes mains.

Deux heures plus tard, alors que Brain et Aspen faisaient la vaisselle, les autres étaient tous assis dans son salon. Ils riaient et discutaient après s'être bourrés de hamburgers, de la meilleure salade de pommes de terre que Brain ait jamais mangée et de tous les autres plats que tout le monde avait amenés. Heureuse, Winnie était assise dans un fauteuil à bascule qu'il avait acheté quand elle lui avait dit que celui qu'elle avait autrefois sur son porche lui manquait, après avoir été détruit par une tempête. Lefty se trouvait sur le canapé, Kinley sur ses genoux, Trigger et Gillian installés avec eux. Lucky collait Devyn tout en essayant de prétendre qu'il ne le faisait pas, et les autres étaient assis sur des chaises qu'ils avaient prises à la petite table de la cuisine.

Ils étaient en train de parler de toutes les tempêtes tropicales qui avaient balayé les Caraïbes ces derniers temps et de leur degré de destruction, lorsque Trigger s'éclaircit la gorge et se redressa.

— Je ne m'imagine pas un meilleur endroit pour faire ça qu'entourés des meilleurs amis qu'on ait jamais eus.

Brain sentit Aspen se raidir à côté de lui avant de murmurer :

— Oh, mon Dieu.

Il reposa la poêle qu'il était en train de récurer et se sécha rapidement les mains avant de se tourner vers ses amis.

Trigger parlait toujours. Il s'était tourné pour regarder Gillian qui était assise sur le canapé et le dévisageait avec de grands yeux.

— Gilly, chaque jour que je passe avec toi, je découvre quelque chose de nouveau. Tu me surprends constamment et passer ma vie sans toi me tuerait. J'admire ta force, j'envie ta capacité à te faire des amis, et j'aime me réveiller avec toi tous les matins et m'endormir le soir en te tenant dans mes bras. J'ai envie de passer le reste de ma vie à apprendre ce qui te fait réagir et faire tout ce qui est en mon pouvoir pour t'offrir la meilleure existence possible. Veux-tu bien m'épouser et faire de moi l'homme le plus heureux du monde ?

Brain entendit Aspen inhaler profondément et il l'attira à nouveau contre lui. Il posa le menton sur son épaule tout en regardant un des hommes qu'il admirait le plus au monde retenir son souffle en attendant la réponse de Gillian.

— Tu es bête, dit-elle avec amour et en levant la main gauche. Tu m'as déjà posé la question et j'ai déjà dit oui. Tu t'en souviens ? Je porte déjà ta bague.

— Je sais, mais nous n'avons pas encore effectué la cérémonie... et j'en ai assez de repousser le moment de m'unir officiellement à toi.

Gillian sourit.

— Je t'épouse quand tu veux, Walker, mais je te l'ai déjà dit : ce n'est pas moi qui planifierai l'événement.

— Super. Parce que j'ai ici les documents à te faire signer et la semaine prochaine, on a rendez-vous chez le juge de paix pour officialiser la chose.

Surprise, Gillian cligna des paupières.

— Vraiment ?

— Oui. Qu'en dis-tu ?

Pour toute réponse, Gillian sauta du canapé et se jeta dans les bras de Trigger.

— Oui !

Ils applaudirent tous et les acclamèrent.

Aspen tourna la tête et regarda Brain avec un sourire.

— C'était mignon.

— Oui. Tu avais compris dès le début ce qu'il allait lui demander, n'est-ce pas ? demanda-t-il.

Elle haussa les épaules.

— Eh bien, oui, c'était évident. Il ne vous avait pas dit qu'il allait lui faire sa demande ?

Brain secoua la tête.

— Non. J'ai mis un peu plus longtemps que toi à comprendre parce que, techniquement, il lui avait déjà fait sa demande, mais je suis très content pour tous les deux.

— Moi aussi. Les femmes rêvent de ce genre de demande, quand l'homme qu'elles adorent leur déclare son amour en public et leur demande leur main.

— C'est ce que tu veux ? demanda-t-il.

— De quoi ?

Brain désigna Trigger et Gillian qui s'étreignaient toujours.

— Euh, oui.

Aspen haussa les épaules.

— Si tu veux dire trouver quelqu'un que j'aime et qui voudra m'épouser, alors oui. Attends un peu, dit-elle en se tournant complètement vers lui. Et *toi* ? Enfin, je veux dire un jour, pas tout de suite, bien sûr. Mais un jour ?

— Oui, répondit immédiatement Brain. J'aimerais avoir quelqu'un sur qui compter, quoi que la vie nous apporte. J'ai envie d'affronter les difficultés ensemble et d'élever une famille avec elle. Je veux quelqu'un qui aimera nos enfants, peu importe qu'ils soient intelligents ou bien handicapés.

— C'est difficile pour toi de ne pas parler souvent à tes parents, n'est-ce pas ? demanda doucement Aspen.

Brain soupira.

— Oui. Ils voulaient que je devienne le prochain prix Nobel ou quelque chose dans ce genre. Alors quand ma vie a pris un autre tournant, je crois qu'ils ont considéré que ce que j'avais fait avant de rejoindre l'Armée avait été en vain.

Brain avait l'impression qu'Aspen et lui étaient seuls dans la pièce, ce qui tenait du miracle avec tout le battage qui se déroulait autour d'eux.

— Je suis désolée, dit doucement Aspen.

— C'est bon. Honnêtement ? Tant pis pour eux,

— Si l'occasion se présente, j'aimerais quand même les rencontrer... si ça ne te dérange pas.

— Pas du tout. Je ne les déteste pas. Généralement, je ne déplace pas vraiment des montagnes pour aller les voir, mais je ferai l'effort pour toi. Mes parents et moi sommes tout simplement des gens très différents. Je pense qu'ils ont perdu espoir que je trouve une fille qui n'était pas comme moi.

— Que veux-tu dire ? demanda Aspen en inclinant la tête.

— Tu sais, quelqu'un qui n'a pas le nez dans un livre et qui ne récite pas constamment le tableau périodique ou des formules mathématiques.

— Il n'y a rien de mal à être un intello, protesta Aspen. En fait, je parie que tes vieux seront légèrement déçus que je ne sois pas un génie.

— Tu veux parier, *dorogoy* ?

— Ne t'avise pas de me faire la cour en serbe pour me prendre au dépourvu, lui dit-elle avec une sévérité de façade.

— C'était du russe, dit-il en riant avant de redevenir

sérieux. Jamais personne n'a été capable de me faire garder les pieds sur terre comme tu le fais. Je ne suis pas constamment en train de me demander ce que les autres pensent de moi quand je suis occupé à penser à *toi*. Tu m'acceptes tel que je suis et ça signifie tout pour moi, lui dit-il avec sincérité.

— Parce que tu me plais tel que tu es, lui dit-elle doucement.

— Le temps venu, et si notre relation en arrive jusque-là, je te ferai une demande en mariage que tu n'oublieras jamais, jura Brain.

Kinley fronça les sourcils et secoua la tête.

— Je n'ai pas besoin que ce soit trop élaboré, Kane. Un simple « veux-tu m'épouser ? » suffirait... *Si* on en arrive là.

Brain acquiesça, mais intérieurement, il songeait déjà à ce qu'il pourrait faire qui serait à la fois romantique et flamboyant. Qu'il soit déjà en train de penser à la façon dont il allait demander Aspen en mariage aurait dû l'inquiéter, mais non ! Il se sentait simplement... contenté.

— Allez, allons féliciter tes amis, lui dit-elle.

— *Nos* amis, corrigea Brain.

Aspen afficha un immense sourire.

— Nos amis, répéta-t-elle.

Mais quand elle se tourna pour l'entraîner hors de la cuisine, évoquant à Brain ce que Kinley avait fait avec Lefty, elle entendit son portable sonner.

Grimaçant, elle soupira et haussa les épaules. Brain ne lui suggéra pas de ne pas répondre. Il savait tout aussi bien qu'elle que dans leur métier, ignorer un appel était impossible.

— Allô ? dit-elle en portant le téléphone à son oreille.

Brain écouta son côté de la conversation, ses muscles se contractant à chaque mot.

— Oui, Monsieur. Je comprends, Monsieur. Quatre

heures du matin. Oui, Monsieur, je serai là. Merci. Vous aussi. Au revoir.

Au moment où elle raccrocha, Brain sut que non seulement ses plans pour la soirée avaient changé, mais qu'elle allait également s'envoler pour le Moyen-Orient dès le lendemain matin.

— C'était le major, lui dit-elle.

— Tu pars demain matin, acheva Brain à sa place.

Aspen hocha la tête.

Sans hésitation, il la prit dans ses bras et elle accepta sans protester.

— Pour la première fois de ma vie, je n'ai pas envie d'y aller, marmonna-t-elle contre son cou. J'ai toujours été enthousiaste à l'idée d'être déployée. Contente de *faire* quelque chose.

— Je comprends, l'apaisa Brain. Et c'était vrai. Il ressentait toujours la même chose quand on l'informait d'une mission. Mais il avait l'impression qu'à partir de ce point, il ressentirait tout différemment.

Il fit reculer Aspen et posa les mains sur ses épaules tout en la regardant dans les yeux.

— Ça ne change rien entre toi et moi, dit-il férocement.

Elle hocha la tête.

— Je le pense vraiment. La durée de ton absence m'importe peu ; ça ne change rien.

— Ça ne devrait être que deux mois, dit-elle rapidement.

— Les doigts dans le nez, lui dit Brain, même s'il avait une boule dans la gorge.

Il ne voulait pas passer deux mois sans la voir. Pour la première fois, il comprit ce que Gillian et Kinley ressentaient lorsqu'elles apprenaient que l'équipe était envoyée en mission. Bon sang ! Il se rendait compte que Trigger et Lefty éprouvaient probablement la même chose que lui quand ils étaient appelés. Mais devant Aspen, il se força à conserver sa positivité.

— On s'écrira, lui dit-elle.

— Bien sûr, dit-elle en hochant rapidement la tête.

— Tout ce que je réclame, continua-t-il d'une voix plus douce, c'est que tu surveilles tes arrières. J'en ai encore beaucoup à apprendre sur toi.

Aspen acquiesça.

— Idem.

— On va s'écrire et tu pourras me demander ce que tu veux. Je vais répondre honnêtement, lui dit Brain. Même si tu penses que c'est trop personnel, pose la question. C'est d'accord ?

— D'accord. Et pareil pour toi.

— Ce n'est pas la fin de notre relation, lui dit Brain. Malheureusement, il faudra simplement qu'on s'habitue à la situation. Tu vas être déployée et moi aussi. La vie continue et on a le choix de laisser nos séparations nous rapprocher ou nous diviser.

— Je ne comprends pas pourquoi ça me touche à ce point alors qu'on ne sort ensemble que depuis deux semaines, dit-elle en plissant légèrement le front.

— N'essaye pas de le comprendre, lui conseilla Brain. Je suis tout aussi choqué que toi, mais j'accepte les choses comme elles viennent.

— D'accord. Je le ferai aussi. Mais n'oublie pas qui a fait le premier pas, dit-elle effrontément, tentant d'alléger la tension.

Brain ricana.

— Comment pourrais-je oublier ? Je n'étais pas si enthousiaste à l'idée d'être utilisé comme ça, mais à la seconde où on s'est embrassés, j'ai été conquis. Ne laisse pas Derek te gâcher la journée, dit-il quand il se souvint qu'elle serait déployée avec son connard d'ex.

— J'essayerai.

— Super. Ça va me manquer de te parler, admit Brain.

— Pareil de mon côté.

— Hé, on fait la fête ici ! leur cria Trigger. Fais péter quelques margaritas en plus pour les femmes et des bières pour nous. Eh oui, tu peux garder ton vin, Brain !

Ce dernier se tourna vers ses amis et secoua la tête.

— Aspen doit partir.

Il y eut des grognements et des protestations généralisés. Elle haussa les épaules.

— Le devoir m'appelle.

Ces trois mots réduisirent les Deltas au silence et ils devinrent tous sérieux. Un à un, ils passèrent dans la cuisine et l'étreignirent, lui souhaitant bonne chance et lui disant de prendre soin d'elle. Les autres femmes comprirent qu'Aspen ne quittait pas simplement la soirée, mais qu'elle était déployée, et elles lui souhaitèrent également bonne chance.

Brain raccompagna Aspen jusqu'à sa porte, même si ce dont il aurait vraiment eu envie était de l'emmener à l'étage et de l'enfermer dans sa chambre pour qu'elle ne puisse pas partir. C'était une pensée choquant pour un militaire. Il lui tint la main jusqu'à sa voiture, qui était garée dans la rue avec les véhicules de ses coéquipiers.

Il lui prit la tête entre les mains et l'embrassa sans lui demander la permission au préalable. Il l'embrassa avec toute la frustration née du fait qu'il ne la verrait plus pendant un moment, à laquelle s'ajoutait son inquiétude.

Et Aspen lui rendit son baiser avec le même niveau d'émotion.

Au bout de quelques instants, Brain se retira et posa son front contre le sien.

— Je suis sérieux, fais bien attention, *dorogoy*. Je n'arriverai pas à dormir sur mes deux oreilles tant que je ne saurai pas que tu es à la maison, en sécurité.

— Comptes-y, le rassura-t-elle.

— Dis à ces Rangers que s'ils ne te soutiennent pas en permanence, ils vont découvrir toute l'étendue de ma rancune, déclara Brain avec un peu trop de fougue.

Mais Aspen se contenta de pouffer.

— Ça me plaît que tu puisses menacer comme ça une patrouille de Rangers.

— Je suis un Delta, ma belle. Je peux leur botter le cul les doigts dans le nez. Et si je dois me procurer des tarentules et les lâcher dans leur lit la nuit quand ils rentreront, je le ferai.

Aspen rit à nouveau et le serra fort contre elle. Brain se raccrocha à elle et inhala profondément.

Des gardénias. Il se souviendrait de cette odeur jusqu'à sa mort.

Prenant une dernière inspiration profonde, il sut qu'il devait la laisser partir. Elle avait des choses à faire. Il fit un pas en arrière et fourra les mains dans ses poches.

— Je t'appellerai à trois heures quinze pour m'assurer que tu sois réveillée, lui dit-elle.

Aspen lui sourit.

— Merci, j'apprécie. Ça la ficherait mal d'avoir une panne d'oreiller et de manquer la formation. Le sergent-major me botterait le cul.

Brain ne parvint pas à se forcer à lui rendre son sourire, et sa gorge soudainement serrée ne parvint pas à laisser passer la moindre parole.

Il regarda Aspen ouvrir sa portière et s'asseoir sur le siège conducteur. Elle alluma le moteur et fit descendre la fenêtre.

— Je t'enverrai un e-mail dès que possible, lui dit-elle.

Brain hocha la tête.

— Merci pour une soirée amusante. Dis à tout le monde que je suis désolée de devoir filer, et félicite Trigger et

Gillian de ma part. Je suis triste de devoir rater leur cérémonie civile.

Brain déglutit fort et hocha à nouveau la tête.

— Au revoir, Kane.

Quand il ne répondit pas, elle passa une vitesse et se mit en route.

— Aspen ? l'appela Brain.

Elle s'arrêta.

— Oui ?

— Botte-moi le cul de ces terroristes, d'accord ?

Elle sourit.

— C'est promis.

Puis elle était partie.

Brain regarda les feux arrière de sa voiture jusqu'à ce qu'elle tourne à l'angle de sa rue et disparaisse.

— Merde, marmonna-t-il.

— Ça fait mal, hein ? dit soudain Lefty derrière lui.

— Terriblement, confirma Brain sans se retourner.

— Quand j'ai découvert que Kinley avait rejoint le programme de protection des témoins et que je ne savais pas si elle allait bien ou si elle était en sécurité, ça a failli me tuer. Ça m'a mis à terre.

Brain hocha la tête.

— Mais ce qui m'a permis de continuer, c'est savoir à quel point Kinley était forte, qu'elle soit convaincue d'avoir pris la bonne décision. Je détestais ne pas pouvoir être à ses côtés pour veiller sur sa sécurité, mais je devais bien croire qu'*elle* savait rester en sécurité. Qu'elle faisait ce qui devait être fait pour qu'elle puisse me revenir.

Cela suffit pour que Brain se sente mieux.

Il se tourna vers son ami.

— Aspen est vraiment géniale. Elle est forte. C'est forcé, si elle est dans une équipe de Rangers. Ça va aller. Et il le pensait vraiment. Il détestait ne pas être auprès d'elle.

Détestait ne pas pouvoir veiller sur elle, mais il ne pouvait pas rester à ses côtés chaque minute de chaque jour. Et il n'avait pas besoin de l'être. Elle savait prendre soin d'elle. Et même si elle ne cliquait pas avec son équipe de Rangers comme elle l'aurait voulu, il aurait parié tout ce qu'il avait qu'en fin de compte, les hommes avec lesquels elle travaillait veilleraient sur elle.

Il *devait* le croire, sans quoi il ne serait pas en mesure de la laisser partir.

— C'est vrai, en convint Lefty. Maintenant, tu dois rentrer. On planifie une super réception pour Trigger et Gillian, parce qu'elle refuse d'organiser quoi que ce soit. Winnie est en train de parler de chippendales et de poupées gonflables, et il faut que quelqu'un la fasse redescendre.

Brain rit ; c'était incontrôlable. C'était du Winnie tout craché de vouloir des chippendales sexy à une fête de mariage. Il retourna vers sa maison, mais juste avant de rentrer, il se tourna vers la rue où il avait vu Aspen pour la dernière fois.

— Fais bien attention, ma chérie, murmura-t-il avant de regagner l'animation joyeuse de son salon.

CHAPITRE SEPT

De : Aspen

À : Kane

Objet : Je suis enfin là !

Kane,

Salut ! On est enfin arrivés. Je ne peux pas te dire où exactement, comme tu le sais, mais malgré tout le sable qui nous entoure, je n'ai pas eu *une* seule occasion d'utiliser ma planche de surf. ;) Le vol s'est bien passé, mais je n'ai pas pu dormir. Mon siège ne ressemblait absolument pas à ton canapé. On est tous installés dans nos logements et, comme d'habitude, je ne suis pas au même endroit que mon groupe. Je comprends, vraiment, mais c'est frustrant. Comment peut-on apprendre à se connaître si on ne passe pas de temps ensemble ?

Quoi qu'il en soit, je devine qu'on ne va pas rester ici longtemps. On va vite partir en exploration, mais j'avais envie de t'envoyer un message rapide pour te faire savoir que j'étais arrivée et que tout se passe bien. On se parle plus tard.

~ Aspen

. . .

De : Brain

   À : Aspen

   Objet : Re : Je suis enfin là !

   Aspen,

Merci d'avoir écrit. J'avais attendu d'avoir de tes nouvelles avec impatience. Je suis content que le vol se soit bien passé et que tu sois arrivée sans problèmes. Je n'avais pas vraiment songé à la question de l'hébergement, mais je comprends que ça doit te frustrer. Et tu as raison, on fraternise beaucoup avant et après les sorties, quand mon équipe et moi passons du temps ensemble de façon informelle. On parle de la journée, de tout ce qui s'est passé et de ce que le lendemain nous réservera. Garde la tête haute.

Winnie et les autres femmes m'ont toutes demandé de te dire qu'elles t'envoient des ondes positives. Gillian et Trigger sont prêts pour leur cérémonie civile, et on a décidé qu'ensuite, tout le monde reviendrait chez moi pour une petite réception. Malheureusement, je ne m'y connais absolument pas en organisation de fêtes de mariage, et Gillian refuse d'y participer de la moindre façon que ce soit. Je ne peux pas vraiment le lui reprocher, puisqu'elle fait ce genre de choses tous les jours dans le cadre de son travail. Tu as des suggestions ?

Je l'ai déjà dit et je le redis, prends soin de toi. Des lames de fond peuvent sortir de nulle part et s'abattre sur toi. Et j'ai aussi entendu dire que vous pouvez vous attendre à du très mauvais temps.

   ~ Brain

De : Aspen

   À : Kane

Objet : Météo

Kane,

Oui, le temps est plutôt mauvais, et la météo dit que cela restera comme ça pendant toute la durée de notre séjour. Mais je m'assurerai d'enfiler mon imperméable et d'emporter mon parapluie partout où j'irai :)

Quant à la fête, je suis désolée de manquer ça. Mais je pense que la meilleure chose à faire est de servir un tas de hors-d'œuvre. C'est facile à manger et pas compliqué à préparer/acheter. Je pense que tu devrais être en mesure de trouver beaucoup de choses déjà toutes prêtes au supermarché, mais je demanderais également à tout le monde d'apporter quelque chose, ce qui te permettrait d'économiser une tonne de temps. Tu pourrais par exemple préparer des œufs mayonnaise, des piques de mozzarella, des brochettes de fruits, des chips de tortilla avec de la salsa (ou bien des chips de pommes de terre avec de la sauce), des boulettes de viande, des bâtonnets de fromage, des ailes de poulet, des pelures de pommes de terre, des feuilletés à la saucisse ou un plateau de charcuterie (et voilà que j'ai faim ; la bouffe ici est vraiment nulle).

Je t'en prie, félicite Trigger et Gillian de ma part. Je te rapporterai peut-être un peu de sable en cadeau. Je plaisante !

Je sais que ça ne fait que quelques jours... mais tu me manques.

~ Aspen

De : Brain

À : Aspen

Objet : Re : Météo

Tu me manques aussi, *gráinne* (c'est de l'irlandais, tu sais *sourire*). Parfois, je me demande comment on a cliqué si rapidement, puis je me dis de ne pas m'inquiéter autant. Il y a beaucoup de choses dans ce monde que je ne comprends pas, et j'aime ressentir cela pour quelqu'un.

Quel temps fait-il ? Mes amis et moi avons entendu des choses pas très cool au sujet des tempêtes de ton côté, et ça me rend nerveux. Le bruit court qu'on pourrait passer des vacances là-bas très bientôt. J'en saurai davantage dans une semaine environ.

Merci pour les suggestions ! J'ai appelé Kinley et elle a été ravie de pouvoir m'aider à préparer les hors-d'œuvre. Elle va appeler les amies de Gillian, et elles aussi vont nous aider. Winnie a même proposé de préparer un gâteau. Ce ne sera pas un gâteau de mariage traditionnel, mais avec un délai aussi court, il conviendra parfaitement.

Entendre ta voix me manque. J'ai tellement pris l'habitude de te parler tous les soirs que je trouve étrange de manger et de m'installer devant la télévision sans pouvoir t'entendre me parler de ta journée.

Surveille tes arrières, *gráinne*.

~ Brain

De : Aspen

À : Kane

Objet : Re : Re : Météo

La journée a été nulle. Il y a des jours où je déteste mon boulot... comme aujourd'hui. Tu te rappelles quand je suis venue chez toi après cet entraînement difficile et que j'étais déshydratée ? Oui, les choses ici se passent comme le jour de cet entraînement. Les gars avec qui je travaille sont renfermés et je me sens très seule, même quand je suis entourée de gens. Je dois être adulte et m'accrocher. Et je ne peux même pas pleurer. On me traiterait de mauviette et on me dirait que je n'y arriverai jamais. Derek se comporte comme un con, et j'ai honte d'avoir cru pendant une seconde que c'était un type bien. C'est un leader nul et la seule chose positive de la journée est qu'il n'est pas mon boss.

Désolée, mais aujourd'hui, je n'ai pas la force d'être optimiste et positive. Tu me manques.

~ Aspen

De : Brain

    À : Aspen

    Objet : Accroche-toi

Je viens de recevoir ton e-mail. Je suis vraiment désolé de ne pas être là pour te faire un gros câlin. J'aurais bien aimé pouvoir. Et je suis désolé que Derek soit un con. Ça me rend fou que ton équipe ne te soutienne pas comme elle devrait le faire. Et tu n'es pas forcée d'être positive avec moi si ce n'est pas ce que tu ressens. Je veux que tu sois toi, avec tes émotions négatives et tout le reste.

Tu me manques aussi. Confession : le couvre-lit dont tu t'es servi la fois où tu as dormi chez moi a gardé ton parfum, et je dors dessous depuis ton départ. Ça me fait me sentir plus proche de toi.

~ Brain

De : Aspen

    À : Kane

    Objet : Une journée géniale !

Kane,

J'ai passé une journée incroyable ! Et je sais, je sais, mon dernier e-mail était vraiment négatif, mais aujourd'hui a été super. Comme tous les jours, on patrouillait les environs quand on a entendu des cris qui provenaient d'une maison.

Un petit garçon se tenait devant la porte en pleurant et quand il nous a vus, il nous a fait frénétiquement signe de venir. Je me suis mise en retrait, laissant les autres s'en occuper, mais le garçon est venu droit jusqu'à moi quand il a vu la croix rouge sur mon sac.

Je suis entrée et j'ai découvert sa mère en train d'accoucher. Elle criait de douleur et elle était toute seule dans la maison. Elle n'avait personne pour l'aider. Je me suis immédiatement mise au travail et les mecs autour de moi m'ont beaucoup aidée ! Ils ne semblaient pas irrités de devoir aider une femme à accoucher. On a bossé en équipe et c'était *génial*.

On a fini par aider la femme à donner naissance à une ravissante petite fille. Je n'avais participé qu'à un seul accouchement avant, et simplement en tant qu'assistante. Assister à un don de la vie aussi incroyable est toujours tellement spécial. Un véritable miracle !

La mère était tellement reconnaissante qu'elle n'a pas cessé de m'embrasser la main, et le petit garçon était adorable. J'aurais eu besoin de tes compétences en traduction, mais dans l'ensemble, je crois qu'on ne s'est pas si mal débrouillés.

Oh... Comment s'est passée la fête ? C'était hier, non ? Ou bien ce soir ? J'ai du mal à m'y retrouver avec les fuseaux horaires.

~ Aspen

De : Brain

À : Aspen

Objet : Réponse : Une journée géniale !

Je suis vraiment content que tu aies passé une bonne journée. Cette famille a eu de la chance de t'avoir quand ils ont eu besoin de toi. Je suis fier de toi !

La réception s'est bien passée. Les hors-d'œuvre ont rencontré un franc succès ; merci d'avoir fait la suggestion. Le mariage civil a été bref, mais très romantique (je pense que tu aurais été d'accord). Trigger a surpris Gillian en s'arrangeant pour faire venir leurs parents à tous les deux. Wendy, Ann et Clarissa, les amies de longue date de Gillian, étaient présentes et, bien sûr, nous étions aussi tous là. La pièce était bondée, mais ce n'était pas un problème.

Comme tu es une fille et que tu veux probablement le savoir, Gillian portait une robe rose courte avec une paire de Converses roses couvertes de paillettes. Elle était absolument ravissante. Trigger avait décidé de porter son uniforme de cérémonie et je crois qu'ils se sont dévorés du regard durant toute la cérémonie. Je suis certain qu'Ann ou quelqu'un d'autre a tout filmé, alors je t'enverrai une copie de la vidéo dès que je l'aurai reçue.

Le gâteau de Winnie aussi était génial. Il penchait un peu, mais personne n'a remarqué. J'aurais aimé que tu sois là. Tout le monde m'a parlé de toi et a voulu savoir si j'avais eu de tes nouvelles. Je veux que tu saches que tu as une équipe ici à la maison. Tu nous as beaucoup manquée.

~ Brain

De : Aspen

  À : Kane

  Objet : Re : Re : Une journée géniale !

Je vais bien. Je voulais m'assurer de commencer par ça pour que tu ne paniques pas.

Il y a eu un incident aujourd'hui, mais encore une fois, je vais bien. J'ignore ce que tu avais pu entendre ou pas à ce sujet. On se promenait comme on le fait tous les jours depuis notre arrivée, quand certains pas très gentils ont décidé qu'ils n'avaient pas envie de nous voir sur leur territoire. Holman et Buckland, deux des mecs de mon groupe, ont été blessés, mais pas trop gravement. Je me suis cogné la tête sur le côté d'un bâtiment quand Hamilton m'a taclée pour m'écarter des méchants, mais encore une fois, je vais bien.

Tu sais, certains jours, j'ai l'impression qu'on fait une différence en débarrassant le monde des méchants, mais d'autres jours, c'est comme si la Terre entière était liguée contre nous. J'ai aussi l'impression d'être sur des montagnes russes, un jour heureuse et enthousiaste, et le lendemain, déprimée et vaincue. Je sais que ce n'est pas sain, et après des jours comme aujourd'hui, je me demande vraiment ce que je fais de ma vie.

Et voilà que je redeviens toute dépressive. Merde, je déteste ça.

Alors… que se passe-t-il ? Lucky et Devyn ont-ils mis les choses à plat ? :) As-tu parlé à tes parents ? Je t'en prie, dis-moi quelque chose de normal.

~ Aspen

De : Brain

À : Aspen

Objet : Normal

Aspen,

Qu'est-ce que la normalité de toute façon ? Je comprends parfaitement ce que tu traverses, et même si ça ne t'aidera pas vraiment, j'espère que ça te fera te sentir moins seule.

J'avais eu vent de l'incident et j'apprécie que tu m'aies contacté si vite après, sans quoi, j'aurais complètement paniqué. Eh oui, les hommes aussi peuvent paniquer. Je déteste savoir que tu as été blessée, mais je suis contente qu'Hamilton ait veillé sur toi. C'est ainsi qu'une équipe est censée fonctionner.

Je ne sais pas ce qu'il se passe entre Lucky et Devyn. Je ne suis pas très porté sur les commérages et on a été très occupés. Malgré tout, tu n'es jamais loin de mes pensées. Ça fait un mois entier que je ne t'ai pas vue, et plus les jours passent, plus tu me manques. J'avais oublié à quel point ma vie était ennuyeuse avant de te rencontrer. Maintenant, quand je rentre du travail tous les soirs, je reste assis dans ma maison tout seul et je regarde la télévision jusqu'à ce que je m'endorme sur le canapé.

Pour revenir à l'incident...

Ça m'a fait peur, ma chérie. Je n'aime pas songer que tu es au milieu d'un truc comme ça, et la pensée que tu puisses être blessée me rend fou, puisque je ne peux pas être là pour m'assurer de mes propres yeux que tu vas bien. Attention, je sais que tu es capable de faire ton travail, ce n'est pas la question. C'est juste que... je m'inquiète. J'ai besoin que tu prennes soin de toi pour que tu puisses rentrer et qu'on voie où cette histoire pourra aller entre nous. Je n'ai pas passé assez de temps avec toi.

Fais bien attention.

Je t'embrasse,

Brain

De : Aspen

À : Kane

Objet : Je me disais...

Kane,

Ce voyage me fait vraiment réfléchir à ce que je veux faire de ma vie. Encore une fois, j'aime ce que je fais, j'aime le domaine médical, mais je pense que je pourrais être tout aussi efficace – et plus heureuse –, si je le faisais d'une autre façon. Ça ne veut pas dire que je ne vais pas donner tout ce que j'ai dans mon emploi actuel, mais il faut que je réfléchisse.

Et tu sais quoi ? J'ai pensé que ce voyage me ferait du bien. Qu'il mettrait un peu d'espace entre nous parce que je craque trop pour toi. Je n'ai jamais craqué aussi vite pour quelqu'un. J'ai pensé que la distance serait une bonne chose. Mais je me rends compte que je ressens exactement la même chose pour toi un mois après notre dernière soirée. Je vérifie avec impatience mes e-mails pour voir si tu m'as écrit, et si tu l'as fait, je lis et relis ton e-mail, et j'ai désespérément besoin de me sentir proche de toi. Je crois que le proverbe est correct et que l'absence attise l'affection. Du moins de mon côté.

Bien sûr, il est possible que tu lises cette phrase, la trouve mièvre et réfléchisse à la meilleure façon de t'extirper de la situation, de mettre de la distance entre nous... plus qu'il n'en existe déjà. Lol.

Sur ce, j'arrête d'écrire. On va faire une longue marche demain, et je sais déjà que Derek va se comporter comme un connard.

Tu me manques,
Bisous,
Aspen

De : Brain

À : Aspen

Objet : Re : Je me disais...

Je ressens la même chose pour toi, alors je ne te trouve pas mièvre. Absolument pas.

Et... dans un futur proche, il pourrait y avoir bien moins de distance entre nous que ce qu'on aurait pu envisager, l'un comme l'autre. La possibilité de ce voyage que mes amis et moi-même devions faire ? On dirait bien qu'il va devenir réalité.

À tout à l'heure.

Kane

De : Aspen

À : Kane

Objet : Voyage

Je n'ai pas eu de tes nouvelles depuis plusieurs jours. J'espère que ça signifie que tu es parti en vacances.

~ Aspen

CHAPITRE HUIT

Aspen se réveilla après une nuit de sommeil agitée. Elle était nerveuse et aussi excitée qu'une gamine de six ans le matin de Noël.

Kane devait arriver aujourd'hui.

Les missions qu'elle et les équipes des Rangers avaient effectuées au cours du mois qui venait de s'écouler ne s'étaient pas déroulées comme prévu. Ils n'avaient pas été capables de retrouver l'homme à l'origine des derniers soulèvements dans la région, et l'Armée avait demandé l'aide d'une unité des Forces Delta.

Derek avait été furieux lorsqu'il avait appris que Kane faisait partie de l'équipe Delta et qu'il arriverait bientôt à la base. Les trois derniers jours de patrouille avaient été un enfer. Voulant retrouver le leader terroriste avant l'arrivée des Deltas, Derek avait poussé son équipe *et* celle d'Aspen au-delà des limites de la prudence. Les deux équipes des Rangers menaient des missions conjointes. Et même si Aspen se sentait généralement plus en sécurité s'ils étaient nombreux, surtout lorsqu'ils patrouillaient la ville hors des confins de la base, pour une fois, elle aurait souhaité que son équipe et celle de Derek ne travaillent pas aussi étroitement ensemble. Il lui semblait que Derek prenait la traque du terroriste pour une compétition, alors que ça ne l'était absolument pas.

Mais Aspen n'avait rien dit. Elle n'avait pas signalé Derek à leur commandant. Il n'avait rien fait d'illégal, se contentant de rester sur la corde raide entre l'imprudence et la détermination. Aussi souffrait-elle en silence aux côtés des deux pelotons.

Et enfin, après tous les e-mails du mois précédent dans lesquels elle avait tenté de révéler à Kane ce qu'il se passait sans trahir la moindre confidentialité, il serait là. Elle allait pouvoir le voir, lui parler en personne. Aspen savait que rien de physique ne pouvait se produire entre eux pendant qu'ils étaient en déploiement, mais cela ne la dérangeait pas. Il lui suffirait de voir un visage familier et amical.

La situation entre elle et sa propre équipe s'était améliorée au cours des derniers jours – le danger s'y prêtait bien –, mais elle sentait toujours entre eux un mur qu'elle ne pouvait tout simplement pas briser. Elle avait demandé à pouvoir dormir dans leur tente, mais l'Armée avait dit non, quelles que soient les circonstances. Les hommes et les femmes devaient avoir des quartiers séparés, point barre.

Puisque Derek, le sergent Vandine et leurs commandants devaient retrouver l'équipe de Delta dès leur arrivée pour un briefing, les Rangers avaient eu une rare matinée de congé. Aspen savait qu'ils avaient tous l'intention d'aller à la cantine pour manger un petit déjeuner chaud. Puis ils retourneraient à leur tente pour jouer aux cartes. Elle n'avait pas été invitée. La semaine précédente, cela l'aurait probablement dévastée. Mais aujourd'hui, rien ne pouvait la contrarier, parce qu'elle allait voir Kane.

Se sentant comme une groupie ou une gamine désespérée de douze ans qui attendait de voir son boys band préféré, Aspen s'attardait près de la plateforme où atterrissaient les hélicoptères en provenance de la plus grande base voisine.

Ses espoirs avaient déjà été anéantis par deux fois lorsque deux hélicoptères avaient atterri sans les Deltas. Mais la troisième fois était la bonne et elle regarda avec un grand sourire sept visages familiers descendre de l'énorme engin. Ayant terriblement envie de se jeter dans les bras de Kane, elle parvint tout de même à se contrôler.

Les garçons vinrent la rejoindre et Aspen était toute disposée à se montrer professionnelle et à les accueillir à la base avec une poignée de main. Cela étant, Trigger contrecarra ses plans quand il laissa tomber son sac à dos et l'enveloppa dans une énorme étreinte.

Choquée et surprise, Aspen ne put que le prendre dans ses bras et lui rendre son étreinte.

— Merci pour le cadeau de mariage, lui dit-il quand il la lâcha enfin.

— Le cadeau de mariage ? demanda Aspen.

— Oui. De la part de Brain et toi. J'ai déjà emmené Gillian deux fois au champ de tir ; ce Glock que vous lui avez offert lui plaît beaucoup.

— Euh... Je t'en prie, lui dit Aspen.

Elle n'était pas au courant que Kane avait mis leurs deux noms sur un cadeau. Cela lui donnait des papillons dans le ventre.

Puis ce fut au tour de Lefty de la prendre dans ses bras, lui disant qu'il était heureux de la retrouver et de voir qu'elle allait bien.

Les autres garçons de l'équipe effectuèrent le même manège, chacun lui donnant une énorme étreinte. Lucky était l'avant-dernier de la file et quand il la serra contre lui, il lui murmura à l'oreille :

— Ça fait plaisir de te revoir vivante et en bonne santé.

Et au cas où tu te poserais la question, on ne t'étreint pas simplement parce que tu es une amie... mais aussi parce qu'on sait que Derek ne reculerait devant rien pour te rendre la vie difficile. Il ne pourra pas prétendre que tu fais quelque chose d'inapproprié avec Brain si on y participe *tous*.

Ils échangèrent un sourire lorsqu'il s'écarta et Aspen eut envie de pleurer. C'était incroyable de voir la rapidité avec laquelle ces hommes l'avaient acceptée, alors que sa propre équipe la tenait encore à distance. Mais elle ne voulait pas y songer pour le moment. Elle était tellement reconnaissante de pouvoir avoir les bras de Kane autour d'elle qu'elle se trouvait presque incapable d'enregistrer quoi que ce soit d'autre.

Puis elle se retrouva en face de Kane. Ses yeux noisette pétillaient et Aspen se fit violence pour ne pas se jeter sur lui.

— Bonjour, le salua-t-elle timidement, repensant à tout ce qu'elle lui avait dit dans ses e-mails.

Sans un mot, Kane tendit les bras vers elle. Les étreintes de ses coéquipiers avaient été agréables, mais quand elle sentit *ses* bras autour d'elle et huma son odeur propre malgré les heures de voyage qu'il venait d'enchainer, elle fondit contre lui.

— Putain, c'est tellement bon, murmura-t-il.

Sachant qu'ils n'étaient autorisés qu'à partager une brève étreinte, Aspen ferma les yeux et fit de son mieux pour mémoriser l'instant. Mais bien sûr, l'enlacement prit fin trop tôt. Kane fut le premier à se retirer, mais il ne s'écarta pas d'elle comme les autres. Il leva une main jusqu'à sa tempe pour lui écarter les cheveux du visage, examinant l'ecchymose qu'elle s'était faite quand sa tête avait frappé un mur en béton la semaine précédente.

— Ça te fait encore mal ? demanda-t-il doucement.

Aspen secoua la tête.

— J'ai un léger mal de crâne, mais ce n'est plus aussi douloureux.

Il fronça les sourcils, mais dit :

— Bien.

— On a offert un Glock à Gillian pour son mariage ? demanda-t-elle, essayant de détendre l'atmosphère et de se retenir de lui rouler un patin.

— Oui, sourit-il. Il est violet foncé, presque mauve. Et il est cool... Enfin, je trouve.

Puis il redevint sérieux.

— Derek s'est vraiment mal comporté ?

Aspen haussa les épaules.

— Il est frustré de ne pas avoir pu trouver le mollah Abbas Akhund. Je pense qu'il voudrait la gloire de l'avoir tué lui-même.

— C'est un idiot, dit Kane en secouant la tête. Je suis d'accord que ce type doit mourir, mais dans notre branche, si un homme est plus intéressé par la célébrité et la gloire personnelle qu'autre chose, il ne devrait pas avoir *qui que ce soit* sous son commandement.

— Absolument, dit Aspen. Et le bruit court que de toute façon, c'est plutôt d'Abdul Shahzada qu'il faudrait se méfier.

Quand Kane ne répondit pas, Aspen se mordit la lèvre.

— Je ne t'apprends rien, n'est-ce pas ?

— Non, continue. Je veux entendre ton point de vue sur ce qu'il se passe ici, lui dit Kane.

Regardant autour d'elle, Aspen vit que le reste de l'équipe écoutait attentivement ce qu'elle avait à dire.

— Bon, très bien. Akhund est la figure de proue de l'insurrection. C'est lui qui organise les rassemblements et les villageois détenus en garde à vue l'ont nommé comme étant le leader. Mais quelques-uns soutiennent qu'Akhund n'est pas vraiment aux commandes. Ils mentionnent le nom de Shahzada, mais personne ne sait où il se trouve ni quel alias il utilise.

Kane hocha la tête, faisant comprendre à Aspen qu'elle ne leur apprenait rien de nouveau.

— On va retrouver Akhund, dit Doc à sa droite.

Et il nous dira tout ce qu'on a besoin de savoir sur ce Shahzada, ajouta Lucky.

— Il faut qu'on y aille, dit Trigger. Le commandant de la base nous attend.

— Donnez-moi une seconde, dit Kane à son équipe.

Et ils acquiescèrent tous avant de s'écarter.

Aspen regarda Kane et s'humecta nerveusement les lèvres. Elle était tellement heureuse de le voir ! Et lui aussi semblait heureux de la voir. Mais après un long moment de silence, la contemplant d'un regard intense... elle eut la pensée absurde qu'il allait peut-être dire qu'après tout, il ne pensait pas que les choses allaient fonctionner entre eux. Ou peut-être qu'ils allaient trop vite et devaient ralentir la cadence.

— Arrête de t'inquiéter, dit Kane avec une incroyable perspicacité.

— Je suis juste... je suis si heureuse de te revoir.

— Moi aussi. Tu ne sais pas à quel point tu m'as manquée.

— Hum, je crois que *si*, répondit-elle avec un petit sourire.

— Même si je ne peux pas te toucher ou t'embrasser comme j'en aurai envie, être là et voir de mes propres yeux que tu vas bien me fait me sentir mieux que durant tout le mois qui vient de s'écouler. J'étais vraiment inquiet quand j'ai appris que tu t'étais cogné la tête.

C'étaient des paroles gentilles et Aspen déglutit fort, faisant de son mieux pour retenir ses larmes de joie.

— Je vais bien. Je te promets.

Elle vit son regard se poser sur la meurtrissure à sa tête avant de revenir sur son visage.

— Je vais être en briefing pendant un bon moment, mais tu veux bien déjeuner avec moi et les garçons plus tard ?

— Oui, accepta Aspen sans la moindre hésitation.

Elle essayait généralement de manger avec son équipe de Rangers, mais c'était plutôt parce qu'elle arrivait à la cantine en même temps qu'eux, pas parce que l'équipe lui demandait de se joindre à eux.

— C'est bien. On va probablement partir en patrouille pas très longtemps après, pour repérer le terrain, mais en attendant, j'ai envie de passer la moindre seconde avec toi. Même si on ne fera rien de plus que manger l'un à côté de l'autre.

Elle ne voulait pas songer que lui ou ses amis allaient quitter la base pour traquer le mollah Abbas Akhund, car elle avait personnellement mesuré l'hostilité des villageois. Mais n'ayant aucun contrôle sur ce que ses officiers supérieurs avaient prévu pour l'équipe, elle était contrainte de le laisser partir. Il était doué pour son travail et avait le soutien d'une équipe géniale.

— Pareil, lui dit-elle avec toute la conviction qu'elle fut en mesure d'invoquer.

— Qu'est-ce que tu vas faire ce matin ? demanda-t-il.

Aspen savait pertinemment qu'ils n'avaient pas de temps pour les bavardages, et pourtant, c'était précisément ce qu'il était en train de faire.

— Mon équipe est dans leur tente, alors je vais probablement retourner dans la mienne. Peut-être faire une sieste.

Kane plissa le front.

— Ils ne t'ont pas invitée à passer du temps avec eux ?

Aspen haussa les épaules.

— Quels connards, murmura-t-il.

— Pas du tout, répondit Aspen. Sauf pour Derek, mais heureusement, il n'est pas dans mon peloton. Ils ne savent tout simplement pas comment se comporter avec moi.

— Ils devraient te traiter comme un élément précieux de leur équipe, dit Kane.

— C'est bon, lui dit-elle.

— Brain, il faut qu'on mette les gaz, l'appela Trigger.

— Je te verrai dans la tente de la cantine pour le petit déjeuner, lui dit-elle.

— Absolument, dit Kane. Tu m'as manquée, *kochanie*.

Aspen inclina la tête d'un air interrogateur.

— C'est du polonais, lui dit-il.

— Dieu, ça m'avait manqué, dit Aspen.

Kane tendit la main et lui caressa la joue du revers des doigts pendant une brève seconde avant de se pencher et de reprendre son sac.

— À plus, dit-il doucement.

— À plus, répéta Aspen en regardant celui sans lequel elle ne pensait soudainement pas pouvoir vivre rattraper ses amis et se rendre vers la tente du commandant sur la petite base américaine dans le désert.

* * *

Brain parvint à peine à se concentrer sur la réunion. Il savait qu'il aurait dû prendre des notes et faire attention à ce que disait le commandant, mais tout ce qu'il était capable de faire était de jeter des regards colériques au sergent Derek Spence. Celui-ci était vaniteux et ne se souciait absolument pas des soldats sous son commandement. Il avait tellement envie de « l'emporter », c'est-à-dire de retrouver Akhund en premier, qu'il n'admettait pas ses propres failles.

Elles étaient pourtant nombreuses.

Pour ne rien arranger, il avait également reconnu Brain, et il lui rendait ses regards noirs. La dernière chose qu'il aurait voulue était de se prendre le bec avec l'autre soldat. Cela dit, la façon dont il traitait non seulement Aspen, mais tout le monde, allait bien finir, tôt ou tard, par retomber sur la gueule de ce connard. Et malheureusement, c'était son entourage qui allait payer pour ses erreurs.

Lorsque Derek et le sergent Vandine eurent fini de rapporter aux Deltas leurs actions du mois précédent pour traquer le chef des talibans, ils commencèrent tous à réfléchir à un plan d'action.

Le mystérieux Abdul Shahzada donnait lieu à s'inquiéter, mais leur cible pour cette mission était Akhund. S'ils parvenaient à le tuer, les talibans mettraient un certain temps à s'en remettre et à désigner une nouvelle personne dans la région. Si Shahzada était choisi, il devrait enfin montrer son visage, et l'armée serait en mesure d'obtenir plus d'informations sur lui.

Quand la réunion prit fin, il était midi et demi et Brain avait simplement envie de revoir Aspen. Il se demanda comment sa matinée s'était passée et espéra qu'elle ait pu faire une sieste, comme prévu.

Il sortait de la tente quand le sergent Spence le rattrapa. Celui-ci le saisit par le bras et lui fit faire volte-face, prenant Brain par surprise.

— Si vous pensez que vous allez pouvoir revenir ici et baiser Aspen, je vais vous dénoncer si vite que ça va vous donner le vertige, gronda Derek.

Brain bondit sur l'autre homme si rapidement qu'il n'eut pas le temps de se défendre. Il plaqua une main au milieu de sa poitrine et le poussa si fort que Derek rebondit contre la toile épaisse de la tente qui se dressait derrière lui.

— Et d'une, vous ne me touchez pas, grogna Brain en sentant son équipe serrer les rangs derrière lui.

Il remarqua vaguement qu'il n'y avait personne pour soutenir ce con de Derek.

— Et de deux, si vous pensez que je suis capable de faire quoi que ce soit qui pourrait nuire à la carrière d'Aspen, vous êtes encore un plus gros connard que je le pensais... Et ce n'est pas peu dire, parce que je vous prenais déjà pour un gros con.

— Allez vous faire foutre, dit Derek.

— Contrairement à vous, je sais séparer mes sentiments de ma vie professionnelle. Vous devez accepter qu'elle vous ait largué et tourner la page. Mesmer est une super médecin, et vous êtes censé travailler *avec* elle, et non contre elle, et le reste de votre équipe.

— Vous ne savez absolument pas de quoi vous parlez, siffla Derek. Ce n'est pas vous et *votre* équipe qui devez vous traîner une femme en plus. Elle nous ralentit, et on aurait déjà capturé Akhund si on n'avait pas constamment dû faire des concessions pour elle.

— Quelles concessions ? demanda Brain.

— Elle nous ralentit, répliqua Derek au lieu de lui fournir des exemples concrets.

— Laissez-moi deviner, dit lentement Grover, vous êtes contrarié de ne pas pouvoir sortir votre bite et pisser à l'envi parce qu'il y a une femme dans votre groupe.

Derek haussa les épaules.

— On est forcés de lui faire des faveurs de dizaines de manières. On devrait plutôt penser à retrouver et tuer un putain de terroriste. Au lieu de ça, elle est toujours sur mon dos, à vouloir dorloter les équipes. Elle se plaint qu'elle est déshydratée et que je pousse tout le monde trop fort. C'est déjà assez ridicule que l'Armée laisse entrer des gonzesses dans les Rangers, et nous forcer à nous en coltiner une en tant que médecin est une insulte !

— Vous ne penserez pas que c'est une insulte quand

vous serez dans la merde, le railla Lefty. Je parie que c'est vous qui allez la supplier le plus fort quand vous aurez une écharde dans le petit doigt.

— Vous vous croyez vraiment invincibles, rétorqua Derek en retroussant les lèvres. Redescendez sur terre : vous ne l'êtes pas. Vous ne valez pas mieux que moi. Et on doit tous suivre les mêmes règles.

Il décocha un regard noir à Brain.

— Si je vous vois ne serait-ce que toucher Mesmer d'une façon qui ne convient pas à des soldats en déploiement, je vous signale tous les deux. Nous verrons si vous êtes vraiment invincible devant une cour martiale. Quoique, poursuivit-il avec une lueur maléfique dans les prunelles, à la réflexion, allez-y. Embrassez cette salope comme vous l'avez fait dans le bar. Ça me donnera une bonne raison de l'éjecter de l'équipe, histoire qu'on ait un *vrai* médecin à la place.

Brain s'avança, déterminer à lui casser la figure, mais Trigger et Oz lui attrapèrent chacun un bras pour l'arrêter. Il les écarta d'un coup d'épaule et se pencha vers l'autre homme. Derek était plus grand que Brain, mais cela ne l'intimidait absolument pas. Ses cheveux noirs étaient gras, n'ayant pas été lavés depuis plusieurs jours. Il puait et son uniforme était crasseux.

— Vous faites déjà un bien piètre soldat, alors encore plus pour un Ranger. Regardez-vous. On dirait que vous êtes sorti d'une gouttière. C'est une chose de contrevenir un peu aux règles, mais c'est inacceptable d'avoir l'air de ne s'être pas douché depuis des semaines et d'en avoir l'odeur. Donnez l'exemple à votre équipe, Spence, au lieu d'être une source d'embarras. Et si *jamais* vous nous cherchez à nouveau des noises à Mesmer et à moi, vous allez le regretter.

— Ne me menacez pas, grogna Derek.

— Je ne vous menace pas. Je vous fais une promesse, lui dit Brain d'une voix basse et égale.

Puis il se retourna et s'éloigna de l'autre homme avant de faire quelque chose qui nuirait à la carrière d'Aspen... Comme de frapper le sergent, par exemple.

Derek ne gérait pas bien le rejet, ce qui était ridicule puisqu'il était adulte, après tout. À présent, Brain comprenait un peu mieux les hauts et les bas que vivait Aspen au quotidien. Travailler avec quelqu'un comme Derek aurait donné envie à n'importe qui de démissionner et de trouver une autre carrière.

— Tu as super bien géré, fit observer Trigger alors qu'ils se dirigeaient vers la tente de la cantine.

— C'est un con, dit Brain, les dents serrées.

— Oui.

Inspirant profondément, Brain fit de son mieux pour maîtriser son tempérament. Il ne voulait vraiment pas causer de l'anxiété à Aspen en arrivant de mauvaise humeur et en étant forcé d'admettre que c'était à cause de Derek.

— Nous partons cet après-midi, n'est-ce pas ?

— Exactement, dit Trigger. Tu auras repris tes esprits d'ici là ?

— Oui, lui dit Brain.

Il ne mentait pas. Voir et parler à Aspen allaient suffire à le calmer.

L'équipe entra dans la tente de la cantine et Brain chercha immédiatement Aspen. Il la vit venir vers lui avec un grand sourire.

— Bonjour, dit-elle en le regardant dans les yeux. Comment ça s'est passé ?

— Sans surprise, répondit Brain. On partira après avoir mangé.

Elle eut l'air un peu triste, mais elle continua de lui sourire.

— Alors il faut vous trouver à manger pour que vous ayez de l'énergie pour votre petite promenade, d'accord ?

— Tu as déjà mangé ? demanda Lucky.

Elle secoua la tête.

— Non. Je lisais juste un livre sur mon téléphone en vous attendant.

Trigger, Oz et Grover rejoignirent la file et Brain posa sa main sur les reins d'Aspen, l'exhortant à passer derrière eux. Il s'assura qu'elle soit prise en sandwich entre eux sept, juste au cas où Derek aurait décidé de revenir pour l'emmerder. Son équipe de Rangers ne la soutenait peut-être pas, mais lui et ses amis le feraient.

Ils prirent des plateaux et rejoignirent la file. Une jeune femme se tenait derrière un grand bac de haricots verts, portant un badge qui disait « Sierra ». Ses cheveux roux étaient rassemblés en chignon à l'arrière de sa tête et couverts d'un filet. Elle salua Aspen avec un grand sourire.

— Hé !

— Bonjour, Sierra, répondit Aspen en souriant. Comment ça va ? Tu prends tes marques ?

— Oui. Merci.

Aspen se tourna vers Brain.

— Sierra est nouvelle ici. Elle est arrivée il y a une semaine. Elle travaille pour l'entreprise qui fournit la nourriture à la base.

Derrière Brain, Grover se pencha en avant.

— Qu'est-ce qui vous amène au milieu de nulle part ? demanda-t-il avec une pointe d'intérêt dans la voix.

Sierra haussa les épaules.

— J'ai toujours voulu servir mon pays, mais je ne sais absolument pas tirer, et je suis trop petite pour être efficace pour les autres exercices de l'Armée.

— Trop petite ? Vous n'êtes pas si petite que ça, la contra Grover.

Sierra fit un pas en arrière, descendant de la boîte sur laquelle elle avait grimpé pour servir la nourriture. Elle perdit une dizaine de centimètres.

— Je mesure un mètre cinquante-cinq et la plupart des gens me prennent pour une enfant, déclara-t-elle sans paraître le moins du monde contrariée.

Elle remonta sur la boîte et leur sourit.

— Jusqu'ici, travailler ici a été fascinant et je suis ravie d'être enfin au service de mon pays d'une certaine manière, même si ce n'est qu'en cuisinant et en nourrissant les soldats qui partent risquer leur vie au quotidien.

La jeune femme plut immédiatement à Brain, même si elle semblait un peu naïve.

— Je ne sais pas combien de temps je resterai, lui dit Aspen. Mais si tu veux passer un peu de temps ensemble, dis-le-moi. Ce serait bien d'avoir plus d'amies ici.

— C'est d'accord, répondit Sierra avec un autre grand sourire.

— La plupart des tentes des contractants se trouvent à la périphérie de la base. Dites-moi qu'ils ne vous ont pas collée là aussi, dit Grover d'un ton bourru.

Brain regarda son ami d'un air surpris.

— Euh... si, bien sûr, c'est là où je vis, répondit Sierra.

— Hé, dépêchez-vous ! leur lança un soldat derrière eux, s'impatientant de les voir ralentir le service.

— À plus, dit Aspen à l'autre femme avant de continuer à avancer.

Brain la suivit de près et entendit Grover dire :

— Faites attention, ce n'est pas exactement un quartier huppé.

— Je le sais, dit Sierra d'un ton plus dur qui contredisait entièrement ses airs innocents. Je ressemble peut-être à une enfant, mais je n'en suis *pas* une. Je suis parfaitement capable de me défendre. Je ne serais pas venue en Afghanistan si j'avais peur d'être ici.

— Je suis juste inquiet, lui dit Grover. Vous n'êtes pas une soldate et la situation dans le coin est en train de s'envenimer. Faites attention, c'est tout... D'accord ?

Sierra et Grover se regardèrent un long moment, puis elle dit :

— D'accord. Et je suis désolée d'avoir été agressive. C'est bon de savoir que quelqu'un s'inquiète pour moi.

Grover hocha la tête puis poursuivit sa route avec son plateau

Brain voulait avertir son ami de ne pas s'impliquer avec qui que ce soit, puisqu'ils rentreraient bientôt au Texas, mais il se tut. Grover s'inquiétait probablement pour cette femme comme il l'aurait fait pour toute personne qu'il aurait perçue comme la cible d'un danger potentiel.

— Il y a une table là-bas, dit Oz qui les précéda vers une table ronde à huit places qui était libre.

Ils s'y rendirent tous et s'y assirent. Brain déplaça sa chaise un peu plus près de celle d'Aspen, collant sa cuisse contre la sienne sous la table.

Elle lui adressa un petit sourire en signe de reconnaissance.

Brain aurait dû s'inquiéter d'être aussi content de la voir. Il aurait dû flipper de voir que son humeur s'était apaisée immédiatement après avoir entendu sa voix. Mais il ne le faisait pas. Si aucune intimité ne pouvait se produire entre eux pendant leur mission, les semaines qu'ils avaient passées séparément avaient cependant paru les rapprocher.

— Alors, la réunion s'est bien passée ? demanda Aspen à la cantonade.

Doc acquiesça.

— Oui. On dirait que toi et ton équipe avez été occupés depuis votre arrivée.

Aspen fit la grimace.

— Et ça n'a pas servi à grand-chose. Akhund n'est pas stupide et on dirait qu'il a toujours une longueur d'avance sur nous. C'est contrariant.

— Tu crois que quelqu'un lui fournit des informations ? demanda Lefty à voix basse.

— Je ne sais pas, dit Aspen sans rejeter sa suspicion. J'aimerais dire que non, mais c'est possible. Sérieusement, chaque fois qu'on a cru avoir une piste sur l'endroit où il se trouve, quand on y arrive, c'est comme s'il était un fantôme. Personne ne sait rien, personne n'a rien vu et personne n'a rien entendu. Tout ça n'a été qu'une immense frustration.

Brain n'écoutait ses amis qu'à moitié, car c'était la conversation en provenance de la table d'*à côté* qui avait retenu son attention. Cinq hommes afghans étaient assis ensemble, communiquant en pachto. Ils n'auraient jamais retenu son attention s'ils n'avaient pas dit des choses dérangeantes.

— *Je ne m'habituerai jamais à voir des bonnes femmes en uniforme.*

— *C'est dégoûtant.*

— *Je suis d'accord. Elles devraient rester à la maison pour cuisiner, nettoyer et élever les gosses.*

— *Cette gonzesse a l'air de prendre du bon temps. Regardez-la. Elle est assise avec les nouveaux soldats qui sont arrivés aujourd'hui.*

Un des hommes émit un bruit dégoûté.

— *Comme si ça ne suffisait pas qu'elle flirte avec les mecs avec qui elle travaille. Voilà qu'elle est passée aux nouveaux arrivants. Catin !*

Brain n'eut pas besoin d'en entendre davantage ! Il tenait généralement sa maîtrise des langues secrètes. Cela lui avait permis de mettre ses connaissances à profit durant de nombreuses missions. Mais son besoin de protéger Aspen, de la défendre le rendit imprudent.

Il fit reculer son siège et se rendit à l'autre table d'un pas vif. Il entendit ses coéquipiers bouger, le soutenant même s'ils n'avaient aucune idée de ce qui l'avait motivé.

Posant les mains à plat sur la table, Brain se pencha vers les cinq hommes avant de les aborder dans leur propre langue.

— *La sergente Mesmer est une médecin hautement qualifiée. C'est une soldate expérimentée. Si vous ne pouvez pas travailler sur cette base, vous devriez chercher un emploi ailleurs. Les soldats doivent être respectés, quel que soit leur sexe.*

Les hommes le regardèrent avec de grands yeux. Il était évident qu'ils étaient choqués qu'un Américain non seulement comprenne leur langue, mais soit également capable de la parler.

— Bien sûr, dit un des hommes dans un anglais fortement accentué, mais facilement compréhensible. On ne voulait pas être impolis.

Brain le fusilla du regard.

— *J'ai failli y croire. Vous devez vous excuser*, dit-il en se remettant à parler en pachto.

— Je suis désolé, répondit immédiatement l'homme.

— *Pas à moi*, dit Brain en désignant Aspen d'un mouvement de la tête. *À la dame.*

Tous les cinq hommes se redressèrent, s'inclinant légèrement à la taille et lui adressant leurs excuses.

— Désolé.

— Je m'excuse.

— Toutes mes excuses.

— Nous ne voulions pas vous offenser.

— Vraiment désolé.

Brain redressa l'échine. Puis il dit :

— *À l'avenir, vous ne devriez pas présumer que personne ne comprend ce que vous dites. Si vous n'êtes pas de notre côté, vous êtes notre ennemi. Ne l'oubliez pas.*

Il adressa un signe du menton aux hommes, qui ne s'étaient pas rassis, et il se tourna vers sa table.

Ses six coéquipiers se tenaient derrière lui, l'air énervé même s'ils ignoraient ce qui venait de se passer. Ils avaient fini par s'habituer à ce genre de comportement venant de lui. L'inconvénient de comprendre tant de langues différentes était qu'il surprenait souvent des conversations déplaisantes. Beaucoup de gens dénigraient les Américains en général, se sentant libres de parler d'eux à haute voix en leur présence et n'ayant généralement aucun problème pour dire exactement ce qu'ils pensaient, se disant que personne ne les comprendrait.

À la seconde où Brain tourna le dos aux afghans, il les entendit prendre leurs plateaux et se rendre vers les poubelles avant de sortir. Il ne ressentait aucune honte à avoir interrompu leur repas.

L'équipe se rassit à table et Aspen leur demanda alors :

— Que s'est-il passé ?

— Ils pensaient que personne ne comprendrait leur conversation... et ils n'ont pas dit des choses très polies à ton sujet, lui dit Brain.

Aspen fronça les sourcils.

— Et ?

— Et quoi ?

— C'est tout ? C'est tout ce qu'ils ont dit ?

Brain hocha la tête.

Elle le regarda dans les yeux.

— Kane, je ne sais pas ce qu'ils ont dit, mais honnêtement, j'ai probablement déjà entendu ce genre de choses de la part des gens de notre base. J'ai travaillé avec des hommes durant toute ma carrière. J'ai dû lutter et me battre pour arriver là où j'en suis aujourd'hui. Si le monde s'arrêtait chaque fois que des gens parlent de moi derrière mon dos, je n'aurais jamais survécu. Je ne suis pas susceptible.

— Je m'en fiche, rétorqua Brain. Personne ne raconte des saloperies sur toi en ma présence.

Elle rougit et Brain aurait terriblement voulu tendre la main et lui prendre la sienne. Mais il avait fait une scène et on les regardait. Derek était entré dans la tente après qu'ils s'étaient tous assis, et si Brain faisait le moindre geste inapproprié envers Aspen, il était certain que son ex ferait un rapport. Brain n'avait pas peur de lui, mais il ne ferait jamais rien qui pourrait avoir des retombées négatives sur Aspen.

— Merci, murmura-t-elle.

— Alors... tu veux bien nous résumer ce qu'ils ont dit ? demanda Trigger quand ils recommencèrent tous à manger.

— Non, grommela Brain, toujours énervé. Ma plus grande inquiétude est le fait que l'Armée a de toute évidence employé des gens du coin qui ne sont pas aussi solidaires des États-Unis qu'ils donnent l'impression d'être.

— Tu vas dire quelque chose ? demanda Doc.

— Absolument, lui dit Brain. C'est déjà assez difficile comme ça de distinguer ses amis de ses ennemis. Si on a invité l'ennemi à notre table pour travailler avec nos soldats, on ne demande qu'à être trahis.

Il coula un regard à Aspen.

— Je suppose qu'ils sont employés comme traducteurs ?

— Je n'en suis pas vraiment certaine, répondit-elle en haussant les épaules. Tu sais, ils peuvent tout simplement faire partie de l'armée afghane. D'après ce que j'ai vu, ils font des rotations, apprennent des tactiques en regardant les unités.

Brain souffla bruyamment.

— Ne t'approche pas d'eux, la mit-il en garde.

Elle hocha immédiatement la tête.

— Je n'avais pas prévu de les inviter dans ma tente pour le thé, dit-elle avec un petit sourire.

— Je suis sérieux.

Aspen fronça les sourcils.

— Et je t'ai entendu. Même si je suis venue vous retrouver quand vous êtes arrivés ce matin et que j'ai déjeuné avec vous, je n'ai pas vraiment eu le temps de socialiser. Aujourd'hui est une des premières pauses qu'on a eues depuis longtemps. Habituellement, on patrouille depuis l'aube jusqu'à la tombée de la nuit, et je m'écroule sur mon lit à la fin de la journée, épuisée. Je ne traîne pas avec la population locale, comme tu l'insinues.

Brain entendit un membre de son équipe étouffer un ricanement, mais il ne détacha pas les yeux de ceux d'Aspen.

— Traîner ? demanda-t-il en arquant un sourcil.

— Oui. Passer du temps ensemble. Socialiser. Se détendre. Peu importe, dit-elle en soufflant.

— Désolé. J'ai dépassé les bornes. C'est simplement que je m'inquiète pour toi, lui dit Brain.

Elle hocha la tête.

— J'accepte tes excuses. Ils ont vraiment dit des choses horribles ?

— Pas vraiment. C'est juste que je n'aime pas entendre des gens dire des méchancetés sur toi. En particulier, lorsque ce n'est pas vrai.

— D'accord.

C'était une autre des milliers de choses que Brain appréciait chez elle. Elle n'était pas rancunière.

Il ouvrit la bouche pour lui demander ce qu'elle avait prévu de faire le reste de la journée quand Derek apparut soudainement près la table.

— On part dans une demi-heure. Si tu n'es pas prête, on s'en va sans toi.

Brain serra les dents. Quel connard !

Le sergent de peloton d'Aspen apparut derrière Derek.

— On a eu une nouvelle piste sur Akhund et on va bosser avec les Deltas pour voir si on peut le coincer.

Elle hocha la tête.

— Je serai prête, dit-elle aux deux hommes.

Le sergent Vandine lui répondit d'un hochement de tête et se tourna immédiatement pour quitter la tente de la cantine. Derek coula un regard noir à Aspen et au reste des hommes attablés, avant de suivre le sergent.

— C'est vraiment un connard, souffle Grover.

— Oui, en convint aisément Aspen en faisant glisser sa chaise en arrière et prenant son plateau. Je crois qu'on va tous être très occupés.

Ils suivirent tous le mouvement, prirent leurs plateaux et allèrent vers les poubelles pour déposer leurs plateaux.

Brain avait déjà travaillé avec des femmes soldats. Il les respectait autant que n'importe quelle autre personne. Mais son instinct protecteur prit le dessus quand il pensa qu'Aspen allait se rendre dans les villages pour rechercher un terroriste meurtrier qui n'hésiterait pas à lui coller une balle dans la tête.

Puis il se rappela que cela faisait plus d'un mois qu'elle était dans ce pays et qu'elle était très douée pour son travail, sans quoi elle n'aurait pas été rattachée à une unité de Rangers.

Après avoir déposé leurs plateaux et quitté la tente de la cantine, Brain attrapa Aspen par le biceps. Le reste de son équipe se rendit à la tente où l'on avait installé leurs sacs de couchage et leurs autres affaires.

— Fais bien attention, lui dit-il.

— Comme toujours, répondit-il du tac au tac. C'est à *toi* de bien faire attention. Tu ne connais pas encore la région et certains villageois sont assez hostiles.

— Je peux les gérer, lui dit Brain.

Puis Aspen sourit.

— Alors on va travailler ensemble ? Enfin, en quelque sorte...

Il sourit.

— Apparemment.

— Tu ne vas pas te comporter comme un Néandertal protecteur pendant qu'on sera là-bas, n'est-ce pas ?

— Je ne peux pas te le promettre, répondit honnêtement Brain, mais je ferai de mon mieux pour me contrôler.

— J'apprécierais, dit Aspen.

Ses yeux conservaient cependant une lueur incertaine.

— Quoi ? demanda Brain.

— C'est juste que... Non, rien, c'est stupide.

— Quoi donc, *mpenzi* ? Dites-moi.

— Quelle langue c'est ? demanda-t-elle pour gagner du temps.

— Du swahili.

— Sérieusement ? Bon sang, Kane, et dire que j'ai douté que tu sois capable de parler autant de langues ! Du swahili ? Seigneur Dieu !

— À quoi pensais-tu ? demanda Brain.

Elle soupira avant d'admettre :

— Je ne veux pas que tu aies une moins bonne opinion de moi, pour quelque raison que ce soit. Je sais que tu comptes parmi l'élite, et même si je suis satisfaite de mes capacités, je ne suis probablement pas à la hauteur des normes auxquelles toi et ton équipe êtes habitués. Je veux que tu sois fier de moi, pour être certaine que tu ne regrettes pas d'avoir pris ma défense.

Incapable de garder ses mains pour lui, Brain les tendit et posa les paumes sur ses épaules. Il aurait voulu la prendre dans ses bras, mais il devrait s'en contenter.

— Je ne m'attends pas à ce que tu sois parfaite, et j'espère que tu ne t'attends pas à ce que *je* le sois aussi. Tout ce que nous pouvons faire est de rester attentifs à la moindre attaque et d'être prêts à agir en conséquence, et on restera en vie un jour de plus. C'est compris ?

Elle hocha la tête.

— Je serai toujours fier de toi, lui dit-il doucement. D'après ce qu'on m'a dit et ce que j'ai vu, tu sais toujours tirer profit de la situation la plus merdique. Ton équipe devrait te soutenir en permanence, mais pour une raison quelconque, ces mecs ne semblent pas capables de se sortir la tête du cul. C'est probablement parce que les leaders – c'est-à-dire Derek – leur ont tellement retourné le cerveau qu'ils t'évitent simplement pour rendre les choses plus confortables pour eux.

— Je ne le leur reproche pas, dit Aspen.

— Bien sûr que non. Parce que tu n'es pas ce genre de personne. Mais moi si, lui dit fermement Brain. Maintenant, va te préparer. On va botter le cul de ces terroristes et neutraliser cet Akhund. Le plus tôt sera le mieux, afin qu'on puisse retourner au Texas et faire passer notre relation au stade supérieur.

Cela fit ouvrir de grands yeux à Aspen.

— Tu penses que c'est ce dont j'ai envie ? le taquina-t-elle.

Brain sourit.

— Certes, mais ce besoin de goûter à nouveau à tes lèvres, de te déshabiller et de te sentir sous moi ne peut pas être entièrement unilatéral.

Elle s'humecta les lèvres et répondit d'une voix timide :

— Absolument pas.

— Bon... maintenant... pars avant que je perde le contrôle et te roule un patin devant tout le monde.

— Kane ?

— Oui ?

Aspen inspira profondément.

— Merci de m'avoir soutenue aujourd'hui.

— Quand tu veux, lui dit Brain.

Elle s'éloigna d'un pas et il laissa retomber ses mains. Puis elle se retourna et se dirigea vers sa tente sans regarder en arrière.

Sachant qu'il avait besoin de se reconcentrer sur la situation et de commencer à penser à la mission qui l'attendait, Brain se dirigea rapidement vers sa propre tente. Il croisa les doigts pour qu'ils puissent retrouver cet Akhund et se tirer de l'Afghanistan le plus vite possible.

* * *

Dissimulé stoïquement derrière une tente, Abdul Shahzada, connu sur la base américaine sous le nom de Muhammad Qahhar, regarda s'éloigner ce soldat arrogant.

À l'intérieur, il bouillonnait.

Il *détestait* les Américains. Tous autant qu'ils étaient. Il travaillait sur la base en tant qu'interprète, juste sous leur nez, afin d'obtenir des infos pour le compte des talibans. Et le fait qu'un de ces Américains venait de lui faire la morale lui restait sur l'estomac. Comment cet homme avait-il osé écouter une conversation privée ? Comment osait-il lui faire la morale à *lui*, Abdul Shahzada ? Généralement, il valait mieux être poli avec lui si on voulait survivre... et pourtant, ce soldat américain lui avait manqué de respect.

Il l'avait forcé à s'excuser auprès d'une *femme*.

Cela ne resterait pas impuni.

Il en avait appris davantage qu'on pourrait le croire sur les opérations de la base rien qu'en écoutant les autres soldats parler autour de lui, pensant qu'il ne les comprendrait pas. Par exemple, il savait que l'unité des Forces Delta était arrivée pour traquer le mollah Abbas Akhund. Mais comme les autres, ils étaient idiots. Ils ne savaient pas encore avec certitude que ce n'était pas d'Akhund dont ils auraient dû s'inquiéter.

S'il était la figure de proue publique de leur groupuscule, Abdul était le véritable leader dans cette région.

Celui-ci savait également qu'il devrait informer Akhund de faire profil bas, mais honnêtement, il en avait marre de se cacher. Il voulait prendre publiquement sa place en tant que chef de leur faction locale. Il voulait prouver à leurs dirigeants qu'il était capable de prendre le contrôle et le conserver.

Akhund était seul. S'il se faisait tuer, qu'il en soit ainsi. Ce serait la volonté d'Allah.

Abdul voulait également faire payer chaque Américain qui travaillait à la base. Payer pour leur interférence dans son pays. Payer pour leurs coutumes impies.

Il songea à la femme soldat. Et s'il ordonnait son enlèvement ? C'était une catin qui s'acoquinait avec de nombreux groupes d'hommes sur la base. Elle portait un uniforme qui aurait dû être réservé aux vrais soldats, et elle se montrait trop amicale envers les autochtones. Elle tentait de les séduire pour les éloigner d'Allah, chose inacceptable. L'enlever signifierait également porter un coup à cet homme qui l'avait défendue. Il allait probablement devenir fou, ne sachant où elle était et comme elle allait.

C'était un scénario parfait... mais quelques détails clochaient. Abdul avait assisté en personne à l'ire des leaders américains quand l'un de leurs soldats disparaissait. Ils ne reculaient devant aucune dépense ou ressource pour retrouver la personne et la ramener chez eux. Qui plus est, cette catin était protégée non pas par une, mais par deux patrouilles d'hommes. *Trois*, s'il comptait le groupe qui était arrivé aujourd'hui. Elle ne serait pas facile à capturer, même s'il avait vraiment envie d'elle.

Entendant un bruit à proximité, Abdul se tourna et vit une employée de cantine américaine sortir de la tente. Ses cheveux affichaient une couleur diabolique et elle était tellement petite que ce n'était pas naturel.

Mais alors qu'elle s'éloignait sans l'avoir remarqué, une idée se forma dans l'esprit d'Abdul.

Et s'ils n'enlevaient pas un soldat ?

S'ils se contentaient d'une simple employée ?

Il suivit la petite Américaine à bonne distance, prenant note de son absence d'interaction avec les soldats qu'elle croisait. Personne ne paraissait la remarquer. Elle ferait une bonne cible. Si elle disparaissait, peu de gens s'en rendraient compte ou s'en soucieraient.

Il pourrait transposer son mécontentement envers les Américains sur *elle*.

Il était peu probable que le gouvernement américain fasse toute une histoire si une employée manquait à l'appel. Les Américains seraient assez stupides pour croire qu'elle s'était tirée… et il pourrait prendre avec elle autant de temps qu'il le voulait.

Il savait qu'elle allait probablement pleurer et implorer sa pitié. Mais il ne la lui donnerait pas ! Chaque goutte de sang qu'elle verserait le rendrait plus fort.

Prendre sa revanche sur ces insupportables Américains qui se mêlent de tout était son but principal. Faire souffrir cette femme diabolique et enseigner à ses disciples comment interroger et torturer une véritable personne – et pas seulement leur dire comment faire – était un début. Elle représenterait pour le groupuscule une occasion de s'entraîner.

Tout sourire, Abdul continua à l'observer alors qu'elle pénétrait dans l'une des tentes à la périphérie de la base.

C'était parfait.

Sachant qu'il n'aurait pas longtemps à attendre avant

d'être publiquement responsable de la région, Abdul se fondit à nouveau dans l'ombre. Il saurait jouer de patience. Dans un jour prochain, cette petite femme diabolique deviendrait un outil utile dans son arsenal, et personne ne s'en rendrait compte.

C'était une façon supplémentaire de faire la nique à ces infidèles d'Américains qui osaient essayer de leur dire, à lui et à son peuple, comment vivre et en quel Dieu croire.

Son temps était venu... et cela allait être glorieux.

CHAPITRE NEUF

Les poils de la nuque d'Aspen étaient hérissés depuis plus de quinze minutes. Son peloton avait été chargé d'explorer trois rues dans un quartier du côté ouest de la ville. Le peloton de Derek parcourait la zone à quelques rues de là et elle n'avait aucune idée de l'endroit où Kane et son équipe se trouvaient en ce moment. Elle supposait qu'ils faisaient la même chose... allant de maison en maison à la recherche d'Akhund.

Les gens du coin n'étaient pas vraiment ravis de leur présence, ce qui n'était pas nouveau, mais ce jour-là, ils semblaient particulièrement hostiles. Elle ne savait pas exactement pourquoi, et les hommes qui l'accompagnaient étaient à cran, percevant de toute évidence comme elle la colère et l'hostilité qui planaient dans l'air.

Derek avait poussé les deux équipes de Rangers particulièrement fort durant tout l'après-midi. Il avait imposé son autorité à deux reprises sur le sergent Vandine, lui donnant l'ordre de s'écraser quand il avait remis ses instructions en question. Même s'ils étaient tous les deux sergents de peloton, Derek occupait cette position depuis plus longtemps que Vandine et officieusement, il le surclassait. Entre la discorde croissante entre les sergents et l'accueil tout sauf chaleureux des citoyens alors que l'unité cherchait Akhund, Aspen était en état d'alerte.

Apparemment, l'Armée avait appris que le chef taliban avait de nombreux partisans dans ce secteur de la ville, et il était probable qu'un ou plusieurs d'entre eux l'aident à se dissimuler aux autorités américaines.

Prenant position à l'entrée d'une petite ruelle entre deux bâtiments de trois étages, Aspen tenait sa carabine prête, tandis que les sergents Holman et Buckland flanquaient la porte d'une autre habitation. Les sergents Hamilton et Vandine frappèrent du poing contre la porte et annoncèrent qui ils étaient en langue pachto. Ils ordonnèrent aux occupants d'ouvrir puis, quand ceux-ci refusèrent de s'exécuter, ils les avertirent qu'ils allaient entrer.

De la sueur ruisselait sur le côté du visage d'Aspen. Entre son gilet pare-balles et son casque en Kevlar, plus son sac à dos rempli du matériel médical qu'elle transportait en permanence, elle cuisait dans la chaleur de la fin de l'après-midi. Ses mains serrant fermement la carabine, elle balaya la zone du regard à la recherche du moindre danger. Il y avait trois autres membres de l'équipe des Rangers à proximité, et ils couvraient tous les deux hommes qui s'apprêtaient à pénétrer dans cette maison à la recherche d'Akhund.

Mais avant que tous les quatre ne puissent entrer, tout bascula.

Huit hommes portant des pantalons et des hauts noirs se présentèrent en courant à l'angle du bout de la rue. Ils poussaient des cris sonores tout en faisant feu avec leurs armes automatiques.

Sans hésiter et s'assurant qu'aucun de ses coéquipiers ne se trouve dans son collimateur, Aspen aussi se mit à tirer.

Le bruit des coups de feu déchira le silence de l'allée. Un des hommes qui couraient vers eux s'écroula en poussant un cri. La plupart des membres du peloton rejoignirent Aspen, la ruelle se transformant alors en un refuge temporaire pour son équipe... hormis Vandine et Holman. Ceux-ci restaient coincés dans l'encadrement de la porte de la maison dans laquelle ils avaient voulu entrer, incapables d'aller se mettre à l'abri. La meilleure option était de se recroqueviller dans l'espace réduit qu'offrait l'encadrement de la porte jusqu'à ce que l'équipe parvienne à dégager la route.

La minute et demie qui s'ensuivit fut chaotique et Aspen fonctionna en mode automatique. Ce n'était pas un entraînement. Les balles qui fendaient l'air étaient réelles. Le spectre de la mort était palpable.

Ne s'autorisant pas à y réfléchir, Aspen resta allongée à terre, collée contre le bâtiment alors qu'elle jetait un œil à l'angle de la rue. Les combattants talibans qui leur tiraient dessus avaient pris des positions défensives et essayaient de les descendre un par un alors que la patrouille ripostait depuis la ruelle.

Aspen ne ressentit pas grand-chose quand l'homme qu'elle avait soigneusement visé, attendant qu'il jette un œil de derrière le mur derrière lequel il se dissimulait, s'écroula à terre, une balle entre les deux yeux.

Elle entendit Vandine crier quand il se prit une balle, puis son équipe hurla que Holman aussi avait été touché.

— On ne peut plus attendre ! Couvrez-nous ! cria Vandine, toujours dans l'encadrement de la porte.

Sans réfléchir, Aspen tira une série de coups de feu destinés à donner à leur sergent et à Holman le temps de se rabattre vers l'allée, là où le reste de l'équipe était toujours retranchée.

Quand ils furent arrivés à moins de trois mètres de l'allée, Aspen fit passer la bride de sa carabine par-dessus sa tête, posa son arme et se précipita dans la rue pour aider les deux hommes. Voyant Vandine soutenir Holman, elle se dit que ce dernier était plus gravement blessé, mais à la seconde où elle observa son sergent, elle comprit qu'elle s'était trompée.

Vandine était blanc comme un linge et tout l'avant de la jambe droite de son pantalon était trempé de sang. Il y en avait trop pour que la plaie ne soit pas artérielle. Si Aspen n'agissait pas rapidement, il allait se vider de son sang.

Munie d'un casque à micro comme le reste des Rangers, elle fit immédiatement un rapport à son équipe et à celle de Derek. Ceux-ci avaient dû entendre les coups de feu et étaient probablement en route pour venir les aider.

— On a deux blessés. On a besoin de renforts pour l'extraction.

— Négatif, répondit la voix de Derek dans la radio. C'est un stratagème pour nous distraire. Akhund est encerclé. On a besoin que tous les renforts possibles rejoignent notre position sur-le-champ pour sécuriser le périmètre. Cette fois, il ne va pas nous échapper !

Choquée, Aspen cligna des paupières. Derek ne l'avait peut-être pas entendue. Elle réessaya.

— Je répète, on a deux blessés. Graves. On est coincés ; extraction impossible.

— Et *je* répète, dit Derek d'un ton mauvais, que notre priorité est Akhund ! Que toute personne capable de marcher ramène son cul vers notre position ! *Tout de suite.* C'est un ordre !

Aspen regarda les cinq membres sains et saufs de son peloton. Pendant une seconde, ils se regardèrent, clairement incrédules.

— Vous avez compris ? aboya Derek dans la radio. On a besoin de plus d'hommes ici. À la seconde où vous nous rejoindrez tous, ils abandonneront. Laissez le docteur faire son travail et le reste d'entre vous, ramenez-vous. On reviendra les chercher, elle et les deux autres, dès qu'on aura débusqué Akhund !

Aspen entendit Vandine grogner et braqua son attention vers lui. Il s'était écroulé dans la poussière de la ruelle, au bord de l'évanouissement. Holman n'était pas aussi mal en point que leur sergent, mais manifestement, sa main droite avait été arrachée par une balle.

Elle n'eut pas eu le temps de détourner le regard des deux blessés que le reste des Rangers avaient déjà disparu.

En état de choc, elle regarda l'endroit où ils s'étaient trouvés à peine quelques instants auparavant. Elle n'arrivait pas à croire qu'ils étaient partis. *Merde.*

Se déplaçant rapidement, Aspen traîna Vandine plus loin dans la ruelle. Elle jeta un regard nerveux à l'autre bout de l'allée, où n'importe qui pouvait les prendre par-derrière, et elle déglutit fort. Des cris s'élevèrent de la rue et elle retourna à la hâte vers l'endroit où elle avait quitté Holman. Elle aurait voulu avoir le temps de traiter sa main, mais ils allaient tous mourir s'il n'était pas en mesure de repousser les combattants talibans.

Elle lui fourra son fusil entre les mains.

— Vandine se vide de son sang. Je dois lui faire un garrot. Tu peux les tenir à distance ? demanda-t-elle.

Assis par terre, Holman la regarda et quelque chose d'intense passa entre eux. Ils savaient tous les deux que leurs chances de survivre à cette situation étaient minces, surtout à présent qu'ils étaient livrés à eux-mêmes. Cela dit, ils n'allaient pas abandonner, l'un comme l'autre. Holman était un Ranger, un dur à cuire. Il tendit sa main gauche valide et acquiesça.

Aspen posa une main sur son épaule pendant une courte seconde puis courut vers Vandine.

Elle n'arrivait pas à croire que Derek les ait lâchés. Certes, il *la* détestait avec une ferveur irrationnelle, mais elle savait qu'il respectait les autres membres de l'équipe. Pourtant, aujourd'hui, il avait fait passer son désir de capturer Akhund au-dessus de toute autre personne.

Elle se jeta à genoux à côté de Vandine et se débarrassa de son sac médical d'un coup d'épaule. Fourrant la main dans une poche de son pantalon, elle en sortit le garrot d'urgence qu'elle y conservait en permanence. Tirant son couteau de service du holster de son veston, elle trancha le pantalon de Vandine depuis la cuisse jusqu'à l'endroit où il était enfoncé dans sa botte.

Du sang coulait d'un trou à l'intérieur de sa cuisse. À chaque battement de son cœur, le sang se déversait. Si elle n'enrayait pas l'hémorragie, il ne lui resterait littéralement plus que quelques minutes à vivre.

Laissant retomber son couteau, Aspen enroula la sangle autour de la cuisse de Vandine, faisant passer l'extrémité dans la boucle. Puis d'une main efficace, elle tourna rapidement la tige pour resserrer le garrot. Reconnaissante que l'appareil s'utilise facilement d'une seule main, elle jeta un regard vers le bout de l'allée...

Voir deux hommes sortir la tête à l'angle du mur lui arracha un juron.

Sans réfléchir, elle prit le fusil de Vandine. Une main toujours occupée à serrer le garrot, elle braqua maladroitement l'arme vers le bout de la ruelle et tira à deux reprises. Heureusement, les hommes qu'elle avait vus se retirèrent et n'ouvrirent pas le feu.

— Merde, merde, merde, marmonna-t-elle.

Elle était peut-être capable de poser le garrot sur la jambe de Vandine et d'enrayer l'hémorragie, mais ils se trouvaient à découvert dans cette ruelle. Les combattants talibans finiraient bien par revenir les achever.

— Prends le fusil et tire-toi d'ici avec Holman, lui dit Vandine d'une voix tremblante.

— Allez-vous faire voir, lui répondit Aspen.

— C'est un ordre, insista son sergent.

Aspen l'ignora et s'efforça de fixer la tige. Le garrot tiendrait jusqu'à ce qu'elle puisse emmener son patient en salle d'opération. Elle ne savait pas s'il perdrait sa jambe, mais au moins, il ne viderait pas de son sang dans cette putain de ruelle.

— Mesmer, tu m'as entendu ? demanda Vandine.

Aspen regarda son sergent dans les yeux. Ils n'avaient pas toujours été sur la même longueur d'onde. Elle trouvait qu'il manquait d'autorité, particulièrement avec Derek. Il avait permis à ce dernier de le convaincre de prendre des décisions qu'elle n'avait pas jugées très bonnes pour l'équipe. Cela étant, elle n'allait pas le laisser mourir ici. Pas question !

— Je vous ai entendu, lui dit-elle avant de se retourner vers son sac médical, l'ouvrant pour prendre une fiole de kétamine.

Ce sédatif et analgésique très puissant était plus efficace administré par intraveineuse, mais le temps jouait contre eux. Vandine devait avoir abominablement mal, et elle avait besoin de le soulager un peu afin qu'ils puissent se déplacer. Ils allaient devoir sortir de cette allée et se planquer en sécurité avant de devenir les « invités » des talibans.

Elle reprit son couteau et fendit le haut de Vandine, exposant son bras et sa veine.

— Tu aurais dû partir avec eux, lui dit-il d'une voix faible.

Aspen inspira profondément, s'efforçant d'aspirer la bonne dose de kétamine dans une seringue. Puis elle se retourna vers son sergent. Lui faisant tendre le bras, elle lui inséra l'aiguille dans la veine et lui dit :

— J'ai prêté mon serment de Ranger tout comme vous, Sergent. Et je me souviens du paragraphe qui disait « je ne laisserai jamais un camarade blessé tomber entre les mains de l'ennemi ».

Elle le regarda dans les yeux pendant qu'elle injectait le sédatif dans sa veine.

— Je ne serai peut-être jamais une vraie Ranger à vos yeux ni à ceux du reste de notre équipe, mais je prends mon serment au sérieux.

Pendant une seconde, elle se dit qu'il avait perdu trop de sang pour être capable d'enregistrer ce qu'elle disait, puis il hocha la tête.

— Situation ? demanda-t-il d'une voix bien trop faible.

— Holman est à l'extrémité de la ruelle, dit-elle en pointant le menton derrière elle. Il repousse les ennemis. Il faudra qu'on sorte par l'autre côté.

Vandine inclina la tête pour regarder derrière lui à l'autre bout de la ruelle. Au même moment, Aspen vit les deux hommes sortir à nouveau de derrière le mur. Elle leva son fusil et tira quelques coups de feu. Avancer vers eux n'était pas idéal, mais en affronter deux valait mieux que d'essayer de repousser les six hommes ou plus qui leur tiraient dessus depuis l'autre côté.

Consciente qu'ils étaient profondément dans la merde, elle garda l'arme braquée sur l'autre bout de la ruelle. La kétamine mettrait trois minutes à faire effet, puis il devrait se mettre en mouvement.

Elle avait effectué son travail, stabilisé son patient et l'avait réconforté autant que la situation le permettrait. Si l'équipe avait été présente, ils n'auraient eu aucun mal à l'aider à porter Vandine et se battre pour qu'ils s'en tirent tous, mais pour le moment, ils étaient seuls.

Au son des cris et des coups de feu au bout de la ruelle où elle avait laissé Holman, Vandine lui dit :

— Vas-y. J'ai mal, mais je saurai quand même tirer si ces deux trous du cul montrent le bout de leur nez.

Aspen hocha la tête et se précipita vers Holman.

— Que se passe-t-il ? demanda-t-elle.

Holman n'avait pas l'air bien. Il était toujours assis sur le sol, mais le haut de son corps bougeait d'avant en arrière. *Merde !*

— Je ne sais pas. Il y avait un groupe qui semblait sur le point de descendre la rue vers nous, puis ils ont opéré un demi-tour et sont repartis en courant de là d'où ils sont venus. Le sergent Spence avait peut-être raison, et ils ont tous suivi les autres lorsqu'ils sont partis.

D'autres cris montèrent de ce qui devait être la rue suivante, et Aspen se dit que c'était peut-être leur seule occasion de se casser de là.

— Il est temps de partir, dit-elle à Holman. Attends ici.

Elle retourna vers son sac à la hâte et y fourra les quelques objets qu'elle en avait sortis pour aider Vandine. Prenant de précieuses secondes pour saisir un rouleau de gaze, un second flacon de kétamine et une nouvelle seringue afin de les avoir sous la main, elle remit le sac sur ses épaules et retourna auprès d'Holman.

— Donne-moi ton bras.

Il ne posa aucune question et tendit le bras gauche. Sa main droite estropiée était collée contre son ventre. Y jetant un œil, Aspen vit qu'il manquait au moins trois doigts, et les deux autres semblaient n'être accrochés que par les tendons et les muscles. Il allait certainement la perdre. Un de ces combattants talibans avait vraiment bien visé.

Ayant l'impression de se déplacer au ralenti, Aspen prit la peine d'injecter une dose d'analgésique à son coéquipier. Elle n'avait pas besoin de lui décrire les effets secondaires. Ils avaient tous parfaitement conscience de ce qui pouvait arriver. Ils avaient tout appris à ce sujet durant les nombreux cours qu'ils avaient suivis concernant les soins médicaux sur le terrain.

Elle prit également quinze secondes pour bander sa main mutilée. Il ne pouvait pas courir avec ses doigts qui pendaient de la sorte. Son bandage ne l'aiderait pas beaucoup, mais il ne lui ferait pas de mal non plus.

— Je reviens immédiatement avec Vandine et on pourra se tailler d'ici, lui dit-elle une fois qu'elle eut fini.

Celui-ci hocha la tête.

Croisant les doigts pour que Holman n'ait pas d'hallucinations comme cela arrivait parfois après une injection de kétamine, Aspen retourna vers son sergent. Le temps qu'elle parvienne à lui, il avait perdu connaissance. Elle se dit que c'était probablement une bénédiction. Elle était également contente que les hommes qui leur avaient tiré dessus depuis l'autre bout de la ruelle se soient apparemment volatilisés. Elle ignorait ce qu'il se passait, mais elle gaspilla deux secondes précieuses pour bénir ce qui avait pu retenir leur attention. Cela leur offrait un petit sursis, et peut-être – juste peut-être – parviendraient-ils à se sortir vivants de ce merdier.

Inspirant profondément, Aspen tourna Vandine sur le flanc et le mit en position pour pouvoir le soulever. C'était la chose la plus difficile qu'elle ait dû accomplir lors des entraînements : soulever le poids mort d'un homme de cent kilos était pratiquement impossible.

Alors qu'elle se penchait, elle entendit un coup de feu résonner à l'autre bout de la ruelle, lui fournissant la poussée d'adrénaline dont elle avait besoin.

Elle souleva son sergent sur ses épaules, décrochant sa radio au passage. Les écouteurs furent arrachés de ses oreilles ; elle n'était plus en mesure de communiquer avec son équipe et les autres Rangers.

Sachant que si elle reposait Vandine, elle ne serait peut-être plus capable de le reprendre, elle fit un pas en arrière vers l'endroit où elle avait laissé Holman. Celui-ci avait réussi à se redresser, même s'il donnait l'impression que le mur était la seule chose qui lui permettait de tenir debout.

— Il est temps de partir, dit-elle.

— Où va-t-on ? demanda Holman.

Surpris de voir qu'il s'en remettait à elle alors qu'il ne lui avait jusqu'alors jamais accordé la moindre attention, Aspen jeta un œil à l'angle de la ruelle. Elle ne vit personne. Les civils se tapissaient probablement dans leurs maisons et les hommes qui avaient surgi de nulle part paraissaient également s'être volatilisés.

Elle pointa la tête à droite.

— Par là. Loin de l'endroit où ces hommes nous ont tirés dessus. On refera le tour pour revenir vers la base une fois qu'on sera sortis de ce quartier.

Holman hocha la tête et s'éloigna du mur. Il chancelait et avançait comme s'il avait bu pendant une soirée entière, mais il tenait fermement le fusil de sa main valide.

Titubant sous le poids de Vandine, Aspen le suivit. Tous les trois réussirent à sortir de l'allée sans se faire tirer dessus ; un point positif. Ils se dirigèrent jusqu'au bout de la rue et elle s'appuya contre le côté d'une maison tandis que Holman hasardait un regard de l'autre côté du mur.

Quand il signala que la voix était libre, ils tournèrent vers le sud.

Ils avaient parcouru à peine plus d'un pâté de maisons quand les poils de la nuque d'Aspen se hérissèrent à nouveau. Poussant un juron, elle dit :

— Attends, Holman.

L'autre homme s'arrêta immédiatement et ils balayèrent tous les deux la zone du regard.

Aspen ignorait ce qui avait retenu son attention... puis elle entendit quelque chose. Des hommes parlaient à voix basse comme s'ils essayaient de prendre quelqu'un par surprise.

Ce *quelqu'un* étant Aspen et les deux blessés à sa charge.

— Merde, jura-t-elle. Cibles derrière nous, dit-elle à Holman.

Il ne leur restait nulle part où aller. Il n'y avait aucune ruelle dans les environs et ils se trouvaient à découvert sur la grande route.

— Allez, allez, allez ! lui dit-elle.

Ils partirent alors en courant.

S'ils parvenaient au bout du pâté de maisons suivant, ils pourraient peut-être échapper à la capture.

Les coups de feu fendirent l'air et Aspen grimaça quand elle sentit quelque chose de chaud et d'extrêmement douloureux se loger dans son mollet. Mais elle ne cessa pas de courir. Ils tournèrent à l'angle de la rue...

Et pendant une fraction de seconde, la vie d'Aspen défila devant ses yeux.

Holman rebondit sur la poitrine du soldat qui se tenait là et manqua s'écrouler. Heureusement, l'homme le rattrapa et les empêcha tous les deux de tomber.

Prête à se battre jusqu'à la mort, Aspen ressentit soudain un soulagement si immense qu'elle faillit tourner de l'œil.

Ils étaient littéralement tombés sur Kane et son équipe.

Les sept agents des Forces Delta étaient entièrement vêtus de noir, l'air particulièrement remonté et dangereux... et elle n'avait jamais été aussi heureuse de voir qui que ce soit de toute sa vie.

Sans une parole, Trigger, Lefty et Oz se glissèrent autour d'elle et se mirent à tirer sur les hommes qui les avaient suivis. Grover saisit le bras de Holman pour l'aider à tenir debout, alors que Kane lui agrippait le poignet.

— Les autres vont les repousser, dit Lucky tandis que

Doc et lui tournaient les talons et ouvraient la voie dans la direction opposée à celle où se produisait la fusillade.

— On ne peut pas abandonner votre équipe, dit Aspen d'un ton légèrement frénétique.

Tout en avançant, elle se tournait pour regarder les Deltas qui neutralisaient les ennemis.

— On ne les laisse pas, répondit calmement Kane. Ils nous rejoindront au pâté de maisons suivant.

— C'est juré ? ne put s'empêcher de demander Aspen.

— Oui, dit Kane.

Poussant un soupir de soulagement, Aspen le crut. Il avait une main sur elle, l'aidant à marcher sans tomber, et il tenait un pistolet dans l'autre, prêt à descendre quiconque tenterait de les surprendre.

Il n'avait pas proposé de prendre Vandine. Il n'avait pas pris la relève.

Et en cet instant, elle respectait plus Kane et son équipe qu'elle n'aurait pu l'exprimer.

Ils ne parcoururent pas beaucoup de chemin, simplement deux bâtiments de plus, mais Aspen sentait qu'elle aurait été incapable d'aller plus loin. Vandine se faisait de plus en plus lourd à chaque pas, et elle avait conscience que Kane devait forcer de plus en plus pour l'aider.

Le plus beau spectacle de sa vie fut la grande fourgonnette militaire stationnée au milieu de la rue, une fois qu'ils tournèrent à l'angle de la dernière rue.

Les Deltas opéraient comme une machine bien rodée. C'était à la fois impressionnant et déprimant. Déprimant parce que c'était ce qu'elle avait toujours voulu avoir au sein de sa propre équipe et qu'elle n'avait jamais connu.

— Laisse-moi le prendre, lui dit Kane.

Elle avait à peine acquiescé que le poids de Vandine fut retiré de ses épaules. Son soulagement fut immédiat et elle leva le bras pour prendre la main de Lucky qui avait déjà bondi à l'arrière du camion et attendait de pouvoir l'aider. Elle posa la jambe droite sur le pare-chocs et grimaça quand la douleur la traversa.

La mettant en sourdine et acceptant l'aide de Lucky, elle se hissa à l'arrière du camion.

Se décalant vers le fond pour faire de la place aux autres, elle regarda Kane, Doc et Grover hisser Vandine tout aussi facilement. Ils allongèrent ce dernier sur le dos et Aspen se hâta de contrôler le garrot pour s'assurer qu'il ne s'était pas desserré durant leur course folle pour se mettre à l'abri.

Rassurée de voir qu'il était toujours en place, Aspen se tourna vers Holman une fois qu'il fut parvenu au camion. Ils ne s'étaient pas encore mis en route, et elle espérait que c'était parce qu'ils attendaient les trois autres Deltas.

Avant qu'elle ne puisse ouvrir la bouche pour parler à Holman, Kane posa la main sur son bras.

— Tu saignes, dit-il.

— Je sais, répondit Aspen en retirant à nouveau son sac médical.

Elle savait qu'elle s'était pris une balle, mais elle ne voulait pas encore s'arrêter. La main de Holman avait besoin d'attention. Sa propre blessure n'était de toute évidence pas grave, car elle n'avait pas le vertige. Elle s'en occuperait après avoir pris soin de son équipe.

Comme s'il avait perçu sa détermination, Kane ne rajouta rien. Cela dit, quand elle ouvrit son sac, il demanda :

— Que puis-je faire pour t'aider ?

Reconnaissante d'avoir deux mains supplémentaires, Aspen répondit :

— Donne-moi juste une seconde.

Puis elle se tourna vers Holman. Le sergent était assis, sa main mutilée serrée contre son ventre.

— Il faut que je m'en occupe, lui dit-elle doucement.

— Je sais, dit-il, mais il ne bougea pas.

— Tu as besoin d'un peu plus de kétamine ? demanda-t-elle.

Elle vit Holman prendre une profonde inspiration. Son regard passa d'elle, à Kane et aux autres Deltas présents dans le camion.

Elle avait le sentiment que Holman aurait voulu dire qu'il n'avait pas besoin de plus d'analgésiques.

C'est Grover qui a pris la décision pour lui.

— Il en a besoin, dit-il.

Holman grogna et regarda l'autre homme.

— Pas besoin de jouer les machos, mon gars, lui dit Grover. Prenez ces putains d'analgésiques. Vous n'en restez pas moins un soldat.

Holman se tourna à nouveau vers Aspen et hocha la tête. C'était un mouvement de menton imperceptible, mais qui était suffisant. Elle prépara rapidement une dose et il avança son bras valide, lui permettant d'administrer le médicament. À la seconde où il eut fini, il reprit son fusil.

— Tu veux t'allonger ? demanda-t-elle.

Holman secoua la tête.

— Si je le fais, je ne pourrai pas te protéger.

Aspen déglutit fort. Elle ne savait pas si c'était la kétamine qui le rendait aussi protecteur envers elle, mais elle n'allait pas dénigrer ses bonnes intentions.

— D'accord. Tu peux lui tenir le bras ? demanda-t-elle en se tournant vers Kane.

— Comment ?

— Place-toi à côté de lui et saisis son coude et son avant-bras. Ça va lui faire mal. Il ne s'en souviendra pas à cause de la kétamine, mais il va hurler.

— Je ne le ferai pas, murmura Holman. Crier attirerait l'ennemi.

Sans rajouter une parole, Kane se mit en position. Il tint le bras de Holman exactement comme Aspen le lui avait demandé. Elle ôta la gaze sanglante qu'elle avait posée plus tôt et prit une seconde pour observer de près la main de son coéquipier. Elle était horrible, à peine reconnaissable en tant que main. Elle sut en un seul coup d'œil que les chirurgiens ne parviendraient pas à la sauver.

Se déplaçant le plus rapidement possible, elle enroula fermement un nouveau bandage autour de la plaie. Elle devait enrayer le saignement et faire le nécessaire pour empêcher toute autre infection de s'installer.

Holman se contorsionnait dans l'emprise de Kane, mais aucun son ne sortit de ses lèvres.

Alors qu'elle nouait la bande, elle entendit les trois autres Deltas revenir.

— Allons-y, dit Trigger en sautant à l'arrière du camion.

Il parlait de toute évidence aux deux autres hommes qui étaient montés à l'avant, parce qu'à la seconde où les mots quittèrent ses lèvres, le moteur démarra et ils se mirent en route.

— Vous n'avez pas besoin de rester pour débusquer Akhund ? demanda Aspen.

Ce fut Grover qui répondit.

— Nous agissons en équipe. On va vous ramener en sécurité à la base, tous les trois, puis on repartira. Avec tout le raffut qu'il fait, ce connard de Spence est en train de trahir le moindre mouvement des Rangers. Après sa mission nulle à chier d'aujourd'hui, on va s'assurer qu'il n'ait plus de responsabilité dans cette traque. On pourra retrouver Akhund beaucoup plus rapidement sans sa soi-disant *assistance*.

Aspen aurait dû être offensée. Après tout, elle était à la recherche d'Akhund depuis un mois et demi, mais elle pensait seulement au fait que les sept Deltas rentraient avec elle, Holman et Vandine. Ils n'y étaient pas obligés, mais ils se serraient les coudes. Comme une équipe.

Si elle avait eu des doutes quant à la manière dont une équipe était censée fonctionner, elle n'en avait plus.

Elle savait pourtant que même si elle demandait une réaffectation, elle resterait toujours une intruse. L'Armée avait peut-être ouvert les Rangers et les spécialités de combat aux femmes, mais pour l'instant, le prix à payer pour se faire accepter était tout simplement trop élevé. Derek venait de le prouver en la laissant seule aujourd'hui.

— Merci de votre aide, dit-elle à Kane en reposant la main de Holman sur ses genoux.

Il avait les yeux vitreux et respirait trop vite, mais elle n'en fut pas surprise. Pas après ce à quoi ils venaient de survivre.

Elle se retourna vers Vandine, qui était couché sur le sol derrière elle, et releva ses signes vitaux. Il était encore inconscient, mais il respirait et son cœur pompait toujours le sang qu'il lui restait, ce qui était positif. Sa tension artérielle était cependant bien trop basse et elle songea à lui faire une perfusion, puis elle décida qu'ils étaient assez près de la base pour pouvoir attendre.

— Je peux jeter un œil à ta jambe, maintenant ? demanda Kane à côté d'elle. Il était si proche qu'il la fit sursauter et elle fit un bond de recul.

— Du calme, *polyagapiménos*. Tu es en sécurité.

Elle ne put s'empêcher d'éclater de rire.

— Poly-a-quoi-tos ?

Mais les lèvres de Kane ne se recourbèrent même pas.

— C'est du grec. *Polyagapiménos*. Tu saignes toujours.

Aspen tendit le cou pour regarder son mollet. Son pantalon était couvert de sang, mais honnêtement, elle ne ressentait pratiquement aucune douleur. Puis elle bougea le pied et fit une grimace. Bon, d'accord, c'était douloureux. Mais elle ne pensait pas que ce soit plus qu'une simple égratignure. Elle ne saignait pas et, même si elle avait mal, c'était plutôt les deux autres qui l'inquiétaient.

Elle secoua la tête.

— Je ne peux pas pour l'instant. Je dois m'assurer que Vandine n'entre pas en état de choc, puis il faudra l'emmener au bloc opératoire. Holman non plus n'est pas tiré d'affaire. Ça peut attendre.

Elle ne parvint pas à interpréter la lueur dans les prunelles de Kane, mais son intensité le fit rougir.

— Quoi ? chuchota-t-elle.

— Je n'ai jamais vu quoi que ce soit de plus impressionnant de toute ma vie, lui dit Kane.

Aspen fut incapable de retirer les yeux de lui.

— On vous a vu, toi et Holman, descendre la rue en courant, et on a su que vous tourneriez dans notre direction. On ne pouvait pas tirer sur les gars qui vous pourchassaient parce qu'on avait peur de vous toucher.

Aspen hocha la tête. Elle le comprenait et l'appréciait.

— Bon sang, ma belle ! s'exclama Lefty. Te regarder courir en portant un homme plus grand et plus lourd que toi était vraiment spectaculaire.

— Et vous avez remarqué qu'elle avait son fusil prêt aussi ? demanda Doc.

— Oui, et en plus, elle avait toujours son sac, ajouta Grover.

— Et elle a continué à courir même après s'être pris une balle, dit Lucky.

— Comme je l'ai dit... c'est impressionnant, acheva Kane.

Il n'avait pas détourné le regard de celui d'Aspen alors que ses coéquipiers la félicitaient.

Aspen haussa les épaules, mais au fond d'elle, leurs louanges apaisaient son âme après tout ce qu'elle venait de traverser.

— Je n'allais certainement pas l'abandonner. J'ai prêté serment.

— Un serment dont le reste de ton équipe n'a visiblement rien à faire, grommela Lefty.

Aspen se força à détourner le regard de Kane.

— Ils ont reçu un ordre d'un supérieur, les défendit-elle.

— Peu m'importe que Dieu en personne leur ait ordonné de déserter leur unité, ils n'auraient pas dû le faire, grogna Kane.

Le regard d'Aspen revint se poser sur lui.

— Sérieusement. Ton équipe est ta bouée de sauvetage. Ils savaient qu'ils vous abandonnaient tous les trois à une mort certaine, et ils l'ont quand même fait. C'est *tordu*, dit Kane avec dégoût.

— Mais...

— Il a raison, dit Vandine dans un murmure.

Aspen tourna brusquement la tête.

— Sergent ! s'exclama-t-elle, surprise qu'il soit conscient.

— C'est ma faute, dit-il. Ça fait des semaines que je m'en remets à Spence. J'aurais dû le recadrer il y a longtemps. Je n'ai pas dirigé mon équipe et, par conséquent, ils ont été confus quant à leur mission et leur loyauté.

Il leva la main à l'aveuglette vers Aspen.

Elle s'en empara, posant les doigts au niveau de son pouls pour essayer de relever son rythme cardiaque alors que le camion roulait à toute vitesse à travers la ville, les ramenant à la base.

— La façon dont il te traite n'est pas juste. On est des Rangers, pas des collégiens. Tu m'as vraiment porté ? demanda-t-il.

Ce changement de sujet désorienta Aspen, mais elle hocha la tête.

— Vous m'avez toujours mise en binôme avec l'homme le plus grand de l'équipe juste pour voir si j'allais échouer.

— Et ça ne s'est jamais produit, répondit Vandine avec ce qui ressemblait à de la fierté. Tu es une bonne personne, dit-il doucement. Et je ne dis pas ça simplement parce que tu m'as sauvé la vie.

Aspen hocha à nouveau la tête, ne sachant pas quoi lui répondre.

— Vais-je perdre ma jambe ? demanda-t-il en la perçant du regard.

Aspen aurait voulu lui mentir, lui dire qu'il allait s'en tirer, qu'il remarcherait en un rien de temps, mais elle n'avait aucune certitude et elle refusait de lui raconter des bobards.

— Je ne sais pas. Mais j'ai fait tout ce qui est en mon pouvoir pour faciliter la tâche des chirurgiens quand on y arrivera. Je suis *certaine* que si c'est possible, vous vous réveillerez avec vos quatre membres.

Il hocha la tête puis il regarda Holman pendant un instant avant de revenir à elle.

— Sa main ?

Aspen pinça les lèvres et secoua légèrement la tête.

— Akhund ? demanda Vandine.

Ce fut Trigger qui lui répondit.

— Volatilisé. Spence et les autres sont partis à ses trousses, mais je suis certain qu'il s'est échappé depuis long-temps. Mais on va le retrouver, dit-il avec assurance.

Vandine hocha la tête.

— Une fois qu'on sera sortis de là, vous voulez dire, dit-il avec un petit rire.

— Certes, dit Grover. Tant qu'il est en liberté, personne n'est en sécurité.

La fourgonnette ralentit et Aspen se tendit.

— Calme-toi, dit Kane en posant une main sur son bras. On est à l'entrée du camp.

Elle hocha la tête. Pendant une seconde, elle s'était imaginé qu'ils se faisaient prendre en embuscade. Ils représentaient des cibles faciles à l'arrière de la fourgonnette.

Moins d'une minute plus tard, ils étaient repartis, et Aspen pouvait voir les repères familiers de la base passer derrière eux alors qu'ils se ruaient vers l'hôpital. Elle savait que Holman et Vandine seraient traités et stabilisés autant que faire se peut avant d'être dépêchés en avion vers le Koweït, puis vers l'Allemagne.

La fourgonnette s'arrêta devant la tente qui faisait office d'hôpital, et Aspen se prépara à aider ses patients à s'y rendre. Elle baissa à nouveau les yeux vers Vandine et vit qu'il avait encore perdu connaissance. C'était probablement pour le mieux, compte tenu de son état et des soins qui l'attendaient.

Lorsqu'elle releva les yeux, elle vit une foule de médecins et d'infirmières attendre devant le camion. Il y avait également trois civières.

— Trois ?

— Tu t'es pris une balle, dit Kane à titre d'explication.

Elle fronça les sourcils.

— Je vais bien. Je ne vais pas partir sur un brancard. J'ai besoin de débriefer les équipes à propos de mes patients.

Ce fut au tour de Kane de froncer les sourcils.

— Aspen ?

— Non, dit-elle fermement avant de poursuivre d'une voix plus douce. Ça fait mal, mais ce n'est pas mortel. Je me ferai soigner une fois que je me serai assurée que mon équipe est bien prise en charge. Puis elle glissa sur ses genoux, gardant la main sur la poitrine de Vandine alors qu'on le déplaçait vers l'arrière de la fourgonnette. Elle le regarda alors qu'on le transférait sur une civière et le précipitait à l'intérieur.

Puis elle se tourna vers Holman.

— Je peux marcher, protesta-t-il quand les infirmières et les médecins tentèrent de l'allonger sur un brancard.

— Bien sûr que tu peux marcher, le rassura Aspen. Mais il faut bien que les médecins gagnent leur salaire, n'est-ce pas ?

Il leva les yeux au ciel et la regarda en secouant la tête, mais il s'assit sur le brancard.

Poussant un soupir de soulagement, Aspen se tourna pour prendre son sac et vit que Kane le portait déjà sur une épaule.

— Je m'en occupe, lui dit-il.

Reconnaissante de son aide, Aspen voulut descendre du camion, mais elle hésita. À présent que l'adrénaline qui avait coursé dans ses veines s'était quelque peu dissipée, sa jambe avait commencé à véritablement palpiter.

Un infirmier rapprocha le troisième brancard, mais Trigger et Grover l'interceptèrent.

— Elle gère, lui souffla Trigger.

Kane bondit de l'arrière de la camionnette et lui tendit la main.

— Appuie-toi sur moi, lui ordonna-t-il.

Dans n'importe quelle autre situation, elle se serait peut-être plainte qu'il lui donne des ordres, mais sur le moment, elle était reconnaissante qu'il aide. Elle lui prit la main et eut l'impression qu'un courant d'électricité les parcourut.

Surprise, elle lui lança un regard... et elle vit dans les yeux de Kane une possessivité si forte qu'elle trébucha. Mais il ne la laissa pas tomber.

Il posa son autre main sur sa taille et la souleva presque hors de la fourgonnette. Il lui accorda un moment pour retrouver son équilibre puis il lui lâcha la main, sans que son bras se détache de sa taille. Il marcha à son côté alors qu'ils entraient dans la tente. Aspen savait qu'elle boitait, et détestait cette preuve de faiblesse, mais quelque part, l'homme à ses côtés lui donnait l'impression d'être plus forte qu'elle ne l'avait jamais été.

Si elle avait été seule, elle savait qu'elle se serait inquiétée de ce qu'auraient pensé les autres, de la façon dont ils s'étaient retrouvés séparés de l'équipe, de l'endroit où se trouvaient les autres Rangers, de ce qu'il s'était passé exactement. Mais avec Kane et son équipe pour la soutenir, elle se sentait pratiquement invincible.

Il fallut une vingtaine de minutes pour renseigner les deux équipes de médecins sur les blessures de Vandine et de Holman. Elle expliqua ce qu'elle avait fait sur le terrain et la quantité de kétamine administrée. Elle donna son avis professionnel sur le degré de gravité de ses blessures et sur ces paroles, son travail de médecin fut terminé.

Kane et Oz la guidèrent vers une salle d'examen ouverte tandis que Trigger partit chercher quelqu'un qui puisse enfin jeter un œil à sa blessure. Lefty posa son sac sur le sol et se mit à en ranger le contenu, en désordre depuis qu'elle avait fouillé dedans dans l'allée.

Grover lui demanda si elle avait faim et malgré sa réponse négative, rétorqua qu'il allait trouver Sierra pour voir si elle pouvait lui préparer quelque chose. Doc proposa de se rendre à la tente d'Aspen pour lui apporter un vête-ment de rechange, parce qu'il était évident que son pantalon était une cause perdue.

Les larmes lui montèrent aux yeux.

— Qu'est-ce qui ne va pas ? lui demanda Kane avec urgence.

Aspen se contenta de secouer la tête.

— C'est juste que... Pourquoi êtes-vous encore ici ?

Kane lui prit la tête entre les mains après qu'elle se fut assise sur le côté de la table d'examen.

— C'est ce que fait une équipe, *chérie.*

— Je ne fais pas partie de ton équipe, murmura-t-elle.

— Ne crois pas ça une seule seconde, rétorqua Kane.

Elle aurait pu jurer qu'elle le vit baisser la tête, mais pile au même moment, un médecin entra dans la pièce et il dut faire un pas en arrière.

— On m'a informé que vous aviez reçu une balle, dit le médecin sans ambages. Examinons les dégâts.

Aspen se tourna sur le ventre et laissa le médecin et l'infirmière découper la jambe de son pantalon pour qu'ils puissent voir son mollet. Elle resta immobile pendant qu'ils nettoyaient et suturaient la plaie. C'était douloureux, mais avoir Kane dans la pièce, appuyé contre un mur et les bras croisés, qui veillait sur elle, rendait l'expérience moins douloureuse.

Une fois qu'on l'eut bandée, elle enfila le pantalon d'uniforme que lui avait apporté Doc. Remettre sa botte aurait été douloureux, mais comme il lui avait aussi apporté une paire de tongs, elle était parée.

Pendant qu'on la soignait, elle apprit que les médecins de la base envoyaient Vandine et Holman en Allemagne le plus tôt possible, et, étonnamment, ils l'expédiaient avec eux.

En apprenant cette information, elle ouvrit la bouche pour protester, mais elle referma les lèvres quand Kane la regarda en secouant la tête. Aspen ne savait pas pourquoi elle était évacuée médicalement alors que sa blessure n'était pas si grave, mais Kane le lui expliqua lorsqu'ils se retrouvèrent seuls.

— Vandine a insisté, lui dit-il. Il a dit que tu étais sa coéquipière et que tu étais blessée aussi. Je pense que le général de la base était plus que disposé à te renvoyer à la maison plus tôt que prévu après avoir appris de la bouche de Holman ce qui s'est passé aujourd'hui. Il n'est pas content de Spence et de la façon dont les autres membres de ton équipe vous ont abandonnés. Je crois qu'il se rend compte qu'il est probablement préférable de placer une certaine distance entre toi et les autres pour le moment.

— Alors je suis punie pour les actions de Derek. Super, marmonna Aspen.

Puis elle soupira et regarda Kane.

— Que se passera-t-il lorsque nous serons tous rentrés au Texas ?

— Je ne sais pas, mais je suis certain que tu vas te débrouiller, lui dit-il.

— Vous allez rester, n'est-ce pas ?

— Oui. Dès que vous serez partis, on y retourne en reconnaissance. On va retrouver Akhund.

— Bien sûr, répondit Aspen avec conviction. Mais les hauts gradés nous auraient épargné du temps et du souci en *vous* envoyant directement.

Kane sourit et une fois de plus, Aspen se dit qu'il allait l'embrasser, mais ils furent interrompus par une infirmière qui entra dans la chambre afin de la nettoyer pour le prochain patient.

Et en deux temps, trois mouvements, Aspen se retrouva à côté d'un énorme hélicoptère d'évacuation médicale, prêt à effectuer le long voyage vers le Koweït, l'Allemagne et enfin le Texas. Doc était retourné à sa tente pour lui faire ses bagages, et Aspen essaya de ne pas être gênée qu'il ait vu ses sous-vêtements.

Trigger, Lefty, Oz, Lucky, Doc et Grover se tenaient tous derrière Kane, vêtus de pantalons et de hauts noirs alors que le moteur de l'hélicoptère se mettait en marche. Ils l'avaient déjà serrée dans leurs bras et lui avaient souhaité bonne chance avant de lui affirmer qu'ils avaient hâte de la revoir.

Puis il fut temps de dire au revoir à Kane.

— Je te dirais bien que je t'écrirai, mais il est possible qu'on rentre à la maison avant toi, plaisanta Kane.

— Fais bien attention, dit Aspen, sans parvenir à plaisanter.

Pas alors qu'elle venait de faire l'expérience du danger dans le village. Au cours des dernières heures, elle avait cru plusieurs fois que c'était terminé. Qu'elle allait se faire buter et qu'elle rentrerait chez elle dans une housse mortuaire.

— Ne t'inquiète pas pour ça, lui répondit Kane.

Ils ne se dirent rien pendant plusieurs secondes tendues. Aspen aurait voulu lui dire tout ce qu'elle ressentait pour lui, mais elle ne trouva pas les mots.

Puis il marmonna « et puis, merde », et tendit les bras vers elle.

Il passa une main derrière son cou et de l'autre, lui saisit la taille. Il l'attira contre lui, Aspen poussant un halètement de surprise. Les mains d'Aspen finirent sur la poitrine de Kane… Puis il l'embrassa.

Ce baiser était encore plus intense et époustouflant que celui qu'ils avaient échangé dans ce bar plusieurs mois auparavant.

Les yeux d'Aspen se refermèrent et elle enfonça les doigts dans sa poitrine alors qu'il inclinait la tête pour la conquérir plus profondément. Jusqu'alors, elle n'avait jamais vraiment compris l'attrait des baisers. C'était agréable, mais elle n'avait jamais ressenti d'excitation notoire quand elle avait embrassé ses anciennes conquêtes.

Pourtant, à la seconde où les lèvres de Kane se posèrent sur les siennes, c'était comme si elle s'était pris le jus. Chaque poil de son corps se hérissa et elle trembla. Aspen savait qu'elle aurait dû s'écarter, qu'ils n'auraient pas dû s'embrasser devant ce qui paraissait être la moitié de la base.

Cela dit, rien n'aurait su la convaincre de décoller les lèvres de lui.

Bien trop tôt, c'est Kane qui écarta la tête en premier. Elle le regarda s'humecter les lèvres et il resserra immédiatement les doigts sur sa nuque.

— Si tu te fais tirer dessus, murmura-t-elle, je vais me mettre en colère.

Cela fit ricaner Kane.

— C'est noté. Prends soin de cette jambe. Ne la laisse pas s'infecter, lui dit-il.

— Promis.

Elle savait qu'elle devait partir, grimper dans l'hélicoptère, mais elle ne parvenait littéralement pas à se libérer de l'emprise de Kane. Elle s'y sentait en sécurité. Comme si rien ne pouvait la blesser dans ses bras. Pas Derek. Pas les talibans. Rien.

Inspirant profondément, elle fit un pas en arrière.

Ses bras retombèrent et elle se sentit immédiatement endeuillée. Elle détesta et aima ce sentiment tout à la fois. Le détesta parce qu'elle avait toujours été indépendante. L'aima, car ressentir des sentiments aussi profonds pour un homme était une chose nouvelle et passionnante. Et il était évident qu'elle n'était pas la seule à être affectée.

Kane la salua du menton et recula pour aller rejoindre son équipe. Tous les sept la regardèrent monter dans l'hélicoptère qui prit alors son envol. Aspen garda les yeux sur l'équipe des Deltas aussi longtemps qu'elle le put jusqu'à ce qu'ils soient trop petits pour qu'elle puisse les voir.

Alors seulement, elle ferma les paupières et posa le front sur le petit hublot près de son siège. Kane et elle n'avaient passé que quelques heures ensemble en Afghanistan, mais Aspen savait que cette journée avait changé sa vie pour toujours.

CHAPITRE DIX

Une semaine et demie.

C'était le temps qu'il avait fallu pour trouver Akhund, le tuer, faire un rapport sur leur investigation aux chefs de la base en Afghanistan et revenir au Texas.

Brain avait hâte de revoir Aspen.

Ayant passé la majeure partie de son temps à traquer Akhund, ils n'avaient réussi à communiquer par e-mail que deux fois depuis qu'elle avait quitté la base. Il avait aussi appris que la jambe d'Aspen était presque guérie, et qu'elle n'avait pas encore vu ni parlé à Derek ou au reste de son équipe.

Elle avait passé quelques jours en Allemagne avant de prendre l'avion pour les États-Unis. Quand ils avaient appris qu'on lui avait tiré dessus, ses parents étaient venus du Minnesota, et ils étaient repartis la veille.

Brain savait aussi qu'Aspen reprendrait bientôt ses fonctions, et qu'elle n'avait pas hâte de le faire. Même s'ils n'échangeaient que par mail, il déchiffrait l'incertitude dans ses mots.

— Tu vas voir Aspen ? demanda Oz.

Brain hocha la tête. Ils se trouvaient à l'aéroport de Fort Hood et pour la première fois, il comprenait l'urgence de Trigger et de Lefty de revoir leurs compagnes après une mission.

— Elle sait que tu es de retour ?

— Je vais lui envoyer un texto juste avant de partir d'ici pour aller à son appartement, dit Brain.

— Tu es certain que c'est une bonne idée ?

Brain fronça les sourcils.

— Que veux-tu dire ?

— Simplement qu'elle a peut-être besoin que tu la préviennes que tu veux passer un peu plus tôt. Les filles aiment s'habiller et se mettre en valeur quand elles voient leurs compagnons.

Brain pinça les lèvres pendant une seconde. Puis il dit :

— On n'est pas encore vraiment à ce stade-là.

Oz haussa les sourcils.

— Vraiment ? Votre baiser d'adieu a soutenu le contraire. Et... c'est une raison de plus de la prévenir.

Brain avait simplement eu envie de la voir, mais il se dit qu'Oz avait peut-être raison. Sans mot dire, il sortit son téléphone.

Brain : Es-tu libre dans une heure et demie ? puis-je passer ?

Trois points apparurent immédiatement alors qu'elle tapait une réponse.

Aspen : Tu es rentré ?!?!?!?!
Brain : Lol. Oui.

Aspen : C'EST GÉNIAL ! Tu as faim ? Je peux te cuisiner quelque chose ?

Brain : Je vais bien, merci. J'ai hâte de te voir.

Aspen : Pareil de mon côté !

Brain : Comment va ta jambe ?

Aspen : Bien. La cicatrice est super moche, mais c'est le cadet de mes soucis.

Brain : Une cicatrice signifie simplement que tu es plus forte que ce qui a essayé de te faire du mal.

Aspen : Ça me plaît. Tu vas bien ?

Brain : Que veux-tu dire ?

Aspen : On ne t'a pas tiré dessus, poignardé, torturé, battu ou quoi que ce soit ?

Brain : Non.

Aspen : Bien. J'ai hâte de te voir.

Brain : Moi aussi. Je dois y aller ! À tout à l'heure.

Aspen : Bientôt.

Brain remit son téléphone dans sa poche. Il sentait qu'il affichait un sourire bêta, mais c'était plus fort que lui.

— Bien vu, dit-il à Oz.

— Pour que ça soit clair, je l'aime bien, dit Oz. Je sais que tu n'as pas besoin de ma permission pour sortir avec qui que ce soit, mais Aspen est vraiment cool pour une Ranger.

Brain leva les yeux au ciel et donna un coup de poing dans l'épaule de son ami.

— Hé, les mecs, vous venez ou quoi ? cria Trigger de l'autre côté du tarmac. On a encore plein de choses à décharger et il faudra en plus qu'on fasse le débrief. J'ai envie de rentrer retrouver Gillian ce soir.

— On arrive ! lui répondit Brain. Mais Aspen occupait toujours ses pensées. Il avait hâte de vérifier de ses propres yeux que sa jambe guérissait correctement. Il voulait explorer l'alchimie folle qu'il ressentait lorsqu'il était en sa présence et qu'ils s'embrassaient. Il voulait simplement entendre sa voix. Il avait l'impression d'être accro, mais il ne s'en souciait même pas.

Deux heures plus tard, après un débriefing intense durant lequel l'équipe ne cacha pas ce qui s'était passé en Afghanistan – concernant les deux équipes des Rangers et leur propre traque réussie d'Akhund –, Brain se tenait devant la porte de l'appartement d'Aspen. Il avait pris une douche et enfilé un jean et un simple tee-shirt noir.

Environ deux secondes après qu'il eut frappé à la porte, elle s'ouvrit, découvrant Aspen. Et soudain, la semaine et demie qui s'était écoulée depuis la dernière fois qu'il l'avait vue lui parut avoir duré des années.

— Bonjour ! dit-elle avec impatience.

Sans un mot, Brain fit un pas vers elle. Elle recula et il ferma la porte derrière lui. Puis il continua à marcher.

Aspen affichait un grand sourire, mais elle ne cessait de reculer devant lui.

Ils ne disaient rien, l'un comme l'autre, mais Brain avait l'impression d'être un lion traquant sa compagne. Aspen se cogna à une petite table et la contourna, souriant toujours. Enfin, elle se retrouva dos au mur près de sa cuisine.

Brain la prit au piège en plaçant ses mains sur le mur de part et d'autre de ses épaules et en se penchant en avant. Il frotta son nez contre le côté de son cou et elle inclina la tête, lui offrant de la place. Elle lui saisit la taille des deux mains et il n'avait rien connu de meilleur.

— Ça sent les gardénias, murmura-t-il en inhalant profondément.

— Ma crème pour le corps, lui dit-elle alors qu'elle serra son tee-shirt plus fort.

Brain se recula juste assez pour pouvoir la regarder dans les yeux.

— Salut, dit-il doucement.

— Salut, répéta-t-elle.

Brain aurait voulu dire tellement de choses, mais il pouvait seulement plonger dans ses ravissants yeux bruns. Elle avait les cils longs ; il ne s'en était jamais rendu compte. Elle ne portait pas de maquillage, mais elle n'en avait pas besoin. Elle avait une peau impeccable, et plus il la dévisageait en silence, plus elle sentait le rouge lui monter aux joues.

— Kane ?

— Oui ?

— Euh... On ne va quand même pas se regarder toute la nuit dans le blanc des yeux, n'est-ce pas ?

— Peut-être.

Elle sourit.

— Eh bien... C'est d'accord.

Brain ne put s'empêcher de lui rendre son sourire. Il avait envie de l'embrasser. De la toucher... partout. De la revendiquer, la marquer, la faire sienne. Cela dit, il ne voulait pas non plus la faire flipper, alors il décida de dire :

— On n'en a pas vraiment parlé, mais j'ai envie de sortir avec toi. Et j'ai envie qu'on soit exclusifs. Je ne veux pas que tu voies quelqu'un d'autre pendant que nous serons ensemble.

Il attendit, retenant presque son souffle pour voir ce qu'elle allait répondre.

— D'accord.

Il vida rapidement l'air de ses poumons.

— C'est tout ? C'est d'accord ?

Elle haussa les épaules.

— Oui. Et on est exclusifs dans les deux sens, n'est-ce pas ?

— Absolument, dit Brain. Et puis ce n'est pas comme si

les femmes se battaient pour moi, dit-il honnêtement, regrettant instantanément ses paroles.

Aspen n'eut pourtant aucune réaction.

— Tant pis pour elles, lui dit-elle avant d'ajouter : je pense qu'on devrait sceller cet accord par un baiser.

Brain était plus que d'accord. Il ne songeait qu'à son désir de ressentir à nouveau les lèvres d'Aspen sur les siennes. Sans dire un mot, il se pencha et l'embrassa.

Aspen gémit et glissa une de ses mains sous le tee-shirt de Kane afin de toucher sa peau nue alors qu'elle lui rendait son baiser.

La chair de poule envahit immédiatement les bras de Brain et il gronda avant d'incliner la tête pour la dévorer. De son côté, Aspen ne resta pas passive, ne reculant pas face à son baiser agressif.

Brain ne savait pas durant combien de temps ils restèrent contre ce mur à s'embrasser, mais quand il sentit les mains d'Aspen se glisser sous sa ceinture à la recherche de... *davantage*, il se recula.

Tous les deux haletaient et il vit que les pupilles d'Aspen étaient dilatées. Elle était vraiment magnifique et, pour une raison quelconque, elle en pinçait pour *lui*.

Pendant une brève seconde, Brain paniqua. Si elle avait vraiment vu le nerd qu'il était, elle n'aurait probablement pas été aussi intéressée. Mais il repoussa ces pensées négatives. Il n'était plus un enfant et Aspen n'était pas un de ces gamins cruels de son enfance, qui se moquaient de son intelligence et le rejetaient à cause de sa précocité.

— C'était... amusant, dit-elle avec un sourire.

Brain la regarda en secouant la tête avant de faire un pas en arrière. Gardant sa main dans la sienne, il l'entraîna vers le salon. Il lui fit signe de s'asseoir et quand elle s'exécuta, il recula la table basse et s'agenouilla devant elle.

— Qu'est-ce que tu... Ma jambe va bien, Kane, lui dit Aspen.

Brain l'ignora et retroussa la jambe de son pantalon en coton pour s'en assurer de ses propres yeux. Il tordit le cou et examina la plaie pas encore refermée. Il n'y avait pas de bandage et il voyait clairement les points de suture. La balle avait frôlé la surface, emportant un grand bout de peau. La peau était rose et encore un peu enflée, mais comme elle l'avait dit, elle guérissait bien.

— Je suppose qu'on t'autorise à faire un entraînement léger, demanda-t-il.

Aspen hocha la tête.

— Je ne peux pas encore courir ou lever des poids, mais je peux faire la majeure partie des autres activités.

Brain fit courir son pouce sur le côté de la cicatrice, se remémorant la façon dont elle avait porté son sergent en courant. Il n'aurait pas hésité à admettre que par le passé, il aurait probablement été sceptique à l'égard des femmes qui travaillaient en tant que médecins de combat rattachées à des équipes d'élite comme les Rangers. Mais en l'espace de quelques minutes, Aspen aurait réussi à faire changer d'avis *n'importe qui*. Il saisit son mollet dans sa main, veillant à ne pas toucher sa plaie encore à vif, et il la regarda.

— Comment vont les autres ?

— Vandine est toujours en Allemagne. On le dépêchera en avion à Dallas dès que les médecins le jugeront prêt. La balle avait touché son artère fémorale. Les médecins ont pu la réparer, mais ils ne veulent pas le déplacer tant qu'ils ne seront pas sûrs qu'elle ne se déchira pas.

— Il se serait vidé de son sang en quelques minutes si tu n'avais pas été là, dit Brain.

Ce n'était pas une question.

Aspen se contenta de hocher la tête. Elle avait fait ce pour quoi on l'avait formée. Elle était reconnaissante que les deux hommes soient en vie, mais elle avait juste fait son travail.

— Et le sergent Holman ?

— Les médecins lui ont retiré sa main en Allemagne. Ils n'ont pas pu la sauver, lui dit-elle.

— Mais il est de retour au Texas, n'est-ce pas ? demanda Brain.

Aspen plissa les yeux.

— Si tu sais déjà comment ils se portent, pourquoi tu me poses la question ? demanda-t-elle, légèrement irritée.

— Parce que je voulais voir ce que tu savais, sourit Brain sans se laisser rebuter par son ton mordant. Et si tu n'en avais pas su autant que moi, je t'aurais mise au courant.

Elle fut rassurée.

— Quel est ton emploi du temps pour demain ? demanda Brain.

— J'ai un entraînement le matin. Puis un meeting avec le major.

— À quel propos ?

Aspen haussa les épaules.

— Je suppose que c'est pour reprendre mon service.

Brain n'en était pas si certain, surtout après tout ce que les Deltas avaient eu à dire sur ce qui s'était passé le jour où elle avait été blessée en Afghanistan, mais il ne releva pas.

— Et pour l'après-midi ?

— Je travaille encore en demi-journées. Pourquoi ?

— J'ai pensé que tu aimerais peut-être descendre à Austin pour voir Holman.

— Vraiment ? demanda-t-elle.

— Oui.

— Pourquoi ?

— Pourquoi, quoi ? demanda Brain.

— Pourquoi voudrais-tu aller le voir ? Ne t'imagine pas

que je ne sais pas que tu n'es pas super fan de mon équipe, dit Aspen.

— Je ne le suis pas, mais tu m'as dit par e-mail que tu t'inquiétais pour lui. Et puisque tu es son médecin, je sais que tu as probablement hâte de t'assurer de tes propres yeux qu'il va bien. Je peux mettre de côté mes différends si tu en as besoin.

Aspen le regarda pendant si longtemps que Brain commença à redouter d'avoir eu des propos déplacés.

— Merci, dit-elle au bout d'un long moment. J'aimerais voir comment il va. Mais tu n'as pas besoin de travailler demain ?

— Non. On a toujours quelques jours de congé après une mission.

Le regard d'Aspen pétilla.

— Vraiment ?

— Vraiment. Pourquoi cela t'amuse-t-il autant ?

— Je me disais juste que Trigger et Lefty doivent vraiment apprécier... sans parler de leurs copines.

Brain éclata de rire avant de se redresser enfin et de tendre la main à Aspen.

— Ils adorent ça. C'est intolérable, si tu veux tout savoir.

— Tu ne penserais pas ça si tu prenais du bon temps, lui dit Aspen avec un éclat de rire.

— C'est vrai, dit Brain en la prenant par la main pour la lever.

Il ne s'arrêta pas là. Il la plaqua contre lui, enroulant un bras autour de sa taille jusqu'à ce qu'ils se retrouvent collés l'un contre l'autre des hanches à la poitrine. Il savait qu'elle pouvait sentir son érection contre elle, mais elle ne s'écarta pas. Elle lui passa un bras autour des épaules et sourit.

— J'aimerais passer les jours qui viennent avec toi... quand tu rentreras du travail, bien sûr. À certains égards, j'ai l'impression de très bien te connaître, mais d'un autre côté, je ne te connais pas du tout. J'aimerais y remédier.

— Ça me plairait, en convint Aspen.

— Bien. Brain posa les mains sur sa taille et ne put s'empêcher de glisser les pouces sous son tee-shirt pour caresser sa peau nue.

— Tout s'est bien passé en Afghanistan ? demanda-t-elle.

Brain ouvrit la bouche pour répondre instantanément qu'il ne pouvait pas parler de sa mission, mais il se rendit compte qu'Aspen savait exactement où il s'était rendu et pourquoi. Il y aurait des moments à l'avenir où il ne pourrait pas discuter de ses missions avec elle, mais il était terriblement soulagé de pouvoir s'exprimer clairement sur Akhund.

— On l'a attrapé, lui dit-il.

— C'est bien, dit-elle fermement. Ça ne vous a pas pris trop longtemps, si vous êtes déjà de retour à la maison.

— Ça nous a mis plus de temps qu'on l'aurait voulu. À cause du boulot d'amateur de Spence, Akhund a pu aller se terrer. Il nous a fallu enquêter un peu pour trouver sous quel rocher il se cachait.

— Et par « enquêter », je suppose que tu veux dire utiliser tes super pouvoirs linguistiques pour espionner, dit Aspen avec un sourire.

Brain aurait vraiment eu envie de faire passer le tee-shirt d'Aspen au-dessus de sa tête, de la faire basculer sur le canapé et de lui montrer sans mots à quel point il aimait ses taquineries. Cependant, il s'installa sur le canapé et la fit s'asseoir à côté d'elle. Il s'installa sur le coin de son canapé étonnamment confortable et elle se blottit immédiatement contre lui. Brain passa un bras autour de ses épaules et poussa un soupir de contentement quand elle enroula un bras autour de son ventre, posant les genoux sur sa cuisse.

Il n'avait jamais été branché câlins, mais il avait décidé immédiatement qu'avec elle, il le deviendrait.

— Quelque chose comme ça, admit-il. Quoi qu'il en soit, il s'était barricadé dans une maison et s'était entouré d'autant de femmes ou d'enfants qu'il avait pu trouver. Ce bâtard savait qu'on ferait tout pour éviter de tuer des civils innocents.

— Et les hommes qui nous ont tirés dessus ? demanda Aspen.

— Ils ne nous ont pas posé problème, lui dit Brain, ne s'attardant pas sur la façon dont ils avaient pris ces hommes en chasse et fait en sorte qu'ils ne puissent plus jamais blesser d'autres personnes.

— D'accord. Comment avez-vous retrouvé Akhund ?

— Avec un mégaphone.

Aspen arqua un sourcil interrogateur.

Brain haussa les épaules.

— Je m'en suis servi pour dire aux occupants de la maison, en pachto, qu'on ne leur ferait aucun mal s'ils se rendaient. Qu'ils pouvaient prendre leurs enfants et s'en aller.

— Et ça a suffi pour qu'ils sortent ? demanda Aspen d'un ton surpris.

— Pas exactement. Ça a pris deux jours, mais finalement, l'un après l'autre, ils sont sortis. Akhund n'était pas content. Je l'ai entendu crier des choses aux autres dans la maison et les menacer, mais pour une raison ou une autre, il ne s'en est pas pris à ces gens quand la première femme est sortie. Ça a donné aux autres le courage de sortir à leur tour. On n'a plus eu qu'à entrer et à ordonner à Akhund de se rendre.

— Mais il ne l'a pas fait, n'est-ce pas ?

Brain secoua la tête.

— Non.

— Et Shahzada ?

— Volatilisé, dit Brain.

Il se tourna pour la regarder.

— Et ce que je m'apprête à te dire ne doit pas sortir de ton appartement.

— Bien sûr. J'ai conscience de ne pas avoir le même niveau de sécurité que toi, mais je sais parfaitement que je dois garder le secret, lui dit sérieusement Aspen.

— Avant la mort d'Akhund, il s'est vanté qu'on ne retrouverait jamais Shahzada, qu'il était plus intelligent que tout le monde, que les villageois lui étaient loyaux et que toute tentative pour le retrouver et le tuer échouerait.

— Vous a-t-il donné la moindre indication quant à son emplacement et son *identité* ?

— Non, dit Brain d'une voix frustrée. On est presque certains qu'il se trouve encore dans la région, mais on n'en sait pas plus. Certains rapports indiquent qu'il dispose d'un vaste réseau d'adeptes et que son mode opératoire est d'enlever des prisonniers de guerre pour obtenir des informations.

Aspen inspira brusquement.

— Merde, sérieusement ? Il y a des prisonniers de guerre qui sont encore en captivité dans la région ?

— C'est difficile à dire. Des gens ont disparu, mais la plupart ont été retrouvés, dit Brain.

— Je suis contente de ne plus y être, marmonna Aspen.

— Moi aussi, en convint Brain.

Aspen inspira profondément.

— Eh bien, je suis soulagé qu'Akhund ne soit plus un problème. Il terrorisait les villageois.

— Certes. Et espérons que nos négociations avec eux et le fait que nous n'ayons pas eu besoin de tuer des innocents aient vraiment contribué aux relations entre les États-Unis et les Afghans dans cette région.

— Je l'espère, dit Aspen avec un signe de la tête.

Ils restèrent tous les deux silencieux pendant un moment puis Aspen demanda :

— Tu es sûr que tu n'as pas faim ? Je peux nous préparer quelque chose à manger si tu le souhaites.

— Je suis sûr. Mais si *tu* as faim, libre à toi...

— Je vais bien, le rassura Aspen. C'est juste que... je ne veux pas que tu t'ennuies.

Brain baissa les yeux vers elle et sourit.

— Peu m'importe ce qu'on fait ensemble, *skat*. Juste être avec toi est génial.

Elle fronça les sourcils.

— *Skat* ? Je t'en prie, dis-moi que ça veut dire « chérie » dans une autre langue et que tu ne viens pas de me traiter d'excrément.

Brain ricana.

— C'est du danois.

— Je pense que je préfère *darling* ou un truc comme ça, lui dit-elle en faisant la moue.

— C'est noté.

Brain n'avait jamais beaucoup parlé. Il aimait mieux lire un livre ou écouter de la musique. Mais pendant les heures qui suivirent, Aspen et lui discutèrent sans s'arrêter. Ils abordèrent parfois des sujets sérieux comme le réchauffement climatique, les effets de la guerre sur les enfants ou le corona. Puis, d'autres fois, ils conversèrent de tout et de rien, comme de leurs préférences en matière de fast food.

Il se faisait tard et Brain savait qu'il aurait dû partir puisqu'Aspen devait se lever pour l'entraînement le lendemain matin. Cependant, il ne parvenait pas à s'arracher à elle. Il aimait passer du temps en sa compagnie et aimait la voir apparemment parfaitement à l'aise avec lui. C'était presque trop beau pour être vrai.

Et cette idée lui fit soudain songer à une autre femme.

Il détestait évoquer quelqu'un d'autre lorsqu'il était avec Aspen. Il essaya de ne plus penser à l'autre connasse, mais puisque son esprit avait choisi de s'en souvenir *à cet instant précis*, c'était irrépressible.

Il avait dû se tendre sous elle, car Aspen leva la tête et demanda :

— À quoi pensais-tu aussi fort ?

À un moment durant la soirée, elle s'était allongée, laissant sa tête reposer sur sa cuisse. Brain ne cessait de passer la main à travers ses cheveux, aimant voir les mèches s'enrouler autour ses doigts.

Il soupira et n'envisagea même pas de mentir. Pour Aspen, il était un livre ouvert. Il voulait qu'elle sache tout sur lui, même si cela signifiait partager certaines de ses insécurités.

— Tu te rappelles quand j'ai dit que cela faisait deux ans que je n'avais pas connu de femme ?

Elle leva la tête et plissa le front.

— Bien sûr.

— Tu dois comprendre que j'ai toujours été – de loin – l'élève le plus jeune durant mon adolescence. Au lycée. À l'université. Les femmes me voyaient simplement comme quelqu'un qui pouvait leur filer des notes ou les aider à faire leurs devoirs. Donc, quand j'ai rejoint l'Armée et que j'ai été soudainement entouré par des hommes et des femmes de mon âge, ça a été trop pour moi. Au début, je n'ai pas été traité comme le « mec intelligent ». En fait, la plupart des gens ne savaient rien de mes diplômes ou de mes capacités intellectuelles.

— C'est bien, dit doucement Aspen.

— Oui. J'ai fréquenté quelques personnes, mais c'était embarrassant. Je ne savais pas vraiment quoi dire ou quoi faire, et ne parlons même pas du temps qu'il m'a fallu pour être à l'aise sexuellement. Quoi qu'il en soit, j'ai rencontré cette femme, Deidre, il y a quelques années. L'équipe et moi étions allés dans un bar pour nous détendre après une mission particulièrement difficile et on a croisé d'autres soldats qu'on connaissait. On buvait quelques bières quand un groupe de femmes est arrivé. Elles aussi étaient militaires, et elles se sont dirigées droit vers nous. On a commencé à discuter et on a fini par aborder le fait que j'étais bon en langues. Tout le monde a semblé vraiment impressionné... Mais Deidre était particulièrement intéressée.

— Ne me dis pas qu'elle a fait ce que je crois, dit Aspen en redressant l'échine et en enroulant à nouveau son bras autour de sa poitrine.

Brain haussa les épaules.

— Elle m'a donné son numéro et très vite, on se parlait tous les jours et elle passait du temps chez moi. J'aimais discuter avec elle et elle a admis qu'elle essayait d'apprendre le farsi et qu'elle avait du mal. Je l'ai donc aidée avec plaisir. Elle prenait vraiment ses études au sérieux, ce que j'admirais. Elle me plaisait beaucoup. Elle était jolie, grande, avec de longs cheveux blonds, et j'étais flatté qu'elle m'ait choisi parmi tous les autres hommes qui étaient au bar ce soir-là.

— Je crois que je n'aime pas beaucoup cette Deidre, dit Aspen avec emportement.

Brain trouvait bizarre d'apprécier qu'Aspen se mette aussi en colère pour lui. Mais il devait achever l'anecdote et parvenir à la conclusion.

— Eh bien, elle n'a jamais été très affectueuse, mais je mettais ça sur le compte de son éducation religieuse stricte, ce dont elle m'avait parlé. On s'est un peu embrassés et un peu pelotés, mais ce n'est qu'après qu'elle a passé son test de langue farsi pour l'Armée – qu'elle a décroché, d'ailleurs – qu'on a couché ensemble.

« On était tous les deux légèrement bourrés, et une

chose en a entraîné une autre. On a fini au lit, et j'ai pensé que tout allait très bien entre nous. Mais le lendemain matin, quand elle s'est réveillée... elle n'était vraiment pas contente. Au début, j'ai cru que c'était parce qu'elle avait la gueule de bois, mais elle m'a vite fait déchanter. Elle m'a dit qu'elle ne pensait pas que les choses allaient fonctionner entre nous, qu'elle me remerciait de l'avoir aidée pour le farsi, mais à présent qu'elle avait passé son examen, elle voulait qu'on casse.

— Quelle connasse ! bouillonna Aspen.

— Maintenant, je suis capable de prendre du recul et de repérer les signes. Ils étaient tous là. Elle refusait qu'on passe du temps en public. Quand elle était avec moi, elle voulait juste étudier. Elle hésitait à faire autre chose que m'embrasser. Elle a même dû se saouler pour coucher avec moi. Cela dit... j'ai réellement cru qu'on avait une connexion. Mais en réalité, elle se servait de moi pour mon intelligence. C'était *vraiment* trop beau pour être vrai, mais j'ai été bête de penser que ça pouvait devenir sérieux entre nous.

— Et alors ? Tu penses que c'est ce que je fais aussi ? Que je t'utilise pour une raison quelconque ? C'est la raison pour laquelle tu pensais à elle ?

— Non, pas vraiment. Mais parfois, je ne peux pas m'empêcher de me rappeler que lorsque quelque chose semble trop beau pour être vrai, il y a une raison.

Aspen choqua profondément Brain quand elle jeta une jambe par-dessus ses genoux. Elle s'installa sur lui à cali-fourchon et lui prit le visage entre ses mains, soutenant son regard en disant :

— Peu m'importe que tu parles le français, l'allemand, le farsi ou n'importe quelle autre langue. Certes, c'est incroyable et merveilleux, et j'admets que ça me donne un petit complexe d'infériorité, mais ce n'est pas pour ça que je sors avec toi. Tu veux savoir la vraie raison ?

Brain la regarda.

— Oui, dit-il simplement.

— Parce que lorsque je suis avec toi, c'est comme si nous étions les deux seules personnes au monde. Être avec toi me rend heureuse. Je ressens un lien avec toi que je n'ai jamais ressenti avec qui que ce soit d'autre dans ma vie. C'est plutôt *moi* qui devrais m'inquiéter que *tu* décides que je ne vaux pas ton temps. Ce n'est pas trop beau pour être vrai. Du moins, je ne le pense pas.

— Moi non plus, confirma Brain.

— Bien. Alors oublie cette garce de Deidre. Elle ne vaut pas la peine que tu songes à elle une seconde de plus.

Puis elle se rapprocha et Brain sentit son sexe se contracter. S'ils avaient été nus, ils auraient été aussi intimes que deux personnes pouvaient l'être. Il n'aurait eu qu'à se décaler légèrement pour se retrouver en elle.

— Embrasse-moi, murmura Aspen.

Elle n'eut pas besoin de le lui demander deux fois. Brain lui saisit la nuque et la serra fort alors qu'il collait ses lèvres aux siennes.

Au début, leur baiser était doux. Ils se mordillèrent et se taquinèrent mutuellement. Mais Brain avait besoin de plus. Toujours plus.

Ils s'embrassèrent durant plusieurs longues minutes. Jusqu'à ce que Brain comprenne qu'il devait s'écarter avant d'exploser dans son caleçon. Aspen ondulait contre lui, caressant sa verge avec des mouvements inconscients. Il la désirait. Plus qu'il n'avait *jamais* désiré quoi que ce soit. Plus que son premier Master. Plus qu'une place au sein des Deltas.

Mais il ne voulait pas précipiter les choses. Il voulait qu'elle sache qu'il la respectait et, pour être honnête, il aimait sentir monter l'anticipation. Il ne s'était pas senti aussi vivant depuis très longtemps. Cela dit, cette soirée ne lui paraissait pas être le bon moment pour la séduire. Elle devait se lever tôt et lui aussi était fatigué.

Il se recula et la regarda, plein de désir, passer la langue sur ses lèvres, que ses baisers avaient meurtries et couvertes de salive.

— Tu veux vraiment m'emmener à Austin demain pour voir Holman ? demanda-t-elle.

— Oui.

— Merci.

Brain hocha la tête.

— Je viendrai te chercher à une heure trente. Envoie-moi un texto si quelque chose change et que tu ne veux plus y aller.

— Je ne vais pas changer d'avis, lui dit doucement Aspen. Et ce ne serait pas plus facile si je venais chez toi ?

— Non. Parce qu'alors, tu devras reprendre ta voiture pour revenir ici quand on rentrera, et ça risque de faire tard. Je préfèrerais que tu ne prennes pas la voiture une fois la nuit tombée, lui dit Brain.

Aspen sourit.

— Je conduis de nuit depuis très longtemps, lui dit-elle. Et je suis pratiquement une Ranger. Ça ira.

— Fais-moi plaisir, quémanda Brain, refusant de céder.

Il n'était généralement pas paranoïaque, surtout lorsqu'il s'agissait de conduire de nuit à travers Killeen, mais à présent, tout était différent. L'idée qu'il puisse arriver quelque chose à Aspen était intolérable. Il ne le permettrait pas !

— D'accord. Très bien.

Il hocha la tête, puis il se pencha en avant et l'embrassa une fois de plus – parce qu'il ne pouvait pas retirer sa bouche d'elle – et il se redressa, la tenant toujours dans ses bras.

Elle poussa un cri aigu, puis éclata de rire en se cramponnant à lui.

Tout sourire, il lui lâcha les jambes et enroula les bras autour de sa taille. Ils restèrent entremêlés devant son canapé. Puisqu'ils faisaient à peu près la même taille, il pouvait la regarder directement dans les yeux.

— J'ai passé un bon moment ce soir.

— Moi aussi. Je suis contente que tu sois bien rentré, lui dit-elle.

— Va reposer ta jambe, lui ordonna-t-il.

— Je peux te raccompagner jusqu'à ta voiture.

— Non. Il est tard. Si tu m'accompagnes jusqu'à ma voiture, je devrais te ramener ensuite jusqu'à ton appartement.

Elle afficha un large sourire.

— Très bien. Mais est-ce qu'un jour, tu vas me considérer comme compétente en matière de sécurité ?

— Ce n'est pas une question de compétence. C'est plutôt que j'ai envie d'être celui qui te protègera. Je sais que tu fais partie d'une équipe de Rangers. Je sais que tu es médecin de combat. Tu as suivi à peu près la même formation que moi. Mais comme on est ensemble – et quand on n'est pas au milieu d'une fusillade en Afghanistan –, je ne parviens tout simplement pas à te voir comme autre chose qu'une femme vulnérable. *Ma* femme.

Brain grimaça intérieurement. Il venait de merder royalement. Si elle décidait de le larguer sur-le-champ, il ne pourrait pas le lui reprocher.

Mais elle ne fit que sourire davantage.

— Je serais bien bête d'en prendre ombrage, lui dit-elle. Tant que tu réalises que je ne suis pas impuissante. Je ne serai jamais le genre de petite amie qui laisse son homme prendre le contrôle de sa vie. Je suis seule depuis longtemps et je n'ai pas besoin de quelqu'un qui s'occupe de moi.

— C'est noté. Je ferai de mon mieux pour contenir mon côté homme des cavernes, dit Brain, soulagé qu'elle ne soit pas en colère.

— Alors je peux te raccompagner jusqu'à ta voiture ? le taquina-t-elle.

— Non, dit Brain en secouant la tête.

Aspen éclata de rire.

— Je plaisantais.

Elle se pencha, l'embrassa puis lui prit la main et l'entraîna jusqu'à la porte d'entrée. Brain suivit docilement, coulant un regard à ses fesses alors qu'elle marchait.

Elle s'arrêta et se tourna.

— Tu me matais le cul ?

— Oui, admit immédiatement Brain. Il est plutôt bien.

Elle répondit d'un large sourire.

— Mais un prêté pour un rendu. À l'avenir, tu ne pourras pas te plaindre que ce soit *moi* qui te mate.

— C'est d'accord. Puis il fit courir son pouce le long de sa pommette.

— Merci de m'avoir laissé venir.

— Quand tu veux. Et je suis sincère, lui dit-elle.

Brain recula à travers la porte ouverte, sachant que s'il l'embrassait encore une fois, il ne serait plus en mesure de s'arrêter.

— Je te verrai demain.

— Conduis prudemment.

— C'est promis.

— Tu m'envoies un texto quand tu seras rentré ?

Brain inclina la tête.

— Je suis sûr que je n'aurai pas de problème pour rentrer chez moi.

— Fais-moi plaisir.

— Très bien. Je te verrai demain.

— Au revoir, Kane.

— Salut.

Brain se força à se tourner et à descendre le couloir, s'éloignant d'Aspen. Les sentiments qu'il ressentait pour elle étaient si forts que c'était effrayant. Il ferait tout ce qui était en son pouvoir pour ne pas merder... même s'il ne savait absolument pas comment.

CHAPITRE ONZE

Quand Kane toqua à sa porte l'après-midi suivant, Aspen l'attendait. La matinée avait été... stressante. Elle avait rejoint son équipe pour l'entraînement, mais tout le monde avait été taciturne et personne ne lui avait vraiment adressé la parole. Ils n'avaient jamais été bavards avec elle, mais ce matin-là, ils étaient encore plus réticents. Ils avaient un nouveau sergent, et Aspen l'appréciait. Au moins, il ne la prenait pas de haut comme certains Rangers. Et le remplaçant de Holman était également là pour son premier entraînement avec sa nouvelle équipe.

Plus tard dans la matinée, elle avait eu un meeting avec le major. Aspen avait cru qu'il souhaitait discuter de son retour à temps plein, mais au lieu de cela, il lui avait posé un million de questions sur l'opération en Afghanistan. Il voulait tout savoir sur la façon dont Vandine et Derek avaient géré diverses situations, y compris un compte-rendu second par seconde du moment où tout était parti en couille le dernier jour.

Aspen avait été gênée de devoir dire quoi que ce soit de désobligeant sur quiconque, même s'ils avaient merdé. Mais en fin de compte, il était évident que le major connaissait déjà la majeure partie de l'histoire. Aussi fit-elle de son mieux pour rapporter les événements avec le moins d'émotion possible. Elle lui avait simplement relaté les faits.

Une fois qu'elle eut fini, le major se cala contre le dossier de son siège, les doigts rassemblés sous le menton, et il la regarda.

Aspen réprima son agitation. Elle n'avait rien fait de mal.

— Aimez-vous votre travail, sergent Mesmer ?

— Oui, Monsieur.

— *Aimez*-vous votre travail ?

Cela la fit réfléchir. Elle aimait être médecin. Adorait la poussée d'adrénaline quand elle devait prendre des décisions difficiles. Elle aimait particulièrement être capable de faire une différence dans la vie de quelqu'un... comme avec Vandine et Holman. Mais elle n'aimait vraiment pas toutes les autres merdes qui faisaient partie du boulot. Être méprisée à cause de son sexe, se faire tirer dessus, être traité comme une citoyenne de seconde classe.

— C'est ce que je pensais, dit le major avant de lui donner l'occasion de répondre à sa deuxième question.

Il se pencha en avant et posa les coudes sur son bureau.

— Vous êtes une super médecin, Mesmer. J'ai jeté un œil à vos états de service ; ils sont impeccables. Vous arrivez vers vos huit ans, n'est-ce pas ?

— Oui, Monsieur.

— Vous allez bientôt devoir décider de vous réengager ou pas.

— Oui, Monsieur, répéta Aspen.

— Je n'ai pas envie de vous perdre. Je ne veux pas que l'armée vous perde. Mais vous n'êtes pas heureuse.

Aspen cligna des paupières, surprise qu'il lui ait dit une telle chose carrément.

— Je pourrais vous promettre toutes sortes de choses pour essayer de vous faire rester. Je pourrais vous dire que le sergent Spence sera muté, que je pourrais vous réaffecter à une nouvelle unité de Rangers, vous donner le choix du lieu d'affectation ou bien vous proposer des primes de réengagement... Mais je pense qu'aucune de ces choses ne vous rendra heureuse.

Il avait raison. Elle n'avait jamais été du genre à avoir besoin d'un immense salaire ou d'une maison gigantesque. Elle voulait *faire partie d'un groupe*. En conclusion, elle n'était pas certaine qu'un jour, elle appartienne vraiment à l'Armée. Surtout à une équipe des forces spéciales.

Elle répondit au major d'un froncement de sourcils.

— Je vous déstabilise et je suis désolé, dit-il. Je veux ce qu'il y a de mieux pour tous mes soldats, et si cela signifie quitter l'Armée pour trouver ce dont ils ont besoin pour être heureux, qu'il en soit ainsi. Je ne sais pas ce que vous avez prévu de faire. Je ne sais rien sur votre vie sociale ou votre famille. Mais puisque je vois que vous vous êtes très bien conduite durant ce merdier en Afghanistan, malgré tous les facteurs qui jouaient contre vous, je pense que j'ai besoin de vous donner quelques conseils.

« Avant de vous réengager, pensez à ce que vous voulez. Ce que vous voulez *vraiment*. Et si ce n'est pas quatre ans de plus à faire ce que vous faites aujourd'hui... partez d'ici.

Choquée par les paroles du major, Aspen devait admettre qu'entendre un officier supérieur lui dire carrément ce qu'elle avait ruminé – et le valider – lui donnait l'impression qu'un poids lui avait été retiré des épaules.

Malgré tout, elle avait quitté la réunion toujours incertaine et relativement stressée en pensant à ce qui pourrait se passer si elle prenait la décision de quitter l'Armée. Cela étant, savoir qu'elle verrait Kane dans l'après-midi lui permit de remiser dans un coin de son esprit toutes ces pensées, toutes ces décisions importantes qu'elle aurait à prendre dans un avenir proche, ainsi que la pression d'avoir revu son équipe de Rangers.

Quand Kane frappa enfin à sa porte, Aspen fit quasiment un bond pour aller lui ouvrir.

— Salut. J'ai cru que tu n'allais jamais...

Ses paroles furent interrompues par les lèvres de Kane. Il enroula un bras autour de sa taille, l'attira contre lui et l'embrassa... fort. Son enthousiasme fit sourire Aspen.

Quand il s'écarta, elle réessaya.

— Salut.

— Salut, répéta-t-il. Tu es prête ?

Il fit un pas en arrière sans lui lâcher la main.

Elle aimait le fait que s'embrasser n'était plus une étape importante dans leur relation. Cela semblait déjà naturel.

— Oui. Donne-moi juste le temps de prendre mon sac.

Il lui pressa la main avant de la lâcher et ce simple geste suffit à donner des palpitations à Aspen. Elle retourna précipitamment dans son petit appartement et prit son sac à main, qu'elle avait laissé sur le comptoir de la cuisine. Quelques secondes plus tard, elle revenait vers Kane.

— Prête, lui dit-elle.

Elle verrouilla la porte derrière eux et une fois qu'elle eut déposé ses clés dans son sac, Kane lui reprit la main. Cela faisait longtemps qu'Aspen n'avait pas tenu la main de qui que ce soit et elle ne se rappelait pas que cela l'ait rendue aussi heureuse.

Lorsqu'ils se furent installés Aspen sa Challenger, en route vers Austin, il l'interrogea sur sa journée.

— Comment s'est passée ta matinée ? Ta jambe tient le coup ?

— Ma jambe tient le coup, lui dit-elle sans admettre que toute l'activité de la journée la faisait un peu palpiter.

Elle avait pris un antidouleur avant qu'il vienne la chercher et elle savait qu'il allait faire effet.

— Et ma matinée a été bizarre.

Elle lui rapporta alors la tension entre elle et l'équipe des Rangers, ainsi que son entretien avec le major.

— Qu'en penses-tu ? lui demanda-t-elle une fois qu'elle eut terminé.

— À propos de quoi ?

— De la possibilité de quitter l'Armée ? Je ne sais même pas ce que je ferais.

Kane lui jeta un regard.

— Tu pourrais devenir urgentiste. Ou bien tu peux décrocher ta licence d'ambulancier. Tu m'avais dit une fois que c'était un ambulancier qui t'avait donné envie de rejoindre l'Armée. Tu l'avais vu en action pendant une virée de police à laquelle tu participais. Et tu possèdes déjà ta licence nationale de soins d'urgences. Tu pourrais obtenir ta certification d'État et trouver un emploi dans une société d'ambulances.

Aspen cligna des paupières. Kane avait l'air si confiant, si certain qu'elle serait capable de trouver un emploi facilement et qu'elle réussirait les examens pour décrocher sa licence. Plus elle y pensait, plus elle s'enthousiasmait. Elle ne savait pas pourquoi elle n'avait jamais songé à travailler comme ambulancière. Elle s'était tellement inquiétée à l'idée de quitter l'Armée qu'elle avait eu du mal à réfléchir à autre chose.

— Et je suis désolé que ton équipe ne parvienne pas à se retirer la tête du cul. Pour ce que ça vaut, la plupart sont probablement embarrassés par leurs actes. Ils n'auraient jamais dû vous laisser, Holman, Vandine et toi.

— Ils ont reçu un ordre de quelqu'un qui avait un rang plus élevé, les défendit Aspen.

— Je l'ai déjà dit et je vais le redire. Peu m'importe si le chef d'état-major, l'officier le plus haut placé de l'Armée, m'ordonnait d'abandonner un membre de mon équipe. Je refuserais de le faire.

Aspen tendit la main et la posa sur la cuisse de Kane. Il referma immédiatement la main sur la sienne.

Plusieurs kilomètres s'écoulèrent en silence avant qu'Aspen ne dise :

— Je ne leur fais aucun reproche.

— Tu le devrais, dit Kane sans la moindre colère dans la voix. Une équipe est sacrée. Chacun a ses forces et ses faiblesses, et on travaille ensemble pour accomplir notre mission. Mon équipe a besoin de moi pour traduire, écouter, faire l'état des choses et nous dépatouiller de situations difficiles lorsqu'elles se présentent. Je ne sais pas ce que je ferai sans eux et j'aime à penser qu'ils pensent la même chose que moi.

— Ils le font, lui répondit immédiatement Aspen.

Elle n'avait pas passé beaucoup de temps avec les amis de Kane, mais ces quelques heures avaient suffi à lui montrer ce à côté de quoi elle passait.

— Je ne vais pas te dire quoi faire du reste de ta vie. Mais je sais que j'ai envie de continuer à te voir. Je veux m'impliquer dans tout ce que tu choisiras de faire. Si tu restes dans l'Armée, je ferai mon possible pour que les choses fonctionnent entre nous. Ça ne sera pas facile, car l'un comme l'autre, nous pourrons être mutés en un claquement de doigts, mais je ne suis pas du genre à insister pour que tu abandonnes ta carrière afin de suivre la mienne.

Aspen le regarda fixement.

— Es-tu en train de me dire que tu quitteras l'Armée si je décide de me réengager ?

Kane haussa les épaules.

— Je ne sais pas. Ça ne fait pas longtemps qu'on sort ensemble et les choses risquent de ne pas durer entre nous.

Mais je sais que je n'ai jamais ressenti ce genre de lien avec une autre femme, et je ne resterai dans l'Armée que pour une dizaine d'années supplémentaires... J'aime à penser que je resterai avec la femme que j'épouserai pendant plus longtemps que ça. Quand on compare, les choses sont évidentes.

Aspen avait envie de pleurer. Elle savait que Kane ne lui proposait pas le mariage, mais qu'il soit basiquement en train de lui dire qu'il la faisait passer avant sa propre carrière, un travail qu'il aimait, était à la fois saisissant et touchant.

— Je ne sais pas ce que je vais faire.

— Et c'est très bien. Tu as du temps pour y réfléchir. Tout ce que je dis est que j'accepterai ta décision. Honnêtement, je pense que tu trouveras l'atmosphère d'équipe que tu recherches dans le domaine médical. Il faudra peut-être un certain temps pour trouver quelqu'un avec qui tu cliqueras dans les services d'ambulancier, mais tu seras un atout incroyable pour n'importe quelle boîte, et tes patients auront beaucoup de chance.

— Tu dois arrêter de parler, lui dit Aspen en faisant de son mieux pour retenir ses larmes.

Il la regarda d'un air alarmé.

— Pourquoi ?

— Pour rien. Je n'arrive pas à supporter que tu sois aussi mignon.

Le visage de Kane se détendit quand il se rendit compte que tout allait bien.

— Désolé, mais non. Je n'arrive pas à retenir ce genre de conneries quand je suis avec toi.

Elle sentit qu'il lui pressait la main, puis elle ferma les yeux et posa la tête sur le dossier de son siège.

Comme s'il avait compris qu'elle était très fatiguée, Kane

ne dit plus rien. Il monta un peu la musique, et entre le fond sonore et sa conduite fluide, Aspen s'endormit rapidement.

Elle se réveilla quand Kane lui pressa la main.

— On est arrivés, *kallis*.

Aspen haussa un sourcil dans une question silencieuse à présent familière.

— De l'estonien, lui dit-il.

Souriante, Aspen hocha la tête et descendit de la voiture. Dès qu'il eut fait le tour pour venir la rejoindre, Kane lui reprit la main. Il voulait toujours la lui prendre. S'accrocher à elle. La toucher. Elle n'était jamais sortie avec quelqu'un d'aussi tactile et elle devait admettre qu'elle appréciait.

Ils entrèrent dans l'hôpital des vétérans où Holman était traité et demandèrent à la réceptionniste où était sa chambre. Ils prirent l'ascenseur en silence, et cela donna à Aspen le temps de stresser à propos de ce qu'elle allait dire à son coéquipier.

— Arrête de t'inquiéter, lui ordonna Kane.

Aspen secoua la tête.

— Comment sais-tu que c'était ce que je faisais ?

— Tu as une ride de stress ici, dit-il en faisant courir un doigt entre ses yeux.

— Génial, *maintenant*, je m'inquiète d'avoir des rides, murmura Aspen.

Mais elle sourit quand Kane lui répondit d'un rire.

Quand ils arrivèrent à la porte de Holman, elle toqua avant d'ouvrir quand celui-ci lui dit d'entrer.

Elle pila net en voyant plusieurs personnes dans la chambre.

Une jolie femme qui avait probablement quelques années de plus qu'elle était assise sur une chaise à côté du lit de Holman. Une jeune fille adolescente était appuyée contre le mur, pianotant sur un téléphone portable, et un garçon d'environ six ou sept ans était assis à l'extrémité du lit.

— Je suis désolée de vous déranger, dit rapidement Aspen.

— Mesmer ! s'exclama Holman. Entre !

Elle pénétra dans la pièce, la sensation de la main de Kane sur son dos lui donnant plus de confiance qu'elle n'aurait eue si elle était venue toute seule.

— Quelle surprise ! Voici ma femme Lynn, ma fille Laurie et mon fils Max.

Aspen salua chaque personne d'un sourire et d'un clin d'œil.

— Et voici le sergent Mesmer. Aspen. C'est elle qui m'a sauvé la vie.

Quand il dit cela, tout le monde se tourna vers Aspen.

Elle fit de son mieux pour tempérer ses propos.

— Je ne dirais pas cela. Je n'ai fait qu'enrouler une bande de gaze autour de ta main.

— Max, bouche-toi les oreilles, ordonna Holman.

Aspen sourit en voyant le petit garçon obéir immédiatement à son père.

À la seconde où son fils ne put plus l'entendre, Holman dit :

— Ce sont des conneries. Je ne suis pas idiot, Mesmer. Tu es restée super calme. Tu m'as donné ton fusil et tu as soigné Vandine tout en empêchant l'ennemi d'entrer dans cette allée. Tu as ensuite fait basculer le sergent sur tes épaules comme s'il ne pesait rien de plus qu'un sac de patates et tu nous as tirés de là.

— Papa, je peux réécouter, maintenant ? demanda Max un peu trop fort.

Holman sourit à son fils et hocha la tête. Puis il braqua à nouveau son attention sur Aspen. Il tendit sa main valide et lui fit signe de s'approcher.

Surprise, Aspen fit un pas en avant et prit la main de son coéquipier. Il ne l'avait jamais touchée auparavant, pas comme cela. Ils étaient obligés de se toucher pendant l'entraînement, mais ceci était bien différent.

— Ils n'auraient pas dû nous abandonner, dit-il doucement.

Aspen comprit qu'il faisait allusion à leurs coéquipiers.

— Mais ce qui est le plus nul, c'est que si ça avait été Buckland, Hamilton ou n'importe qui d'autre qui avait été blessé au lieu de moi... j'aurais fait exactement la même chose qu'eux. Je ne m'en étais pas rendu compte, Mesmer.

— Quoi, donc ? demanda-t-elle doucement.

— À quel point tu étais importante pour notre équipe. En fait, tu étais la personne la plus précieuse.

Aspen sentit sa gorge se refermer et elle en resta littéralement sans voix.

— J'ai beaucoup réfléchi depuis que j'ai été mis en repos, poursuivit Holman. Aucun de nous n'a été content que tu sois affectée à notre unité. On a pensé que tu allais nous ralentir, qu'on ne serait pas capables d'effectuer notre travail aussi efficacement. On était tellement en colère à propos de ce que tu avais entre les jambes qu'on n'a pas songé que c'était ce que tu avais entre les *oreilles* qui comptait le plus. Je sais que ça arrive trop tard, mais je te présente mes excuses.

— Acceptées, répliqua immédiatement Aspen.

Soulagé, Holman hocha la tête.

— Comment te sens-tu vraiment ? demanda-t-elle.

Il haussa les épaules.

— Je vais bien. Mais je vais mettre du temps à m'habituer à la perte de ma main.

Aspen grimaça.

— On n'aurait rien pu y faire, Mesmer. J'ai su que j'allais la perdre dès que j'ai baissé les yeux et que j'ai vu qu'il n'en restait pas grand-chose. Tu n'aurais pas pu la sauver, alors n'y pense plus.

Aspen hocha la tête.

— C'est grâce à toi que je suis encore ici, dit Holman.

Il se tourna vers son épouse et le regard d'amour qu'ils s'échangèrent était si intense qu'Aspen en fut presque gênée.

— Tous les jours, je peux voir le magnifique visage de ma Lynn, me prendre des impertinences de la part de ma fille, et entendre mon fils me parler des grenouilles et des serpents qu'il a découverts dans le jardin.

Aspen jeta un nouveau coup d'œil à la famille de Holman et elle réalisa que jusqu'à cet instant, elle n'avait même pas été au courant de leur existence. Elle ne savait absolument pas si les autres membres de l'équipe étaient mariés ou s'ils avaient des enfants. Ils n'en avaient jamais parlé. Cela dit, elle n'avait pas posé la question. Elle avait tellement essayé de faire partie de l'équipe qu'elle n'avait pas tenté de communiquer avec ses coéquipiers sur un plan personnel. Elle se rendit compte qu'elle était responsable d'une partie de la distance qui existait entre eux... certainement pas *entièrement*, mais elle aussi avait commis son lot d'erreurs.

Le regard de Holman passa d'elle à Kane, toujours debout dans l'encadrement de la porte.

— Je vous connais, n'est-ce pas ?

Aspen lâcha la main de Holman pour désigner Kane.

— Voici le sergent Temple. Il nous a aidés à nous rendre à la fourgonnette, tu t'en souviens ?

Holman salua Kane du menton.

— Oui. Merci.

Kane haussa les épaules.

— On n'a pas fait grand-chose. Je suis sûr que si on n'avait pas débarqué, Mesmer aurait volé une voiture, vous aurait jetés vous et Vandine à l'intérieur, et aurait écrasé toute personne qui aurait osé se dresser entre elle et l'hôpital.

Holman ricana.

— Je n'en doute pas, mais je vous remercie quand même.

Kane hocha la tête.

— Alors... C'est quoi le programme ? s'enquit Aspen à Holman.

— Je vais être placé en retraite anticipée, puis je passerai le reste de ma vie à jouer le rôle du pirate avec un crochet.

Il plaisantait, mais elle pouvait entendre la douleur derrière ses paroles.

— Pourquoi le manchot a-t-il traversé la rue ? demanda Max.

Aspen regarda le petit garçon avec surprise, mais Holman afficha un énorme sourire et dit :

— Je ne sais pas, mon fils, pourquoi ?

— Pour aller à la boutique de seconde main.

Ils éclatèrent tous de rire, mais Laurie leva les yeux au ciel.

— C'est malpoli, dit-elle à son frère.

— Tu as ri, lui répliqua-t-il.

— Je m'en fiche.

Quand Aspen jeta un autre regard à Holman, elle vit qu'il contemplait ses enfants avec de l'amour dans les yeux. Il croisa son regard et dit doucement :

— Je ne sais pas ce que je vais faire. Je n'ai jamais connu que l'Armée. Je me suis enrôlé juste après le lycée lorsque Lynn et moi nous sommes mariés. Mais je vais bien trouver quelque chose. Je suis vivant et j'ai une famille qui m'aime. Tout le reste est secondaire.

Aspen hocha la tête. Holman gardait une attitude positive. Elle ne fut pas surprise de voir des moments de doute et d'incertitude dans ses yeux, mais il avait de bonnes raisons de s'accrocher à la vie... et il le savait.

Elle passa une trentaine de minutes supplémentaires dans la chambre à discuter avec Holman et sa famille, mais quand elle vit ses paupières se refermer, elle comprit qu'il était temps de partir. Elle se tourna vers Lynn.

— Si vous avez besoin de quoi que ce soit, n'hésitez pas à me contacter.

— Merci, dit l'autre femme.

Aspen griffonna son numéro sur un tableau blanc présent dans la pièce.

— Je le pense vraiment. Holman fait partie de mon équipe, et donc, vous aussi. Faites-moi savoir si vous avez besoin de quoi que ce soit.

— J'apprécie. On va se débrouiller pour l'instant, lui assura Lynn.

Aspen ne fut pas surprise par sa réponse. Ce n'était pas comme si elles se connaissaient, ce qui la rendit un peu triste. Elle sourit à l'autre femme et salua Holman du menton.

— À plus, capitaine Crochet.

L'espace d'une seconde, elle fut atterrée par les paroles qu'elle avait prononcées sans réfléchir, mais quand Holman éclata de rire, elle se détendit.

— À plus, Mesmer.

Elle quitta la chambre d'hôpital et sentit le poids familier des doigts de Kane sur ses reins. Quand ils parvinrent dans l'ascenseur vide, elle se tourna et posa son front contre son épaule. Kane ne dit rien, mais il leva la main pour lui masser la nuque.

Quand ils arrivèrent à sa voiture, il la prit dans ses bras avant qu'elle ne puisse entrer.

Aspen ne savait pas pendant combien de temps ils

étaient restés là à s'étreindre dans le parking, mais quand elle s'écarta enfin, elle se sentit beaucoup mieux.

Kane l'étudia pendant un long moment, puis il hocha la tête.

— Tu as faim ? demanda-t-il.

— Je meurs de faim.

— Tu veux manger mexicain ?

Les yeux d'Aspen s'illuminèrent.

— Eh ! Tu en doutes ?

Kane sourit.

— Que dis-tu de Torchy's Tacos ?

— Absolument, répondit Aspen.

Elle avait mangé plusieurs fois dans ce restaurant populaire d'Austin et n'avait jamais été déçue.

Ce qui avait commencé comme une journée très étrange et troublante était devenu vraiment génial... et c'était grâce à Kane.

Quelques heures plus tard, Aspen se tenait une fois de plus sur le pas de sa porte et disait au revoir à Kane. Ils avaient mangé des tacos extraordinaires puis il l'avait reconduite à Killeen jusqu'à chez lui. Ils avaient parlé, s'étaient pelotés, s'étaient pelotés encore plus, puis il lui avait dit à contre-cœur qu'il devait la raccompagner chez elle puisqu'ils devaient tous les deux se lever le lendemain matin. Même si Kane avait encore un autre jour de congé, il allait s'entraîner avec son équipe au point du jour.

Aspen aurait voulu protester, mais elle savait qu'il avait raison, ils avaient tous les deux besoin de dormir.

— Quand vais-je te revoir ? demanda-t-elle alors qu'ils se tenaient dans l'encadrement de la porte.

Kane plissa le front.

— Je ne sais pas. L'équipe et moi devons aller à San Antonio après l'entraînement pour aider des pompiers qu'on connaît pour un événement de charité.

Il rougit en prononçant ces paroles, ce qui piqua la curiosité d'Aspen.

— Quelle collecte de fonds ?

Kane haussa les épaules.

— Ils collectent de l'argent pour les pompiers et les autres membres de la fonction publique qui souffrent du syndrome de stress post-traumatique. C'est une sorte de carnaval, où les enfants jouent à faire basculer les pompiers et d'autres bénévoles dans un bac d'eau, à jeter des tartes aux gens, des choses comme ça. Il y aura des courses de sacs et même un zoo pour enfants. Plusieurs organisations qui proposent des animaux de soutien émotionnel y seront aussi.

Aspen sentit son cœur fondre.

— Tu es un homme bon, Kane Temple.

— Je suis content que tu le penses, dit-il. Mais pour répondre à ta question, je ne sais pas quand on pourra se revoir. Je t'enverrai un SMS. C'est d'accord ?

— C'est plus que bien, lui dit-elle en souriant.

— Va reposer ta jambe, lui ordonna Kane. Tu es restée debout la majeure partie de la journée.

Ce n'était pas entièrement vrai, car elle avait passé beaucoup de temps dans la voiture et une fois chez lui, ils étaient restés sur le canapé pour se peloter et discuter, mais elle hocha quand même la tête. C'était agréable que quelqu'un s'inquiète pour elle.

— Conduis prudemment demain.

— Je le ferai. Viens ici, dit Kane en l'attirant vers lui.

Dix minutes plus tard, haletante sous ses baisers, Aspen ferma enfin la porte, s'assurant de la verrouiller fermement.

Elle courut jusqu'à la fenêtre et attendit que Kane sorte du parking avant de se rendre à sa chambre.

Allongée dans le lit dans l'obscurité, les yeux au plafond, Aspen repensa à ce que le major et Holman lui avaient dit plus tôt dans la journée. Elle n'était plus heureuse dans l'Armée. Lorsqu'elle s'était enrôlée, elle avait été enthousiaste à l'idée de faire une différence, d'ouvrir la voie à d'autres femmes dans les Forces Spéciales. Mais en fin de compte, elle était juste fatiguée. Elle n'était pas certaine d'avoir pavé la moindre route, et il était temps de faire quelque chose qu'elle appréciait. Il est temps de trouver l'équipe qu'elle recherchait.

Elle ne connaîtrait jamais le même genre de camaraderie que Kane avait avec son équipe, pas tant qu'elle restait dans l'Armée, mais elle pourrait la trouver ailleurs.

Et une petite voix à l'intérieur de sa tête lui chuchota qu'elle pourrait s'intégrer à l'équipe que Kane et ses amis avaient déjà créée. Il avait parlé de Gillian et de Kinley, de leur importance pour Trigger et Lefty, ainsi que le reste des garçons. C'était ce dont elle avait envie. Elle voulait des copines auxquelles elle pouvait avoir confiance. Elle voulait avoir un emploi qu'elle aimait et bosser en équipe avec des gens qu'elle apprécierait.

Mais plus que tout, elle voulait Kane. Elle le voulait dans son lit, et souhaiter passer du temps dans sa maison en sa compagnie. Elle avait envie de cuisiner avec lui sans devoir retourner à son appartement solitaire parce que l'heure était trop avancée. Kane la rendait heureuse et cela faisait bien trop longtemps qu'elle n'avait pas ressenti une telle chose.

Elle ne savait pas ce que l'avenir lui réservait concernant son équipe, l'Armée et une carrière encore incertaine, mais elle espérait avoir Kane à ses côtés.

CHAPITRE DOUZE

Un mois, une semaine et quatre jours. C'était le temps qui s'était écoulé depuis qu'Aspen et lui avaient officialisé leur relation à son retour d'Afghanistan. Ils se parlaient tous les jours et se voyaient autant que leurs emplois du temps le leur permettaient, mais Brain en voulait encore plus.

Ils n'avaient pas encore couché ensemble, mais il ne s'en inquiétait pas trop. Leur relation évoluait à un rythme confortable. L'embrasser et l'étreindre était déjà bien. Ils n'avaient jamais passé la nuit ensemble – pas toute la nuit, du moins –, mais ils s'étaient endormis sur leurs canapés mutuels une fois ou deux. Se réveiller en la trouvant dans ses bras était toujours tellement bon.

Ce jour-là, ils passeraient la journée à se détendre avec son équipe. Tous les garçons devaient venir chez lui. Bien sûr, Trigger et Lefty venaient accompagnés de Gillian et Kinley, et Grover amenait sa sœur Devyn.

Il parlait de ses amis si souvent qu'Aspen savait à peu près tout sur eux. Elle connaissait leurs petites bizarreries, ainsi que toutes les épreuves que Gillian et Kinley avaient traversées. Il savait Aspen et ses amies s'étaient bien entendues lors de sa dernière fête, et il espérait qu'elles continuent à cliquer.

Un coup à la porte le tira de ses réflexions et il alla ouvrir avec un sourire. C'était Aspen, les bras chargés. Brain prit rapidement la cocotte qu'elle tenait à la main, et elle lui adressa un sourire reconnaissant.

— Tu aurais dû me laisser t'aider, la gronda-t-il légèrement.

— Mais alors, j'aurais dû faire deux aller-retour depuis ma voiture, rétorqua-t-elle en riant.

Brain se contenta de secouer la tête. Il avait déjà intégré que sa copine aurait *tout* fait pour éviter de faire deux voyages depuis sa voiture même quand elle était chez lui, où ce n'était pas si grave de parcourir les dix pas supplémentaires pour aller jusqu'à son allée et en revenir. Il supposait que c'était parce que chez elle, sa place de parking était très éloignée de son entrée. Quoi qu'il en soit, cela l'amusait toujours. Aspen préférait se charger de vingt sacs de courses plutôt que de faire deux voyages.

Elle entra dans la maison et dès que la porte se fut refermée derrière elle, Brain se colla contre Aspen. Ils avaient tous les deux les mains prises, mais leur baiser n'en était pas moins torride.

— J'ai l'impression que ça fait une éternité que je ne t'ai pas vu, dit-elle une fois qu'ils s'écartèrent

Brain la précéda dans la cuisine et alluma le four à basse température. Ouvrant la porte, il plaça la cocotte à l'intérieur afin de la garder au chaud jusqu'à l'arrivée des autres. Puis il se retourna et vit qu'Aspen était en train de vider un des sacs qu'elle avait amenés.

— Je t'ai dit que je m'occuperais de la nourriture ! la gronda-t-il.

— Je sais, mais j'étais au magasin et j'ai pensé que ça ne ferait pas de mal d'avoir un peu plus de nourriture que prévu. Tes amis sont *immenses*. Je suppose qu'ils mangent beaucoup, et je me suis dit qu'avoir quelques légumes ne serait pas de trop.

Brain tendit les bras et la plaqua contre lui. Elle poussa un petit cri surpris, mais sourit quand leurs poitrines se retrouvèrent collées l'une contre l'autre.

— Bonjour, dit-il doucement.

Il s'accorda un peu de temps pour admirer le spectacle qu'elle offrait. Elle portait un débardeur noir ainsi qu'un short en jean qui dévoilait de longues jambes musclées. Elle avait des tongs aux pieds et il trouva son vernis à ongles rose craquant. Elle avait aussi lâché ses cheveux et ses boucles tombaient sur ses épaules, donnant envie à Brain de les voir répandues sur son oreiller.

En bref, Aspen semblait décontractée et à l'aise, et Brain avait encore du mal à croire qu'elle était avec *lui*.

Aspen sourit.

— Salut !

— Moi aussi, j'ai l'impression que ça fait une éternité que je ne t'ai pas vue. Comment c'était au boulot, hier ?

Ils s'étaient textotés à plusieurs reprises la veille, mais surtout à propos de la soirée et de l'heure à laquelle elle devait arriver.

Aspen soupira.

— C'est allé.

Brain n'avait pas eu beaucoup de relations à long terme, mais il était quand même capable de voir quand les choses n'allaient pas.

— Que s'est-il passé ? demanda-t-il.

— C'est juste Derek qui s'est comporté comme un connard, marmonna-t-elle sans le regarder dans les yeux.

Brain lui posa un index sous le menton jusqu'à ce qu'elle le regarde.

— Que s'est-il passé ? répéta-t-il.

Il s'alarma quand les yeux d'Aspen se remplirent de larmes. Chaque muscle de son corps se tendit.

— C'est stupide, dit Aspen en lui caressant machinalement la poitrine comme si elle savait que cela le contrariait de la voir bouleversée. Comme tu le sais, pendant la journée, on mène tous notre petite vie séparément, et on n'est ensemble que durant l'entraînement. Eh bien, la semaine dernière, on a recommencé à s'entraîner, et Derek a essayé de commander les deux équipes, comme il l'a fait par le passé. Mon nouveau sergent n'aime pas la façon dont il tente de leur donner des ordres, à lui et à son peloton – surtout parce qu'ils ont un rang égal –, alors il se rebiffe.

« Hier, Derek a fanfaronné en disant que les femmes ne sont pas assez fortes pour intégrer les Rangers. Il ne parlait pas spécifiquement de moi, c'était plus une déclaration générale, mais il était évident qu'il m'*incluait* dans sa critique. Mon équipe a été un peu plus réceptive et amicale envers moi au cours des dernières semaines, probablement à cause de toutes ces formations sur l'égalité des chances qu'on a suivies, et peut-être après ce qui s'est passé avec Vandine et Holman. Quoi qu'il en soit, mon nouveau sergent de peloton lui a dit qu'il ne savait pas de quoi il parlait, et ils se sont pris le bec. C'était embarrassant et gênant pour tout le monde. C'est juste que... ça m'horripile que personne ne s'entende à cause de moi.

— Ce n'est pas ta faute, lui dit Brain. C'est celle de Derek. Et tu te bats contre des décennies de discrimination. Mais ça me rassure d'apprendre que ton nouveau sergent ne tolère pas les conneries de Derek.

— Oui, ça m'a surprise. Au début, je ne pensais pas qu'il soit le genre de type qui tolérerait une femme dans son équipe, mais il m'a bien encouragée durant l'entraînement, dit Aspen.

Brain savait qu'elle aurait vraiment eu envie d'avoir une

équipe comme la sienne. Solidaire, composée de personnes qui auraient fait absolument n'importe quoi les unes pour les autres. Il ne pouvait pas forcer les Rangers à l'accepter, mais il pouvait lui donner l'équipe qu'elle désirait hors de la base. Il serait ravi de partager sa propre équipe avec elle.

— Tu as pris une décision concernant ton réengagement ? demanda-t-il.

Ils avaient longuement discuté des avantages et des inconvénients qu'elle aurait en quittant l'Armée, ainsi que de ses options si elle partait, mais pour autant qu'il en savait, elle n'avait pas pris de décision finale.

— Non, lui dit-elle. Mais je songe vraiment à partir. Je me suis renseignée et j'ai une qualification nationale d'ambulancière parce que j'ai passé l'examen, mais je dois obtenir ma licence pour l'État du Texas. Et si je n'ai pas encore regardé s'il y avait des emplois disponibles, je suis presque certaine de pouvoir en trouver un. Si ce n'est pas ici, alors au moins à Austin.

— Qu'est-ce qui te retient ? demanda Brain.

— C'est juste que... j'ai l'impression de faire du tort à toutes les autres femmes qui luttent encore pour intégrer les unités de combat.

— Ne dis pas ça, répliqua Brain en secouant la tête. Tu ne peux pas penser comme ça. Aspen, tu as déjà franchi tellement de barrières. Tu es rattachée à une équipe de Rangers. Et merde ! À toutes fins utiles, tu *es* une Ranger. Même si tu démissionnes maintenant, personne ne peut te retirer ça. Et comme te l'a montré ton nouveau sergent de peloton, tout le monde ne pense pas comme Derek. Même *lui* ne voyait aucun inconvénient à ta présence jusqu'à ce que son ego en prenne un coup quand tu n'as plus voulu sortir avec lui. Il en a fait une affaire personnelle, ce qui est une belle connerie.

— Merci, dit doucement Aspen. Les derniers mois ont

été vraiment stressants. Un jour, je suis déterminée à m'accrocher, et le lendemain, je suis à deux doigts de jeter l'éponge.

— Ce soir, tu n'as pas à songer à ta décision. Tu peux profiter de passer du temps avec nos amis.

Elle sourit.

— Je ne suis pas certaine de pouvoir dire que ce sont *mes* amis, puisqu'on ne s'est vus qu'une seule fois, avant mon déploiement.

— Ce *sont* tes amis, lui dit fermement Brain. N'en doute jamais. Si tu as besoin de quoi que ce soit, tu peux appeler n'importe lequel d'entre eux et ils se plieront en quatre pour t'aider sans poser la moindre question.

— Ça serait pour toi, dit-elle, pas pour moi.

— Pour le moment, peut-être, oui. Mais quand tu les connaîtras mieux ? Non, dit Brain.

— Tu sais, cette première fois a peut-être été un coup de chance, dit-elle. Une fois qu'ils auront vraiment appris à me connaître, ils ne m'apprécieront peut-être pas.

— N'importe quoi. Tu es aimable, lui dit-il. Et tu *me* supportes. C'est suffisant.

— Parce que tu es vraiment difficile à supporter, plaisanta-t-elle en levant les yeux au ciel.

Brain rit avec elle, puis il lui enfonça les doigts dans les côtes et la chatouilla.

Aspen poussa un cri perçant et essaya de s'éloigner de lui, mais Brain s'accrocha.

Ils étaient tous les deux en train de rire quand ils entendirent quelqu'un s'éclaircir la gorge à proximité.

Brain se tourna et vit que Trigger et Gillian étaient entrés. Il redressa le dos et passa un bras autour d'Aspen, la tournant vers leurs invités.

— Oh, bonjour, dit-il en souriant toujours.

Gillian lui rendit son salut et dit :

— J'apprécie Aspen *plus* qu'avant. Je suis fan de toute personne capable de te faire rire comme tu viens de le faire.

Aspen leva les yeux vers lui.

— Tu ne ris pas beaucoup ?

Gillian répondit avant que Brain ne puisse le faire.

— Oh, non. Il n'est pas aussi maussade que Doc, mais il s'en rapproche.

Aspen regarda Brain pendant un moment avant de se retourner vers Gillian.

— Laisse-moi t'aider.

Elle tendit la main vers la bouteille de vin que portait l'autre femme, et Gillian la lui remit avec plaisir.

Trigger salua Brain du menton.

— Désolé d'avoir interrompu quelque chose. Je n'aurais pas dû entrer sans prévenir.

— Pas de problème. Tu sais que tu es ici chez toi, lui dit Brain.

— Oui, mais maintenant que tu as Aspen, je ne voudrais pas me faire botter le cul si j'entre et que je vois quelque chose qui devrait rester privé.

Brain ricana et hocha la tête.

— D'accord, bien vu.

— Allons, donc, marmonna Aspen. Ce n'est pas comme si on allait se foutre à poil cinq minutes avant que les gens soient censés arriver.

Gillian secoua la tête.

— Il ne faut pas dire *jamais* devant ces garçons, contra-t-elle.

Ils éclatèrent tous de rire.

On toqua à la porte, mais avant que Brain ne puisse aller répondre, Oz, Lucky et Doc entrèrent.

— On a entendu dire qu'il y avait une fête, dit Oz d'un ton joyeux.

Grover et Devyn arrivèrent ensuite, et Lefty et Kinley n'étaient pas trop loin derrière.

Les quatre femmes se réunirent rapidement dans la cuisine, réapprenant à se connaître. Brain n'avait pas vraiment envie de quitter Aspen, mais Trigger l'écarta.

— Elle sait se débrouiller toute seule, lui dit-il.

— Bien sûr. Je voulais juste m'assurer qu'elles avaient tout ce dont elles ont besoin, bluffa-t-il.

Trigger lui adressa un sourire entendu, mais il n'émit aucun commentaire.

Heureusement, c'était une belle journée, et les sept hommes s'installèrent sur le porche de Brain pour discuter. Normalement, Brain aimait passer du temps avec son équipe en dehors du travail. Juste pour se détendre et profiter d'être ensemble. Mais ce soir-là, il ne pouvait pas empêcher son regard d'errer vers l'intérieur, où Aspen discutait toujours avec les femmes. Elle avait l'air de passer un bon moment et il n'aurait vraiment pas voulu l'abandonner si elle était mal à l'aise.

— Vous avez eu le temps de traduire la dernière connerie de Shahzada ? demanda Lefty.

Découvrant que détourner son attention d'Aspen était plus difficile qu'il ne l'avait cru, Brain fit de son mieux pour se concentrer sur la conversation.

Shahzada n'avait guère perdu de temps, ordonnant à l'un de ses disciples de lire un manifeste sur une station de radio locale, se plaignant du fléau du monde occidental qui signerait la déchéance de leur mode de vie et de leur religion. Il avait également menacé tous les Américains qui travaillaient dans la région et les avaient prévenus que personne n'était en sécurité.

Brain hocha la tête vers Lefty et rapporta tout ce qu'il avait pu déchiffrer du message, ce qui conduisit à une longue discussion politique sur la présence des États-Unis au Moyen-Orient.

* * *

Aspen jeta un œil vers le patio et vit Kane et le reste des garçons engagés dans ce qui paraissait être une discussion intense.

— Ils parlent probablement boulot, dit Gillian en secouant la tête. Chaque fois qu'ils se retrouvent, Walker promet tout le temps qu'ils vont se détendre et ne pas parler boutique, mais ils le font toujours. Ils ne peuvent pas s'en empêcher.

Kinley éclata de rire.

— J'avais remarqué. Cela dit, pour être honnête, si on va les rejoindre, ils arrêteront.

— Bien sûr, ils ne peuvent pas laisser de simples mortels savoir de quoi ils parlent, ajouta Devyn. Même si je suppose que si tu les rejoignais, Aspen, ils ne changeraient probablement pas de sujet, puisque tu es l'une d'entre eux.

Surprise, Aspen cligna des paupières.

— Non, je ne le suis pas.

— Si, bien sûr, rétorqua Devyn.

— Je suis médecin de combat, dit Aspen.

— Certes, mais rattachée à une équipe de Rangers. Et les Rangers comptent parmi les Forces Spéciales. Comme mon frère et ses amis. Alors, tu es l'une d'entre eux, raisonna Devyn.

Aspen ne put s'empêcher d'éclater de rire.

— D'accord, mais officiellement, sur papier, je suis médecin de combat, pas Ranger. Et Kane et les autres ont une autorisation bien plus élevée que la mienne. Tout ce dont ils parlent est probablement confidentiel, tandis que la seule chose que j'ai besoin de savoir est combien de temps mon équipe sera partie et la quantité de matériel médical que j'ai besoin d'emporter.

Gillian s'appuya contre le comptoir et, après avoir pris un verre de vin, elle demanda :

— Alors... comment c'est d'être la seule femme de ton équipe ? C'est Walker qui me l'a dit, au fait. Je ne tirais pas de conclusion générale.

— C'est... difficile, dit Aspen.

Ce n'était pas le mot exact, mais il suffirait pour l'instant.

— Je veux bien te croire. Tes hommes sont-ils tous aussi beaux que ceux de notre équipe ? demanda Kinley.

Aspen ricana.

— Notre équipe ?

Kinley sourit.

— Euh, oui ! Je suis avec Gage, mais ils sont quand même tous un peu à nous.

Aspen réalisa que c'était vrai. Les hommes avaient tous accueilli les femmes avec d'énormes embrassades et une affection authentique. Ils ne les toléraient pas simplement parce que trois d'entre elles sortaient avec leurs amis.

Lorsqu'elle se rendit compte que les autres la regardaient, elle se rappela que Kinley lui avait posé une question.

— Eh bien, pour être honnête, non : ils ne sont pas aussi beaux qu'eux, dit-elle en désignant les hommes assis sur le patio. Mais ils sont musclés, avec des tablettes de chocolat et tout le toutim.

— Il n'y a pas que l'apparence qui compte chez un homme ! les gronda Devyn.

— Ah, vraiment ? la taquina Gillian. Alors les regards lascifs que je t'ai vu échanger avec Lucky n'ont rien à voir avec sa plastique ?

Devyn rougit et avala une grande gorgée de vin avant de hausser les épaules.

— Hé, je ne dis pas qu'il n'est pas agréable à regarder, mais ça ne m'engage à rien. Je l'ai déjà dit et je le redis. Les hommes n'apportent que dès ennuis.

— Alors tu préfères les filles ? demanda Aspen.

— Non. J'ai appris à mes dépens que la plupart des hommes sont des petits connards manipulateurs. Ils t'utiliseront jusqu'au bout, puis ils essayeront quand même de te faire passer pour la méchante. J'ai eu ma dose. Donnez-moi un homme gentil et timide, fils unique et sans autre famille, et je lui donnerai peut-être sa chance. Dans cinq ans. Non, dix.

Aspen avait beau trouver cela drôle, il y avait tant d'amertume dans les paroles de Devyn qu'elle fut incapable d'en rire. Elle ne la connaissait pas encore très bien, mais elle ne put s'empêcher de dire :

— Hé, si tu as envie de parler... on m'a dit que je sais très bien écouter

— Pareil pour moi, dit Kinley.

— Moi aussi, ajouta Gillian. Je crois qu'on a toutes un ex qui est un connard, et on serait ravies de partager le fardeau que tu te traînes.

— Je n'ai jamais dit que c'était un ex, marmonna Devyn avant de secouer la tête. Mais merci, les filles. Je suis juste un peu rancunière en ce moment, mais je suis sûre que ça va passer. Et en attendant, vous avez raison, il n'y a rien de mal à se faire un petit plaisir des yeux. Mais vous me pardonnerez si je dis qu'inclure mon frère dans le lot me débecte un peu.

Elles éclatèrent toutes de rire.

— Mais Grover est chaud, contra Gillian.

Devyn leva les yeux au ciel.

Aspen appréciait les piques bon-enfant que les femmes s'envoyaient. Cela faisait très longtemps qu'elle n'avait pas été incluse dans ce genre de taquineries entre amies. Et même si elle détestait savoir que Devyn traversait une période difficile, elle appréciait la voir faire de son mieux pour ne pas s'apitoyer sur son sort.

— Alors, Aspen... Brain et toi ? demanda Kinley.

Aspen dissimula son sourire dans son verre de vin. Elle s'était demandé quand la conversation s'orienterait vers Kane et elle.

— Apparemment, dit-elle.

— Je suis heureuse pour vous, dit Kinley. Brain semble... différent des autres garçons.

— Comment ça ? demanda Aspen, sincèrement curieuse de savoir ce que ses amies pensaient de lui.

— Je ne sais pas... il est moins agressivement alpha, suggéra Kinley.

C'était trop. Aspen éclata de rire.

— Alors ce n'est pas le cas ? demanda Gillian avec un sourire.

— Je vois pourquoi tu as cette impression, dit Aspen. Kane n'est pas le genre d'homme à crier sur les gens ou bien à leur donner des ordres. Et je ne sais pas exactement quelle est ta définition du mot « alpha », mais ne t'y méprends pas, il peut être aussi autoritaire que n'importe quel autre mec.

Kinley arqua un sourcil.

— Vraiment ? Parce qu'il me donne l'impression de ne pas voir d'inconvénient à passer à l'arrière-plan. Ne te méprends pas, ce n'est pas une mauvaise chose, mais ça m'étonne que tu le trouves autoritaire.

— L'autre jour, il a remarqué qu'un de mes pneus était un peu trop dégonflé. Je lui ai dit que je m'en occuperai en rentrant. Il a secoué la tête et m'a demandé de lui donner mes clés. J'ai protesté en lui disant que j'étais fatiguée et que je m'en chargerai plus tard. Il m'a répliqué qu'il allait régler ça sur-le-champ et que j'étais chez lui pour rester assise à me détendre, dit Aspen en souriant à ce souvenir.

— Walker aurait fait la même chose, commenta Gillian.

— Exactement. Une autre fois, je faisais à dîner dans mon appartement et j'avais oublié d'acheter du lait. J'en avais besoin pour la sauce que je lui préparais, alors il s'est immédiatement redressé et s'est dirigé vers la porte. J'ai essayé de le convaincre que j'allais trouver une solution, mais avant d'avoir pu achever ma phrase, il est revenu, m'a embrassée fort puis est reparti sans rajouter un mot de plus.

« Puis il y a eu la fois où sa réunion s'est terminée en avance et il savait que mon équipe et moi devions nous entraîner sur la course d'obstacles. Il est venu nous regarder et quand Derek a commencé à m'insulter pour une connerie, Kane lui a crié « yo ! » et est resté debout sur le côté du parcours, les bras croisés. Il n'a pas eu besoin de rajouter quoi que ce soit, et Derek m'a lâché la grappe et m'a ignorée durant le reste de l'après-midi. Encore une fois, je ne sais pas ce que vous considérez comme alpha, mais pour ma part, je trouve parfois Kane particulièrement intense.

— Ouah, dit Gillian. Je n'en avais aucune idée non plus. Il ne me donne tout simplement pas l'impression d'être comme ça. Il est... *le cerveau*, tu sais ?

— Non, je ne sais pas, dit Aspen un peu plus rudement qu'elle n'en avait eu l'intention.

Quand les yeux de Gillian s'écarquillèrent de surprise, elle fit de son mieux pour tempérer son ton.

— Je sais que c'est un intello, on ne peut pas le nier. Mais un homme peut être à la fois intelligent et super robuste. Je pense qu'il a été stéréotypé la majeure partie de sa vie, et je sais ce qu'il ressent, parce qu'il suffit qu'une personne voie que je suis une *femme* pour refuser de croire que je puisse être Ranger. Mais ce sont des conneries. Kane n'est pas uniquement le cerveau de l'équipe, même si tout le monde continue à essayer de le forcer à jouer ce rôle.

Muettes, les femmes digérèrent les paroles d'Aspen et Devyn déclara :

— Je ne connais pas très bien les amis de mon frère, mais je sais d'expérience que les hommes les plus discrets sont parfois ceux dont il faut le plus se méfier.

Une fois de plus, Aspen aurait voulu demander à Devyn si elle allait bien et découvrir ce qui la rongeait, parce qu'il était plus qu'évident qu'il se passait quelque chose. Mais elle n'en eut pas l'occasion, car Gillian reprit la parole.

— Je ne voulais pas t'offenser, dit-elle.

— Non, répliqua Aspen. C'est moi qui ne voulais pas t'offenser *toi*. C'est juste que... Kane est un alpha quand ça compte... quand c'est pour quelque chose qui le passionne. Et je n'insinue pas que je ne le passionne pas, mais il peut se montrer tout aussi dominant que n'importe qui, peu importe son intelligence ou le nombre de langues qu'il parle. Je pense que, quand on est dans les Forces Spéciales, c'est obligatoire.

— Merci de me pardonner. Et... je crois que personne ne doute que Brain est passionné par toi, dit Gillian avec un petit sourire. Walker n'est pas du genre à se livrer aux confidences, mais il a mentionné plus d'une fois que cela faisait des années que Brain n'avait pas eu l'air aussi heureux.

Cela plaisait à Aspen. Beaucoup.

— Je suis désolée d'avoir raté votre mariage, dit-elle à Gillian. J'ai entendu dire que c'était génial. Et je suis jalouse des sneakers Converse roses à paillettes qu'on m'a dit que tu portais.

Gillian rayonna.

— Merci. Elles sont vraiment super. Et merci d'avoir suggéré à Brain de préparer des hors-d'œuvre pour notre réception. Ça s'est vraiment bien passé.

— Je t'en prie, dit Aspen avec un sourire.

Juste alors, la porte menant à la terrasse s'ouvrit et les sept hommes entrèrent dans la maison à la queue leu leu.

— J'espère que vous avez faim ! dit Oz en brandissant un plateau de hamburgers. La viande est prête.

— On en parlait, oui, marmonna Devyn à mi-voix.

Aspen dut se retenir d'éclater de rire. Elle décida de se tourner pour sortir la cocotte du four.

En quelques minutes, les bruits de conversation qui avaient rempli la petite maison se tarirent alors que tout le monde commença à manger. Entre les accompagnements que les autres avaient apportés et les hamburgers, qui étaient cuits à la perfection, le repas était l'un des meilleurs qu'Aspen avait mangé depuis longtemps.

Certains des garçons mangeaient debout, cédant la table aux femmes. Ils émirent quelques plaisanteries et firent beaucoup de compliments sur la nourriture, et Aspen chérit chaque seconde.

Une heure et demie plus tard, tout le monde s'était installé dans le salon de Kane pour raconter des histoires et plaisanter. Ils lui avaient fait le résumé du mariage de Gillian et Trigger, et lui avaient raconté que Winnie avait été hilarante pendant la réception.

Aspen était assise sur le sol en face de Kane, qui était sur le canapé. Elle avait les bras drapés sur ses jambes, qui étaient étirées de part et d'autre d'elle.

Gillian était assise à côté de Trigger à l'autre extrémité du canapé, et Devyn était installée entre Kane et Trigger.

Kinley était sur les genoux de Lefty dans le fauteuil, et les autres hommes étaient répartis dans la pièce. Certains étaient debout, d'autres assis. Mais tout le monde semblait à l'aise et détendu, ce qui fit tira à Aspen un sourire de contentement. Ce n'était pas sa maison, ce n'était pas sa fête, mais quelque part, elle avait l'impression que c'était le cas.

Peut-être parce qu'elle y avait passé beaucoup de temps au cours du mois et demi qui venait de s'écouler.

Oz était en train de raconter une histoire amusante sur la fois où ils n'avaient pas compris la culture locale d'un pays dont il tut le nom, et tous les problèmes que cela leur avait causés, lorsque le téléphone de Grover sonna.

Celui-ci se tenait de l'autre côté de la pièce, appuyé contre le mur. Il sourit quand il jeta un œil à l'écran et ne prit pas la peine de sortir pour prendre l'appel.

— Bonjour, Maman, comment vas-tu ? Je vais bien. Non, tu n'interromps rien. Je suis juste chez Brain avec l'équipe. Oh, et Devyn est là aussi… Ah, non ? Grover regarda sa sœur en fronçant les sourcils.

Aspen regarda Devyn et la vit secouer la tête en direction de son frère.

— Tu veux lui parler ? lui demanda Grover.

Puis, lorsque sa mère répondit apparemment par l'affirmative, il amena le téléphone à l'endroit où sa sœur était assise.

— Maman veut te parler.

— Non, murmura Devyn. Je n'ai pas envie de lui parler.

Surpris, Grover cligna des paupières.

— Pourquoi pas ?

— Parce que.

— Ce n'est pas une réponse, dit Grover à sa sœur. Parle-lui. Elle dit que tu ne l'as pas appelée depuis que tu as déménagé ici.

— Je sais, et j'ai peut-être une bonne raison, Fred, contra sobrement Devyn.

Le frère et la sœur se contemplèrent pendant un long moment avant que Grover ne porte à nouveau le téléphone à son oreille. Il ne reprit pas sa place contre le mur, mais se tint devant le canapé et regarda Devyn pendant qu'il parlait à sa mère.

— Elle ne peut pas te parler pour le moment, Maman. Elle est en train d'aider à la cuisine. Qu'est-ce qui se passe entre vous deux ?

Il y eut un silence dans la pièce pendant que Grover écoutait ce que sa mère avait à lui dire.

— D'accord, dit Grover au bout d'un moment. Je vais lui parler.

Sur ce, Devyn en eut clairement assez. Elle quitta brusquement du canapé et se tourna vers Brain.

— Merci de m'avoir invitée ce soir. Je dois m'en aller.

Grover était toujours au téléphone et Aspen l'entendit essayer de mettre fin à l'appel pour pouvoir parler à sa sœur. Mais Devyn ne l'attendit pas. Elle s'était redressée et était déjà à la porte avant que quelqu'un ne puisse faire le moindre mouvement.

— Devyn, attends ! l'appela Grover après avoir raccroché.

Sa sœur se tourna vers lui.

— Quoi ?

— Il faut qu'on parle.

— Non, absolument pas, rétorqua-t-elle du tac au tac.

Grover se dirigea vers elle et ils restèrent tous les deux devant la porte de Kane. Mais la maison n'étant pas si grande, ils pouvaient tous entendre ce qu'ils disaient.

— Si, absolument, répliqua Grover. Pourquoi as-tu ignoré Maman ? Elle s'inquiète pour toi.

Devyn renifla d'un air moqueur.

— Qu'est-ce que ça fait ?

— Que veux-tu dire ? Bien sûr que ça fait quelque chose, dit Grover avec urgence.

— Je t'aime, Fred, dit Devyn. Mais tu ne peux rien y faire.

— Dites-moi ce qui t'arrive et j'essayerai, insista Grover.

— Maman est déçue que j'aie quitté le Missouri, dit

Devyn après un long moment. Et elle n'a pas hésité à me faire savoir à quel point j'avais tort.

— Elle est peut-être juste en train d'essayer d'aplanir les choses entre vous, dit Grover.

— Elle veut me faire « entendre raison ». Me convaincre que j'ai eu tort. Que je n'aurais pas dû quitter le Missouri et que la situation n'était qu'un gros malentendu. Mais ce n'était *pas* le cas.

Le frère et la sœur se regardèrent un moment, puis Grover tendit les bras et étreignit Devyn. Il la serra fermement et lui murmura quelque chose à l'oreille. Elle hocha la tête et se recula. Puis, sans rien ajouter, elle ouvrit la porte et s'en alla.

Lucky, assis par terre, se redressa d'un bond et se précipita à sa suite.

— Merci pour le dîner, Brain, dit-il en partant. Je vais m'assurer qu'elle rentre bien à la maison, ajouta-t-il à Grover quand il le dépassa dans le couloir.

Ce dernier hocha la tête et une seconde plus tard, Lucky avait disparu.

— Désolé d'avoir plombé l'ambiance, dit Grover lorsqu'il revint dans le salon.

— Ne t'inquiète pas, lui assura Brain.

— C'est juste que... Devyn a été si malade quand elle était petite que notre mère l'a toujours surprotégée. Je ne peux pas m'imaginer ce qui se passe ou ce qui a provoqué cette querelle entre eux.

— Elle te parlera quand elle sera prête, lui dit Gillian. Mais si tu insistes, elle se fermera encore plus. Elle a l'air plutôt têtue.

Grover émit un reniflement moqueur.

— Tu n'as aucune idée.

La conversation passa à quelque chose de moins sérieux et l'atmosphère précédente ne mit guère de temps à revenir.

— Tu as eu des nouvelles de cette fille en Afghanistan, Grover ? demanda Oz.

— Quelle fille ? demanda Aspen, sa curiosité piquée.

— La petite, dit Doc. Celle de la tente de la cantine.

— Sierra ? demanda Aspen.

— Oui, Sierra, dit Grover. Et non. Je lui ai envoyé un e-mail, mais je n'ai reçu aucune réponse. Je suppose qu'elle n'était pas vraiment intéressée.

Aspen était surprise. Elle ne connaissait pas très bien Sierra, qui était arrivée peu de temps avant qu'elle-même quitte le pays, mais elle avait toujours été extrêmement amicale, si ce n'est un peu naïve. Elle ne l'imaginait pas donner ses coordonnées à Grover pour lui mettre un vent par la suite.

— Tu crois qu'elle va bien ?

— Pourquoi est-ce qu'elle n'irait pas bien ? demanda Grover. Elle sert la nourriture. Ce n'est pas comme si elle patrouillait ou quoi que ce soit.

Aspen fronça les sourcils. Grover était évidemment toujours troublé à propos de ce qui s'était passé avec sa sœur et sa mère, et mentionner Sierra n'allait certainement pas le dérider. Aussi fit-elle de son mieux pour changer de sujet.

— Vous allez à la journée du comité d'entreprise ?

Elle parlait d'un événement planifié par l'Armée pour faire se rencontrer les soldats et leurs familles dans un cadre social. Il y avait habituellement des jeux, des courses d'obstacles, du maquillage et d'autres activités pour les enfants.

— Oui, on a tous prévu d'y aller vers onze heures et de s'y retrouver. Je sais que Ghost et son équipe y seront aussi, dit Trigger.

— Ghost ? demanda Aspen.

— C'est le leader d'une ancienne équipe Delta, lui dit

Kane en se penchant en avant pour poser les bras sur ses épaules.

Assise sous lui sur le plancher, c'était comme s'il l'étreignait du dessus et par-derrière en même temps. Aspen aimait se sentir entourée par lui.

— Lui et son équipe sont à présent en retraite, mais ils sont encore très impliqués dans la formation et dans la planification des missions.

— Un de ces hommes est le père d'Annie, n'est-ce pas ? demanda Gillian.

— Oui, répondit Lefty.

— Qui est Annie ? demanda Aspen.

— Désolé, oui, Annie a treize ans, je crois, et elle est incroyable. J'ai assisté à une compétition de course d'obstacles à laquelle elle participait. Elle déchirait tout, mais quand elle a vu un des enfants de son groupe en difficulté, elle a fait marche arrière, abandonnant la possibilité d'arriver la première.

— Impressionnant, dit Aspen.

— En effet, confirma Gillian.

— En tout cas, la réponse est oui. Nous serons tous là. Tu y vas avec ton équipe ? demanda Doc.

Aspen se raidit et Kane lui pressa les épaules.

— Non, lui dit-elle. Enfin, on n'en a pas parlé. Je ne... On ne passe pas de temps ensemble après le travail comme vous le faites.

— C'est dommage pour eux, dit doucement Kane derrière eux.

— Eh bien, tu peux venir passer un bon moment avec nous, lui dit Kinley avec un sourire.

— Merci. Ça me plairait.

— Sur ce, il commence à se faire tard et on devrait probablement vous sortir des pattes, dit Lefty.

Aspen ne put s'empêcher de ricaner. Il n'était pas si tard,

et il était évident que Lefty voulait juste rentrer chez lui pour passer du bon temps avec Kinley. Ils s'étaient dévorés du regard toute la soirée, et à la façon dont Kinley se tortillait sur les genoux de Lefty, elle était ravie de rentrer chez eux.

Ils se mirent tous d'accord et bientôt, Aspen et Kane restèrent seuls dans la maison. Après avoir salué tout le monde à la porte, elle se tourna vers lui.

— J'ai dit quelque chose qu'il ne fallait pas ? plaisanta-t-elle.

Kane ricana et la plaqua contre lui, la ramenant à la salle de séjour. Il l'attira alors sur le canapé et s'y adossa, l'entraînant avec lui.

À côté de lui, Aspen s'étira avec joie. Elle avait des choses à faire. Sortir les poubelles, nettoyer les comptoirs, laver la vaisselle, pourtant elle préférait rester là où elle était.

— Ne le prends pas personnellement. C'est souvent comme ça que les choses se terminent. Quand une personne en a assez, généralement, tout le monde suit le mouvement. Je les verrai très bientôt au travail.

— C'est vrai, réfléchit Aspen.

— Alors... Qu'en penses-tu ?

— De tes amis ? lui demanda-t-elle en se calant sur le coude pour le regarder.

— Oui.

— Ils sont tout aussi géniaux que lors de notre première soirée ensemble. C'est comme s'il ne s'était pas écoulé plusieurs mois depuis.

— En dépit de la prise de bec entre Grover et Devyn, dit Kane avec un soupir.

— Honnêtement ? Ça m'a fait me sentir encore plus proche de tout le monde, lui dit Aspen. Attention, je ne me ravis pas qu'ils aient un problème, mais le fait qu'ils n'aient pas hésité à s'exprimer devant vous tous... Ça signifie simplement qu'ils vous font confiance. Qu'ils se sentent à l'aise avec toi. Étrangement, c'était agréable. Je ne sais pas si ce que je dis a un sens.

— Si, la rassura Kane.

Aspen reposa la tête sur sa poitrine.

— Je suis contente pour toi, Kane.

— À quel sujet ?

— Tu as des amis qui sont comme une famille pour toi.

— Ils deviendront aussi ta famille, si tu les y autorises, lui dit-il doucement.

— Je sais. Et ça me fait peur.

— Ça ne devrait pas, dit Kane. Ce sont de bonnes personnes. Si tu as besoin de quoi que ce soit, ils seront là pour toi.

Aspen digéra ses paroles. C'était bon. Et elle adorait savoir que Kane avait des amis aussi loyaux pour le soutenir. Cela faisait paraître moins effrayantes les missions vers lesquelles elle savait qu'il finirait par être envoyé. Trigger, Lefty, Oz, Lucky, Doc et Grover feraient tout ce qu'il fallait pour s'assurer que Kane rentre à la maison... et c'était réciproque. Elle ne pouvait pas dire la même chose de sa propre équipe, ce qui était désespérant.

Alors qu'elle se rapprochait du moment où elle allait devoir décider de se réengager ou pas, Aspen savait déjà qu'elle penchait de plus en plus vers la sortie. Cela la rendait triste, car elle avait été vraiment heureuse le jour où elle avait appris qu'elle était rattachée à une équipe de Rangers. Malgré tous ses efforts, elle n'avait pas réussi à s'intégrer, pas comme elle l'aurait voulu.

Et pour la première fois, elle se demanda si sa présence dans l'équipe empêchait les autres hommes de tisser des liens entre eux comme ils auraient dû le faire.

Cette pensée était douloureuse, mais elle ne pouvait pas nier qu'elle était peut-être vraie.

— À quoi penses-tu aussi fort ? demanda Kane.

— À rien de bien méchant, dit Aspen.

Comment aurait-elle pu admettre à haute voix qu'elle avait l'impression d'avoir échoué ? Autrefois, elle avait voulu faire une différence. Ouvrir la voie à d'autres soldates afin qu'elles puissent rejoindre les unités de leur choix.

— Je suis fier de toi, murmura Kane. Tu t'es démenée pour arriver là où tu es aujourd'hui, et même si ton équipe ne peut pas le comprendre, j'ai vu de mes propres yeux que tu es un véritable atout pour l'Armée et pour les Rangers.

Et cela suffit pour qu'Aspen se sente mieux.

— Merci, lui dit-elle à voix basse.

— Je sais qu'on n'en est pas encore là, sauf pour une seule nuit – et je ne sais pas si je peux la compter puisqu'elle était accidentelle –, mais... tu veux rester ce soir ?

Le cœur d'Aspen s'emballa.

— Pas pour le sexe. Juste pour dormir. On n'a pas besoin d'aller bosser demain matin, et je pensais que ce serait agréable de m'endormir en te tenant dans mes bras, et puis de voir ton joli minois en me réveillant.

Aspen ne s'imaginait rien de mieux. Elle se redressa pour le regarder à nouveau.

— Ça dépend... Que vas-tu me préparer pour le petit déjeuner ?

Il sourit.

— Tout ce que tu veux, *hubibi*.

— Je ne vais même pas essayer de deviner de quelle langue il s'agit, dit-elle en riant.

— C'est de l'arabe.

— Ah oui... Et je te taquinais. Je ne suis pas fana des petits déjeuners. Tant que tu as du café, je suis partante.

— J'ai du café, lui dit-il en souriant. Et je peux même

aller acheter des donuts ou des kolaches frais si tu en as envie.

— Oooh, oui, lui répondit Aspen.

— C'est d'accord.

Elle posa la tête sur sa poitrine et poussa un soupir de contentement. Elle aimait embrasser Kane, aimait la façon dont il posait toujours la main sur sa nuque et la maintenait en place pendant qu'il prenait ce qu'il désirait. Mais elle aimait aussi *cela*. La sensation de sa main sur son dos qui la caressait doucement. Le son de son cœur qui battait dans sa poitrine, juste sous son oreille.

Pour la première fois, elle s'avoua qu'elle était accro à Kane Temple. Il ne se passait pas une journée sans qu'elle ne pense à lui. Le fait qu'ils parvenaient également à se retrouver dans la même pièce ensemble, mais chacun de son côté, était la cerise sur le gâteau. Elle n'avait pas à le divertir ; il n'avait pas à l'occuper. Ils étaient à l'aise ensemble, et c'était quelque chose qu'elle n'avait jamais connu avec qui que ce soit d'autre dans sa vie.

Il se pouvait que Kane soit *l'homme de sa vie*.

Elle s'imaginait avec lui dans cinquante ans, allongés comme cela, profitant du fait d'être ensemble. Et cette idée lui plaisait... vraiment beaucoup.

CHAPITRE TREIZE

Le parc était bondé.

Aspen n'avait pas connu une fête d'entreprise depuis très longtemps. Puisqu'elle n'avait pas d'enfants et qu'aucune des équipes qu'elle avait fréquentées n'y avait participé ensemble, elle ne s'y était jamais rendue.

Mais se promener avec Kane et leurs amis était génial. Elle aimait particulièrement tenir la main de Kane. Puisqu'il s'agissait d'un événement social et qu'ils étaient en civil, les manifestations publiques d'affection n'étaient pas mal vues. Kane lui avait saisi la main dès qu'ils étaient sortis de sa voiture et il ne l'avait pas lâchée une seule fois.

Ils avaient retrouvé son équipe et avaient fait le tour du parc, parcourant le terrain. Elle eut l'impression que Kane avait dit bonjour à tout le monde. Parfois, il s'arrêtait pour discuter pendant une minute ou deux ; d'autres fois, il saluait simplement les gens du menton.

— Tu connais beaucoup de monde, fit-elle remarquer après avoir salué ce qui lui paraissait être la centième personne.

Il haussa les épaules.

— Ça fait un moment qu'on est stationnés ici, et l'équipe et moi essayons de rester occupés quand on est en ville, à faire du bénévolat et à apporter notre aide à droite à gauche.

— Comment se fait-il que nous ne nous soyons jamais rencontrés avant ce soir-là au bar ? demanda Aspen.

Kane la regarda.

— Ne le prends pas mal, d'accord ?

Aspen ne put s'empêcher de se tendre.

— Respire, *dar*. Et avant que tu ne puisses me le demander, c'était du kurde.

Aspen recommença à respirer.

— D'accord. Je me suis posé la question. Punis-moi.

— Jamais, murmura-t-il avant d'ajouter d'une voix plus élevée : je devine que ton équipe ne fait pas beaucoup de bénévolat à la base ?

Il avait formulé cela comme une question, mais il était évident qu'il connaissait déjà la réponse. Aspen secoua la tête.

— Bon... Donc, avant qu'on se rencontre, tes journées consistaient à aller au travail, puis à rentrer à la maison et à décompresser.

Aspen y réfléchit puis hocha la tête.

— Il était peu probable que tu nous rencontres, moi et mon équipe, dit Kane. Et ne crois pas que je te juge. Je ne le fais pas. Tu avais besoin de passer du temps loin de la base pour ta propre santé mentale. Je comprends. Étant donné la façon dont on t'a traitée, je ne peux pas te reprocher de vouloir rentrer chez toi, et ne pas passer du temps avec n'importe lequel de tes collègues.

— Je me sens toujours stupide d'être sortie avec Derek, marmonna Aspen.

— N'y pense plus. Les types comme lui sont doués pour laisser les femmes voir seulement ce qu'ils veulent qu'elles voient. Il ne t'a montré qui il était vraiment qu'après s'être fait larguer, expliqua Kane.

— Ça ne te dérange pas de parler de mes anciens petits amis ? demanda Aspen, sincèrement curieuse de connaître sa réponse.

Kane s'arrêta et posa sa main libre sur le côté de son cou, lui caressant le dessous de la mâchoire avec le pouce. C'était bon. Tellement bon.

— Non, dit-il simplement. Je ne veux pas dire que j'ai envie que tu me racontes ta vie sentimentale au coup par coup – sans faire un mauvais jeu de mots –, mais tu as trente-et-un ans et tu es magnifique. Je sais que tu as eu beaucoup de petits amis.

— Pas tant que ça, lui dit-elle.

Kane se contenta de sourire.

— J'aime avoir une petite amie plus âgée et plus sage.

— Je n'ai qu'un an de plus que toi, Kane, ne t'emballe pas.

Mais il sourit davantage.

— Tu es une couguar. *Grrrrrr*.

Aspen éclata de rire et lui poussa l'épaule d'un geste amical.

— Arrête.

Kane l'attrapa par la taille et la serra contre lui. Il se pencha et l'embrassa, une rencontre violente et rapide de leurs lèvres qui se termina trop rapidement.

Et à cet instant précis, Aspen se rendit compte qu'elle en avait assez d'attendre qu'il fasse le premier pas. Elle n'avait pas insisté pour qu'ils fassent évoluer leur relation physique. Mais sentir le corps dur de Kane contre le sien au milieu de ce carnaval familial lui provoqua une poussée de désir. Elle avait envie de lui. Vraiment.

— À quoi pensais-tu ? demanda-t-il.

S'humectant les lèvres, Aspen se colla à lui et passa les

bras autour de ses épaules. Elle lui caressa l'oreille avec le bout du nez pendant un instant, puis elle murmura :

— J'ai adoré dormir avec toi hier soir.

Elle l'entendit acquiescer d'un grognement profond.

Se sentant audacieuse, Aspen mordilla le lobe de son oreille, aimant sentir un frisson le parcourir.

— Je peux encore rester chez toi ce soir ? demanda-t-elle.

— Tu es la bienvenue quand tu veux, dit-il à voix basse.

Puis il posa les mains sur sa taille et elle en sentit une glisser sous son tee-shirt. Elle aurait vraiment voulu que cette main ne se contente pas de lui caresser tendrement le bas du dos ! Elle aurait voulu sentir ses mains partout.

— J'ai envie de toi, avoua-t-elle doucement dans son oreille.

Tous les muscles du corps de Kane se tendirent. Elle sentit sa verge durcir contre elle… et elle sourit.

Il se recula, mais la garda plaquée contre lui, l'étudiant pendant un long moment.

— Tu en es certaine ? lui demanda-t-il enfin.

— Oui, répondit simplement Aspen.

Puis il afficha le plus beau sourire du monde.

Elle aurait pu le regarder sourire toute la journée, mais ils furent interrompus par des cris pas très loin d'eux. Ils se tournèrent ensemble vers un groupe de garçons debout sur les installations pour la course d'obstacles qui avait été organisée sur le côté du parc. Ils faisaient face à une fille qui se tenait debout, les mains sur les hanches.

— Merde, c'est Annie, dit Kane en regardant autour de lui. Je ne vois pas Fletch ou Emily. Allons-y, dit-il en s'écartant d'elle pour se diriger vers les enfants.

Aspen ne savait pas qui étaient Fletch et Emily, mais elle reconnut le nom d'Annie. C'était la petite fille que Gillian avait vue participer à une course d'obstacles plusieurs mois auparavant. Elle était la fille d'un des Deltas d'une autre équipe. Alors qu'ils se dirigeaient vers la confrontation, Aspen n'aperçut pas non plus les hommes de l'équipe de Kane. Ils devaient être restés accaparés l'un par l'autre pendant plus longtemps qu'elle ne l'avait cru, et l'équipe de Brain avait poursuivi son chemin sans eux pendant qu'ils continuaient à se promener dans le parc.

— Tu es une fille, railla un des garçons. Tu ne peux pas jouer avec nous.

— Et pourquoi pas ? demanda Annie, l'air irrité.

— Parce que, dit un autre garçon. Tu es plus lente et plus faible.

— C'est pas vrai ! protesta Annie.

— Si !

— Mon père dit que les filles devraient rester dans leur coin et devenir ballerines ou pom-pom girls, et laisser les hommes faire les choses dangereuses.

Aspen fronça les sourcils en entendant cela. Elle n'aimait pas savoir qu'il y avait encore des hommes qui pensaient ce genre de choses. Elle était encore plus irritée qu'ils enseignent à leurs fils à se montrer intolérants à leur tour.

— C'est stupide, dit Annie, mais son ton était dépourvu de l'assurance dont elle avait fait preuve quelques secondes auparavant.

— Pourquoi est-ce que tu ne vas pas à la tente des activités artistiques, pour fabriquer quelque chose dont tu pourras te servir dans la cuisine ? se moqua un des garçons.

Avant qu'Aspen et Kane n'aient pu les rejoindre, Annie s'était jetée en avant pour donner un coup de pied dans le tibia du jeune garçon qui venait de parler. Elle se dirigea alors d'un pas vif vers le parcours d'obstacles, ignorant les autres garçons qui lui criaient après.

— Je m'occupe d'Annie, si tu t'occupes des garçons, dit Aspen à Kane.

Il hocha la tête et elle vit un muscle se contracter dans sa mâchoire.

Pressant la main de Kane avant de la lâcher, Aspen gagna au pas de course l'endroit où Annie était allongée sur le ventre, rampant sous un ensemble de cordes accroché au ras du sol.

— Hé, dit-elle en s'approchant.

Annie leva les yeux, mais ne répondit pas.

— Je m'appelle Aspen. Tu es Annie, n'est-ce pas ?

— Comment connaissez-vous mon nom ? Je ne suis pas censée parler à des inconnus, dit-elle d'un ton boudeur.

— Mon petit ami est ami avec ton père, lui dit Aspen.

Elle ne savait pas si Kane connaissait très bien Fletch, mais elle se dit que cela n'avait aucune importance pour le moment.

Annie haussa simplement les épaules.

— J'ai entendu ce que ces garçons t'ont dit. J'espère que tu n'as pas pris leurs paroles trop à cœur.

La petite fille émergea des cordes, mais elle ne se redressa pas. Elle resta allongée sur le ventre et leva les yeux vers Aspen.

— Qu'est-ce que ça peut vous faire ?

Sa rébellion adolescente n'était pas vraiment inattendue et, devant son désarroi, Aspen décida de passer l'éponge.

— Je déteste quand les garçons disent des choses qui sont aussi manifestement fausses. C'est vrai que *certaines* filles sont moins fortes que les garçons, mais une généralisation comme celle-ci est tout simplement stupide.

Voyant qu'Annie semblait un petit peu plus encline à entendre ce qu'elle avait à dire, Aspen poursuivit.

— Je veux dire, regarde-moi. Je ne suis pas aussi grande que certains hommes, mais je ne suis pas petite non plus. Je ne peux peut-être pas faire autant de tractions que les hommes de mon équipe, mais je peux faire bien plus d'adbos.

— Dans quel genre d'équipe êtes-vous ? demanda Annie en se rasseyant et en croisant les jambes.

S'asseyant sur le sol à côté d'elle, Aspen répondit :

— Une équipe de Rangers.

Aspen sourit en voyant l'expression sur le visage de l'adolescente. À présent, elle avait toute son attention.

— Vous êtes une *Ranger* ? demanda-t-elle avec une admiration visible.

— Eh bien, pas techniquement. Je suis médecin de combat rattachée à une unité Ranger. Ça signifie que je vais partout où ils vont. Quoi qu'ils fassent, je le fais aussi. Je dois être en aussi bonne forme qu'eux pour pouvoir les suivre. Ça n'irait pas que je prenne du retard, particulièrement s'il y avait une fusillade et que quelqu'un se faisait blesser. J'ai besoin d'être là pour les soigner.

— Vous devez tuer des gens ?

Cette question fit grimacer Aspen, mais elle fit de son mieux pour y répondre honnêtement.

— Ma tâche première est de m'assurer que les gars de mon équipe restent en bonne santé. Mais oui, parfois je dois participer aux hostilités aux côtés de mon unité. Je les protège, tout comme ils me protègent. Mais ma tâche principale est d'être leur toubib, pas de tuer des gens.

— C'est ce que j'ai envie de faire, murmura Annie.

Aspen se sentit alors plus fière qu'elle l'avait été depuis très, très longtemps. Si elle pouvait inspirer une fille comme Annie, alors elle avait l'impression d'avoir réussi quelque part.

— Ce n'est pas un travail facile, la prévint-elle.

— Je sais. Mais on peut faire toutes ces choses cool sans avoir à tirer sur des gens tout le temps. C'est ce que je veux faire. Je sais que les filles ne sont pas autorisées à intégrer les Deltas, comme l'équipe de mon père, mais il m'avait dit que maintenant, il y avait des femmes dans les Rangers. J'ai lu des informations sur les Rangers sur Internet, et même si je sais que je pourrais y arriver si je m'entraîne, parce que je suis forte, je n'ai pas vraiment envie de devoir tirer sur des gens. Mais je peux devenir médecin de combat comme vous et quand même faire ce que font les Rangers.

Aspen sourit.

— J'ai la sensation que tu peux faire tout ce que tu as décidé de faire. Mais... une chose que tu vas devoir apprendre est à maîtriser ta colère. Tu ne peux pas filer des coups de pied à tout-va si tu veux devenir médecin de combat.

Annie fronça les sourcils.

— Mikey est un trou du cucul.

Aspen eut très envie de rire, mais elle parvint à se contrôler. On lui avait de toute évidence interdit de jurer et la jeune fille faisait de son mieux pour ne pas désobéir à ses parents, tout en exprimant sa pensée.

— C'est possible, mais tu rencontreras beaucoup de trous du cucul si tu veux devenir médecin de combat rattachée à une équipe de Rangers. Beaucoup de gens pensent encore que les femmes sont physiquement incapables d'effectuer ce travail. Et ils te le répèteront encore et encore, pour essayer de te faire jeter l'éponge. Et tu devras aussi bosser deux fois plus qu'un homme pour décrocher ce poste. Ce n'est pas juste, mais si tu en as vraiment envie, tu pourras montrer aux officiers responsables que tu es la personne la plus adéquate pour ce travail, et si tu peux y parvenir sans te mettre en colère, alors tu y arriveras.

Annie l'étudia un moment.

— C'est difficile d'être une fille, dit-elle au bout d'une minute.

Aspen éclata de rire.

— Ça peut l'être, surtout lorsque tu veux faire quelque chose qui, par le passé, a surtout été fait par des garçons. Mais ça ne signifie pas que tu ne devrais pas poursuivre tes rêves. Ce sera peut-être plus difficile, mais lorsque tu auras touché au but, tu te sentiras deux fois mieux que ce garçon, parce que tu auras bossé dur afin d'y parvenir.

Annie hocha la tête.

— On m'a dit que tu étais plutôt douée pour la course d'obstacles.

— C'est vrai, dit Annie sans la moindre fausse modestie.

— Tu veux qu'on le fasse ensemble ? demanda Aspen.

— Bien sûr.

Aspen se redressa avec Annie et elles se rendirent au début de la course d'obstacles. Kane avait fini de parler avec les garçons et se tenait sur le côté, discutant avec son équipe. Gillian et Kinley étaient là aussi, et elles agitèrent toutes les deux la main quand elles virent Aspen regarder dans leur direction. Aspen leur rendit son salut, puis elle braqua à nouveau son attention sur Annie.

— Passez en premier, dit Annie, et encore une fois, Aspen dut dissimuler son sourire.

Il était évident que la jeune fille doutait qu'Aspen sache gérer le parcours d'obstacles. Elle allait adorer lui prouver le contraire.

Se félicitant d'avoir décidé d'enfiler un short en jean et un tee-shirt large, Aspen adressa un signe du menton à Annie et se lança sur le parcours. Conçu pour des enfants, il n'était pas très difficile, mais ce n'était pas non plus une promenade de santé.

Elle rampa sous les cordes, courut vers le mur et le franchit sans la moindre hésitation. Puis elle grimpa jusqu'au sommet d'un poteau et fit tinter la cloche qui le surmontait avant de se laisser glisser vers le sol. Elle bondit par-dessus trois troncs d'arbre et fit un bond pour attraper une barre horizontale. Faisant glisser une jambe par-dessus, elle se tortilla pour la parcourir, s'aidant de ses mains avant d'utiliser les muscles de sa jambe pour grimper sur la dernière poutre. Puis elle s'assit dessus et atteignit la cloche suspendue au-dessus de sa tête.

Entendant des applaudissements, Aspen baissa les yeux et vit Annie faire des bonds en applaudissant avec enthousiasme. Elle avait attiré un public, et tous ceux qui l'avaient regardée se mirent aussi à l'applaudir. Rougissante, Aspen fit la culbute et resta suspendue à la poutre par les mains pendant une seconde avant de retomber au sol.

— Vous êtes douée ! dit Annie, les yeux étincelants. Vous voulez bien m'apprendre à faire ce truc avec ma jambe sur la barre ? Mes bras sont généralement vraiment fatigués au moment où j'arrive à ce point et j'ai du mal à me hisser pour parvenir jusqu'à la cloche.

Appréciant qu'Annie lui demande son aide, Aspen déclara :

— Bien sûr. Je serais ravie de t'aider. N'oublie pas, tu es forte, mais tu dois faire ton possible pour conserver tes forces. Il faut travailler plus intelligemment, pas plus fort. Et ça veut dire utiliser les muscles de tes jambes chaque fois que tu le peux.

Annie hocha la tête.

— Allez, commençons par le début. Tu me montres ce que tu sais faire, et je te donnerais des conseils en route, d'accord ?

— Génial ! J'ai ma propre coach qui est médecin de combat avec les Rangers ! C'est super cool !

Faisant volte-face pour retourner au début du parcours, Aspen pilla net quand elle faillit emboutir Derek.

— C'est quoi ces conneries, Mesmer ? cracha-t-il.

Aspen ne savait pas pourquoi Derek était en rogne, mais

elle fit rapidement un pas de côté, venant se positionner entre Annie et son ex. Il ne lui donna pas l'occasion de dire quoi que ce soit.

— C'était déjà nul qu'on ait dû te supporter dans notre équipe, mais maintenant, on me dit que tu songes à ne pas te réengager ? Pas étonnant que tu démissionnes. Tu aurais dû partir il y a longtemps et nous donner la chance d'entraîner un *véritable* médecin de combat. Quelqu'un qui ne diviserait pas l'équipe comme tu l'as fait.

Aspen vit rouge.

— Comment oses-tu ! siffla-t-elle. Comment *oses*-tu minimiser tout ce que j'ai fait pour les Rangers. Je suis autant une Ranger que toi, probablement plus. J'ai bien intégré ma formation et je n'aurais *jamais* abandonné un coéquipier. Contrairement à toi, qui as abandonné trois coéquipiers, dont deux étaient *blessés*. Ils seraient morts si cette équipe de Delta ne nous avait pas retrouvés.

— Un vrai Ranger aurait été capable de gérer, répliqua Derek.

— J'ai géré, rétorqua Aspen. Pendant que tu étais occupé à te mesurer aux Deltas, à avoir peur de passer pour un nul s'ils retrouvaient Akhund avant toi. On y avait passé un mois et demi sans parvenir à l'attraper, et ils ont réussi là où nous avons échoué en moins d'une *semaine*. C'est *toi* qui as l'air d'un con de nous avoir abandonnés, moi, Holman et Vandine, *pas moi*.

Derek la fusilla du regard et Aspen pointa le menton. Elle décelait de la colère dans son regard. Cette situation était complètement folle ; elle n'avait absolument *rien* fait pour qu'il soit en rogne contre elle. Mais là encore, le simple fait qu'elle existait paraissait lui mettre les nerfs en pelote.

— Arrêtez, Spence, dit une voix profonde dans son dos.

Aspen n'eut pas à se retourner pour savoir que c'était Kane.

— Restez en dehors de ça, *Brain*, gronda Derek.

— Je suis déjà impliqué, lui rétorqua-t-il en venant se placer aux côtés d'Aspen.

Elle appréciait vraiment qu'il ne vienne pas se placer devant elle, la poussant derrière lui. Cela l'aurait tout autant énervée que les paroles de Derek.

— Regardez autour de vous, dit Kane. Vous êtes en plein milieu d'un parc, entouré de vos pairs. Allez faire un tour.

Derek inspira profondément et serra les poings, mais il fit un pas en arrière.

— Elle n'est *pas* une de mes pairs, assena-t-il. On n'en a pas terminé, Mesmer. Tu ne peux pas intégrer mon équipe et tout foutre en l'air, puis déguerpir comme ça.

— Je ne fais pas partie de *ton* équipe... et je n'abandonne pas, lui dit Aspen. J'ai fait tout mon possible pour être acceptée. J'ai suivi le même entraînement, j'ai survécu aux mêmes situations merdiques que vous autres. J'ai étudié à fond et j'ai décroché mon diplôme d'ambulancière de l'État du Texas, juste pour prouver que je sais ce que je fais en matière de sécurité. J'ai même sauvé la vie de deux Rangers ! Pourtant, chaque fois que j'ai cru progresser avec *mon* équipe, tu as fait quelque chose pour le saboter. J'en ai marre de tes conneries, Derek. Tu as de la chance que je ne me sois pas plainte que tu nous fasses bosser dans des conditions dangereuses... et les centaines d'autres petites choses que tu as faites.

Derek la fusilla du regard, regardant brièvement derrière elle, puis il se retourna brusquement et s'en alla.

Aspen poussa un soupir frustré. Elle aurait dû être soulagée qu'il ne l'ait pas attaquée, mais elle était simplement en colère que les choses entre eux se soient détériorées aussi rapidement.

— Je ne sais absolument *pas* ce que j'ai pu lui trouver, marmonna-t-elle entre ses dents.

— C'était super chaud, dit quelqu'un derrière elle.

Aspen se retourna et vit Trigger, Lefty, Oz, Doc, Lucky et Grover. Leur présence ne la choqua pas, mais elle fut surprise de voir les sept hommes derrière *eux*.

— *Chérie*, permets-moi de te présenter une autre équipe Delta avec laquelle nous sommes amis. Voici Ghost, Fletch, Coach, Hollywood, Beatle, Blade et Truck.

— Quel idiot ! dit l'homme surnommé Hollywood en levant les yeux au ciel.

— Papa ! Tu as vu ? C'était trop cool ! dit Annie avec enthousiasme.

Les muscles de Fletch se détendirent visiblement quand il entendit les paroles de sa fille.

— Oui, ma puce. J'ai vu.

— Il va nous poser un problème ? demanda Truck.

Aspen leva les yeux vers lui. Il faisait pratiquement trente centimètres de plus qu'elle et était tout en muscles. Mais elle n'avait pas peur de lui. Comment aurait-elle pu, alors qu'il était de toute évidence de son côté ? Elle soupira.

— Oui, mais je gère, dit-elle à Truck et aux autres.

— Je devrais peut-être parler à son commandant, suggéra Ghost.

— Laissez tomber, dit Aspen en secouant la tête.

— Il vous a menacée, dit Doc. Il ne peut pas s'en tirer comme ça.

— Mais vous savez quoi, dit Aspen à la douzaine d'hommes qui l'entouraient. Ce genre de chose se produit tout le temps juste parce que je suis une femme. Je peux gérer des hommes comme Derek, parce que ce sont généralement des fanfaronnades. Il se sent menacé par moi simplement parce que je suis une meuf. Je supporte ce genre de choses depuis que j'ai rejoint l'Armée il y a huit ans. *Huit ans.*

— Ce n'est pas juste, dit Lefty.

— En effet, ce n'est pas juste, en convint Aspen. Mais ça ne signifie pas que ça ne se produit pas. Si vous voulez être utile, observez comment vous interagissez avec les femmes avec lesquelles *vous* travaillez. Vous leur parlez d'un ton méprisant ? Vous pensez qu'elles ne sauront pas gérer quelque chose à cause de leur sexe ? La discrimination est à la fois un état d'esprit et une décision consciente. Ce n'est pas parce que vous pensez que vous n'êtes pas discriminatoire que vos actes ne le sont pas.

Ils la regardèrent tous en silence et Aspen se sentit mal à l'aise pour la première fois. Elle ne faisait pas souvent de beaux discours. Elle préférait gérer les choses en silence.

— Vous voulez dire comme lorsque Papa tient la porte pour Maman ? demanda Annie.

Souriante, Aspen se tourna vers la petite fille.

— Il y a la politesse, et puis le dénigrement. Il y a une différence.

Voyant Annie plisser le front, Aspen tenta de trouver un exemple.

— Tu vois, quand ton père tient la porte, ou bien porte les sacs de courses, ou veux que votre mère lui fasse savoir qu'elle est bien rentrée pendant qu'il est au travail et ne peut pas être là pour l'accueillir... c'est de la politesse. C'est une manière d'aimer une personne et de vouloir la protéger.

« Mais quand on suppose qu'une fille veut porter du rose au lieu du bleu, ou quand un enseignant passe plus de temps avec les garçons pendant les cours de math et de science, tandis qu'il encourage les filles à dessiner ou à écrire, *c'est* de la discrimination. Un homme qui est promu au lieu d'une femme, alors que la femme est plus qualifiée, c'est de la discrimination. Un père qui dit à sa petite fille qu'elle est jolie quand elle porte une robe ou une jupe, mais pas quand elle a un pantalon... Ça *pourrait* être de la discrimination.

— Je voulais m'inscrire à un atelier à l'école, pour pouvoir apprendre à réparer un moteur de voiture, mais M. Smithy, mon professeur, m'a dit que c'était pas approprié et que je devrais plutôt suivre le cours d'économie familiale, révéla Annie.

Aspen hocha la tête.

— C'est de la discrimination. Si tu veux apprendre à réparer des voitures, vas-y. Si tu veux travailler dans le bâtiment, vas-y. Mais d'un autre côté, on ne devrait pas supposer que tous les garçons veulent faire ce genre de choses non plus. Certains seraient sans doute ravis d'apprendre à coudre, à danser et à cuisiner, et ils n'ont pas envie de jouer au football ou à d'autres sports. La discrimination marche dans les deux sens.

Annie hocha la tête.

— Ce mec était un trou du cucul. Mais maintenant, vous voulez bien me montrer comment mieux faire la course d'obstacles.

Aspen entendit des ricanements tout autour d'elle. Elle avait presque oublié qu'elle avait un auditoire. Kane lui posa alors la main sur la taille, ne lui laissant pas le temps d'être embarrassée.

— Merci de nous avoir soutenus, dit Kane à ses amis.

— Vous êtes les bienvenus à ma table quand vous le voulez, lui dit Fletch. Et pour ce que ça vaut, dit-il à Aspen, on pense que tu es une super médecin. Et si les Deltas en avaient l'usage, et si on était encore en mission, on demanderait que tu sois personnellement rattachée à notre équipe.

Surprise, Aspen cligna des paupières.

— Merci.

Les sept hommes hochèrent la tête et retournèrent vers leurs familles, qui se tenaient à proximité et les regardaient. Fletch s'arrêta pour dire à Annie qu'elle avait quinze minutes avant qu'ils rentrent à la maison. La jeune fille plissa les narines, mais elle acquiesça avant de se diriger vers une femme debout à côté d'un petit garçon.

— Pas question, dit Oz d'un ton bourru. Ils n'ont pas le droit de te dérober à nous. *Notre* équipe poserait une demande officielle pour t'avoir.

Aspen ne put s'empêcher d'éclater de rire.

— Merci, les garçons. J'apprécie.

Elle regarda Annie, qui était évidemment plus qu'impatiente d'avoir l'occasion de parcourir la course d'obstacles.

— Donne-moi un quart d'heure, d'accord ? demanda-t-elle à Kane.

— Tu peux prendre tout le temps que tu veux, *dušo*.

Kinley arqua un sourcil.

Kane se pencha, lui déposa un baiser sur les lèvres puis chuchota :

— C'est du bosniaque.

— Vas-tu un jour m'appeler *ma chérie* dans notre langue ? ne put-elle s'empêcher de demander.

Kane approcha ses lèvres de son oreille et lui dit doucement :

— Quand je serai si profondément en toi qu'on sera presque en fusion... je t'appellerai ma « chérie ».

Puis il s'écarta avec un sourire et fit un pas en arrière.

— C'est méchant ! dit Aspen en se balançant d'un pied sur l'autre, se sentant devenir humide entre les cuisses.

— Pas plus que m'exciter en ayant l'air d'être prête à réduire Spence en miettes, rétorqua Kane. Puis il lui adressa un signe du menton et se tourna pour revenir à l'endroit où il s'était tenu avec son équipe avant que Derek ne sorte de nulle part.

— Kane ? l'appela Aspen.

— Oui ? répondit-il en se tournant vers elle.

— Merci d'être resté à mes côtés et pas devant moi.

Il hocha la tête et malgré la distance entre eux, Aspen put voir le respect briller dans ses prunelles.

— Prête ? demanda Annie.

Aspen acquiesça et se tourna vers elle.

— Désolée que tu aies été forcée d'entendre tout ça, dit-elle à la jeune fille alors qu'elles se dirigeaient vers le début du parcours.

Annie haussa les épaules.

— Je comprends mieux ce dont vous m'avez parlé tout à l'heure. Cet homme n'aimait pas que vous soyez dans son équipe.

— Exactement, confirma Aspen.

— Même si vous avez fait le même travail que lui pour y arriver, poursuivit Annie.

— Correct, dit Aspen.

— Vous allez vraiment abandonner ? demanda Annie.

— Je ne le vois pas comme ça, dit Aspen. Si je vais quitter l'armée ? Oui, je pense que oui. Je me suis démenée pour donner aux femmes et aux filles comme toi la chance de faire une différence. J'espère qu'avoir aidé à ouvrir la voie *te* facilitera la tâche quand tu seras grande. Mais je suis fatiguée. Je veux une équipe comme celle de ton père. Comme celle de mes amis. Je veux savoir que je peux être certaine à cent pour cent que quelqu'un surveille mes arrières.

— Comme ils l'ont fait aujourd'hui, déclara Annie d'un ton confiant.

— Oui. Ils s'en fichent que je sois une femme. Ils m'ont quand même soutenue.

— Mon petit copain est comme ça, dit fièrement Annie.

— Tu as un petit copain ? demanda Aspen d'un ton surpris.

— Oui. Son nom est Frankie et il vit en Californie. Mais quand on sera grand, on va se marier. Je sais que je peux compter sur lui dans n'importe quelle situation, et je le soutiendrai aussi. Il est sourd et il se prend beaucoup de réflexions, mais il s'en fiche, parce qu'il sait que ce sont les autres enfants qui sont des trous du cucul, et pas lui.

Aspen ne pouvait s'empêcher de sourire chaque fois qu'elle entendait cette expression. Ce n'était pas très poli, mais comme la petite fille ne jurait pas, elle ne pouvait pas la réprimander.

— C'est bien d'avoir un petit copain comme ça.

Annie hocha la tête.

— Alors, quand vous partirez, qu'est-ce que vous allez faire ?

— Je vais utiliser ma licence d'ambulancière pour aider les gens dans la région. J'aimerais être engagée dans une compagnie d'ambulances et aller vers les gens quand ils ont besoin d'aide.

— Oh, comme quand on appelle les urgences ?

— Exactement.

— Super ! C'est ce qu'on a dû faire quand notre maison a explosé. Allez ! Je veux que vous me montriez comment être plus rapide et meilleure sur la barre !

Aspen secoua la tête. Quand sa *maison avait explosé* ? Elle allait devoir tirer les vers du nez de Kane. Pour le moment, elle voulait oublier Derek et toutes ces histoires de discrimination, et se contenter de profiter de l'enthousiasme d'Annie.

CHAPITRE QUATORZE

Brain oscillait entre la colère pour ce qu'Aspen avait subi et l'émerveillement de l'avoir vue se dépatouiller aussi bien de cette confrontation désagréable avec Spence. Il n'arrivait pas à croire que Derek ait eu le culot de s'en prendre à Aspen pendant la fête. Bien sûr, ce con avait probablement cru qu'elle était seule et qu'il pourrait dire ce qu'il voulait sans en payer le prix.

Mais Derek n'avait clairement pas prévu qu'Aspen soit disposée à lui faire front directement. Il n'avait pas non plus soupçonné qu'elle puisse avoir autant de renforts. Dès que Brain avait repéré la situation, il l'avait rejointe. Il savait que son équipe le soutiendrait et il ne fut pas surpris que celle de Ghost soit là aussi. Fletch était probablement en train de surveiller Annie, et quand il avait vu qu'il y avait de l'animation près d'elle, ils s'étaient tous mobilisés.

Mais si l'incident énervait encore Brain, Aspen paraissait l'avoir oublié. Elle avait parlé d'Annie jusqu'à ce qu'ils rentrent chez lui, et semblait très heureuse d'avoir pu aider l'adolescente.

— Elle est incroyable, dit-elle joyeusement. Elle a

compris immédiatement et s'est rendu compte que c'était bien plus rapide de se laisser glisser sur cette barre si elle enroulait sa jambe autour et s'en servait pour soulager ses bras du poids de son corps. Cela lui a donné assez de force pour pouvoir se hisser à la fin et sonner la cloche. J'ai adoré la voir sourire.

Et Brain aimait voir *Aspen* sourire. Il pressa la main qu'elle gardait posée sur sa jambe.

— Tu as bien fait.

— C'est vrai ? demanda-t-elle.

— Ça va, après ce qui s'est passé avec Spence ? ne put-il s'empêcher de s'enquérir.

Aspen soupira.

— Oui. Ça devait forcément se produire tôt ou tard. C'est un con, et je crois qu'il pensait qu'il avait l'avantage.

— Il va te causer des problèmes au travail, dit Brain. Enfin, *plus* de problèmes.

— Il va essayer, en convint Aspen.

Brain apprécia qu'elle ne balaye pas ses inquiétudes sous le tapis.

— Mais après aujourd'hui, il m'a facilité la tâche, quant à savoir si je vais rester ou pas. Demain, je dirai au major que je me retire.

— Tu le vis bien ? demanda Brain.

Il ne pouvait pas s'imaginer quitter l'Armée, mais là encore, s'il partait, c'était une famille soudée qu'il laisserait derrière lui.

— Oui. Ça va. Et j'ai hâte de découvrir ce qui m'attend. J'ai encore environ deux mois à tirer, et je suis certaine que le major m'éjectera de l'équipe pour libérer la place pour mon successeur. Ce sera probablement mieux pour tout le monde.

— C'est nul. Je suis désolé, dit Brain.

Aspen haussa les épaules.

— Tu sais quoi ? Ça me convient. Même s'ils me remplacent par un homme, j'ai quand même l'impression d'avoir aidé à faciliter les choses à l'avenir pour quelqu'un comme Annie. Elle n'aura peut-être pas autant de difficultés que moi, simplement parce qu'elle ne sera pas une des premières femmes intégrée à une unité. Du moins, je l'espère.

— Je le sais. Je suis fier de toi !

— Merci. Je suis fière de moi aussi, lui dit Aspen.

— J'ai parlé à mon commandant de l'ouragan qui se prépare dans le golfe, lui dit Brain.

Ce changement de sujet fit cligner des yeux à Aspen.

— Oui ?

— Oui. On dit qu'il va apparemment gagner en intensité et qu'il se dirige tout droit vers Houston.

— Merde, souffla Aspen. Ils ont vraiment été martelés par des tempêtes au cours des dernières années.

— C'est vrai. Et s'il continue sur la même trajectoire, on va probablement demander à des volontaires de se rendre à Houston pour aider si c'est nécessaire.

— Vous y allez ? s'enquit-elle.

Brain haussa les épaules.

— On décidera en équipe si on y va ou pas. Si quelque chose de plus important ne se présente pas par ailleurs.

Aspen émit un petit rire.

— Tu sais, par le passé, quand il y a eu des choses comme une tempête, une tornade ou un truc de ce genre, on a demandé à mon équipe si on voulait se porter volontaires, mais c'était un choix individuel. Par exemple, la dernière fois, Hamilton n'a pas pu y aller parce qu'un de ses enfants avait un truc à l'école auquel il se sentait tenu d'assister, et Buckland n'avait tout simplement pas envie de venir. On ne décidait jamais avec le groupe en entier si on devait y aller ou pas. Savoir que toi et les autres décidez d'y aller tous ensemble ou pas du tout ne fait que renforcer ma sensation d'avoir pris la bonne décision.

Elle lui pressa la main et se tourna un peu sur son siège.

— Si vous dites oui, j'y vais aussi, lui dit-elle.

— D'accord, sourit Brain.

— C'est tout ? demanda-t-elle d'un ton sceptique.

— C'est tout, en convint-il. Tu as largement prouvé, à moi ainsi qu'au reste des garçons, que tu sais te débrouiller. Tu serais un atout immense et on serait ravis de t'avoir à nos côtés.

Aspen sourit. Elle libéra sa main de la sienne et l'aplatit sur sa cuisse.

— Je crois que je dois te remercier d'être venu à mon aide aujourd'hui, même si je n'en avais pas vraiment besoin.

— Ah oui ? demanda Brain.

— Oui.

Elle lui frôla l'intérieur de la cuisse du bout des doigts et Brain lui attrapa à nouveau la main.

— Tu veux que je me plante dans le décor ?

Aspen secoua la tête.

— Non. J'espère que tu vas conduire plus vite. J'ai envie de toi, Kane.

Il lui coula un regard et vit qu'elle le contemplait aussi. Ouvertement. Honnêtement.

Sans un mot, il accéléra et sa Challenger fit un bond en avant.

Aspen éclata de rire et lui adressa un large sourire.

Brain avait fantasmé d'avoir Aspen sous lui un nombre incalculable de fois, mais il s'était retenu d'insister. Cela faisait des mois qu'il en voulait plus d'elle, mais il s'était contenté de se déplacer à sa vitesse. Pour apprendre à la connaître. Pour l'embrasser et l'étreindre, mais sans aller plus loin.

Il aurait attendu le temps qu'il fallait pour qu'elle le

désire avec la même intensité, mais Dieu merci ! Son attente était terminée.

— Tu en es certaine ? demanda-t-il, ne voulant pas de malentendus entre eux.

— Oui, dit-elle simplement.

Ayant besoin de se distraire de la sensation de sa main sur sa cuisse, Brain dit :

— J'ai des préservatifs. Je suis sain, mais je ne veux pas que tu t'inquiètes de quoi que ce soit, juste que tu profites de cette première fois.

— Je prends la pilule, lui dit-elle. J'ai eu un kyste ovarien quand j'étais adolescente. Les médecins m'ont mise sous pilule pour qu'ils arrêtent de se former.

Brain ressentit une poussée d'adrénaline, mais il réprima son excitation.

— Quoi qu'il en soit, pour cette première fois, jusqu'à ce que je puisse te prouver que je suis sain, je resterai couvert pour te protéger.

— D'accord. Mais, Kane ? Je te fais confiance. Je n'accepterais pas de coucher avec toi si ce n'était pas le cas. Et juste pour que tu le saches, je ne saute pas au pieu avec n'importe qui. Ça fait trois ans pour moi.

Brain divisa sa concentration entre elle et la route.

— Trois ans ?

— Oui. Mais ça ne veut pas dire que je ne me suis pas occupé de moi au cours de ces trois années, dit-elle dans un souffle.

Elle le tuait ! L'imaginer en train de se toucher suffit à faire durcir sa verge dans son jean.

Aspen dut l'avoir senti, car elle émit un petit rire.

— Cette perspective te titille ?

— Absolument, susurra Brain. J'aurais de la chance si je ne jouis pas comme un ado à la seconde où je vais te pénétrer, juste en imaginant ce à quoi tu ressembles quand tu te touches et quand tu te fais jouir.

— Si ça arrive, tu pourras me faire *me* sentir mieux le temps que tu sois prêt à repartir, répliqua-t-elle automatiquement.

— Oh, comptes-y, lui dit Brain. Je ne vais pas jouir avant que tu le fasses. Au moins une fois.

— Au moins ? demanda-t-elle en plissant le front.

— Au moins, confirma-t-il.

— Je crois que tu conduis trop lentement, lui dit Aspen d'une voix essoufflée.

Brain sourit, mais accéléra d'un simple kilomètre-heure. La dernière chose qu'il aurait voulue était d'être arrêté par un policier. Cela repousserait le moment où il pourrait pénétrer Aspen, et pour l'instant, cette pensée accaparait son esprit.

* * *

Aspen savait qu'elle se montrait insistante, mais c'était irrépressible. Elle était plus que disposée à faire l'amour avec Kane. Lorsqu'ils s'étaient officiellement mis ensemble, à leur retour d'Afghanistan, les sentiments intenses qu'elle ressentait pour lui l'avaient désarçonnée. Elle avait l'impression que tout allait trop rapidement, qu'elle tombait amoureuse de lui trop vite. Mais plus elle passait de temps avec lui, plus elle se sentait en sécurité... à la fois dans son corps et dans son cœur.

Kane était un mec bien. Elle en avait la certitude. Et avoir dormi dans ses bras la nuit précédente avait permis de tout clarifier.

Elle l'aimait. Elle aimait être dans ses bras. Elle aimait s'endormir avec lui et se réveiller le matin en sentant ses bras toujours autour d'elle.

Il pouvait certes se montrer maussade et grincheux, mais il ne passait jamais ses nerfs sur elle. C'était un bon ami, un bon coéquipier et un super soldat, et elle souhaitait communier avec lui à un niveau plus intime.

Coucher avec lui risquait de les détruire. Céder à la tension sexuelle risquait de leur faire comprendre que c'était tout ce qu'ils avaient... mais elle ne le pensait pas. Elle voulait croire que devenir intime ne pourrait que les rapprocher. Seul le temps le leur dirait.

Elle aurait voulu oublier Derek et quitter l'Armée et tous les autres facteurs de stress qu'elle avait vécus récemment, et simplement apprécier d'être avec Kane.

Celui-ci s'arrêta dans son allée puis dans son petit garage et, avant qu'elle n'ait le temps de défaire sa ceinture, il était déjà sorti pour venir de son côté.

Souriant de son enthousiasme, elle le laissa l'aider à sortir de la voiture. Puis, sans un mot, il lui passa un bras autour de la taille et la guida dans la maison. À la seconde où la porte se referma derrière eux, il l'embrassa et la plaqua contre le mur.

Pour la première fois de sa vie, Aspen se lâcha vraiment. Elle ne craignait pas de paraître trop enthousiaste ou pas assez. Elle ne pensait pas à ce qu'elle devait faire de ses mains ou bien si elle se déplaçait trop rapidement ou lentement.

Elle faisait simplement ce qui lui semblait bon.

Alors que Kane dévorait sa bouche, elle glissa les mains sous son haut, remontant vers sa poitrine. Elle enfonça alors les doigts dans ses pectoraux pour lui taquiner les mamelons. Kane grogna et leva la tête, mais Aspen ne voulait pas qu'il s'arrête. Ne voulait pas qu'il ralentisse. Elle avait envie de lui, tout de suite.

Elle retroussa son tee-shirt et il comprit et se l'arracha

immédiatement. Aspen baissa la tête et prit un de ses mamelons dans sa bouche, le mordillant, puis suçant... fort.

Il grogna puis la souleva avant qu'elle ne soit prête à le lâcher. Lui enroulant les jambes autour de la taille, elle rit quand il se dirigea vers les escaliers.

Elle ne craignait pas qu'il la laisse tomber. Elle se sentait complètement en sécurité entre ses bras. Refermant les siens autour de ses épaules, elle s'accrocha à lui tandis qu'il la portait dans la chambre à coucher. Ayant négligé de faire le lit quand ils s'étaient levés ce matin-là, les draps étaient toujours défaits.

Sans avertissement, Kane la laissa retomber sur le matelas.

Aspen éclata à nouveau de rire, mais à la seconde où elle repéra la lueur de désir dans ses yeux, son hilarité s'évanouit.

— Enlève ça, dit-il d'un ton guttural, désignant son haut d'un mouvement du menton.

Aspen avait envie de le taquiner. Elle aurait pu le faire bosser plus dur pour qu'il la voie nue, mais cela faisait longtemps qu'ils attendaient, tous les deux. Empoignant son haut, elle le fit passer par-dessus sa tête avant de saisir le fermoir de son soutien-gorge.

Kane avait retiré ses chaussettes et ses bottines et elle le vit déboutonner son jean puis descendre sa fermeture, avant de le retirer en même temps que son caleçon. Aspen se rallongea sur le lit et défit son short. Elle ôta ses chaussures d'un coup de pied et haussa les hanches. Les mains de Kane vinrent immédiatement l'aider à faire descendre son short et sa culotte, jusqu'à ce qu'elle se retrouve complètement nue.

Aspen n'avait pas honte d'être nue devant Kane. Levant les bras au-dessus de sa tête, elle s'étira, arqua le dos et écarta légèrement les jambes. La lueur dans les yeux de Kane – sans parler de son érection – la faisait se sentir belle.

Kane se tenait toujours à côté du lit, la contemplant comme s'il essayait de graver ce spectacle dans sa mémoire. Aspen pouvait sentir ses mamelons se serrer et durcir, et même si elle avait vraiment envie de poursuivre les festivités, elle savait qu'elle se souviendrait de ce moment pour le reste de sa vie.

— Merde, souffla-t-il. Je ne sais pas par quoi commencer.

Aspen sourit et lui tendit une main.

— Pourquoi pas par un baiser ? demanda-t-elle.

Il lui prit la main et en moins d'une seconde, il s'était installé au-dessus d'elle. Pas à côté d'elle, littéralement *sur* elle. Elle sentit son humidité contre sa cuisse quand il s'installa, et elle écarta les jambes, lui donnant plus de place.

Puisqu'ils faisaient à peu près la même taille, elle pouvait sentir sa verge palpitante contre son pubis ainsi que les poils de sa poitrine qui chatouillèrent ses mamelons à vif. Il s'appuya sur les coudes et passa les deux mains dans les cheveux d'Aspen, lui maintenant la tête.

Il la regarda pendant un long moment. Elle ne ressentait pas la moindre trace d'embarras. Il la perçait du regard et elle aurait pu jurer qu'il était capable de lire dans son âme. C'était cliché, et pourtant vrai.

— Je veux aller lentement. Mémoriser chaque centimètre de ton corps magnifique. Découvrir ce qui t'excite et ce qui te fait gémir. Je veux te lécher et goûter ta saveur. Je veux te voir exploser entre mes bras puis te refaire jouir immédiatement, même si tu penses que tu es trop sensible.

Plus il parlait, plus Aspen se sentait mouiller. Il ne l'avait même pas touchée qu'elle était plus que prête pour lui.

— Mais je suis à deux doigts de jouir rien qu'en te regardant, poursuivit-il. Voir tes seins contre ma poitrine, tes pupilles dilatées par le désir, sentir des hanches presser contre moi, excitées par mes paroles... Je n'arrive pas à penser à autre chose qu'à te pénétrer.

— On aura largement le temps de s'explorer... Plus tard, lui dit Aspen. J'ai envie de toi. À l'intérieur de moi. Tout de suite.

Ne disant rien de plus, Kane se pencha et ouvrit un tiroir à côté de son lit. Il en sortit un préservatif qu'il ouvrit habilement d'un coup de dents. Il s'appuya sur une hanche et l'enfila d'une main, puis il reprit la même position qu'il avait quittée quelques secondes auparavant.

— Super ! le taquina Aspen.

Cela fit rougir Kane.

— Je me suis entraîné. Je savais que lorsque tu serais enfin dans mon lit, je n'aurais plus aucune coordination. Alors j'en ai acheté une boîte et tous les soirs avant de me masturber, je me suis entraîné à enfiler un préservatif d'une seule main. Puis, une fois que je l'avais enfilé, je le retirais et je fantasmais que tu étais là avec moi.

Il était adorable. S'entraîner à mettre un préservatif était l'acte le plus « nerd » du monde, mais elle ne pouvait pas le lui reprocher. Elle avait vraiment envie de le sentir en elle, et son entraînement signifiait qu'il était prêt en une seconde. Se déplaçant pour glisser une main entre eux, elle lui tapota la cuisse.

— Remonte, murmura-t-elle.

Il s'exécuta et Aspen referma la main autour de sa verge. Il n'était pas énorme, sans être petit non plus. Il avait la taille idéale pour elle.

Elle ne put s'empêcher de le presser, et Kane gémit.

Puis, ne voulant pas prolonger les préliminaires, Aspen fit pénétrer son gland dans sa vulve détrempée.

— Comme je l'ai dit, ça fait longtemps, lui dit-elle. Vas-y lentement.

Kane hocha la tête, et elle le sentit se glisser légèrement en elle. Elle lui saisit la taille, mais ne détacha pas les yeux des siens. Lentement, très lentement, il s'enfonça entièrement en elle.

Il y eut une petite pincée de douleur, mais elle sentit enfin la toison pubienne de Kane frôler la sienne. Il était en elle. Elle contracta les muscles et il grogna.

— Putain, ma chérie, tu es tellement étroite. Je te fais mal ?

— Non, le rassura-t-elle. Tu es parfait.

Ils restèrent ainsi pendant encore un long moment. Assez longtemps pour qu'Aspen prononce son prénom.

— Donne-moi encore quelques secondes, siffla Kane entre ses dents serrées. Si je bouge, je vais exploser, et je veux en profiter aussi longtemps que possible.

Aspen sourit. Elle était ridiculement heureuse qu'il ait du mal à se contrôler. Elle savait que beaucoup de femmes seraient bouleversées si leur homme ne parvenait pas à se retenir, mais pour elle, c'était le compliment ultime.

Puis Kane prit une inspiration profonde qu'elle sentit contre son ventre et il se souleva, regardant entre eux.

— Mon Dieu, c'est tellement chaud, dit-il, plus pour lui-même qu'autre chose.

Aspen baissa les yeux et fut bien forcée d'en convenir. Elle voyait ses mamelons durcis, la courbe de son bas-ventre qu'elle n'avait jamais réussi à raffermir, mais, plus important encore, la façon dont leurs toisons fusionnaient. Elle s'était toujours bien épilée et, visiblement, lui aussi.

Puis Kane recula les hanches et elle vit sa verge ressortir d'elle, le préservatif recouvert de son excitation.

— Regarde, lui ordonna-t-il, mais Aspen n'avait pas envie de détourner les yeux.

Il s'enfonça à nouveau en elle, et le voir entrer dans son corps rendait ce qu'ils faisaient d'autant plus intime.

— C'est ça, prends-moi, dit-il doucement.

Il se retira et la pénétra à nouveau. Et encore. Aspen ne parvint pas à détourner les yeux du spectacle érotique de cette lente pénétration.

— C'est tellement bon, lui dit-il. Chaud, moite et étroit. Tu me presses comme un gant.

Découvrir que Kane aimait parler cochon était une surprise. Pour quelqu'un qui se disait être un nerd, il ne se comportait vraiment pas comme tel.

Puis il la surprit en la pénétrant si fort que le bruit de leurs corps entrant en collision résonna dans la pièce silencieuse.

Ils gémirent tous les deux.

— Désolé, dit-il immédiatement.

— Ne le sois pas ! Recommence, lui ordonna Aspen.

Kane sourit et, très lentement, il se retira d'elle jusqu'à ce que seul son gland la pénètre, avant de lui donner un autre coup de boutoir. Aspen rejeta la tête en arrière sur son oreiller et poussa un gémissement.

— Tu aimes ça, dit-il.

Ce n'était pas une question, mais Aspen hocha à nouveau la tête.

— C'est bon d'y aller lentement, mais plus vite est incroyable aussi, lui dit-elle.

— Ça va suffire à te faire jouir ? demanda-t-il en lui donnant un autre coup de reins.

Aspen secoua la tête.

— Non, mais c'est vraiment bien.

— Touche-toi, lui ordonna Kane.

Surprise, Aspen leva les yeux vers lui.

— Je veux te sentir jouir autour de moi, et je ne vais pas durer très longtemps, particulièrement pas si je te prends aussi fort. C'est trop bon. Mais je ne veux pas que tu ne jouisses pas pendant notre première fois.

— C'est bon, Kane.

— Non. Touche-toi, ma belle, montre-moi ce que tu aimes. Lent et régulier, ou rapide et fort ?

Un peu timide, Aspen descendit la main entre eux. Kane se hissa sur ses mains, les gardant connectés et baissant les yeux quand elle commença à se caresser le clitoris.

Elle se masturbait plus souvent qu'elle aurait eu envie de l'admettre, même devant Kane, mais rien n'était mieux que de le sentir en elle pendant qu'elle se caressait.

— Je peux sentir tes muscles se contracter autour de moi, dit Kane alors qu'elle déplaçait ses doigts plus rapidement. C'est ça. Oh, c'est incroyable ! Continue.

Aspen ne l'entendit plus alors que son orgasme s'approchait de plus en plus. Elle essaya de cambrer les hanches, mais Kane était trop lourd. Puis elle voulut refermer les jambes, mais encore une fois, le corps de Kane l'empêcha de bouger. L'orgasme qui montait en elle était tellement immense que c'était effrayant, aussi arrêta-t-elle de se caresser.

Mais Kane ne la laissa pas faire. Il se déplaça pour glisser une main entre eux et reprendre là où elle s'était arrêtée.

Ses doigts calleux étaient plus affirmés que ses propres va-et-vient sur son clitoris sensible. Son intimité était trempée et les doigts de Kane glissaient facilement contre son clitoris, l'emmenant de plus en plus haut. Aspen lui attrapa les biceps et enfonça ses ongles dans sa peau, essayant de retarder son orgasme. Elle savait qu'elle allait se briser en un million de morceaux et il était la seule chose qui la maintenait en place.

Ses caresses lui faisaient presque mal, mais c'était tellement bon ! Une seconde, elle s'accrochait au rebord du précipice et la suivante, elle prenait son envol. Son ventre se serra, ses cuisses tressautèrent et elle essaya de se replier en boule pour mieux supporter cette tempête orgasmique, mais elle ne put rien faire d'autre que rester allongée sur le lit et accepter le plaisir que lui donnait Kane.

Mais alors qu'elle pensait qu'il allait la laisser se reprendre, il grogna et se mit à la prendre. *Fort.* Ses seins bondissaient de haut en bas à chacun de ses coups de boutoir et soudain... Aspen eut un autre orgasme.

— Seigneur, c'est tellement bon ! Tu n'as pas idée, assena Kane alors qu'il lui donnait des coups de boutoir.

— Je... crois... que... si, dit Aspen au rythme de ses coups de reins.

— Je n'arrive pas à me retenir... Je vais jouir, grogna Kane, les dents serrées.

Puis il posa une main sur les fesses d'Aspen et l'attira contre lui, s'enfonçant en elle le plus profondément possible, et il jouit.

Le gémissement qui s'échappa de ses lèvres était digne d'un porno, et ce spectacle donna des frissons à Aspen. Le voir jouir était *chaud*. Il avait les yeux fermés, sa tête avait basculé en arrière, et elle pouvait le sentir se contracter au plus profond de son corps. Le préservatif l'avait empêchée de sentir son sperme, et elle était presque soulagée. Leur union était déjà assez intense ; elle n'était pas certaine de pouvoir en gérer davantage.

Sans prévenir, Kane ouvrit les yeux et la regarda. Il semblait presque en colère, mais Aspen savait qu'il ne l'était pas.

— Merde, marmonna-t-il.

Puis, d'un mouvement fluide, il roula sur le côté, maintenant ses hanches alignées contre les siennes. Il finit sur le dos, Aspen drapée au-dessus de lui. Elle replia les jambes et s'assit à califourchon sur lui.

Tout sourire, elle ondula des hanches, et il grogna.

— Tu essayes de me tuer ? demanda-t-il.

Aspen savait qu'elle avait probablement une tête de clown. Un grand sourire sur le visage, les cheveux probablement ébouriffés, la poitrine rougie par son orgasme, ses seins pratiquement contre le visage de Kane... mais elle s'en fichait.

— C'est une bonne façon de mourir, plaisanta-t-elle.

Puis Kane sourit et le cœur d'Aspen faillit s'arrêter. Elle ne l'avait jamais vu si... content. Et elle adorait savoir que c'était elle qui lui avait mis cette expression sur le visage.

— Tu m'as appelée « ma chérie », dit-elle bêtement.

— Oui, admit-il. Je te l'avais dit. Quand on est au lit, tu es « ma chérie ». Ailleurs, tu es *chérie*, *liebling*, *dorogoy* ou *gráinne*. Maintenant, même si j'aimerais que tu restes exactement où tu es, j'ai besoin d'aller jeter la capote.

Aspen plissa les narines. Elle n'aurait pas voulu bouger.

Kane leva une main vers son visage et replaça derrière son oreille une mèche de ses cheveux noirs indisciplinés.

— Je sais. Je n'ai pas envie de bouger non plus. Tu n'as pas idée... à quel point j'aime être là où je suis.

Poussant un soupir, Aspen s'écarta de lui, et ils poussèrent tous les deux un sifflement quand il se glissa hors de son corps. Sa verge retomba sur son estomac avec un petit bruit. Elle ne put s'empêcher de pouffer.

— Tu ris de ma virilité ? dit Kane dans un faux grondement.

— Non, jamais, se hâta-t-elle de le rassurer.

Cela fit ricaner Kane.

— Ne bouge pas. Je reviens tout de suite.

Puis il descendit du lit et se dirigea vers la salle de bains. Aspen ne détourna pas le regard et le dévora des yeux. Son fessier était une œuvre d'art. Elle ne pensait pas qu'il ait le moindre gramme de graisse. Quinze secondes plus tard, il revenait vers elle, et elle ne prit pas la peine de dissimuler le fait qu'elle lui reluquait l'entrejambe alors qu'il retournait au lit.

Son sexe était long ; pas étonnant qu'elle l'ait senti si profondément à l'intérieur d'elle. Même s'il n'était pas très épais, il était presque difficile de croire qu'elle l'avait accueilli si facilement, puisque cela faisait bien longtemps qu'elle n'avait pas couché avec un homme.

Au lieu de remonter dans le lit à côté d'elle, Kane se pencha, lui attrapa les hanches et la fit littéralement glisser sur les fesses vers le rebord du lit. Il s'agenouilla par terre et lui écarta les cuisses autant qu'il le put.

— Kane ? protesta Aspen.

— Oui ? demanda-t-il d'un ton distrait.

Il fit courir un pouce sur sa fente, répandant la preuve de ses orgasmes entre ses plis.

— Qu'est-ce que tu fais ?

— Je prends un petit goûter, dit-il en souriant avant de baisser la tête.

Puis Aspen dut essayer de tenir le coup alors qu'il la léchait comme s'il n'en aurait jamais assez.

Brain ne savait pas quelle heure il était, et cela lui importait peu. Il tenait Aspen contre lui et sourit quand elle ronfla légèrement. Ils n'avaient pas quitté le lit depuis leur arrivée à la maison après le carnaval. Faire l'amour pour la première fois avait écorné son désir, mais il n'en avait pas fini avec elle... Vraiment pas.

Avec Aspen, il n'avait plus le sentiment d'être l'intrus qu'il avait été toute sa vie. Il n'avait jamais éprouvé avec quelqu'un ce lien aussi profond qu'il ressentait avec elle. De plus, Brain n'avait jamais eu non plus l'impression d'avoir *besoin* de sexe. Il était resté vierge bien au-delà de l'âge auquel la plupart des garçons expérimentaient. Parce qu'il n'avait pas côtoyé de filles de son âge avant d'avoir dépassé la vingtaine, il n'avait jamais éprouvé l'envie de tirer un coup juste pour tirer un coup.

Mais avec Aspen, il découvrait qu'il n'en avait jamais assez. Jusqu'alors, il ne s'était pas vraiment cru capable de la satisfaire sexuellement, mais une fois qu'il l'avait eu dans ses bras, son instinct avait pris le relais. La sentir jouir alors qu'il était profondément enfoncé dans sa moiteur avait été une expérience qu'il savait qu'il n'oublierait jamais. La voir se contorsionner sous lui, perdue dans le plaisir qu'il lui avait offert puis, la sentir basculer à nouveau quand il l'avait prise... Il ne s'était jamais senti aussi viril !

Puis il avait eu envie de la goûter, de l'examiner intimement et de très près. Il l'avait léchée jusqu'à lui donner un autre orgasme, se servant de ses doigts pour la stimuler, et une fois de plus, sentir ses muscles internes palpiter contre ses doigts était fascinant... un véritable cadeau. Il la laissa se reposer un moment, mais quand il n'avait plus été capable de se retenir, il avait dévoré ses seins jusqu'à ce qu'elle se réveille, puis il l'avait prise une dernière fois.

Les préservatifs étaient incommodes, mais il espérait que, très vite, ils se feraient suffisamment confiance pour ne plus s'en servir.

Aspen était également sauvage ; elle donnait tout autant qu'elle recevait. Quand elle avait refermé les lèvres autour de sa verge et levé les yeux vers lui, il avait failli jouir dans sa bouche en quelques secondes.

En bref, tout chez Aspen était parfait. Et il était complètement amoureux d'elle. Même si cela aurait dû l'effrayer terriblement, il n'avait pas peur.

Elle se déplaça dans les bras, et Brain la laissa partir. Elle roula sur le côté, et il vint se coller contre son dos. Elle remua les fesses et les pressa contre son aine, lui donnant immédiatement une érection. Mais Brain n'avait pas prévu d'y faire quoi que ce soit pour le moment. Il se disait qu'à partir de maintenant, il allait bander en permanence en sa présence. Enroulant un bras autour de sa taille, il l'attira plus près de lui.

— Kane ?

— Oui, ma chérie ?

— Je t'aime.

Il se figea.

Quand elle n'ajouta plus rien, il murmura :

— Aspen ?

Pas de réponse. Elle était épuisée et n'avait probablement pas conscience d'avoir prononcé ces paroles.

Fermant les paupières, Brain savait qu'il n'oublierait jamais cet instant. Bien sûr, elle n'avait pas été entièrement consciente lorsqu'elle avait proféré ces mots, mais il allait faire le nécessaire pour les lui faire dire quand elle serait éveillée.

Pour le moment, il se contenta de lui embrasser le sommet du crâne et murmura :

— Je t'aime aussi.

Puis il ferma les yeux et s'endormit.

* * *

Derek Spence faisant les cent pas dans son appartement, marmonnant dans sa barbe.

Il savait qu'il aurait dû accepter que Mesmer l'ait rejeté… mais il ne pouvait pas. Elle l'avait rejeté. Puis elle l'avait *humilié* en embrassant ce connard dans ce bar. Il était évident que c'était la première fois qu'elle voyait ce type. Si elle s'était imaginé pouvoir le duper, elle était plus idiote qu'il l'avait cru.

Et *bien sûr*, ce mec n'était pas n'importe qui. C'était un

putain de Delta. Ils se croyaient meilleurs que tout le monde sur la base.

Derek savait que si on lui avait donné juste un peu plus de temps, il aurait pu débusquer Akhund. Mais non, ce putain de Delta et son équipe avaient débarqué et il avait été viré de la mission de recherche. Pour couronner le tout, ils avaient retrouvé et tué le terroriste quelques jours seulement après leur arrivée en Afghanistan.

Et en prime, Derek s'était chopé une réprimande. Une putain de *réprimande* ! Cela resterait dans son dossier pour toujours. Quelles conneries !

Il avait fait tout ce que l'Armée lui avait demandé. Il avait été prêt à sacrifier sa vie, et c'était ainsi qu'on le remerciait ? Une réprimande pour avoir essayé de faire son boulot ?

Bien sûr, il n'était pas parvenu à retrouver Akhund. Il avait un énorme handicap.

Mesmer.

Il ne connaissait pas d'autre unité de Rangers qui devaient se coltiner une meuf. Elle était plus lente, plus faible, et représentait un véritable handicap sous tous les points de vue. Il avait été *à deux doigts* de retrouver Akhund quand l'incompétence de Mesmer avait tout fait foirer. Elle aurait dû pouvoir se débrouiller toute seule ; un *homme* en aurait été capable. Et Derek était convaincu qu'elle avait encouragé les autres hommes à se plaindre au major de ce qui s'était passé, ce qui avait causé cette putain de réprimande dans son dossier.

Cela aurait dû être Mesmer. Quelqu'un aurait dû se rendre compte qu'avoir des femmes au sein des unités de Rangers était une mauvaise idée. Elles ne pouvaient pas gérer des situations de combat intenses. Mais non, elle et ses putains de potes Delta se paradaient autour de la base comme s'ils étaient les rois du monde !

Oui. C'est à Mesmer qu'il devait cette satanée réprimande. S'il ne l'avait pas eue dans *son* équipe, ils auraient facilement attrapé Akhund et on l'aurait félicité.

Elle allait devoir payer pour avoir tout pété. Elle *et* ce connard de Delta allaient payer.

Il ne savait pas comment ni quand, mais il allait s'assurer que Mesmer regrette de l'avoir largué, regrette d'avoir détruit ses états de service parfaits. Et elle s'assurerait que ce Delta regretterait de l'avoir embrassée ce soir-là au bar.

Personne ne faisait passer Derek Spence pour un con ! Il était un putain de Ranger et il montrerait au monde qu'il valait mieux ne pas s'en prendre à lui.

CHAPITRE QUINZE

La semaine suivante fut idyllique pour Aspen. Elle avait passé toutes les nuits avec Kane et, chose incroyable, elle se sentait encore plus proche de lui que la semaine précédente. Oui, le sexe entre eux était phénoménal, mais quand ils étaient tous les deux trop fatigués pour faire autre chose que se laisser tomber sur le lit, la tenir entre ses bras était tout aussi intime que faire l'amour.

Ils étaient tous les deux occupés au travail. Aspen avait amorcé le processus pour quitter l'Armée. C'était à la fois triste et excitant. Elle avait commencé à étudier ses options pour travailler comme urgentiste et devait décider si elle voulait rester à Killeen, ou bien élargir ses options et considérer Temple ou Georgetown. Elle ne voulait pas trop s'éloigner de Fort Hood, puisque c'était là qu'était Kane pour le moment.

L'avantage d'être urgentiste était que si Kane était muté loin du Texas, elle pourrait trouver un autre emploi, peu importe où ils atterriraient. Bien sûr, il existait toujours la possibilité que Kane et elle rompent, mais pour le moment, une rupture semblait peu probable.

La seule chose qui perturbait son contentement actuel était, étrangement, la météo.

Trois jours plus tôt, le service météorologique national avait déclaré qu'il y avait quatre-vingt-cinq pour cent de chances que l'ouragan Florence s'abatte sur la région de Galveston. Il était passé à la catégorie deux et n'allait vraisemblablement pas s'aggraver, mais en raison des autres tempêtes qui avaient frappé Houston, tout le monde s'inquiétait que les vents changent et forcent la tempête à s'attarder sur la zone pendant vingt-quatre heures ou plus.

Malheureusement, les météorologues avaient eu raison et les bandes de pluie prolongées avaient déversé des quantités massives d'eau sur la côte et les environs, y compris Houston. Des troupes de la Garde nationale avaient déjà été dépêchées, à la fois pour aider au sauvetage des personnes piégées dans leurs maisons ou leurs voitures, et pour essayer de maintenir l'ordre jusqu'à ce que le niveau des eaux redescende.

Encore une fois, Aspen était chez Kane et ils étaient toujours endormis quand le téléphone de ce dernier sonna. Elle roula avec lui quand il tendit le bras pour le prendre.

— Bonjour ?

Aspen regarda l'horloge et vit qu'il était quatre heures trente-deux du matin.

— Ah oui... On arrive, dit Kane à son interlocuteur puis il raccrocha et resserra les bras autour d'elle.

— Qui c'était ? demandé-t-elle.

— Trigger ? On se rend à Houston ce matin.

Aspen s'appuya sur un coude et le regarda. La lumière qu'ils avaient oublié d'éteindre dans la salle de bains éclairait suffisamment la pièce pour qu'elle puisse y voir.

— On ?

— Oui. Toi, moi, le reste des hommes de l'équipe. Nous tous.

— Tu es sûr que j'ai le droit de venir avec toi ?

— Bien sûr. Pourquoi pas ? demanda-t-il. On en a parlé. Tu as déjà obtenu l'autorisation de ton major, et notre commandant est ravi d'avoir une médecin de combat en renfort.

— C'est juste que... je ne sais pas. On ne m'a encore jamais vraiment invitée à faire partie d'une équipe comme celle-ci.

Kane ne se moqua pas d'elle, se contentant de lever la main jusqu'à son visage et de frotter le pouce le long de sa pommette.

— Quand tu as informé ton major que tu partais, il a affecté ton remplaçant aux Rangers le jour d'après. Tu n'as pas vu Buckland, Hamilton, ou aucun des autres depuis. En outre, pour cette mission, il n'y a pas vraiment d'équipes. On va tous y aller, et on se répartira pour pouvoir opérer les radeaux gonflables et les sauveteurs.

— D'accord.

— Cela étant, j'aimerais que tu restes avec moi pendant qu'on y sera. L'équipe sera peut-être divisée, mais je veux que toi et moi restions ensemble. J'essaye de ne pas trop me comporter comme un connard, mais les gens désespérés font des choses désespérées. Et si quelque chose t'arrivait et que je n'étais pas là pour t'aider... je ne suis pas certain de pouvoir me le pardonner.

Aspen se sentit fondre en voyant que Kane s'inquiétait clairement pour elle.

— Et tu n'as jamais participé à une situation de sauvetage comme celle-ci auparavant, poursuivit-il, comme s'il essayait toujours de la convaincre. Oui, on a donné largement assez de temps aux gens pour évacuer, mais beaucoup n'ont pas d'argent ou nulle part où aller, alors ils restent. Quand l'eau monte, ils paniquent et font tout ce qu'ils peuvent pour survivre. Sans parler des connards qui profitent de ceux qui ont fui pour pénétrer de force dans leurs maisons et leurs magasins. Cela risque d'être dangereux, et je ne peux pas supporter l'idée de te perdre alors qu'on vient juste d'amorcer une nouvelle routine.

Aspen sourit.

— Je crois que je dois rester près de toi pour *te* protéger. Avoir à tes côtés une médecin de combat expérimentée pourra s'avérer utile.

— Absolument, en convint-il. Et tu as raison, je pourrais me faire une ampoule ou me couper, et j'aurais besoin que tu me fasses un bisou pour que ça aille mieux.

Aspen leva les yeux au ciel. Son homme était un plaisantin.

Son homme. Cela sonnait bien !

— Il faut qu'on se lève et qu'on aille au camp pour récupérer notre barda et prendre la route, dit-il à contrecœur.

— On a le temps de prendre une douche ? demanda Aspen.

Elle avait posé la question d'un ton innocent, mais la lueur dans les yeux de Kane quand il répondit ne l'était absolument pas.

— Oui, mais pour gagner du temps, on devrait probablement la prendre ensemble.

Et en une seconde, Aspen était terriblement excitée.

— Tu crois ? demanda-t-elle en haussant un sourcil.

— Absolument, dit Kane.

Puis il roula sur lui-même, l'entraînant avec lui, et fit basculer ses jambes hors du matelas. Aspen se tint à lui alors qu'il se redressait, aimant sentir contre son dos sa verge qui durcissait. Un point positif chez son homme était qu'il n'avait jamais eu de problème pour bander.

Il la porta jusqu'à la salle de bains, se pencha et fit couler l'eau dans la douche pour lui laisser le temps de se réchauffer. Puis elle déplia les jambes.

— Je vais me brosser les dents pendant que tu vas aux toilettes, puis on échangera, lui dit-il.

Aspen hocha la tête.

Quelques minutes plus tard, ils étaient sous la douche, et Kane se mit à genoux devant elle et lui écarta les cuisses. S'humectant les lèvres, il leva les yeux et dit :

— Je dois m'assurer que tu es toute propre.

Sans attendre de réponse, il baissa la tête... et Aspen oublia tout le reste. Houston. La tempête. Quitter l'armée. Elle pensait seulement que Kane la faisait se sentir super bien.

* * *

Aussi incroyable que le matin avait été, Brain était à présent concentré à cent pour cent sur son travail. Ils arrivèrent au poste et retrouvèrent son équipe. Puis on les avait rassemblés dans un gros camion de deux tonnes et demie qui effectua le voyage de quatre heures vers Houston au sein d'un convoi d'autres camions et de Humvees. Jugeant les endroits où les inondations étaient les plus graves, ils passèrent les deux premières heures à monter des tentes sur un parking vide à proximité pour s'en servir comme zone de rassemblement, puis ils avaient participé à des réunions stratégiques durant l'heure qui venait de s'écouler.

La pluie avait continué à tomber tout l'après-midi, alternant entre des périodes de bruine relativement fine et de véritables averses. Tout le monde savait que la situation était désespérée pour ceux qui étaient pris au piège. L'Armée travaillait avec la municipalité, qui prenait des appels d'urgence et tentait d'obtenir de l'aide pour ceux qui en avaient besoin.

Tout au long de l'après-midi, Aspen resta aux côtés de Kane. Enfin, pas à ses côtés, mais à proximité. Elle travaillait avec d'autres médecins pour trouver la meilleure façon de répartir tout le monde afin qu'ils puissent couvrir le plus de terrain. Certains des habitants avaient appris qu'ils étaient là aussi, et ils étaient venus pour trouver autant d'informations que possible sur ce qu'il se passait et leur demandait d'aller vérifier que leurs proches aillent bien. Aspen fit de son mieux pour les maintenir occupés afin que les autorités puissent désigner des groupes de recherche pour effectuer des opérations de sauvetage si nécessaire.

Brain n'avait pas été heureux d'apprendre que Derek s'était porté volontaire pour venir à Houston. Mais ce n'était pas comme s'il avait son mot à dire quant à ceux qui se portaient volontaires ou pas. Ce connard immature continuait de lancer des regards mauvais à Aspen, mais elle l'ignorait, trop occupée pour ces conneries. Brain se promit de se souvenir de rester aussi loin de Derek que possible. Il espérait qu'il ne leur poserait pas problème, car une mission humanitaire pour aider les Houstoniens n'était pas l'endroit idéal pour la confrontation.

Dès leur arrivée au point de rassemblement, les choses avaient été mouvementées et Brain fut soulagé lorsqu'ils obtinrent le feu vert pour commencer à sauver les gens. Certaines des équipes conduisaient les grosses camionnettes militaires et d'autres prenaient les bateaux que l'Armée avait acquis. D'autres faisaient équipe avec des gens du coin qui s'étaient présentés avec leurs propres embarcations.

Brain et Aspen sautèrent dans l'un des grands bateaux gonflables que la Garde côtière avait apportés, et ils se dirigèrent vers leur première mission. Avec le garde-côtes au gouvernail, Brain et Aspen montaient et descendaient du bateau pour entrer dans des maisons inondées, cherchant d'éventuelles personnes coincées.

Durant leur première tournée, ils ramenèrent une

famille de quatre personnes au camp, ainsi que leurs deux chiens. Lors du second voyage, ils avaient découvert un couple âgé qui n'avait pas pu s'enfuir et qui s'était retrouvé prisonnier de leur petite maison. Et les choses continuèrent de la sorte.

Plusieurs heures s'étaient écoulées, Brain ne savait pas combien de voyages ils avaient effectués dans les rues inondées de la ville avant de revenir au camp, mais cela commençait à compter. Il était épuisé et il savait qu'Aspen aussi devait être fatiguée, même si elle n'en laissait rien paraître. Au cours de leurs derniers sauvetages, c'était elle qui avait pris contact avec les civils qui avaient besoin d'aide, et lui s'était servi de ses muscles, ce qui lui convenait parfaitement. Aspen était beaucoup plus sympathique que lui, et capable de calmer les gens auxquels ils venaient en aide.

Il devait également féliciter les hommes et les femmes qui pilotaient les bateaux. Brain et Aspen avaient utilisé de nombreux navires différents pour leurs sauvetages. Après avoir amené les gens aux tentes, ils grimpèrent dans le premier bateau qui était prêt quand ils revinrent sur le quai. Ils avaient donc eu un pilote différent à chaque sauvetage, mais jusqu'à présent, tous avaient effectué un travail incroyable pour éviter les dangers dans l'eau.

Et il n'y avait aucun doute que le fait d'être dans l'eau était dangereux. Il y avait des voitures submergées, des panneaux routiers et d'immenses débris que les pilotes des bateaux devaient contourner. Sans parler des lignes électriques qui étaient tombées et de la présence éventuelle d'un alligator.

— Tu tiens le coup ? demanda Brain à Aspen alors qu'ils revenaient au camp pour ce qui lui paraissait être la millième fois.

— Ça va, répondit-elle.

Trois personnes étaient assises au fond du bateau,

collées les unes contre les autres et pleurant de soulagement une fois qu'ils les avaient secourues de leur voiture, que le conducteur avait bêtement conduit dans une rue inondée. Le courant avait balayé la voiture sur une trentaine de mètres en aval jusqu'à ce qu'elle s'enlise contre un empilement d'arbres. Les trois personnes avaient réussi à grimper sur le toit et à s'accrocher aux arbres, mais avec la rapidité du courant, ils ne pouvaient pas nager vers le rivage. Ils avaient crié et attiré l'attention de quelqu'un qui se trouvait à proximité, qui avait alors relayé leur position à l'Armée.

— Ça va vraiment ? demanda Brain à Aspen.

Elle lui adressa un petit sourire fatigué. Le crépuscule était tombé et il ne voyait pas très bien son visage. Mais de temps en temps, ils passaient devant des sémaphores encore allumés et il voyait qu'elle le regardait dans les yeux. Elle avait l'air... rayonnant. Elle était dans son élément, et cela se voyait.

— J'adore ça, dit-elle. Pas de voir des gens blessés ou terrifiés, mais d'être capable de les aider. Tu réussis à trouver les mots justes pour les faire se détendre et leur faire comprendre que je vais les tirer de la situation dans laquelle ils se trouvent. J'aime avoir la chance de bander leurs plaies et de les rassurer sur le fait qu'ils vont bien, qu'on va les emmener en sécurité.

— C'est addictif, dit Brain avec un signe de tête.

C'était la première fois depuis des heures qu'ils avaient un moment pour parler. Vraiment parler.

— Tu vas être un atout incroyable pour une équipe de sauvetage, lui dit-il.

Elle inclina la tête, ayant l'air légèrement sceptique.

— C'est vrai, insista-t-il. Tu sais obéir aux ordres, mais en même temps, tu sais penser toute seule. Regarde-nous, on a travaillé ensemble sans problème. Aujourd'hui, j'aurais pu jurer plusieurs fois que tu pouvais lire dans mes pensées.

Je sais que ton futur patron va penser qu'il a touché le jackpot une fois que tu auras rejoint leur personnel.

— Merci, dit Aspen. Toi aussi, tu ne t'es pas si mal débrouillé. Je ne sais pas ce que j'aurais fait sans toi. Ce couple qui ne parlait que l'espagnol avait tellement peur que je n'aurais pas pu les faire sortir de chez eux si tu n'avais pas été là pour leur expliquer ce qui se passait. Et on a vraiment eu de la chance que ce soit nous qu'on ait envoyé récupérer ce Japonais. Il a cru qu'on l'abandonnait, et il était assez désespéré pour sauter dans l'eau quand on a dû reculer pour s'approcher de lui à un autre angle. Il se serait fait électrocuter si tu ne lui avais pas expliqué ce qu'on faisait avant qu'il essaye de nager vers nous.

Brain haussa les épaules.

— Comme je l'ai dit, nous sommes une bonne équipe.

— C'est vrai ! dit Aspen.

Ne pouvant s'en empêcher, Brain leva une main gantée et replaça une mèche de cheveux derrière son oreille. Ils étaient tous les deux trempés, car la pluie n'avait toujours pas cessé, et elle avait une trace de crasse sur la joue. Mais il n'avait jamais vu une personne aussi belle qu'Aspen de toute sa vie.

Des cris résonnèrent devant eux et Brain lui lâcha la main en inspirant profondément. Il était temps de reprendre le travail. Il ne savait pas combien de voyages supplémentaires ils seraient autorisés à faire, mais il savait qu'Aspen ne demanderait pas à faire une pause. Elle était aussi entêtée que lui, et l'urgence de continuer, de sauver plus de personnes, pesait sur tout le monde.

Lorsqu'ils approchèrent du rivage, Brain et Aspen sautèrent à terre et tendirent les bras pour aider les trois autres à descendre du bateau. Ils parcoururent les quelques pâtés de maisons vers le camp et leur montrèrent comment s'enregistrer. Aspen leur assura une fois de plus que quelqu'un les aiderait à entrer en contact avec leurs familles.

Quand elle se tourna pour revenir aux bateaux, Brain lui attrapa le bras.

— Il est temps de faire une pause, *darling*.

— Tu t'oublies, dit-elle avec un sourire fatigué. Je t'ai déjà entendu le dire plusieurs fois.

Brain secoua la tête.

— Hé, je connais beaucoup de langues, mais je vais quand même finir par arriver à court. En outre, je pensais que toutes les femmes aimaient l'anglais ?

Aspen haussa les épaules.

— Je dois dire que, même si j'aime t'entendre m'appeler « chérie » dans toutes les langues que tu maîtrises, je préfère notre langue maternelle... simplement à cause du moment où tu l'utilises.

Brain ressentit une excitation immédiate. Il fit semblant de lui jeter un regard noir.

— Tu ne peux pas dire ce genre de choses ici, alors que je ne peux rien y faire.

— Oh... désolée, chantonna-t-elle, n'ayant absolument pas l'air contrite.

— Viens, lui dit-il en lui prenant la main et en la tirant vers une grande tente remplie de nourriture et de boissons offertes par les entreprises locales. Il est temps de faire le plein, puis on pourra repartir.

Il la vit froncer les sourcils.

Brain s'arrêta et posa les mains sur ses épaules.

— Tu dois d'abord prendre soin de toi. Ça ne serait pas bon pour qui que ce soit si tu t'évanouissais de fatigue ou d'hypoglycémie.

Aspen inspira profondément.

— Je sais. C'est juste que... Je continue à entendre leurs

appels à l'aide dans ma tête, et ça me donne envie d'y retourner.

— On ne va pas s'arrêter trop longtemps. Juste assez pour que tu avales un peu d'eau et quelques calories. C'est d'accord ?

— D'accord. Kane ?

— Oui ?

— Je suis contente d'être là.

Il lui sourit.

— Moi aussi.

— Ça ne te manque pas de bosser avec ton équipe ? demanda-t-elle.

Il lui reprit la main et se dirigea une fois de plus vers la tente de la cantine.

— Pas comme tu le crois. Je veux dire, oui, on travaille vraiment bien ensemble, mais ce n'est pas exactement une zone de guerre. Pendant les sauvetages, on doit plus se méfier des dangers matériels, comme le risque d'électrocution ou les débris dans l'eau, plutôt que des autres êtres humains. Crois-le ou non, on peut fonctionner sans être collés l'un à l'autre, la taquina-t-il, heureux de voix Aspen lui rendre son sourire.

— C'est vrai. En plus, tu m'as moi, le taquina-t-elle.

— Je t'ai, en convint solennellement Brain.

Aspen lui coula un regard, et il sut qu'elle entendait la sincérité et l'admiration dans le ton de sa voix.

La tente de la cantine était étonnamment bondée. Il y avait du personnel militaire ainsi que des civils du coin assis et debout un peu partout, occupés à manger des pizzas, des sandwiches et d'autres plats sur le pouce. Brain attira Aspen dans une file et ils remplirent leurs assiettes de nourriture. Ils allèrent se placer sur le côté de la tente, mangeant debout. Leurs vêtements étaient trempés et à présent qu'ils n'étaient plus embarqués dans un sauvetage risqué, Brain pouvait sentir le stress de la nuit presser sur lui. Il n'aurait rien aimé de mieux que de prendre une longue douche chaude, passer des vêtements secs et dormir toute la journée.

Mais ils ne reposeraient qu'une fois le travail terminé. La pluie était censée durer toute la nuit puis s'arrêter... enfin. La ville avait besoin de faire une pause, et les conduits d'évacuation avaient besoin de temps pour fonctionner.

— Tu es prêt à prendre un autre bateau ? demanda Aspen alors qu'ils avaient presque terminé le contenu de leurs assiettes.

— Aussi prêt qu'on puisse l'être, dit Brain en lui prenant la main avant qu'elle ne puisse sortir de la tente. Aspen ?

— Oui ? demanda-t-elle avant de se tourner vers lui.

— Au cas où j'oublierais de te le dire plus tard, tu es géniale.

Elle sourit.

— Pareil, Kane.

Puis, main dans la main, ils sortirent dans la nuit pluvieuse pour secourir d'autres personnes prises au piège.

* * *

Aspen était épuisée. C'était comme lorsqu'elle avait suivi l'entraînement pour être rattachée à une équipe de Rangers. Tous les muscles de son corps lui faisaient mal et ses vêtements mouillés paraissaient la vider de toute son énergie. L'obscurité rendait tout sinistre et effrayant, et elle aurait vraiment voulu s'allonger par terre et dire à Kane de continuer sans elle.

Mais elle n'abandonnait pas aussi facilement. Et il y avait des gens là-bas qui avaient besoin d'aide. Si elle n'y allait pas, alors qui ? Ils seraient contraints d'attendre beaucoup plus longtemps que quelqu'un vienne à eux. L'un d'entre eux pouvait avoir mal, saigner ou faire une crise cardiaque, et aurait besoin de soins médicaux. Elle ne voulait pas envisager que quelqu'un meure simplement parce qu'elle était un peu fatiguée. C'était inacceptable.

Alors, malgré son épuisement, elle continuerait tant que son corps le lui permettrait. Et entendre Kane dire qu'il la trouvait incroyable boostait son énergie. Elle pourrait continuer jusqu'à l'évanouissement, tant qu'il était fier d'elle.

Travailler avec lui avait été une agréable surprise. Elle avait été nerveuse, parce qu'ils n'avaient jamais eu à travailler côte à côte auparavant. Et ce n'était *absolument* pas comme de bosser avec certains de ces Rangers machos. Il l'écoutait, n'essayait pas de lui dire comment tout faire comme si elle était une enfant, et il s'en remettait à elle pour pratiquement toutes les situations médicales qu'ils rencontraient. Il la traitait comme si elle était un véritable membre de leur équipe, et c'était tellement bon !

C'était ce qu'elle avait désiré lorsqu'elle s'était inscrite pour devenir médecin de combat. Travailler avec d'autres personnes dont le seul but était de remplir leur mission. Au lieu de cela, elle aurait dû se battre pour être considérée comme compétente par les mêmes personnes en qui elle aurait dû avoir implicitement confiance.

— Merde, souffla Kane alors qu'ils s'approchaient de la zone de réception des bateaux.

Surprise par le venin dans sa voix, Aspen leva les yeux. Elle avait été perdue dans ses pensées et ne s'était pas rendu compte qu'il n'y avait qu'un seul bateau de libre pour le moment. C'était un bateau de pêche en aluminium, probablement offert aux sauveteurs par un civil local.

Et Derek était aux commandes.

Les pas de Kane ralentirent, mais Aspen serra les dents avec détermination. Oui, elle détestait Derek, mais elle saurait mettre de côté leurs différences pour le bien commun. Elle espérait simplement qu'il en soit capable, lui aussi.

— Dieu merci ! s'écria Derek en leur faisant désespérément signe de se hâter. Au cours de ma dernière virée, j'ai entendu parler d'une femme enceinte qui était en train d'accoucher. Il faut qu'on y retourne le plus vite possible. Montez et allons-y !

S'avançant au pas de course, Aspen se dépêcha d'aller rejoindre le bateau. Le temps qu'elle y arrive, elle traînait Kane par la main.

— Allez, dit-elle en levant la jambe pour grimper dans l'embarcation.

Mais Kane la retint, ne la laissant pas monter.

— Pourquoi ne vous êtes-vous pas arrêté pour la prendre quand vous avez entendu parler d'elle ? demanda Kane à Derek.

— Parce que le bateau était déjà plein. J'avais une femme avec trois enfants, dont le plus jeune avait deux ans. Ils étaient en panique et on n'aurait absolument pas pu tous rentrer si on était retournés là-bas. Écoutez, plus vous resterez ici sans rien faire, plus sa condition va s'aggraver. Elle risque d'accoucher et de faire une hémorragie, ou elle pourrait même perdre le bébé. Vous venez ou pas ?

Aspen n'avait pas accouché beaucoup de bébés, mais elle avait vu sa part de désastres durant les accouchements. Elle se souvint du bébé qu'elle avait aidé à naître en Afghanistan, du bonheur qu'elle avait ressenti quand elle avait tenu l'enfant en bonne santé entre ses mains. Elle ne pouvait pas laisser une autre femme souffrir si elle était en mesure de l'aider.

— Kane ? l'interrogea-t-elle.

Elle espérait qu'il n'était pas le genre d'homme à laisser ses griefs personnels prendre le pas sur le devoir.

Elle poussa un soupir de soulagement quand il lui

adressa un bref hochement de tête et lui prit le bras pour l'aider à grimper dans le bateau.

— Elle est loin ? demanda Kane.

— Pas très, dit Derek en faisant reculer le bateau dès que le pied de Kane quitta la terre ferme, ne lui donnant même pas le temps de s'asseoir avant d'accélérer et de quitter le camp à toute vitesse.

Aspen fronça les sourcils et s'accrocha de toutes ses forces aux rebords du bateau. Elle comprenait le besoin de se presser, mais aucun des autres pilotes qu'ils avaient eu cette nuit-là n'avait conduit aussi imprudemment que Derek.

— Ralentissez un peu ! hurla Kane, ressentant de toute évidence le même malaise qu'Aspen.

— Il faut qu'on aille la rejoindre ! lui répondit Derek.

La pluie battait le visage d'Aspen, l'empêchant de garder les yeux ouverts. Elle fourra la tête contre son épaule et pressa fort les paupières. Elle se cramponna de toutes ses forces au bastingage du bateau en aluminium et pria pour qu'ils arrivent à rejoindre cette femme enceinte en un seul morceau.

Elle n'aurait su dire pendant combien de temps ils avaient progressé, mais elle n'avait jamais été aussi heureuse de sentir le bateau ralentir. Elle leva la tête et regarda autour d'elle. Elle n'avait aucune idée de l'endroit où ils se trouvaient ; rien ne semblait familier. Il n'y avait aucune lumière allumée nulle part. Elle pouvait apercevoir les contours vagues des maisons qui les entouraient dans l'obscurité, mais cette partie de la ville n'avait bien sûr plus d'électricité.

— On est presque arrivés, dit Derek.

C'était beaucoup plus facile de l'entendre à présent qu'ils ne filaient plus à un million de kilomètres à l'heure. La pluie tombait toujours régulièrement, ce qui rendait encore plus difficile pour voir les choses.

— Attention, je ne sais pas quelle maison est la leur exactement. L'autre dame a dit qu'elle pensait qu'elle était à trois ou quatre pâtés de maisons d'elle, lui dit Derek.

Cela ne la renseignait pas vraiment, car Aspen ne savait pas où le sauvetage initial avait eu lieu. Elle était assise vers l'avant du bateau, et Kane se trouvait plutôt au milieu. Elle jeta un regard par-dessus son épaule, remarquant que Derek était toujours assis à l'arrière, près du moteur. Kane lui adressa un sourire rassurant et un geste du menton, chose qu'elle apprécia.

Puis elle se retourna et se pencha en avant, essayant d'y voir à travers l'obscurité, à la recherche de débris dans l'eau rapide, ainsi que de n'importe quel signe de la maison en question.

Le bateau tanguait, mais Aspen l'ignora, toute à sa recherche de cette femme enceinte en détresse.

Mais elle ne put ignorer le bruit sourd derrière elle ni la façon dont l'embarcation tangua soudainement d'avant en arrière de manière alarmante avant qu'elle n'entende un éclaboussement.

Se retournant, elle cligna des paupières, confuse.

Derek se tenait à l'arrière du bateau, une pagaie à la main... et Kane n'était plus là.

Elle entendit quelque chose frôler le bateau et elle se tourna... mais elle ne vit qu'un corps qui flottait sur le ventre, rapidement éloigné par le courant.

Aspen émit un bruit guttural et regarda Derek sans y croire.

— J'espère que sa tête est plus dure qu'elle en a l'air, gronda-t-il. Il n'est *plus* si fort que ça, hein ?

En un éclair, Aspen réalisa que Derek avait frappé Kane sur le crâne avec la pagaie, et qu'elle était probablement la suivante.

Elle pouvait rester dans le bateau et se battre contre Derek, ou bien sauver Kane.

C'était une décision facile.

Inspirant profondément, Aspen se jeta vers sa gauche puis par-dessus bord. Le courant la saisit immédiatement, l'attirant dans la direction où elle avait vu Kane pour la dernière fois.

Quand sa tête émergea des eaux troubles, elle entendit Derek éclater de rire.

— Bonne chance pour rentrer à la base ! cria-t-il avant d'accélérer et de quitter les lieux à toute vitesse.

Sachant qu'elle aurait dû s'indigner que Derek les ait abandonnés au milieu de nulle part, Aspen devait concentrer son énergie pour sauver Kane. Il était inconscient et n'avait probablement que quelques secondes à vivre.

Elle nagea aussi vite qu'elle le put avec le courant, espérant rattraper Kane, et par chance, elle entra en collision avec lui alors qu'elle battait frénétiquement des bras. Poussant un grognement, elle le tourna sur le dos, ce qui n'était pas facile au milieu du courant rapide.

Elle ne parvenait pas à toucher le sol sous elle et ne voyait aucun endroit où traîner le corps inconscient de Kane pour obtenir une traction, au cas où elle aurait besoin de le réanimer.

Frénétiquement, elle posa une main sur sa poitrine pour essayer de sentir le moindre mouvement, et elle faillit paniquer quand elle fut incapable de détecter sa respiration.

Sachant que rien dans cette situation était idéal, elle tourna la tête de Kane, couvrit ses lèvres des siennes, et souffla.

Puis elle recommença encore et encore.

Il fallait qu'elle le fasse respirer !

Elle pouvait à présent sentir son cœur qui battait lentement sous sa main, mais s'il devenait nécessaire de lui faire des compressions thoraciques, ils étaient fichus.

Alors qu'elle lui soufflait une nouvelle fois dans la bouche, Kane s'étrangla. De l'eau se déversa de sa bouche et même si c'était dégoûtant, Aspen était extatique.

— C'est ça... Crache tout. Fais-la sortir, lui dit-elle.

Elle espérait qu'il ouvre les yeux et lui dise qu'il allait bien, mais c'était peine perdue.

Battant des jambes pour rester à flot, Aspen chercha du regard dans quelle direction se rendre pour sortir de l'eau. Si Kane avait recommencé à respirer grâce à ses soins, ils n'étaient pas tirés d'affaire, loin de là. Elle discernait une tache sombre en haut de son front, et elle savait qu'il saignait.

— Va te faire foutre, Derek, siffla-t-elle en enroulant son bras autour de la poitrine de Kane tout en commençant à nager sur le côté.

Elle ne savait pas où le courant les emportait, et la dernière chose qu'elle aurait voulue était de terminer dans une rivière et de dériver vers le golfe.

Elle fut soulagée de voir que les maisons étaient à présent relativement proches. Elles étaient toutes plongées dans l'obscurité, mais elle pourrait pénétrer de force dans l'une d'elles.

L'effort et l'adrénaline lui donnant des tremblements, Aspen se servit d'un bras et de ses jambes pour les propulser vers le bâtiment le plus proche. Elle croisa les doigts pour que le courant ne la dévie pas.

Elle faillit pleurer quand elle vit une maison droit devant eux.

Elle mit dix minutes à combattre le courant, mais elle parvint enfin jusqu'aux marches qui menaient à la maison au bout de la rue. Il y avait un rail en fer forgé de part et d'autre des marches, et elle s'en servit pour les tirer sur l'escalier, Kane et elle. Elles étaient complètement submergées, mais le porche n'était recouvert que de quelques centimètres d'eau. Invoquant toute sa force, Aspen y hissa le poids mort de Kane. Puis elle se souleva sur les genoux au-dessus de sa tête et tendit la main vers le bouton de la porte, priant pour que peut-être, juste peut-être, elle soit déverrouillée. Pas de chance ! C'était à prévoir.

Puisqu'elle n'avait pas la place de tenir sur le petit perron avec Kane, elle se cala sur la première marche, l'eau venant lui lécher les hanches.

Se penchant au-dessus de Kane, elle tâta sa tête, là où elle avait vu le sang.

Elle sentit immédiatement une sensation de chaleur et comprit que la plaie saignait toujours. Plaçant sa main sur la tête de Kane, elle put littéralement sentir l'endroit où sa peau s'était fendue là où Derek l'avait frappé.

Elle sentit la colère remonter en elle. Chaude et puissante.

Derek leur avait menti depuis le début. Il n'y avait pas de femme enceinte. Personne n'était en difficulté. Elle ne savait pas s'il avait improvisé ses gestes, quand il les avait vus venir vers lui, Kane et elle, ou bien s'il avait prévu de leur faire du mal à la seconde où il avait appris qu'ils seraient ensemble à Houston.

Il était choquant de se rendre compte qu'il avait complètement perdu les pédales. Quelle autre raison pourrait-il y avoir ? Il avait essayé de les *tuer* ! Comment un Ranger de l'Armée, décoré et respecté, était-il tombé aussi bas ? Et pour quoi ? Et ils n'étaient même pas sortis ensemble très longtemps ! Deux rendez-vous minables. Pourquoi s'était-il mis en rogne à ce point parce qu'elle ne voulait plus le voir ?

Rien dans cette situation n'avait de sens... et à présent, Kane était inconscient et saignait au milieu de la nuit, à des kilomètres de tout signe de vie.

Aspen n'avait aucune de ses fournitures médicales, ils étaient tous les deux trempés, et cette eau contenait elle n'aurait su dire quel type de contaminants.

— Kane ? s'écria-t-elle à moitié, espérant qu'il serait en mesure de l'entendre. J'ai besoin que tu reprennes connaissance. On est dans la merde.

Elle attendit, mais elle ne vit aucun mouvement chez l'homme qu'elle aimait de tout son cœur. Elle appuya plus fort sur sa blessure à la tête, priant pour être capable d'enrayer l'hémorragie. Elle plaça sa main libre sur le côté du cou de Kane, où elle pouvait sentir son pouls battre sous la peau vulnérable. Puis elle posa la tête sur sa poitrine, écoutant son cœur.

Il n'y avait absolument rien qu'elle puisse faire pour le moment à part espérer et prier pour qu'on remarque leur absence et qu'on vienne les chercher. C'était un véritable pari, car elle ne savait pas quelle distance Derek leur avait fait parcourir entretemps, mais elle était certaine que l'équipe de Kane finirait bien par se demander où il était.

Elle devait s'accrocher à cet espoir, car l'alternative était impensable.

Se sentant dépassée et plus effrayée qu'elle ne l'avait jamais été, Aspen ferma les yeux. L'air empestait le pétrole et les égouts, et elle ne voulait même pas songer à ce qui se trouvait dans l'eau dans laquelle elle était assise. Au moins, elle en avait sorti Kane.

— Réveille-toi, Kane, murmura-t-elle. Tu dois te réveiller.

Mais il ne remua pas un cil.

CHAPITRE SEIZE

— Il y a eu un accident ! cria l'un des garde-côtes en filant à toute vitesse devant Trigger et le reste des Deltas vers l'endroit où les bateaux étaient amarrés, à un pâté de maisons du camp.

Sans hésitation, les six hommes suivirent le garde-côtes.

Alors qu'ils couraient, Trigger cria à Lefty :

— Où est Brain ?

— Je ne sais pas. Ça fait des heures que je ne l'ai pas vu, lui répondit Lefty.

— Qui a vu Brain et Aspen récemment ? cria-t-il aux autres.

Personne ne répondit.

Trigger jura mentalement. Il était possible qu'ils soient toujours sur un autre bateau, à secourir des gens, mais tout au long de la nuit, ils avaient tous réussi à reprendre contact de temps en temps, même si c'était en coup de vent.

Mais si cela faisait des heures que personne n'avait eu de leurs nouvelles, quelque chose clochait. Trigger n'en avait pas le moindre doute. Il n'avait encore jamais douté de son intuition et n'allait pas commencer maintenant.

— Que s'est-il passé ? demanda Doc a l'un des hommes qui se précipitait pour préparer les bateaux à partir vers l'endroit où s'était produit l'accident.

— Je ne connais pas les détails, mais un bateau a frappé une ligne électrique tombée, et je suppose que l'essence contenue dans le réservoir a provoqué une explosion.

Trigger grimaça.

— Qui était à bord ? aboya Grover.

— Personne ne le sait. Le bateau était hors de nos paramètres de recherche et on essaye encore de faire le relevé de toutes les embarcations sous notre commandement, dit le garde-côtes d'un ton distrait.

— On aurait besoin de votre aide si cela ne vous dérange pas, ajouta-t-il.

Sans hésitation, les six Deltas sautèrent dans les deux bateaux pour aller voir ce qu'il se passait.

Trigger, Lefty et Oz étaient dans l'un ; Doc, Grover et Lucky dans l'autre. Après une nuit très longue et très sombre, le soleil commença enfin à pointer au-dessus de l'horizon. Partout où Trigger tournait le regard, il n'y avait que de la dévastation. Des arbres abattus, des débris dans les rues et des voitures abandonnées qui flottaient aussi loin que portait le regard.

L'eau baissait, mais pas assez rapidement. C'était un petit avantage pour les bateaux de sauvetage, car cela signifiait qu'ils pouvaient se rendre dans la zone où l'explosion avait été signalée.

Trigger ne parvenait pas à se débarrasser de l'horrible pressentiment que Brain et Aspen étaient impliqués. Il n'y avait aucune justification à leur si longue absence, et la seule conclusion à laquelle il parvenait était qu'ils s'étaient retrouvés, d'une façon ou d'une autre, dans le bateau qui avait explosé.

Cela lui tordit l'estomac. Toute l'équipe savait qu'un

jour, ils risquaient de perdre un homme lors d'une mission dangereuse à l'étranger, mais mourir ici aux États-Unis à cause d'un accident bizarre était une perspective terrible.

Sans parler du fait que... Brain n'avait pas eu son équipe pour le soutenir. C'était cela qui rongeait Trigger plus que toute autre chose. Ils s'étaient toujours protégés mutuellement, et s'imaginer son ami blessé mourir tout seul était presque au-delà du supportable.

Trigger se rappela alors que Brain n'était pas seul. Il avait Aspen.

Plus ils s'éloignaient du camp, plus le lieu se faisait pauvre. C'était déjà un quartier de la ville qui craignait, mais alors que l'eau redescendait, Trigger savait qu'il y aurait des pillages et que des citoyens désespérés feraient n'importe quoi pour survivre, y compris peut-être les attaquer dans leurs bateaux pour leurs dérober ce qu'ils pourraient y trouver : de l'eau, de la nourriture, des articles de premiers soins.

Les bateaux ralentirent alors qu'ils s'approchèrent de la zone où une explosion s'était fait entendre. Trigger, Lefty et Oz se penchèrent vers l'avant, essayant de repérer tout ce qui pouvait sortir de l'ordinaire.

Moins d'une minute plus tard, Grover les interpella depuis l'autre bateau et tendit le bras vers la droite. Les deux bateaux se tournèrent immédiatement dans cette direction.

Trigger grimaça quand ils tombèrent sur un bateau en aluminium qui tournait en rond dans un tourbillon. L'arrière avait été détruit par l'explosion, et il n'y avait aucun signe du moteur... ou de tout occupant qui avait pu s'y trouver.

— Merde ! Regardez en haut, dit d'un ton horrifié le garde-côtes qui pilotait le bateau de Trigger.

D'un seul mouvement, Trigger, Lefty et Oz regardèrent les arbres au-dessus de leur tête. Sans les inondations, les sommets des arbres auraient normalement été à au moins dix mètres au-dessus du sol, mais en raison du niveau d'eau, ils se trouvaient pratiquement au-dessous des feuilles les plus basses.

Et coincée dans les branches de l'arbre se trouvait une jambe. Le pied était chaussé d'une bottine, mais le reste du corps n'était plus attaché au membre.

Trigger regarda à gauche et à droite, puis pointa le menton pour désigner ce qu'il voyait.

— Le reste est là-bas.

Un torse était enroulé autour d'une autre branche épaisse, le bras posé sur une autre.

— C'est Spence, souffla Oz.

Trigger jeta un second coup d'œil.

— *Merde*, jura-t-il.

L'autre bateau s'approcha et Lucky dit :

— Ce n'est pas le sergent Spence ?

— Oui, dit solennellement Trigger.

— Que s'est-il passé ? demanda Doc.

— Je crois qu'il a dû toucher une ligne électrique submergée avec son moteur. Ça a probablement fait se retourner le bateau et il a touché une autre ligne sous tension. Les étincelles ont certainement mis le feu au réservoir d'essence et il a explosé, suggéra Lucky.

L'estomac de Trigger se retourna. Il n'appréciait pas cet homme, mais sa mort avait été vraiment horrible.

— Hé, regardez ! s'écria Lefty en désignant le bateau qui tournait toujours.

Même s'il en manquait la moitié, il n'avait pas complètement coulé, et le tourbillonnement de l'eau le maintenait à flot.

Trigger jeta un œil... et il sentit une poussée d'adrénaline.

À l'avant du bateau, coincé sous un siège, se trouvait un sac noir orné d'une croix rouge.

Le sac médical d'Aspen. Il l'aurait reconnu n'importe où. Elle leur avait raconté une fois qu'elle avait acheté son propre sac parce que ceux fournis par l'Armée étaient trop grands pour elle, et qu'elle préférait un sac plus confortable et plus fiable pour transporter son matériel.

Et si Aspen s'était trouvée dans le bateau, alors, Brain aussi.

Mais où étaient-ils à présent ?

— Dispersez-vous ! aboya Trigger en regardant immédiatement autour de lui pour essayer de repérer un signe de vie de son coéquipier et de sa compagne.

— C'est le sac d'Aspen, déclara Lucky inutilement.

— Je sais. Ils étaient dans ce bateau, dit Trigger.

— S'ils étaient là quand l'arrière a explosé, ils ont peut-être survécu, ajouta Doc.

— Peut-être, dit Trigger.

Mais il pensa soudainement à quelque chose. Il sortit son talkie-walkie et demanda à parler au major responsable de l'organisation du sauvetage sur les lieux.

Alors que le garde-côtes manœuvrait lentement le bateau autour de la zone où ils avaient trouvé le corps de Spence, cherchant Brain et Aspen, Trigger échangea une rapide conversation avec le major. Quand il reposa sa radio, il pinça les lèvres d'un air sombre.

— Quoi ? demanda Oz.

— Personne n'avait le droit d'aller aussi loin, comme on le savait déjà. En fait, c'était strictement interdit.

— Mais alors que faisaient-ils ici ? demanda Lefty.

— Le major m'a également dit qu'il avait sur les mains un habitant du coin qui était en rogne qu'on lui ait volé son bateau. Il l'avait amené pour aider durant le sauvetage. Il a dit qu'il est parti se soulager et que quand il est revenu, il avait disparu.

— Tu penses à ce que je pense ? demanda Oz.

— Si tu penses que Spence a décidé que c'était le moment idéal pour passer sa colère immature sur Aspen – et probablement aussi Brain –, alors oui.

— Merde, jura Lefty. Où sont-ils ?

— Je ne sais pas. Mais il faut qu'on les retrouve. *Tout de suite*, confirma Trigger.

Il adressa un coup de sifflet à l'autre bateau, et lorsqu'il s'approcha, il expliqua ses soupçons à ses coéquipiers.

— On devrait retourner à la base, dit le garde-côtes qui conduisait l'autre bateau.

— Négatif, grogna Grover. On va vous communiquer par radio les coordonnées du corps de Spence, mais on ne partira pas tant qu'on n'aura pas retrouvé notre coéquipier.

Le conducteur cligna des yeux surpris, mais il hocha immédiatement la tête.

— Ils pourraient être n'importe où, dit Trigger. Lucky, vous prenez la rue d'après. On va descendre celle-ci. On va rester proches les uns des autres ; ne partez pas à l'aventure. Ce n'est pas le meilleur quartier de la ville pour une femme seule. Vous comprenez ?

— C'est compris, acquiescèrent-ils tous.

— Ils sont forcément quelque part, marmonna Trigger alors qu'ils amorçaient leurs recherches.

— Brain est un dur à cuire, en convint Lefty.

— Et il ferait n'importe quoi pour qu'il n'arrive rien à Aspen, ajouta Oz.

Trigger ne voulait pas penser à ce que Spence avait pu faire à son ami et à Aspen. Toutes sortes de scénarios catastrophes lui passèrent par la tête, mais il refusa de s'y attarder plus d'une seconde. Brain comptait sur son équipe pour garder la tête froide et les retrouver. Et c'est ce qu'ils allaient faire.

* * *

Aspen tremblait sur la marche sur laquelle elle était encore assise. Le niveau de l'eau avait suffisamment baissé pour qu'elle ne soit plus plongée jusqu'à la taille dans cette substance nauséabonde, mais les routes étaient encore inondées, et Kane et elle étaient coincés. Elle avait songé à essayer de briser une fenêtre pour entrer dans la maison délabrée, mais elle ne voulait pas quitter Kane.

Elle avait entendu une explosion quelques heures plus tôt, alors qu'il faisait encore sombre, mais elle ne pensait pas que quelqu'un soit venu jeter un œil. Plusieurs fois, Aspen avait cru entendre des bruits dans les environs, mais même si elle avait hurlé jusqu'à ce que sa gorge la brûle, personne ne s'était fait voir.

À présent, le soleil s'était levé, donnant à la région un air fantomatique. Partout où elle posait les yeux, il n'y avait que de l'eau. On ne voyait aucun signe de vie, seulement quelques oiseaux qui gazouillaient dans les arbres et le bruit de l'eau qui courait dans la rue.

Et Kane n'avait pas encore repris connaissance, ce qui terrifiait Aspen. Il avait remué plusieurs fois, mais n'avait rien dit. Il était évident qu'il avait une blessure à la tête, et presque certainement une commotion, mais c'était peut-être pire. Ne l'ayant pas entendu parler, elle ne pouvait pas en être certaine.

Elle s'était endormie la tête posée sur la poitrine de Kane, mais les cauchemars l'avaient immédiatement assaillie, la réveillant et l'empêchant de chercher à nouveau le sommeil.

Elle était terrifiée à l'idée que Kane puisse mourir. S'il lui arrivait quelque chose, elle ne se le pardonnerait jamais, parce que c'était *sa* faute s'il était allongé aussi immobile sous elle. Si elle ne l'avait pas abordé dans le bar, Derek n'aurait même pas su qu'il existait.

Cela étant, elle ne serait pas non plus tombée amoureuse.

Mais alors qu'Aspen venait d'accepter le fait qu'elle allait devoir quitter Kane et gagner un autre endroit à la nage pour trouver de l'aide, elle crut entendre quelque chose.

Inclinant la tête, elle retint son souffle et tendit l'oreille...

Un moteur de bateau !

Elle aurait reconnu ce son n'importe où après avoir passé autant de temps sur un bateau la veille.

Elle aurait voulu se redresser et appeler à l'aide, mais elle savait qu'ils ne seraient jamais capables de l'entendre au-dessus du bruit du moteur. Elle devait prier pour qu'ils passent par la rue dans laquelle ils étaient pour qu'elle puisse attirer leur attention.

— Je vous en prie, je vous en prie, je vous en prie, murmura-t-elle. Kane, les secours arrivent. Accroche-toi encore un peu, lui dit-elle.

Elle lui avait parlé pendant les heures qui venaient de s'écouler, convaincue que même s'il était inconscient, une partie de lui pouvait encore l'entendre.

Lorsque le bruit du moteur se fit plus fort, Aspen se redressa lentement. Elle chancelait un peu et s'accrochait à la rambarde en fer forgé pour se retenir de tomber la tête la première dans les eaux sombres quelques marches plus bas.

Elle défit maladroitement les boutons du haut de son uniforme. Elle devait le retirer pour attirer l'attention du bateau. Sans quoi ils ne la verraient jamais. Ses doigts tremblaient à cause de l'adrénaline et du froid. Elle était restée submergée dans l'eau glacée pendant des heures.

Elle retira son veston de camouflage d'un coup d'épaule alors qu'elle voyait le bateau descendre la rue.

S'accrochant d'une main à la rambarde, elle se servit de l'autre pour agiter la veste au-dessus de sa tête.

— Hé ! Par ici ! s'écria-t-elle, trouvant le son de sa voix bien faible.

Inspirant profondément, elle hurla autant qu'elle le pouvait.

— *À l'aaaaiiiiide !*

Miraculeusement, le bateau accéléra et se dirigea vers eux. Pendant une seconde, Aspen crut qu'il allait s'écraser contre les marches, mais quand il s'approcha, il ralentit, projetant une vague contre la marche sur laquelle elle se tenait.

Voir Trigger, Lefty et Oz à l'avant du bateau la fit fléchir.

Elle se laissa retomber sur les marches et tendit les bras vers Kane.

— Ils nous ont trouvés, lui dit-elle. Ton équipe nous a trouvés ! Continue de t'accrocher. On va s'occuper de toi et tout va s'arranger.

Puis Trigger était là, accroupi sur la marche à côté d'elle. Il posa sa main si chaude sur sa joue et la tourna vers lui.

— Tu es blessée ?

Elle secoua frénétiquement la tête.

— Non, mais Kane, si ! Derek a dit qu'il y avait une femme enceinte qui avait besoin d'aide et on était à l'avant du bateau, à la recherche de sa maison, quand il a frappé Kane à la tête avec une pagaie. Il est tombé à la mer et est resté submergé pendant je ne sais pas combien de temps. Il ne respirait plus et je lui ai fait du bouche-à-bouche. J'ai réussi à l'emmener ici, mais il n'a pas repris connaissance. J'ai vraiment peur que quelque chose cloche terriblement, Trigger !

Aspen savait qu'elle bafouillait et qu'elle parlait beaucoup trop vite, mais elle devait expliquer à quelqu'un ce qui s'était passé, surtout alors que Derek était encore en liberté.

— Inspire profondément, Aspen, lui ordonna Trigger.

Elle lui obéit.

— Encore.

Après la seconde fois, elle se sentit un peu mieux.

— *Tu* es blessée ? lui redemanda Trigger.

— Non. J'ai froid, je suis fatiguée et terrifiée, mais je ne suis pas blessée. À la seconde où j'ai compris ce que Derek avait fait, j'ai sauté du bateau. Je voulais retrouver Kane, mais je ne voulais pas non plus que Derek me mette la main dessus. Il va probablement essayer de tourner l'histoire en sa faveur, prévint-elle Trigger. Mais je ne mens pas ! Il a embusqué Kane.

— Je te crois, mais Derek est...

Aspen l'interrompit quand elle pensa à autre chose.

— Et Kane savait qu'il se passait quelque chose, poursuivit-elle d'une voix angoissée. Il a hésité à monter dans le bateau avec lui, mais je ne lui en ai pas laissé le choix.

— Derek est mort, l'informa Trigger sans ménagement.

Puis il l'écarta doucement alors que Lefty et Oz descendaient du bateau et se dirigeaient vers eux. Ils soulevèrent Kane comme s'il ne pesait pas plus qu'un enfant, le transportant jusqu'au bateau.

Aspen regardait la scène avec inquiétude... jusqu'à ce qu'elle intègre les paroles de Trigger.

— *Quoi* ? Comment ?

— Je n'en suis pas vraiment sûr, mais je pense qu'il est passé sur un câble sous tension. Le bateau s'est emmêlé dedans et il a explosé.

— Tu es sûr qu'il est mort ? demanda Aspen.

— Certain. Son torse était suspendu à une branche d'arbre, son bras à une autre, et sa jambe pendait d'une troisième. Il est mort, ma belle.

Aspen aurait voulu se sentir mal. À une époque, elle avait vraiment apprécié Derek. Mais après ce qu'il lui avait dit l'autre jour, et surtout après ce qu'il avait fait quelques heures auparavant... Elle ne ressentait que du soulagement à l'idée qu'ils n'aient plus jamais à craindre qu'il cherche encore à se venger d'eux.

Elle adressa un signe du menton à Trigger et essaya d'entrer dans l'eau pour se rendre au bateau, mais une fois encore, son corps la trahit. Elle tituba et serait tombée si Trigger ne l'avait pas rattrapée. Il passa un bras sous son dos et l'autre sous ses genoux.

— Je te tiens, dit-il en la portant jusqu'au bateau.

Lefty et Oz la saisirent et l'installèrent doucement sur le plancher du radeau gonflable à côté de Kane. Elle posa la main sur la poitrine de celui-ci, où elle avait été durant la majeure partie des heures qui venaient de s'écouler et elle ferma les yeux, soulagée, quand elle sentit son cœur battre. Elle se pencha vers lui, écoutant Lefty parler par talkie-walkie au reste de l'équipe. Il les informait qu'ils les avaient retrouvés, Kane et elle, et leur demandait de les rejoindre dans la rue suivante.

— On est en sécurité, dit-elle à Kane. Trigger nous a trouvés. Tu peux te réveiller maintenant.

Mais il ne le fit pas.

Quelqu'un drapa une couverture de réchauffement d'urgence sur ses épaules puis une autre sur Kane, mais elle ne déplaça pas sa main, gardant les yeux sur son visage. Elle pria pour qu'un frissonnement de ses paupières ou tout autre mouvement de ses lèvres lui indique qu'il l'avait entendue, mais il demeurait immobile et silencieux au fond du bateau.

— On a besoin qu'une ambulance nous rejoigne au quai de départ, dit Trigger à quelqu'un dans sa radio. On a un blessé.

Fermant les paupières, Aspen reposa la tête sur la poitrine de Kane et se sentit se détendre pour la première fois depuis des heures. Les hommes qui l'entouraient n'étaient peut-être pas son équipe, mais ils étaient ses amis.

Ils s'occuperaient de Kane. Ils s'assureraient qu'il ne meure pas.

Aspen ne savait pas ce qu'elle ferait s'il ne s'en sortait pas.

Il fallait qu'il s'en sorte. Il le fallait.

CHAPITRE DIX-SEPT

Aspen était assise dans la chambre d'hôpital de Kane, les yeux dans le vide. Lorsqu'ils étaient arrivés à l'embarcadère de la zone militaire, une ambulance les attendait. La jeune femme avait refusé de quitter Kane et, à contrecœur, les ambulanciers l'avaient laissée les accompagner.

Trigger et le reste de l'équipe avaient réussi à arriver avant eux à l'hôpital et l'attendaient, quand on avait emmené Kane. Elle avait essayé de le suivre, mais Grover et Oz l'avaient retenue.

Lorsqu'elle avait résisté, Lefty était intervenu, l'enjoignant au calme.

— Il est entre de bonnes mains, Aspen. Tu peux le laisser.

Elle avait secoué la tête frénétiquement.

— Non. Je ne peux pas !

— Il est temps de prendre soin de toi, dit sévèrement Lefty.

— Je vais bien, avait-elle insisté.

— Absolument pas. Tu es trempée jusqu'aux os. Tu trembles comme une feuille et je me doute que tu n'as plus d'énergie. Tu sais aussi bien que moi que Brain sera vraiment en rogne si on ne s'occupe pas de toi. Laisse au moins une des infirmières relever tes paramètres vitaux et te faire un check-up. Dès qu'ils en sauront plus sur Brain, ils nous le diront.

Ses paroles parvinrent à pénétrer le brouillard de panique qui s'était emparé d'elle. Elle lui attrapa les poignets et le regarda dans les yeux.

— Est-ce qu'il va s'en sortir ?

— Oui.

La réponse de Lefty ne contenait pas la moindre hésitation.

— Brain a la tête dure. Il est têtu. Et il sait que tu l'attends. Il va s'en sortir.

Inspirant profondément, Aspen finit par accepter de se laisser voir par quelqu'un. On l'avait conduite dans une chambre et on lui avait donné un ensemble large. Elle ne portait pas de sous-vêtements, mais cela n'avait aucune importance. Ses vêtements étaient chauds et c'était divin de ne plus avoir quelque chose d'humide contre sa peau. Elle s'était allongée sur le lit de la chambre, et Grover était venu lui tenir compagnie pendant qu'elle attendait l'infirmière.

Elle devait s'être endormie, car lorsqu'elle se réveilla, Lucky était assis dans la chambre avec elle. Il avait immédiatement appelé l'infirmière, refusant de révéler à Aspen combien de temps il s'était écoulé, puis il était sorti le temps que l'infirmière fasse ce qu'elle avait à faire.

Une fois qu'ils eurent déterminé qu'elle souffrait de fatigue et d'un coup de soleil, mais rien de plus grave, Trigger était venu la chercher pour l'emmener dans la chambre de Kane, où elle se trouvait actuellement.

Kane ne s'étant pas encore réveillé, les médecins étaient dans le noir quant à l'ampleur des dommages causés à sa tête. Mais ils lui avaient fait une radio des poumons et ils étaient sains. Il avait les débuts d'une infection – probablement parce que ce qui s'était trouvé dans l'eau avait pénétré dans son organisme par la blessure qu'il avait à la tête –, ainsi qu'une douzaine de points de suture à l'endroit où Derek l'avait frappé, sans quoi ses signes vitaux étaient rassurants.

Même après sa sieste, Aspen était épuisée. Elle avait l'impression d'avoir cent quatre ans. Elle savait qu'elle devrait manger quelque chose, mais rien ne lui faisait envie.

— Les autorités ont récupéré le corps de Spence, lui dit Trigger.

Aspen hocha simplement la tête.

— Ce sera à toi de raconter à ton major et aux autres autorités ce qu'il s'est passé.

— Oh, je n'y manquerais pas, dit-elle avec détermination. Que Derek me traite comme de la merde parce que je suis une femme est une chose ; qu'il tente d'*assassiner* quelqu'un en est une autre. Je ferai tout ce qu'il faudra pour que Kane obtienne justice.

— Il va s'en sortir, lui dit Trigger.

— Je l'espère...

— Il va s'en sortir, insista Trigger. Il a la tête très dure et on a traversé des situations pires que celles-ci.

Aspen hocha la tête.

— C'est juste que... Il est trop immobile. Je déteste ça. Le Kane que je connais est toujours en mouvement. Parfois, c'est subtil, mais même lorsqu'on est juste assis sur le canapé, ses doigts me caressent le dessus de la main ou bien son pied bat la mesure par terre. Je déteste le voir comme ça.

— Je sais. Je ne l'avais jamais remarqué avant, mais tu as raison. Fais confiance aux médecins... et à Brain. Et, je dois te le dire, tu as été vraiment géniale. On l'a tous pensé après t'avoir vue en action au combat, mais voir la conviction avec laquelle tu as protégé Brain... eh bien... merci.

— Tu n'as pas besoin de me remercier pour ça, lui dit Aspen. Il signifie tout pour moi.

Puis elle soupira et regarda dans le vide avant de murmurer :

— Je jure devant Dieu qu'il vaut mieux que ce n'ait pas été pour rien.

— Que veux-tu dire ? demanda Trigger. De quoi parles-tu ?

— De tout l'enfer que j'ai traversé pour aider à ouvrir la voie aux femmes qui veulent être médecins de combat, dit-elle d'une voix fatiguée. Je me suis démenée pour devenir la meilleure médecin possible, Trigger, et qu'ai-je obtenu en retour ? De la haine à cause de mon sexe. Du harcèlement. J'ai dû continuellement prouver mes compétences, et même après plusieurs années à ce poste, on m'a quand même préféré des hommes qui avaient beaucoup moins d'expérience que moi. Un jour, j'espère que les femmes pourront faire le travail qu'elles veulent pour notre pays et en tirer du respect.

— Je l'espère aussi, dit Trigger. Et pour ce que ça vaut... tu as impressionné beaucoup de gens aujourd'hui. Même s'ils ne savent pas exactement ce qui s'est passé là-bas, ils savent que tu as mis ta propre vie en danger pour sauver Brain. Ils savent qu'il ne respirait plus et que tu lui as fait du bouche-à-bouche jusqu'à ce qu'il recommence. Ils savent que tu l'as traîné à travers l'inondation vers un endroit relativement sûr, puis que tu ne l'as pas quitté. Je ne doute pas qu'un jour, les femmes se dressent aux côtés de leurs homologues masculins sur le champ de bataille, et personne ne se posera plus la question.

— Je l'espère, murmura-t-elle. Je suis lasse, Trigger. Lasse de toutes ces conneries.

— Viens ici, dit Trigger en plaçant un bras autour de ses épaules et en l'attirant contre lui.

C'était une étreinte maladroite, puisqu'ils étaient tous les deux assis sur leur chaise respective, mais Aspen posa la tête sur son épaule et se détendit. Elle ne ferma pas les yeux, gardant le regard braqué sur Kane, croisant les doigts pour qu'il se réveille et dise à tout le monde qu'il allait parfaitement bien, avant de commencer à protester qu'il n'avait pas besoin de rester à l'hôpital.

Le temps s'écoulait. Trigger partit, remplacé par Oz. Puis Grover entra. Mais Aspen ne bougeait toujours pas. Elle ne partit pas pour aller manger un morceau, comme les hommes l'avaient encouragée à le faire, et elle n'alla pas prendre de douche. Elle allait rester assise ici jusqu'à ce que Kane ouvre les yeux et qu'elle soit certaine qu'il aille bien.

Enfin, quelques heures plus tard, Aspen vit ses paupières se contracter.

Lucky était assise avec elle et elle lui fit une peur terrible quand elle fit un bond et se précipita aux côtés de Kane.

Elle se pencha sur lui, posant une main sur sa joue et la caressant avec son pouce.

— Kane ? C'est ça, ouvre les yeux. Je suis ici. Tu es en sécurité. On va bien. Tu es à l'hôpital et je sais que ça sent bizarre, mais tu dois ouvrir les yeux pour moi.

Elle le vit ouvrir les paupières puis les refermer brusquement.

— Lucky, éteins les lumières, ordonna Aspen sans retirer ses mains de l'homme qu'elle aimait. Essaye encore. C'est ça.

Lentement, très lentement, Kane ouvrit les yeux... et elle plongea dans ses prunelles magnifiques.

— Salut, murmura-t-elle.

Kane fronça les sourcils.

— Aspen ?

— Oui, c'est moi.

— Ma tête me fait mal, dit-il d'une voix basse et rauque.

— Je sais, et je suis désolée.

— Si vous voulez bien vous écarter, dit brusquement l'infirmière, posant la main sur l'épaule d'Aspen, l'éloignant doucement de Kane.

Aspen hésitait à bouger, mais quand Lucky lui prit le bras, elle le laissa la guider vers le côté de la pièce. Ce fut au tour d'un médecin de débarquer précipitamment et de demander à tout le monde de sortir pendant qu'il examinait Kane.

À l'extérieur de la chambre, Aspen faisait impatiemment les cent pas avec le reste de l'équipe de Kane.

— Comment parvenez-vous tous à paraître aussi calmes ? demanda-t-elle avec irritation.

— Parce qu'il va s'en tirer, lui dit Doc.

— Tu ne le sais pas, grommela-t-elle.

— Il t'a reconnue, dit Lucky avec un sourire. Il va s'en sortir.

C'était vrai, et Aspen se détendit. Jusqu'alors, elle avait craint qu'il ait le cerveau si embrouillé qu'il souffre d'amnésie. Cela se produisait souvent, mais elle était heureuse que cette possibilité soit écartée.

Dix minutes plus tard, le médecin passa la tête dans l'encadrement de la porte.

— L'un d'entre vous est-il Trigger ?

— C'est moi, lui dit Trigger.

— Pouvez-vous venir, s'il vous plaît ?

Aspen fit un pas en avant. *Elle* voulait voir Kane.

— Un peu de patience, Aspen. Fais-moi confiance, lui dit Trigger.

Elle souffla, mais hocha la tête.

Il s'écoula dix minutes de plus, et juste au moment où Aspen pensait être incapable d'attendre une seconde de plus, le docteur, l'infirmière et Trigger réapparurent. Le personnel s'éloigna dans le couloir, mais Trigger resta devant la porte de la chambre de Kane.

— Eh bien ? Qu'est-ce qu'ils ont dit ? demanda Lefty.

Trigger soupira.

— Brain va s'en sortir. Il a une commotion cérébrale et un début de pneumonie. Le médecin pense que c'est parce qu'il est resté un peu d'eau dans ses poumons quand il a recommencé à respirer. Mais l'infection devrait disparaître rapidement ; ils sont en train de le bourrer d'antibiotiques.

— Pouvons-nous entrer ? demanda doucement Aspen.

Elle avait hâte d'entendre à nouveau la voix de Kane, de voir de ses propres yeux qu'il allait vraiment bien.

— Il ne veut pas voir qui que ce soit, dit Trigger à voix basse.

Aspen le regarda d'un air confus.

— Il ne veut pas vous voir ? Pourquoi ?

— Il ne veut voir *aucun* de nous, précisa Trigger. Pas même toi, ma belle.

Elle sentit une poussée d'adrénaline et son ventre se serra.

— Pourquoi ? Qu'est-ce qui ne va pas ?

— Il a une perte de mémoire et ça le désarçonne.

Aspen se glaça.

— Quoi ? C'est quoi, cette histoire ? Il a dit mon nom. Il se souvient de moi !

— Oui, en convint Trigger. Et il reconnaît aussi le reste d'entre nous. Il sait qu'il est un Delta et il se souvient de la majeure partie de son enfance. Mais il n'a pas été capable de se souvenir d'un seul mot des langues qu'il a apprises au fil des ans.

Aspen cligna des paupières.

— Et ?

— Et, quoi ?

— Et de quoi d'autre ne parvient-il pas à se remémorer ?

— C'est tout, jusqu'à présent. Il a conscience de tout ce qui s'est passé aujourd'hui, mais il prend très mal le fait d'avoir perdu la capacité de parler toutes ces langues.

Aspen ne comprenait pas.

— Le nombre de langues qu'il parle m'importe peu, dit-elle. J'y vais.

Elle essaya d'écarter Trigger pour pouvoir entrer, mais l'autre homme ne céda pas.

— Non. Aspen, il a besoin de temps, dit Trigger.

— Il a besoin de *moi*, répliqua-t-elle.

— Laisse-la rentrer, dit doucement Grover qui se tenait derrière elle.

— Grover... commença Trigger, mais Lucky lui prit le bras et l'écarta, laissant Aspen passer devant lui pour entrer dans la pièce.

— C'est une erreur, dit Trigger à son équipe. Il n'est *pas* dans un bon état d'esprit.

Aspen entendit les garçons la suivre dans la pièce, mais elle n'avait d'yeux que pour Kane. Il était assis dans le lit, adossé contre quelques oreillers, regardant par la fenêtre.

— Salut, dit-il doucement. Tu as l'air bien mieux qu'il y a quelques heures, le taquina-t-elle.

Mais quand Kane se tourna pour la regarder... elle ne vit dans ses yeux aucune trace de l'homme qu'elle avait appris à aimer. Ses prunelles étaient froides et dures, et elle eut envie de faire un pas en arrière.

— J'ai dit à Trigger que je ne voulais pas te voir.

Aspen grimaça. C'était douloureux. Trigger avait dit qu'il ne voulait voir *personne*, pas elle en particulier.

— J'avais besoin de m'assurer que tu allais bien.

— Je vais bien, dit-il d'une voix monocorde. Tu as vu. Maintenant, tu peux partir.

Aspen fronça les sourcils.

— Kane, qu'est-ce qui ne va pas ?

Il resta silencieux un instant puis poursuivit :

— Je pense que c'est mieux si on se donnait un peu d'espace.

La douleur provoquée par ses paroles était si vivace qu'Aspen posa la main sur sa poitrine pour s'assurer qu'un couteau ne lui transperce pas le cœur.

— Quoi ? chuchota-t-elle.

— Les choses sont vraiment allées très rapidement entre nous. Je crois qu'on a besoin de ralentir.

Ses pensées tourbillonnaient et elle ne pouvait pas comprendre pourquoi il lui disait ces choses-là. Elle savait que parfois, les personnes qui recevaient des blessures à la tête subissaient des changements de personnalité, mais la plupart du temps, c'était temporaire.

— D'accord, je vais retourner au camp et je reviendrai te voir demain.

Kane secoua lentement la tête.

— Pas besoin. Je ne voudrais pas qu'un autre de tes ex-petits amis ait une mauvaise idée et décide que s'il ne peut pas t'avoir, alors personne d'autre non plus. J'ai besoin d'un peu *d'espace*, Aspen.

Ses paroles étaient intentionnellement acerbes. Mais même si elle était encore déstabilisée par son brusque changement d'attitude, elle était aussi un peu en colère.

— Tu sais que je n'ai pas d'autres ex.

— Ah oui ? demanda-t-il.

D'accord, c'était ridicule.

— Alors... quoi ? C'est tout ?

Kane haussa les épaules.

Luttant contre les larmes, refusant de lui laisser voir à quel point il l'avait blessée, Aspen hocha la tête.

— Je suis heureuse que tu ailles bien, dit-elle, la gorge serrée. Je pense qu'on se recroisera.

Elle attendit pendant un moment interminable qu'il lui

dise qu'il avait eu tort, qu'il avait besoin d'elle et qu'il le remerciait de lui avoir sauvé la vie. Mais il était resté assis sur le lit comme une statue et l'avait regardée avec des yeux vides. En cet instant-là, elle aurait tout aussi bien pu être une étrangère pour lui.

Aspen aurait voulu croire que c'était parce qu'il ne se souvenait pas de la semaine qu'ils venaient de passer ensemble, de la façon dont ils avaient fait l'amour lentement et passionnément... Mais ce n'était pas cela.

Il s'en souvenait ; il s'en fichait, c'est tout.

Que Derek ait essayé de le tuer avait changé les choses. Peut-être pour de bon.

Sentant qu'elle avait perdu quelque chose de précieux qu'elle ne retrouverait plus jamais, Aspen hocha à nouveau la tête et se tourna vers la porte sans la voir. Les autres hommes firent un pas en arrière, s'écartant devant elle, mais aucun n'essaya de l'arrêter.

Elle sortit dans le couloir et hésita, ne sachant pas où aller. Elle ne savait pas où se trouvait la salle d'attente, ni comment sortir du bâtiment. Et elle *devait* sortir de là. Retourner au camp militaire et rester occupée. N'importe quoi pour ne pas penser à ce qui venait de se passer.

* * *

Assis sur son lit, Brain regardait droit devant lui. Il essayait de penser au mot « eau » en kurde, mais rien ne venait. Il avait essayé l'italien. Puis le français.

Rien. Les mots étrangers qui avaient vécu à l'intérieur de son cerveau pendant si longtemps avaient disparu. Ils avaient été ses compagnons constants pendant quasiment toute sa vie. Et à présent, ils s'étaient volatilisés.

— Qu'est-ce que tu viens de faire, putain ? gronda Trigger.

Pas surpris par le venin dans la voix de son ami, Brain se tourna pour le regarder.

— C'était ce qu'il y avait de mieux, dit-il à voix basse.

— Pour qui ? demanda Trigger.

— Pour elle, dit immédiatement Brain.

— Ce sont des conneries et tu le sais, ajouta Lefty. Aspen t'a sauvé la *vie*.

— Et je lui suis reconnaissant. Cela dit, c'est à cause d'elle que je me suis retrouvé étendu la tête sous l'eau, non ?

Les mots lui étaient venus instinctivement, et Brain les regretta aussitôt.

— C'est quoi, ces conneries ? s'exclama Oz.

— Tu es vraiment si stupide que ça ? demanda Lucky.

— Le médecin avait tort. Il a manifestement le cerveau atteint, dit Grover en secouant la tête.

— À la seconde où elle a compris ce qui s'était passé, Aspen s'est jetée par-dessus bord pour te récupérer, ragea Lefty. Dans des eaux qui étaient pleines de saletés et de câbles électriques sous tension. Tu ne respirais plus, et elle t'a fait du bouche-à-bouche jusqu'à ce que tu recommences ! Puis, elle t'a transporté sur je ne sais même pas quelle distance vers la surface plate la plus proche. *Puis* elle est restée assise dans ces mêmes eaux sales à veiller sur toi pendant des heures le temps qu'on te retrouve.

« Elle était prête à lutter contre les infirmières pour avoir le droit de rester à tes côtés, mais on l'a convaincue de te laisser te faire examiner d'abord. Elle s'est endormie dès qu'elle s'est allongée, son corps lâchant prise, mais lorsqu'elle s'est réveillée, on a dû la forcer à se faire examiner avant qu'elle revienne voir si tu allais bien. Elle n'a pas mangé. Elle ne s'est pas rendormie. Elle n'a pas pris de douche. *Tu* étais sa première préoccupation, et tu as le culot de lui dire que tu as besoin d'un peu d'espace ? C'est quoi, ton problème ?

Le cœur de Brain se serra quand il apprit tout ce qu'Aspen avait traversé. Il savait déjà qu'elle était forte, mais entendre de vive-voix tout ce qu'elle avait fait – pour *lui* –, lui permit de se rendre compte qu'en fait, il n'en avait jamais eu la moindre idée. Il se rappela l'avoir entendu dire qu'elle l'aimait, et la douleur dans son cœur se décupla.

— Je ne suis plus celui qu'elle a connu.

— Oh, tu es vraiment un con ! grogna Oz.

— Je sais, c'est pour ça que je la laisse partir ! s'écria Brain.

Sa déclaration fut suivie d'un long silence.

— Explique-toi, aboya alors Grover.

Il soupira, soudainement épuisé.

— Je suis le cerveau. Le type sur lequel s'appuie l'équipe pour parler aux autochtones lorsqu'on est en mission. Je ne peux plus le faire.

— Sérieusement ? lui demanda Oz quand il cessa de parler. Tu es ridicule !

Brain pinça les lèvres. Comment pouvait-il expliquer ce qu'il ressentait ? Il aimait ces hommes comme des frères, mais ils ne comprendraient jamais. C'était comme s'il lui manquait une partie de son cerveau. Il avait l'impression d'être la moitié de l'homme qu'il était auparavant, et il ne voulait pas entraîner Aspen dans les profondeurs du désespoir qu'il ressentait actuellement.

— Et d'une, ça n'a absolument aucun sens, dit Lucky. Oui, tu es intelligent. Et je ne dis pas que le fait que tu connaisses toutes ces langues ne nous a pas été utile, mais ce n'est pas comme si on était perdus sans toi. En fait, tu es en train de nous dire que la seule raison pour laquelle nos missions ont réussi est parce que tu étais capable de parler avec les autochtones.

Brain haussa les épaules.

— Quelle arrogance ! marmonna Oz.

— Bon, tout le monde se calme ! dit Trigger en levant les mains. On va se faire souffler dans les bronches. Le médecin avait dit de ne pas l'agiter, et on a vraiment merdé sur ce point.

Il se tourna vers Brain.

— Tout d'abord, tu n'as pas entendu le médecin quand il a dit qu'il existe une chance pour que la perte de ces langues ne soit pas permanente ? Ton cerveau a pris un bon coup. Il est meurtri et enflé. Quand tu auras eu du temps pour te reposer, il est possible que les langues te reviennent.

Brain haussa les épaules.

— Je suis sceptique. Qu'est-ce que tu veux que je te dise ?

— Tu es un connard, souffla Lefty à mi-voix.

— Deuxièmement, poursuivit Trigger, ignorant le commentaire caustique de son coéquipier, Aspen ne te prendrait jamais en pitié et ne t'aimerait pas moins si tu ne pouvais parler que l'anglais pour le reste de ta vie. Tu lui fais bien du tort en pensant que c'est une telle connasse.

Brain savait que son ami avait raison, mais il garda la bouche fermée.

— Et troisièmement, lui balancer Derek au visage n'était pas cool, dit doucement Trigger. Et tu le sais. Tu voulais vraiment la faire partir et tu savais que la seule façon d'y arriver était de mentionner son ex. Tu étais dans les pommes, mec. Tu ne l'as pas vue. Lefty avait raison. Elle était frénétique, luttant contre tous ceux qui osaient se dresser entre elle et l'homme qu'elle aimait.

Brain ferma les yeux. Il songea à la tête qu'avait eue Aspen quand il avait rouvert les paupières pour la première fois. Elle était épuisée. Elle avait des cernes sombres sous les yeux et des nids-de-poule à la place des cheveux. Elle portait une tenue d'hôpital qui était bien trop grande, et il pouvait également lire l'horreur de leur épreuve sur tous les traits de son visage. Ainsi que l'inquiétude qu'elle ressentait pour *lui*.

Et qu'avait-il fait ? L'avait-il prise dans ses bras et lui avait dit-il que tout allait bien ? Non. Il l'avait repoussée.

Il n'avait pas posé la main sur elle, mais c'était comme s'il l'avait giflée en plein visage.

— Je crois qu'il commence à comprendre, dit Grover.

Brain aurait voulu rappeler Aspen. Lui dire de revenir, qu'il ne pensait pas ce qu'il avait dit... Mais il savait que c'était trop tard. Elle était partie depuis longtemps. Elle était probablement déjà retournée au camp militaire.

Il sentit une main sur son épaule et ouvrit les yeux.

— Elle t'aime. Elle te pardonnera, dit Trigger.

— Elle est têtue, murmura Brain.

— Et toi aussi, dit Lefty à côté de Trigger.

— J'ai peur, dit doucement Brain.

Il ne l'aurait pas admis devant qui que ce soit d'autre que les six hommes qui se tenaient autour de son lit d'hôpital.

— Je ne sais pas comment être une autre personne que le cerveau.

— Et si tu étais simplement Kane pour un moment ? dit doucement Oz.

— Aspen ne t'aime pas parce que tu parles deux douzaines de langues, dit Grover. Elle t'aime parce que tu es toi.

— Et nous aussi, ajouta Lucky. Tu n'es pas simplement dans cette équipe parce que tu sais parler le pachto. Tu fais partie de l'équipe parce que tu l'as mérité. Parce que tu es la crème de la crème. Je me fiche de savoir dans combien de langues tu peux jurer quand on est en patrouille. Je veux seulement savoir que tu sais tirer et que tu protèges mes arrières.

— Penser que ta seule contribution à cette équipe soit

ton cerveau est réducteur et ridicule, ajouta Trigger. Tu es Kane Temple et tu es un putain soldat des Forces Delta. Point barre. C'est compris ?

— Compris, dit Brain d'une voix qui tremblait un peu.

— Alors, maintenant que tu es allongé ici pour te détendre la tête afin de pouvoir sortir de cet hôpital, tu ferais mieux de penser à une façon de t'excuser auprès d'Aspen, dit Lefty.

Brain hocha la tête. Il n'était toujours pas convaincu qu'Aspen ne serait pas mieux sans lui, mais il ressentait une boule dans son ventre qui lui faisait comprendre qu'il avait merdé. Terriblement. Il ressentait un grand vide à savoir qu'elle n'était pas dehors à l'attendre, qu'il ne pouvait pas simplement prendre le téléphone et l'appeler pour entendre sa voix.

— Remets-toi vite, dit Oz en lui pressant le mollet avant de se tourner et de se diriger vers la porte.

— À bientôt, dit Grover en lui emboîtant le pas.

Les autres hommes lui adressèrent chacun leurs adieux, et quand Trigger se tourna pour partir à son tour, Brain l'arrêta.

— Trigger ?

— Oui ?

— Tu veux bien garder un œil sur elle ? Tu sais que ces camps peuvent être dangereux.

— Bien sûr. On le fera tous. Mais, si je peux te filer un conseil ?

Brain acquiesça.

— N'attends pas trop longtemps pour reprendre tes esprits. Aspen se fiche de savoir si tu es intelligent ou pas. Elle va bientôt quitter l'Armée et elle sera libre de trouver un emploi dans n'importe quelle ville du pays. Elle aura besoin d'une bonne raison pour rester dans la région de Killeen.

La pensée qu'Aspen parte ne faisait qu'accroître le nœud qu'il avait dans l'estomac. Cela donna la nausée à Brain. Ou c'était peut-être sa tête qui palpitait. Il n'en était pas sûr.

— Gillian pourra peut-être aussi prendre de ses nouvelles ?

— Bien sûr. Et tu vas probablement devoir tolérer qu'elle, Kinley et probablement aussi Devyn, viennent te dire à quel point tu as été idiot.

Cela fit sourire Brain.

— Elles apprécient Aspen à ce point ?

— Tu le sais bien. Elle fait partie de l'équipe maintenant, dit Trigger. Elle et Gillian se textotent tout le temps.

Brain appréciait qu'Aspen connaisse au moins cela.

— Je vais y aller. Je reviendrai demain matin pour voir si tu vas mieux.

— Merci. Trigger ?

— Oui ?

— Qu'est-il arrivé à Derek ?

Trigger resta silencieux un instant avant de dire :

— Le karma. Voilà ce qui est arrivé. Il a heurté un câble électrique et s'est fait exploser.

— Sérieusement ?

— Oui.

— Bon débarras.

— Exactement. Dors. Tu auras moins mal à la tête quand tu te réveilleras.

— Comment savais-tu que j'avais mal à la tête ? demanda Brain.

— Parce que je te connais, dit Trigger simplement.

Puis il tourna les talons et quitta la pièce, éteignant au passage l'interrupteur le plus proche de la porte.

Brain trouva cette pénombre soudaine très agréable et il fit redescendre le lit jusqu'à ce qu'il reprenne une position allongée. Il se sentait terriblement mal, avait la tête douloureuse, et ce putain de vide dans son cerveau le rendait fou.

Mais au fond de lui, il savait qu'il avait blessé la seule personne sur cette terre qui – il le savait sans l'ombre d'un doute – aurait fait n'importe quoi pour lui.

— Je suis désolé, murmura-t-il avant de sombrer dans un profond sommeil réparateur.

CHAPITRE DIX-HUIT

Une semaine.

Sept longues journées. C'était le temps qui s'était écoulé depuis que Brain n'avait ni vu ni parlé à Aspen. Il était resté hospitalisé pendant quatre jours à cause d'une infection et parce que les médecins s'inquiétaient du gonflement de son cerveau. Quand il était revenu chez lui, il avait eu un flot constant d'invités pour s'occuper de lui... mais pas la personne qu'il avait vraiment envie de voir.

Il avait songé à l'appeler, mais il ne voulait pas risquer qu'elle lui raccroche au nez avant qu'il n'ait l'occasion de lui dire ce dont il avait besoin. Il ne pouvait pas se rendre à son appartement parce que jusqu'à maintenant, il n'avait pas eu le droit de prendre le volant d'une voiture.

Mais ce qu'il avait eu, c'était beaucoup de temps pour penser.

Penser à ce qui s'était passé à Houston avec Spence. Celui-ci avait clairement pété un plomb.

Même si Brain n'avait pas voulu monter dans le bateau, il l'avait quand même fait. Il avait été stupide de tourner le dos à cet homme, mais il ne se serait jamais douté que Spence essayerait de le *tuer*.

Il avait ressenti une sorte de pressentiment et s'était tourné à la dernière seconde, seulement pour voir la pagaie se diriger vers lui. Brain n'avait pas eu le temps d'éviter le coup, et il ne se rappelait d'ailleurs pas avoir été frappé. Il avait immédiatement perdu connaissance et ne se souvenait de rien avant de s'être réveillé à l'hôpital.

Mais ses amis n'avaient pas rechigné à lui fournir les détails les plus macabres. Il savait qu'il flottait sur le ventre quand Aspen avait plongé vers lui. Brain était rongé par l'envie de la voir. Pour s'excuser. Pour la supplier de le pardonner. Mais il avait attendu, voulant se sentir entièrement rétabli avant de se rendre à elle. La dernière chose qu'il aurait voulue était de laisser échapper d'autres conneries et de détruire ses chances de la récupérer.

Brain ne savait même pas si elle avait envie de le reprendre, mais il allait faire tout ce qui était en son pouvoir pour la convaincre qu'il avait été un idiot et qu'il l'aimait.

Et le jour était venu.

Le service funéraire de Spence aurait lieu dans la matinée. Dans toute autre circonstance, Brain aurait évité la chapelle à tout prix. Après tout, cet homme avait essayé de le tuer. Mais Grover lui avait dit qu'Aspen y serait. Il ne savait pas pourquoi elle voulait être présente, mais il voulait faire de son mieux pour la soutenir.

Ayant enfin reçu l'approbation du médecin pour reprendre le volant, Brain avait enfilé son uniforme de cérémonie vert et les lunettes de soleil qu'il portait en raison de son mal de crâne toujours permanent, puis il avait grimpé dans sa Challenger et s'était dirigé vers la chapelle de la base.

Le parking était occupé, mais pas trop, et Brain trouva facilement une place pour se garer. Prenant une profonde respiration et bien conscient que la demi-heure qui l'attendait n'allait pas être facile, il entra dans la chapelle.

Le service venait manifestement de commencer et Brain repéra immédiatement Aspen. Elle portait également son uniforme de cérémonie vert et était installée sur l'un des bancs du fond, derrière le reste du cortège. Elle était assise seule, le dos droit comme un i, regardant fixement l'aumônier.

Brain se glissa sur le banc et s'assit à côté d'elle, retenant son souffle. Mais à part un rapide coup d'œil latéral, elle ne lui adressa pas le moindre signe de reconnaissance. Il n'avait bien sûr pas envisagé qu'elle fasse une scène ; ce n'était pas dans sa nature. Mais il ne savait pas quoi penser de son accueil.

Les vingt minutes suivantes furent difficiles. Écouter l'aumônier de la base vanter les louanges de Spence, raconter qu'il était un homme bon et que sa mort était une grande perte pour l'Armée et sa famille était une immense fumisterie. Il avait du mal à digérer le fait que cet homme qui avait essayé de le tuer soit loué comme s'il était un héros.

Mais le service se termina enfin et Brain se tourna vers Aspen.

— Salut.

— Bonjour, dit-elle d'un ton posé sans manifester la moindre émotion.

— Je ne m'attendais vraiment pas à te voir ici ce matin, dit-il.

Elle haussa les épaules.

Brain la regarda. Elle avait l'air marquée. Son visage était pâle et elle avait encore des cernes sous les yeux. S'il ne se trompait pas, ses battements cardiaques étaient trop rapides. Il pouvait les voir pulser dans son cou.

— On peut se parler ? laissa-t-il échapper, voulant plus que jamais la prendre dans ses bras et la réconforter.

Aspen hocha la tête et Brain poussa un soupir de soulagement.

— Mais pas ici, dit-elle.

— Bien sûr, dit-il immédiatement en se redressant et en lui tendant une main.

Il fut surpris quand elle la prit.

Il n'avait jamais ressenti de soulagement aussi immense qu'en cet instant-là. Elle n'avait pas repoussé sa main. Elle ne lui avait pas dit d'aller se faire voir.

Il commençait à espérer que peut-être, juste peut-être, il ne l'avait pas perdue pour toujours.

À la seconde où elle fut debout, Aspen lui lâcha la main, et Brain essaya de ne pas être trop déçu. Il lui fit signe de le précéder hors du banc et elle passa devant lui pour regagner l'allée centrale. Elle n'avait pas l'air de vouloir attendre pour parler à la famille de Spence, ce qui était un soulagement.

Une fois à l'extérieur, Brain enfila ses lunettes noires, grimaçant quand la lumière du soleil lui fit palpiter le crâne.

— Tu veux bien prendre un café avec moi ? demanda-t-il, se sentant perdu et maladroit, chose qu'il détestait.

Mais Aspen secoua la tête.

— Non. Et si on se retrouvait plutôt chez moi... dans une vingtaine de minutes ? Ça me donnera le temps d'arriver et de me changer.

Brain hocha immédiatement la tête.

— C'est d'accord. Je vais passer chez moi rapidement pour me changer, si ça ne te dérange pas.

— Bien sûr. À tout à l'heure.

Puis Aspen se détourna de lui et se dirigea vers sa voiture.

Brain se retint d'aller vers elle quand elle tituba légèrement, puis elle se redressa et ouvrit la portière. Il ne savait pas pourquoi elle avait vacillé... mais cela ne lui plaisait pas.

Il passa chez lui à toute vitesse pour enfiler un jean et une chemise boutonnée vert olive. Aspen lui avait dit qu'elle l'aimait bien... avant qu'il se comporte comme un idiot et la repousse. Elle lui avait dit qu'elle faisait ressortir le vert de ses yeux noisette. Il était prêt à faire tout ce qu'il fallait pour lui rappeler à quel point leur relation avait été bonne et qu'à une époque, elle l'avait vraiment apprécié.

Il arriva avec cinq minutes d'avance dans le parking de son appartement, et Brain se força à rester en place jusqu'à ce que l'heure de leur rendez-vous soit venue. Puis il se rendit vers son immeuble et son appartement pratiquement au pas de course. Il frappa et l'entendit crier que la porte était ouverte.

Contrarié qu'elle ait non seulement laissé sa porte déverrouillée, mais qu'elle n'ait pas non plus pensé à vérifier que ce soit bien lui avant de lui dire d'entrer, Brain ouvrit la porte. Il la ferma et la verrouilla derrière lui, inspirant profondément pour se donner du courage avant d'entrer.

Aspen était assise sur son canapé, vêtue d'un tee-shirt, et blottie sous une couverture en peluche. Il avisa la boîte de mouchoirs, le verre de jus d'orange et la pile de livres posés sur la table à côté du canapé et demanda :

— Tu es malade ?

Aspen réprima un sourire.

— Je ne peux rien te cacher. Assieds-toi, Kane. Il faut qu'on parle.

Ces quatre mots avaient frappé de terreur le cœur de bien des hommes depuis la nuit des temps, mais Brain s'y était attendu. C'était la raison pour laquelle il était venu. Il se prépara mentalement, et au lieu de s'asseoir sur la chaise en face d'elle, qui semblait trop loin, il se posa sur le canapé à son côté. Ils ne se touchaient pas, mais être aussi proche d'elle après tout ce qu'il avait dit lui paraissait être un miracle.

Inspirant profondément, Brain balbutia ce qu'il avait mariné depuis sept longues journées.

— Je t'aime.

* * *

Aspen se sentait terriblement mal. Après avoir quitté l'hôpital de Houston, elle avait été en état de choc. Blessée, confuse, et même un peu en colère. La pluie s'était enfin arrêtée et l'eau avait commencé à redescendre. De retour aux tentes, elle avait enfilé l'uniforme de rechange qu'elle avait pensé à prendre puis avait aidé à replier les tentes et à charger les camions pour retourner à Fort Hood.

Elle était restée dans son coin et avait passé le trajet de retour à Killeen à examiner la situation sous tous les angles. Tous les muscles de son corps lui faisaient mal, et elle savait qu'elle allait avoir des bleus sur tout le corps.

Après avoir aidé à décharger les camions, Aspen était retournée à son appartement et avait dormi pendant vingt heures. Lorsqu'elle s'était réveillée, elle s'était sentie encore pire que lorsqu'elle s'était couchée la veille. Elle avait appelé son major, lui avait dit qu'elle était malade, et avait dormi douze heures de plus.

Au bout de cinq jours, elle commençait enfin à se sentir mieux, mais elle n'avait pas récupéré sa forme optimale. Elle s'était forcée à se lever pour se rendre au service commémoratif de Derek, mais avait prévu de retourner directement chez elle pour aller se coucher.

Elle avait été surprise de voir Kane et encore plus qu'il s'asseye à côté d'elle et lui ai demandé à lui parler.

Cela lui convenait parfaitement.

Elle avait enfilé le pantalon et le sweat-shirt les plus

confortables qu'elle possédait et avait attendu son arrivée avec impatience. Il était temps qu'ils discutent de tout ce qui s'était passé, qu'ils mettent les choses au clair.

Kane s'assit sur le canapé à côté d'elle et juste quand elle ouvrit la bouche pour parler, il laissa échapper :

— Je t'aime. Et je suis désolé.

Surprise, Aspen cligna des paupières.

— Quoi ?

— Je t'aime, répéta-t-il, plus fermement cette fois.

Le cœur d'Aspen menaçait de bondir hors de sa poitrine, mais elle fit de son mieux garder ses émotions sous contrôle.

— La dernière fois que je t'ai vu, tu as rompu avec moi. Tes signaux me déroutent, Kane.

Il soupira et passa une main à travers ses cheveux.

— Je sais. Et ma seule excuse est que je n'étais pas moi-même dans cet hôpital il y a une semaine.

Aspen arqua un sourcil.

— Je sais que ça ressemble à une excuse, mais ce n'en est pas une. Je venais de me réveiller, j'étais confus, j'étais déprimé et j'avais mal. J'étais tellement content de te voir, mais le médecin t'a mise dehors et est venu m'inspecter.

— T'inspecter ? demanda Aspen avec un petit ricanement.

Les lèvres de Kane tressaillirent, mais il acquiesça.

— Tu sais ce que je veux dire. Ça m'a fait penser à une inspection. J'ai été soulagé quand je me suis apparemment souvenu de tout, mais quand il a dit quelque chose en espagnol à l'infirmière et qu'elle a répondu... je me suis rendu compte que je ne pouvais pas les comprendre. Ça m'a fait complètement flipper. Puis j'ai réalisé que je ne me souvenais *d'aucune* des langues que j'avais apprises au fil des ans. Pas une seule. Les mots avaient tout bonnement disparu. J'avais l'impression d'avoir un trou dans la tête.

« Trigger est entré et je lui ai expliqué ce qu'il se passait. Il a commencé à poser des questions, demandant quand et si j'allais retrouver la mémoire, et le docteur a dit qu'il ne savait pas, que la possibilité que je récupère cette partie de ma mémoire était de soixante pour cent. Je... ne l'ai pas bien pris.

Aspen étouffa un rire.

— Tu crois ?

Kane ne sourit pas, se contentant de la regarder.

— Et maintenant ? La mémoire te revient.

— Un peu, admit Kane. Des mots me viennent au hasard. En fait, c'est un peu déconcertant de parler à quelqu'un et de me souvenir soudain du mot pour dire « rouge », « chemise » ou bien « connard ».

— Alors c'est pour ça que tu es ici ? Parce que tu es en train de récupérer la mémoire et que tu peux redevenir « le cerveau » ? demanda Aspen d'un ton un peu plus acerbe qu'elle l'aurait voulu.

— Non, dit immédiatement Kane. J'ai compris presque à la seconde où tu as quitté l'hôpital que j'avais commis une erreur. Quand tu es partie, c'était comme si tu avais emporté tout l'air de la chambre. Trigger et le reste des garçons m'ont aussi clairement fait comprendre que j'avais merdé. Tu m'as manquée, *chérie.*

Aspen tendit la main vers la table du fond, prit son téléphone, l'étudia pendant une seconde puis le regarda à nouveau.

— C'est drôle, je n'ai reçu aucun message de toi. Tu as oublié mon numéro ?

— Non. J'avais peur que tu me bloques ou que tu ne me répondes pas. J'ai demandé à Doc de me conduire ici l'autre jour. Ta voiture était là, mais quand j'ai frappé, tu n'as pas répondu. Je me suis dit que tu m'évitais.

— Quand ? demanda Aspen.

— Il y a trois jours.

— Je n'étais pas là, lui dit-elle. Apparemment, j'ai attrapé une sale infection après être restée assise dans les eaux de l'inondation pendant des heures. Je me suis coupé la main sur quelque chose, et les petites bébêtes sont entrées par là... Du moins, c'est ce que pensent les médecins. J'étais vraiment malade un jour ou deux après mon retour, alors j'ai appelé Devyn. Elle est venue et m'a emmenée voir le médecin de la base. Ils m'ont fait rester une nuit à l'hôpital militaire avant de me laisser rentrer à la maison. Je n'étais pas là quand tu es venu, Kane, sans quoi j'aurais ouvert la porte.

Kane eut l'air alarmé.

— Tu vas bien maintenant ? Tu dois sortir plus tard ? Je devrais y aller et te laisser dormir.

Aspen toucha le bras de Kane, ressentant les mêmes étincelles lui traverser la main que lorsqu'elle l'avait touché pour la première fois.

— Je vais bien, dit-elle.

— Merde, jura-t-il en lui saisissant la main et en la serrant fort dans les siennes. On m'a injecté tant d'antibiotiques à l'hôpital de Houston que je crois que ça a aidé à combattre l'infection qu'aurait pu me provoquer ma plaie à la tête.

Aspen acquiesça.

— Oui, c'est ce que je me suis dit aussi. Mais ta tête te fait toujours mal ?

— De temps en temps, oui. Je porte des lunettes de soleil pour compenser. Ça s'arrange de jour en jour et les médecins disent qu'ils pensent que maintenant que j'ai commencé à me souvenir de certaines des langues que j'ai perdues, je les récupèrerai toutes quand le gonflement de mon cerveau se sera apaisé.

— Je suis contente.

— J'ai été surpris que tu sois allé au service de Derek, dit Kane.

Aspen le laissa changer de sujet.

— J'ai pris mon major entre quatre yeux et lui ai raconté tout ce qui s'était passé cette nuit-là. Ton hésitation à grimper dans le bateau, comment je me suis tournée quand j'ai senti le bateau tanguer et que j'ai vu Derek avec la pagaie à la main, ma décision de quitter le bateau après toi au lieu d'attendre de voir ce que Derek allait me faire, puis la façon dont il est parti à toute vitesse en nous abandonnant à notre sort. Ce n'était pas facile et j'avais peur qu'il ne me croie pas, mais il l'a fait.

« Il m'a dit que Derek avait reçu une réprimande pour ses actions en Afghanistan. Je ne le savais pas. Et apparemment, personne d'autre non plus. Mais visiblement, ça a suffi pour le pousser à bout. Il ne vivait que pour l'Armée. Et quelque part, il a fini par me faire porter le chapeau pour tout ce qu'il avait fait. Le major a dit qu'il s'assurerait que tout ce qui s'était passé soit consigné. Je ne sais pas où et si quelqu'un le verra un jour, mais ça m'a rassurée que le major m'a crue.

« Quoi qu'il en soit... le résultat est que Derek a payé pour ses péchés. Il s'est comporté comme un connard, et était sexiste envers les femmes en général. Mais il a payé pour avoir essayé de te tuer. Complètement. Le karma lui a réglé son compte. J'aurais pu insister auprès du major pour qu'il mène une enquête et qu'il fasse intervenir l'unité d'enquête criminelle de l'Armée, mais honnêtement, il ne peut pas être plus puni qu'il ne l'a déjà été. Et il n'y a que peu d'honneur à traîner le nom d'un mort dans la boue.

« S'il était vivant ? Je te jure que je crierai sur tous les toits ce qu'il t'a fait. Mais maintenant ? Je suis juste lasse de toutes ces conneries. Le karma m'a devancée, alors je le prends comme une indication que je dois continuer à vivre ma vie.

— Alors, pourquoi y es-tu allée aujourd'hui ? Ça m'a vraiment fichu en rogne d'entendre l'aumônier soutenir que c'était un homme bien et un grand soldat, dit Kane.

Aspen hocha la tête.

— Oui, c'était difficile à accepter. Mais je voulais être une meilleure personne que lui. Et j'ai vraiment de la peine pour sa famille. J'espérais aussi que cela me permettrait de tourner la page sur ce qui s'est passé.

— Et ça a marché ? demanda Kane.

— Étonnamment... oui. Je peux mettre tout cela derrière moi et j'ai hâte d'adopter un nouveau chemin dans la vie.

— Je ne suis pas certain de pouvoir tourner la page aussi rapidement, admit Kane. Ce connard a essayé de me *tuer*. Et tant que des connards comme Derek seront autorisés à occuper des postes de direction dans l'Armée, les choses ne changeront jamais pour les femmes. Ils ne doivent pas se sentir libres de tout faire simplement parce que les hauts gradés ne veulent pas faire face aux répercussions qu'ils subiront si on leur reproche leur comportement.

Aspen pinça les lèvres. Les mots de Kane signifiaient tout pour elle.

— Je sais que tu as raison, mais j'ai juste envie de passer à autre chose.

Kane la regarda pendant un long moment, puis il hocha la tête.

— Ça ne me plaît pas, et je déteste voir que les actions de Spence ne sont pas critiquées... mais pour toi, je suis disposé à tourner la page.

Aspen voulut le remercier, mais Kane s'exprima avant qu'elle ne puisse dire quoi que ce soit.

— Mais je *vais* avoir un long entretien avec le major. Je sais que tu lui as déjà parlé, mais je suis certain que tu as minimisé une bonne partie des conneries que Spence t'a fait subir. C'est probablement motivé par le fait qu'il ne te traite pas différemment des autres membres de son équipe. Ce sont des conneries. Quelqu'un doit parler pour toi et au nom de toutes les femmes qui viendront après toi, et ce quelqu'un ce sera moi.

— Merci, dit-elle doucement. Car tu es ici, sain et sauf, et que c'est derrière moi, mais je ne peux pas m'empêcher de penser à la petite Annie et son enthousiasme à l'idée de rejoindre l'Armée, et peut-être même de marcher dans mes traces. Si une discussion avec le major peut aplanir un peu le terrain pour les femmes à l'avenir, ça me va parfaitement.

Kane hocha la tête. Puis il regarda ses mains comme s'il hésitait à dire ce qu'il pensait.

— Qu'est-ce qu'il y a ? demanda Aspen.

— Je suis vraiment désolé d'être un connard, lui dit-il.

— Je sais. Et je t'ai déjà pardonné il y a une semaine, lui dit-elle honnêtement.

— Vraiment ? demanda-t-il d'un ton surpris.

— Oui. Tu pensais vraiment que j'allais juste m'en aller ? Kane, je t'aime. Je t'ai aimé pratiquement depuis le premier baiser qu'on a échangé dans ce bar. Je n'allais pas tourner le dos à tout ça juste parce que tu tapais ta crise. J'avais prévu de te donner un peu d'espace puis de te parler quand tu aurais assez récupéré pour rentrer à la maison. Mais j'ai été malade et mes plans sont tombés à l'eau.

— Tu m'aimes, dit-il. Ce n'était pas une question.

— Bien sûr, dit Aspen.

— Je t'ai fait du mal.

— Certes. Je n'avais encore jamais ressenti une telle douleur que lorsque tu m'as dit que tu avais besoin d'espace. Mais je me suis mis en colère. J'ai bien peur d'avoir pensé à toi en termes peu élogieux pendant un moment. Et quand je me suis enfin suffisamment calmée pour réfléchir à ce qui s'était passé, je me suis rendu compte que j'avais été trop insistante. J'avais vraiment envie de te voir et j'aurais dû écouter quand Trigger m'a dit que tu avais besoin d'un peu d'espace.

Kane secoua la tête.

— Non, tu n'as rien fait de mal. C'était entièrement ma faute. Tu voulais simplement me voir. Les garçons m'ont dit que tu avais refusé de quitter mon chevet pendant que j'étais inconscient. Tu n'as pas mangé, pris ta douche ou dormi. Puis à la seconde où j'ai repris connaissance, j'ai rompu avec toi.

— Tu as *essayé* de rompre avec moi, le corrigea Aspen. Je ne voulais pas te laisser filer sans me battre. Je n'ai pas abandonné pendant mon entraînement et je n'ai pas abandonné quand on m'a dit que je ne pourrai jamais devenir médecin de combat pour une équipe de Rangers. Je n'allais certainement pas te laisser filer à cause d'un petit malentendu.

— Je ne te mérite pas, murmura Kane.

— Tu as tort. On se mérite mutuellement, lui dit Aspen.

Puis elle tourna la tête et toussa dans sa manche.

— Tu es toujours malade, dit Kane en redressant l'échine. Tu dois te reposer.

Aspen lui pressa la main plus fort.

— C'est juste que... je ne veux pas que tu partes.

Il eut l'air surpris.

— Oh, je n'irai nulle part, lui assura-t-il. Tu ne m'as pas quitté quand j'avais le plus besoin de toi, et je ne quitterai pas cet appartement tant que tu ne te seras pas complètement rétablie.

Aspen sourit.

— Alors on est réconciliés ?

— Plus que ça, lui dit-il. Je t'aime, tu m'aimes. Tu m'as pardonné d'être un connard et je te promets que cela ne se reproduira pas.

— Je vais bien, lui dit doucement Aspen. Tu m'as fait terriblement peur.

Kane se pencha lentement en avant et l'embrassa sur le front. Puis il l'encouragea à s'allonger sur le canapé et il la borda, s'assurant qu'elle soit à son aise. Il se pencha vers elle et dit :

— J'ai eu la meilleure médecin de combat du monde pour prendre soin de moi. Bien sûr que j'allais m'en sortir ! Dors, *querida*.

Plus heureuse qu'elle l'avait été depuis des journées entières, Aspen s'endormit.

* * *

— Oh, *putain,* haleta Brain alors qu'Aspen s'abattait sur sa verge.

Cela faisait un mois et demi qu'il avait failli la perdre, et leur relation était plus solide que jamais. Toutes les langues qu'il avait perdues lui étaient lentement revenues, et il n'avait jamais été aussi content.

Il avait des amis géniaux, un travail qu'il appréciait et une compagne qui lui prouvait constamment non seulement qu'elle l'aimait, mais qu'elle serait également prête à se battre pour lui si nécessaire.

Aspen avait obtenu sa décharge dans l'après-midi et ils avaient célébré à la fois sa sortie de l'Armée et l'offre d'emploi qu'elle avait reçue du Service d'ambulance de la ville de Temple. Il leur avait préparé un bon dîner avec des margaritas glacées extra sucrées pour Aspen, et il avait couronné le tout par son gâteau préféré : un quatre-quarts pour le dessert. Quand ils eurent fini de manger, elle l'avait traîné vers sa chambre et lui avait sauté dessus.

À cet instant, il était allongé sur le dos, s'accrochant aux hanches d'Aspen qui le chevauchait avec passion. Ses seins rebondissaient à chaque coup de reins et elle gémit quand elle baissa la main pour caresser son clitoris alors qu'elle le chevauchait. Elle était sexy comme tout et Brain invoqua toute sa volonté pour contenir son propre plaisir.

À la seconde où il la sentit basculer, il l'attrapa par la taille et roula sur lui-même jusqu'à ce qu'elle se retrouve sur le dos. Puis il la prit encore plus fort, bouleversé par la sensation des muscles internes d'Aspen qui palpitaient encore le long de sa verge dénudée. Ils avaient abandonné les préservatifs et il n'avait jamais rien ressenti d'aussi bon que de la prendre, peau à peau.

Bien trop vite, il se retrouva au bord du précipice. Il s'enfonça en elle aussi profondément que possible et s'abandonna au plaisir.

Une minute plus tard, il s'écroula, veillant à ne pas écraser Aspen sous son poids. Il les fit rouler sur le côté, sentant son souffle chaud contre son cou, et il ferma les yeux de contentement.

Il avait failli perdre tout cela.

Il s'était tellement excusé qu'Aspen lui avait ordonné de ne plus dire « je suis désolé » à propos de ce qui s'était passé à Houston. Il avait accepté... mais il s'excusait encore dans sa tête.

— Félicitations, dit-il doucement.

Aspen ricana.

— Merci.

— Pour ce que ça vaut, je suis fier de toi. La ville de Temple ne le sait peut-être pas encore, mais ils sont entre les meilleures mains possible : les tiennes. Quand quelqu'un appellera les urgences, ils auront de la chance que ce soit toi qui viennes les aider.

— J'ai quelques cours à suivre pour me sentir à l'aise, surtout en pédiatrie, mais je suis vraiment enthousiaste à l'idée de commencer et de rencontrer les autres ambulanciers avec qui je vais travailler.

— Ils vont t'aimer, lui dit Brain, croisant les doigts pour que ce soit vrai.

Mais Aspen haussa simplement les épaules.

— Même s'ils ne m'aiment pas, ce n'est pas grave. Je t'ai toi et ton équipe. Ainsi que Gillian, Kinley et Devyn. Je n'ai pas besoin d'être meilleurs amis avec mes collègues, parce que je vous ai tous.

— Tu as bien raison, lui dit Brain. Quand vas-tu emménager ici pour de bon ? demanda-t-il.

Aspen leva la tête et le regarda dans les yeux.

— Je n'étais pas certaine que tu sois prêt ?

— Pas prêt ? railla Brain. Allons, ça fait un mois que je te supplie de rester tous les soirs.

— Si tu en es sûr..., commença-t-elle, ne terminant pas sa phrase.

— J'en suis certain, confirma Brain. Plus que certain. Tu gaspilles de l'argent en louant cet appartement puisque tu es chez moi tout le temps de toute façon. J'ai envie que tu sois *ici*. Dans mon lit. Dans ma douche. Dans ma cuisine. Je sais que cette maison est petite, mais avec le temps, on en achètera une plus grande.

— C'est parfait, dit Aspen avec un sourire.

Brain réprima un rire, et le mouvement fit glisser sa verge d'entre les cuisses d'Aspen, leur tirant à tous les deux un grognement.

— Je déteste t'avoir perdu, dit-elle.

— Tu ne me perdras plus jamais, ma chérie, lui dit Brain. Puis il se pencha et l'embrassa. Longuement et lentement, juste comme ils l'aimaient.

* * *

Winnie Morrison coula un regard vers la maison de son voisin et sourit en voyant l'élégante voiture noire de Kane garée dans son allée. Il aimait cette voiture. Et le fait qu'elle ne soit pas en sécurité dans son garage ne pouvait que signifier que celle d'Aspen occupait actuellement cet espace. Il était évident qu'il l'aimait *elle* plus qu'il n'aimait sa voiture, ce qui rappelait à Winnie son défunt mari.

Steve avait été l'amour de sa vie. Il était décédé cinq ans auparavant et il ne se passait pas un jour sans qu'il lui manque. Lui et la façon dont il lui avait tenu la main, changé les ampoules sans se plaindre ou coupé les légumes pour faire des salades parce qu'il savait qu'elle détestait le faire.

Mais elle avait passé plus de cinquante-cinq ans à ses côtés, et elle chérissait la vie qu'elle avait vécue. Elle avait quatre-vingt-onze ans et il ne lui restait plus beaucoup de temps. Cela dit, elle n'était pas encore morte !

Ainsi, quand sa petite-fille Jayme lui avait demandé si elle pouvait habiter chez elle pendant un moment, elle avait accepté avec enthousiasme. Regarder Kane tondre son jardin seulement vêtu d'un short était divertissant, bien sûr, mais la plupart des jours, elle s'ennuyait. Ce serait bien d'avoir la compagnie de Jayme.

Sans parler du fait qu'à trente-deux ans, il était temps pour sa petite-fille de se marier. Mais Jayme était têtue. Et difficile.

Mais Winnie n'allait pas laisser cela l'arrêter. Elle avait trouvé quelqu'un qui serait parfait pour sa Jayme. Elle avait rencontré le jeune homme – tout le monde était jeune aux yeux de Winnie – à la supérette, et ils étaient rapidement devenus amis. Il l'avait appelée plusieurs fois pour discuter, et il était même passé l'autre jour pour voir si elle allait bien et si elle avait besoin de quoi que ce soit. Il était respectueux, courtois, beau et – plus important encore – célibataire.

Affichant un large sourire, Winnie n'avait pas ressenti autant d'anticipation et d'excitation depuis très longtemps. Malgré son âge, elle se souvenait toujours des papillons dans le ventre qu'elle avait ressentis quand elle avait rencontré Steve pour la première fois. C'était ce qu'elle voulait pour Jayme.

Se détournant de la fenêtre, Winnie commença à monter un plan. Elle avait hâte que Jayme arrive.

* * *

Sierra était assise en silence sur une chaise au milieu d'une maison en ruine, essayant désespérément de se délier les mains. Peine perdue ; elle n'avait fait que resserrer davantage les nœuds dans les cordes qui la maintenaient à la chaise. Les larmes menacèrent de couler, mais elle les réprima. Elle avait l'impression qu'elle ne faisait que pleurer.

C'était difficile de comprendre comment elle s'était retrouvée dans cette situation.

Elle venait de terminer un service à la cantine et rentrait à sa tente quand quelqu'un l'avait saisie par-derrière, lui avait fourré un sac sur la tête puis l'avait poussée à l'arrière d'un véhicule. Un homme lui avait plaqué un couteau contre la gorge et lui avait dit que si elle faisait le moindre bruit, il lui déviderait les entrailles comme un poisson.

Alors elle était restée allongée, silencieuse et tremblante, alors qu'ils passaient en voiture devant les gardes à l'entrée de la base.

Depuis, elle avait été déplacée de maison en maison et montrée avec joie aux insurgés.

Au milieu de ses souvenirs, un homme qu'elle reconnut entra dans la pièce où elle était retenue prisonnière et laissa tomber à ses pieds un sac polochon.

Elle regarda le sac avec consternation. C'était le sien. Elle avait été tellement contente quand elle l'avait trouvé dans un magasin de surplus de l'Armée aux États-Unis, avant son départ pour l'Afghanistan !

— Au cas où tu te demanderais si quelqu'un te cherche, personne ne le fait, dit l'homme.

Elle l'avait vu à la base. C'était un interprète. Muhammad Qahhar. Quelqu'un à qui on faisait suffisamment confiance pour le laisser se mêler aux femmes et aux militaires américains.

— Ils pensent que tu t'es barrée. Que ce travail était trop pour toi. Personne ne se soucie de toi, diablesse ! Tu es à nous.

— Qu'allez-vous me faire ? demanda-t-elle.

— Tu es un objet d'entraînement pour mes hommes, dit-il.

Sierra ne voulait pas savoir ce que cela signifiait, mais elle ne put s'empêcher de demander :

— Qu'est-ce que vous voulez dire par là ?

— Ils doivent apprendre comment arracher des informations à nos captifs. Comment infliger juste assez de douleur pour qu'ils veuillent tout nous dire, mais pas assez pour les tuer. Tu seras notre cobaye. On va se servir de toi pour perfectionner nos compétences afin que, lorsque le temps sera venu et que l'Amérique nous enverra leurs meilleurs soldats pour nous attaquer, on sera assez compétents pour vous renvoyer chez vous, les Occidentaux, la queue entre les jambes.

Sierra était horrifiée. Ils allaient la torturer pour *s'entraîner* ?

— Je vous en prie ! Laissez-moi partir ! Je ne dirai rien à qui que ce soit.

— Non, répondit succinctement l'homme avant de se tourner vers deux autres qui l'avaient rejoint dans la pièce.

Sierra ne les avait même pas encore remarqués, trop concentrée sur celui qu'elle avait connu en tant qu'interprète... et sur son sac.

— Les grottes sont prêtes ? demanda-t-il.

— Oui, Shahzada, répondit l'autre homme.

Sierra cligna des paupières en reconnaissant ce nom. Shahzada était le nom du chef des insurgés de la région. *Muhammad* était Shahzada ? Oh, merde ! Il se déplaçait sur la base en toute liberté. Tout le monde lui faisait confiance. De toute évidence, personne ne soupçonnait qu'il puisse être le terroriste qu'ils recherchaient.

Là-bas, sous le nez des hommes et des femmes que Sierra avait appris à connaître en travaillant sur la base.

— C'est bien. Emmenez-la là et faites comme on vous l'a demandé. On verra combien d'autres contractants on pourra enlever pour lui tenir compagnie. Les Américains finiront par piger et ils nous enverront leurs soi-disant forces *d'élite* pour essayer de nous arrêter. D'ici là, on sera prêts à les recevoir.

Shahzada sourit joyeusement en se retournant vers Sierra.

— Toi et les autres aurez un rôle à jouer pour contraindre vos hommes de quitter nos terres. Tu devrais être fière.

Fière ? Non, elle n'était pas fière ; elle était terrifiée.

Sierra ne put réprimer un mouvement de recul devant les hommes qui s'avancèrent. Elle ne savait pas ce que l'avenir lui réservait, mais elle savait que cela ne présageait rien de bon.

Quelqu'un, quelque part, avait forcément dû comprendre qu'elle n'avait pas simplement quitté la base, n'est-ce pas ?

Elle devait être forte et rester en vie pour pouvoir révéler à quelqu'un que Muhammad était Shahzada. Elle n'était peut-être pas une soldate, mais elle aimait son pays... et Sierra ne se laisserait pas détruire sans combattre.

Sa dernière pensée avant qu'un poing ne se dirige vers son visage, lui dérobant toute pensée, était ce soldat phénoménal, Grover. Elle lui avait envoyé une lettre, expliquant qu'elle préférait les lettres manuscrites plus personnelles aux e-mails et qu'elle avait hâte de le connaître. Quand il la recevrait et se rendrait compte qu'elle ne lui en envoyait pas d'autres, il se dirait certainement que quelque chose n'allait pas. Non ?

* * *

Oz était allongé sur son canapé, une main derrière la tête. Il regardait le football et essayait d'ignorer la dispute qu'il entendait parfaitement dans l'appartement voisin. Cela faisait au moins une heure qu'il écoutait ce connard s'en prendre à sa copine. Ce n'était pas non plus la première dispute qu'il surprenait. Pour autant qu'il en savait, il ne l'avait jamais frappée, mais il était bien placé pour savoir à quel point les mots pouvaient blesser.

Lui et sa sœur avaient grandi avec un père exactement comme le connard qu'il pouvait entendre crier à côté. Ils n'avaient jamais réussi à faire quoi que ce soit de bien et avaient passé leur enfance à essayer d'être discrets, hors de vue de leur père. Leur mère était partie alors qu'Oz n'était encore qu'un bébé, et il ne l'avait jamais connue. Sa sœur Becky avait six ans de plus que lui et pourtant, c'était Oz qui avait fait tout son possible pour essayer de la protéger.

Sa sœur n'avait jamais été en mesure de se libérer des abus qu'ils avaient subis. Elle s'était mise en couple avec un homme qui était exactement comme son père, mais qui n'hésitait pas à utiliser ses poings pour s'exprimer. Oz avait essayé d'aider Becky à plusieurs reprises alors qu'elle avait quitté le domicile familial et qu'il était toujours au lycée. Il lui avait envoyé de l'argent pour qu'elle puisse quitter son copain abusif, mais elle finissait constamment par retourner auprès de cet homme.

Leur père était mort juste avant qu'Oz décroche son bac, et quand Becky s'était pointée à l'enterrement visiblement défoncée, Oz en avait eu marre. Il avait fait de son mieux pour la soutenir, mais tant qu'elle ne prendrait pas ses responsabilités, il ne pourrait rien faire de plus.

Cela faisait plus d'une décennie qu'Oz n'avait pas parlé à Becky. Quand il avait rejoint l'Armée après avoir obtenu son bac, il avait dû se concentrer sur son propre avenir.

Il le regrettait à présent. Il aurait aimé avoir été assez fort pour aider Becky plus qu'il ne l'avait fait.

Écouter sa voisine se faire abuser verbalement à travers les murs faisait remonter à la surface tous les souvenirs qu'il s'était efforcé de réprimer.

— Tu es de la merde, Riley ! Tu l'as toujours été et tu le seras toujours ! hurla l'homme.

— Vire-le de l'appart, marmonna Oz.

— Va te faire foutre ! cria la femme en retour. Casse-toi.

— C'est bien, dit Oz en hochant la tête. Reste ferme. Ne le laisse pas revenir.

— Tu vas me supplier de revenir, la prévint l'homme.

Elle éclata de rire.

— Tu te fais des films. Tout ce que tu es capable de faire est de glander en jouant à des jeux vidéo toute la journée. C'est *fini* entre nous.

— Très bien. De toute façon, tu es la reine des glaces. Super frigide.

— Dehors ! hurla la femme.

Quittant son canapé, Oz alla jusqu'à sa porte d'entrée et l'ouvrit. Il voulait que ce connard qu'elle fichait dehors sache qu'elle ne restait pas entièrement sans protection. Oz était grand. Avec son mètre quatre-vingt-dix, il était imposant, et il ne pensait pas que le type d'à côté fasse le moindre geste tant qu'il serait là.

Oz avait déjà croisé sa voisine, mais il ne lui avait jamais rien dit de plus qu'un simple « bonjour » et « bonsoir » en passant. Cela dit, il n'avait aucune intention de laisser les abus verbaux se transformer en violences physiques.

Il s'appuya contre l'encadrement de sa porte et croisa les bras, adoptant un air aussi intimidant que possible. Trois secondes plus tard, la porte de sa voisine s'ouvrit et le mec en sortit à vive allure. Celui-ci se retourna et se prépara à lancer une dernière insulte... quand il repéra Oz.

— Tu n'en vaux pas la peine, cracha l'homme à la jeune femme.

Puis il descendit rapidement le couloir, passa devant l'appartement d'Oz et disparut dans la cage d'escalier.

Se tournant vers la droite, Oz vit celle qui se dressait dans l'encadrement de sa porte. Elle rougit quand elle s'aperçut qu'il le contemplait. Elle était toute petite, faisant au moins trente centimètres de moins que lui. Elle avait de longs cheveux bruns qui bouclaient aux extrémités ainsi que de grands yeux noisette. Elle semblait stressée, mais il lisait également le soulagement dans son regard.

— Vous allez bien ? demanda-t-il.

Elle hocha la tête.

— Merci.

— Vous êtes mieux sans lui, ne put-il s'empêcher d'ajouter.

— Je sais, répondit sa voisine.

Il était satisfait de voir qu'elle ne faisait pas de crise de larmes. Elle serait probablement contrariée plus tard, et il ne pouvait pas le lui reprocher, mais pour le moment, elle tenait le coup.

— Je suis Oz, dit-il en la saluant du menton.

— Riley, répondit-elle.

Oz ouvrit la bouche pour rajouter quelque chose, mais il entendit l'ascenseur biper et se tourna pour voir qui allait en sortir. Si c'était l'ex de Riley qui revenait, il allait s'assurer que ce type comprenne une bonne fois pour toutes qu'il n'était pas le bienvenu.

Mais au lieu de cela, un homme portant un costume et une cravate, accompagné par un garçon qui avait environ neuf ou dix ans, descendait le couloir dans sa direction.

Oz fronça les sourcils, et fut encore plus confus quand l'inconnu s'arrêta devant lui.

— Porter Reed ? demanda-t-il.

— C'est moi, lui dit Oz.

— Je travaille pour le département de la famille du Texas, à la section des services de protection de l'enfance. Avez-vous une sœur nommée Rébecca Reed ?

— Oui.

— Je suis au regret de vous informer que votre sœur est décédée dans des circonstances tragiques. Vous êtes enregistré comme le parent le plus proche, et voici votre neveu, Logan Reed.

Surpris, Oz cligna des paupières, oubliant sa voisine, la dispute qu'il avait entendue disparaissant de son esprit comme si elle ne s'était jamais produite. Il dévisagea simplement le petit garçon qui essayait d'être courageux, mais qui était de toute évidence terrifié.

Il ouvrit la bouche pour protester, pour dire que cet enfant ne pouvait pas être son neveu, qu'il n'avait même pas su que sa sœur *avait* un fils. Mais le garçon leva alors la tête... et Oz vit ses yeux.

Ce gamin avait traversé l'enfer. Il le lisait dans son regard, ainsi que l'angoisse alors qu'il levait les yeux vers cet inconnu qu'il n'avait jamais rencontré. Un homme qui pouvait lui faire du mal, comme cela était manifestement arrivé par le passé.

Mais c'était la couleur grise de ses iris – tout comme les siens – qui le convainquit que l'enfant partageait le même sang que lui.

Et comme si un interrupteur s'était enclenché à l'intérieur de lui, Oz sut immédiatement qu'il ferait tout son possible pour protéger le garçon. Si Becky était vraiment morte et que les services de protection de l'enfance étaient à sa porte, Logan n'avait personne d'autre pour s'occuper de lui. Pour le défendre.

Se déplaçant lentement, afin de ne pas alarmer le petit plus qu'il ne l'était déjà, Oz s'accroupit pour pouvoir regarder Logan dans les yeux. Il tendit la main et dit doucement :

— Bonjour, Logan. Je suis Oz. Ton oncle. Et personne ne pourra plus *jamais* te faire du mal.

* * *

Ne ratez pas le prochain tome de la série Delta Force Deux:
Un refuge pour Jayme

NOTES

Chapitre un

1. La voie intranasale est une voie d'administration de composés à actions pharmacologiques directement dans la cavité nasale du patient, par différents procédés. Même si les applications de cette voie sont encore peu développées, elle permettrait un accès facilité aux systèmes respiratoire, vasculaire et nerveux

Chapitre deux

1. Le **burpee** est un enchaînement de mouvements hyper efficace qui challenge votre force athlétique et votre mental. S'entraîner à cet exercice, c'est non seulement le moyen de parfaire votre technique de squat, planche et pompe, mais aussi de développer ses capacités physiques, musculaires et cardio.

DU MÊME AUTEUR

Autres livres de Susan Stoker

Delta Force Deux

Un refuge pour Gillian

Un refuge pour Kinley

Un refuge pour Aspen

Un refuge pour Jayme (15 July)

Un refuge pour Riley

Un refuge pour Devyn

Un refuge pour Ember

Un refuge pour Sierra

Sauvetage à Eagle Point

Un sauveteur pour Lilly

Un sauveteur pour Elsie (28 Juin)

Un sauveteur pour Bristol

Un sauveteur pour Caryn

Un sauveteur pour Finley

Un sauveteur pour Heather

Un sauveteur pour Khloe

Le Refuge

Un soutien pour Alaska (9 Août)

Un soutien pour Henley

Un soutien pour Reese

Un soutien pour Cora

Un soutien pour Lara

Un soutien pour Maisy

Un soutien pour Ryleigh

Hawaï : Soldats d'élite

Un paradis pour Élodie

Un paradis pour Lexie

Un paradis pour Kenna

Un paradis pour Monica

Un paradis pour Carly (11 Oct)

Un paradis pour Ashlyn

Un paradis pour Jodelle

Mercenaires Rebelles

Un Défenseur pour Allye

Un Défenseur pour Chloé

Un Défenseur pour Morgan

Un Défenseur pour Harlow

Un Défenseur pour Everly

Un Défenseur pour Zara

Un Défenseur pour Raven

Ace Sécurité

Au Secours de Grace

Au Secours d'Alexis

Au Secours de Bailey

Au Secours de Felicity

Au Secours de Sarah

<u>**Forces Très Spéciales Series**</u>

Un Protecteur Pour Caroline

Un Protecteur Pour Alabama

Un Protecteur Pour Fiona

Un Mari Pour Caroline

Un Protecteur Pour Summer

Un Protecteur Pour Cheyenne

Un Protecteur Pour Jessyka

Un Protecteur Pour Julie

Un Protecteur Pour Melody

Un Protecteur pour l'avenir

Un Protecteur Pour Les Enfants de Alabama

Un Protecteur Pour Kiera

Un Protecteur Pour Dakota

<u>**Forces Très Spéciales : L'Héritage**</u>

Un Sanctuaire pour Caite

Un Sanctuaire pour Brenae

Un Sanctuaire pour Sidney

Un Sanctuaire pour Piper

Un Sanctuaire pour Zoey

Un Sanctuaire pour Avery

Un Sanctuaire pour Kalee

Un Sanctuaire pour Jane

<u>**Delta Force Heroes Series**</u>

Un héros pour Rayne

Un héros pour Emily

Un héros pour Harley

Un mari pour Emily

Un héros pour Kassie

Un héros pour Bryn

Un héros pour Casey

Un héros pour Wendy

Un héros pour Mary

Un héros pour Macie

Un héros pour Sadie

Un héros pour Annie

<u>Autre</u>

Un moment suspendu : Recueil de nouvelles

<u>AUDIO</u>

Un paradis pour Élodie

À PROPOS DE L'AUTEUR

Susan Stoker est une auteure de best-sellers aux classements du New York Times, de USA Today et du Wall Street Journal. Elle a notamment écrit les séries Badge of Honor: Texas Heroes, SEAL of Protection et Delta Force Heroes. Mariée à un sous-officier de l'armée américaine à la retraite, Susan a vécu dans tous les États-Unis, du Missouri jusqu'en Californie en passant par le Colorado, et elle habite actuellement sous le vaste ciel du Tennessee. Fervente adepte des fins heureuses, Susan aime écrire des romans où les sentiments laissent place au grand amour.

http://www.StokerAces.com

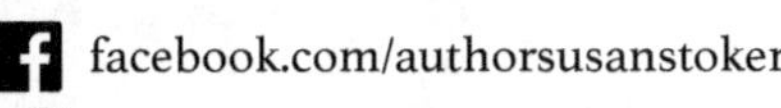 facebook.com/authorsusanstoker

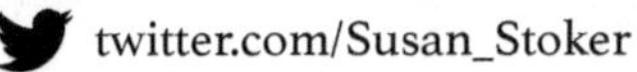 twitter.com/Susan_Stoker

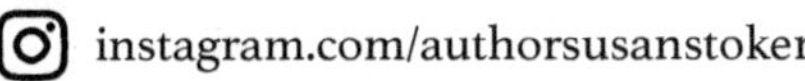 instagram.com/authorsusanstoker

 goodreads.com/SusanStoker

www.ingramcontent.com/pod-product-compliance
Lightning Source LLC
Chambersburg PA
CBHW060316100726
47907CB00002B/427